Michael Römling, geboren 1973 in Soest, studierte Geschichte in Göttingen, Besançon und Rom, wo er acht Jahre lebte. Nach der Promotion gründete er einen Buchverlag, schrieb zahlreiche stadtgeschichtliche Werke und historische Romane. «Weihrauch und Schwert» ist der erste Band der historischen Abenteuerserie um den Kämpfer und Bibliothekar Tankred aus dem 9. Jahrhundert. Bisher sind im Rowohlt Taschenbuch Verlag die Romane «Pandolfo» und «Mercuria» erschienen.

MICHAEL
RÖMLING

TANKRED

WEIHRAUCH UND SCHWERT

Historischer Roman

ROWOHLT TASCHENBUCH VERLAG

2. Auflage Juli 2026

Originalausgabe
Veröffentlicht im Rowohlt Taschenbuch Verlag,
Rowohlt Verlag GmbH, Kirchenallee 19,
20099 Hamburg, Januar 2023

Redaktion Susann Rehlein

Covergestaltung HAUPTMANN & KOMPANIE
Werbeagentur, Zürich
Coverabbildung Stephen Mulcahey/Arcangel,
Hauptmann & Kompanie
Karte auf der Coverinnenseite Peter Palm, Berlin
Satz aus der SonsbekEco
bei CPI books GmbH, Leck
Druck und Bindung GGP Media GmbH, Pößneck
ISBN 978-3-499-00801-6

Kontaktadresse nach EU-Produktsicherheitsverordnung:
produktsicherheit@rowohlt.de

1

Sie kamen am Epiphaniastag.

Schon seit einiger Zeit waren ihre Kundschafter in der Umgebung unterwegs, schlichen um die verschneiten Dörfer und pirschten durch die Wälder, um die Wege auszukundschaften, flink, lautlos und aufmerksam wie die Füchse.

Gerüchte geisterten durchs Land. Im November waren die Dänen angeblich mit Hunderten von Schiffen in die Maasmündung eingelaufen, hatten Maastricht und Lüttich geplündert und sich in Asselt bei Roermond festgesetzt. Von dort aus hatten sie sich nach Osten gewandt und im Dezember Jülich, Neuss, Köln und Bonn überfallen. Und dann? Rheinaufwärts nach Koblenz, glaubten die einen zu wissen. Am Eifelrand entlang in Richtung Aachen, vermuteten die anderen. Bitte nicht Aachen, dachte ich.

Vielleicht stimmte sogar beides. Ihr Heer, wenn man diesen Haufen von Räubern, Vergewaltigern und Mördern nun unbedingt so nennen will, teilte sich und fand wieder zusammen wie ein Vogelschwarm; sie fuhren die Flüsse hinauf und hinunter und schleppten ihre Schiffe über Land, wenn sie nicht unter den Brücken durchfahren konnten. Sie waren schneller als die Nachrichten von ihren Gräueltaten, wenn sie überhaupt jemanden am Leben ließen, der davon berichten konnte.

Vor allem auf die reichen Klöster hatten sie es abgesehen. Dort fanden sie überhaupt keine Gegenwehr; was nicht rechtzeitig in Sicherheit gebracht worden war, nahmen sie mit. Kein Versteck war vor ihnen sicher, denn wenn sie noch irgendjemanden antrafen, folterten sie ihn, bis er alles preisgab. Altargerät und Kerzenleuchter aus Silber hackten sie in Stücke, um sie besser aufteilen zu können, und wenn sie abzogen, nahmen sie alle Vorräte mit und steckten anschließend die Gebäude in Brand.

Die Tore der schlecht gesicherten und kaum verteidigten Städte rammten sie mit Baumstämmen auf; die Befestigungen überstiegen sie mit Leitern, wenn die Mauern nicht ohnehin so verfallen waren, dass sie nur über ein paar Trümmer steigen mussten. Auch dort plünderten sie die Kirchen, erfolterten die Geldverstecke der Bewohner, vergewaltigten die Frauen und verschleppten Mädchen und Jungen, um Geld zu erpressen oder um sie auf den Sklavenmärkten in Mainz oder Verdun zu verscherbeln. In den Dörfern plünderten sie die Scheunen leer und schlachteten das Vieh. Wo auch immer sie hinkamen: Wenn sie weiterzogen, ließen sie rauchende Trümmer zurück.

So trieben sie es, seit sie aus England verjagt worden waren und den Kontinent heimzusuchen begonnen hatten, anstatt in ihre kalte Heimat zurückzusegeln. Nun, ganze drei Jahre später, ließ König Ludwig von Ostfranken angeblich endlich ein Heer aufstellen, um ihnen entgegenzutreten, aber wo dieses Heer sich sammeln sollte und wann es abmarschbereit sein würde, das war nicht zu erfahren.

Zwei Wochen vor dem besagten Epiphaniastag kam die Nachricht, dass die Dänen Stablo und Malmedy geplündert hatten, bei trockenem Wetter gerade mal drei Tagesmärsche von uns entfernt. Ein Streifzug vom Lager an der Maas aus? Eine Abteilung auf dem Rückweg vom Rhein? Niemand wusste das, nur eins wurde immer klarer: Bald würden sie auch über uns herfallen.

Natürlich blieben die dänischen Kundschafter in unserer Gegend nicht unbemerkt, doch sie traten selten offen in Erscheinung. Gelegentlich stahlen sie, aber nie war es viel: Nachts holten sie hier eine Gans und dort ein Lamm aus dem Stall, mehr nicht. Manchmal entdeckte man vereinzelte Reiter zwischen den Bäumen. Mit ihren dicken Pelzen sahen sie aus wie Riesen mit viel zu kleinen Köpfen.

Einen von ihnen erwischten die Bauern dann doch, in Rommersheim, kaum eine halbe Stunde Fußweg von unserer Abtei entfernt. Er war so unvorsichtig, in der Dämmerung mitten durchs Dorf zu reiten, und ein Bauer war so tollkühn, ihm einen Stein an den Kopf zu werfen. Der Däne fiel vom Pferd, und ehe er sich aufrappeln konnte, stürzte sich das ganze Dorf auf ihn und schlug ihn mit Hacken und Schaufeln tot wie einen Marder im Hühnerstall.

Als die Nachricht am nächsten Tag bei uns eintraf, war aus dem einen Dänen ein halbes Dutzend geworden und aus dem Steinwurf ein Gefecht. Entsprechend groß war die Aufregung.

Dann kam die Leiche des Dänen. Sie brachten sie auf einem Karren und luden sie im Kräuterbeet hinter dem Küchentrakt ab, weil sie nicht wussten, wie sie einen Heiden bestatten sollten; wahrscheinlich hatten sie Angst, er würde sich wieder aus der Erde wühlen und sie heimsuchen, wenn sie es falsch machten.

Sie ließen den Abt holen. Der Abt ließ den Prior holen. Der

Prior ließ mich holen. Offenbar hielten sie mich irgendwie für kompetent in Sachen Mord und Totschlag. Die Vergangenheit holt einen eben immer wieder ein.

Wie ein Werwolf sah der Tote aus: zottelige Haare, riesige Pranken und ein dunkelbrauner Bärenpelz um die Schultern. Von seinem Gesicht war nicht mehr viel zu erkennen, aber die spitz gefeilten Zähne im zerschlagenen Kiefer fielen mir auf.

«Hättet ihr den nicht am Leben lassen können?», fragte ich.

«Warum?», fragte der Bauer zurück, der in Rommersheim den Stein geworfen hatte. Er hieß Goswin.

Ich konnte meinen Unmut nur schwer zügeln. Begriffsstutzigkeit gehört zu den Eigenschaften, für die mir die Geduld fehlt.

«Vielleicht, um ihn zu befragen?»

«Die können nicht sprechen.»

«Gott im Himmel! Der Mann war Kundschafter! Wie teilt so einer den anderen wohl mit, was er ausgekundschaftet hat, wenn er nicht sprechen kann? Schreibt er Berichte? Mit verzierten Initialen in Gold und Ultramarin?»

Goswin blickte mich nur ratlos an. Es war hoffnungslos. Wir standen noch eine Weile um den Toten herum und berieten. Spätestens jetzt war völlig klar, dass die Abtei so schnell wie möglich geräumt werden musste. Reliquien und Schätze mussten in Sicherheit gebracht werden. Ein merkwürdiger Gedanke streifte mich: Würde das das Ende meiner Verbannung bedeuten?

Goswin plusterte sich auf. «Wir werden das Kloster verteidigen», sagte er und gab der Leiche einen Tritt. «Ich kann hundert Männer zusammenrufen. Mit Gottes Hilfe jagen wir diese Teufel in die Hölle zurück, aus der sie gekommen sind!»

Abt Ansbald betrachtete ihn mit einer Mischung aus Wohlwollen und Einfalt. Sein grauer Haarkranz war nur noch ein Flaum, fein wie Daunenfedern. Er schlug das Kreuz. Jetzt würde wieder eine seiner Phrasen kommen; mit dem Alter wurde es immer schlimmer.

«Der Herr ist mit den Standhaften», sagte er.

«Mit den Schwätzern ist er nicht», sagte ich.

Das wollte Ansbald mir vor den anderen nicht durchgehen lassen. Er fasste mich am Arm, zog mich mit einer für seine magere Statur beachtlichen Kraft hinter den Küchentrakt, wo vor einer Bruchsteinmauer ein paar Apfelbäume ihr kahles Geäst in den Winterhimmel reckten. An der Dachtraufe hingen mächtige Eiszapfen.

Ansbald sah mich wütend an. «Was fällt dir ein?»

«Was der vorhat, ist völliger Wahnsinn», erklärte ich aufgebracht. «Die Dänen mähen diesen Bauernhaufen ab wie ein Kornfeld.»

«Hast du kein Gottvertrauen?», fragte er halb tadelnd, halb enttäuscht.

«Ach, darum geht's? Warum räumen wir dann überhaupt die Abtei? Nehmen wir doch die Reliquien und ziehen den Heiden voller Gottvertrauen entgegen!»

Zugegeben, das war eine ziemliche Unverschämtheit dem Abt gegenüber, aber angesichts der Dummheiten, die ich mir hier anhören musste, konnte ich mich einfach nicht beherrschen. Ich wusste, dass Ansbald es mir nachsehen würde; uns verband eine große gegenseitige Wertschätzung. Zwölf Jahre vor diesen Ereignissen war ich nach Prüm verbannt worden, zerfressen von Hass und Wut. Ansbald hatte mich aufgenommen und bald darauf zum Bibliothekar gemacht. Ich verdanke ihm meine Heilung, und er verdankt mir den Ruf seiner Bibliothek. Leider hatte das Alter seine Gottesfurcht zu einer bizarren Frömmigkeit gesteigert. Und obwohl er offene Worte immer noch schätzte, erreichten meine Einwände ihn nicht. Ich versuchte noch eine Weile, ihn davon zu überzeugen, dass er Goswin sein Vorhaben ausreden müsse. Aber Ansbald wollte davon nichts hören. Wenn Goswin sich mit seinen Leuten den Dänen entgegenstellen wolle, dann solle er das tun. Was für ein Abt er denn wohl sei, wenn er einen Märtyrer vom Martyrium abhalte?

Ich gab es auf. Wenn Ansbald es nicht für nötig hielt, diesen Bauern daran zu hindern, sich freiwillig in eine dänische Klinge zu stürzen, konnte ich nichts tun.

Als wir wieder um die Ecke bogen, waren die Bauern mit ihrem Karren verschwunden. Der Däne lag zwischen den Kräutern. Ein breiter Kranz von Fußspuren im Schnee verriet, wo sie um den Toten herumgestanden hatten. Noch nicht einmal das Schwert hatte Goswin ihm abgenommen, dieser Schwachkopf. Irgendwo klapperte eine Stalltür im Wind, ansonsten war es fast unheimlich still, als hätte sich alles Leben in die hintersten Winkel der Abtei verzogen.

Ich trat heran und zog das Schwert aus der Scheide. Das scharfe metallische Geräusch berührte mich wie die Stimme eines seit Kindertagen vertrauten Menschen, der unerwartet in der Tür steht.

Das Schwert war eine fränkische Arbeit mit Silbertauschierungen am Knauf und an der Parierstange. Wahrscheinlich hatte der Däne es einem Adligen abgenommen. Ich schwang es ein paarmal hin und her, stach zu, parierte. Die Klinge sauste wie von selbst durch die Luft. Die Spitze war schmal, was den Schwerpunkt zum Griff hin verlagerte und die Waffe führiger machte, ihr aber auch etwas von ihrer Wucht nahm. Umso besser lag sie mir in der Hand: Meine Muskelkraft hatte über den Büchern etwas nachgelassen, aber die Bewegungen waren mir auf unheimliche Weise vertraut. Es kam mir vor, als hätte ich erst gestern zuletzt ein Schwert geführt. Dabei war es zwölf Jahre her; ich hatte einen Menschen getötet, und es wären wohl noch mehr geworden, wenn man mir die Waffe nicht entrissen hätte.

Manche Dinge gehen einem so in Fleisch und Blut über, dass man sie nie mehr verlernt.

«Das ist nicht gut», murmelte Ansbald, der immer noch auf den Toten blickte. Dann brach er zusammen.

Es war nur ein Schwächeanfall, aber Ansbald kam auch am Abend noch nicht auf die Beine. Richard, dem Prior, kam das zupass. Er war ein unerträglicher Schleimer und Intrigant, der mit seiner zur Schau getragenen Demut dem ganzen Kloster auf die Nerven fiel und dabei nur darauf spekulierte, Ansbalds Nachfolge anzutreten. Nun war es also so weit. Als hätte er sich seit Jahren darauf vorbereitet, nahm Richard die Leitung des Klosters in seine Hände und traf die nötigen Anordnungen für die Flucht am nächsten Morgen. Alle spürten, dass es ernst wurde. Zur Vesper wurde so inbrünstig gebetet wie nie zuvor. Ein Novize wurde als Späher auf einen der Glockentürme geschickt.

Als es dämmerte, wurde die Unruhe noch größer, als rückte mit der Dunkelheit auch die Gefahr noch näher an das Kloster heran. Der Späher war keine Hilfe: Dreimal blies er in sein Horn, woraufhin immer alle zur Mauer stürzten, zitternd zum Waldrand starrten und alles Mögliche dort zu entdecken glaubten. Jedes Rascheln der Zweige wurde zum Hufgetrappel angreifender Reiter, jedes Heulen des Windes im Glockenstuhl zu dänischem Kriegsgeschrei in der Ferne. Schließlich scheuchte Richard die Brüder wieder an die Arbeit.

Und so rannten Dutzende von Mönchen mit wehenden Kutten zwischen der Abteikirche und den Scheunen hin und her, in denen Handkarren und Leiterwagen standen. Liturgische Geräte und Altarverkleidungen wurden über den Hof geschleppt; Gold, Silber und Edelsteine blitzten im Fackelschein auf, bevor sie in Decken gewickelt und aufgeladen wurden. In aller Eile wurden die Gräber der Märtyrer in der Abteikirche geöffnet und die Gebeine der Heiligen Primus, Lucianus, Felician, Marius, Audifax und Habakuk auf einen Karren geladen, den man mit Kissen ausgepolstert hatte. Auch der Leichnam des verblichenen Kaisers Lothar sollte mit auf die Reise gehen, aber die Marmorplatte, unter der er bestattet war, ließ sich nicht hochstemmen.

Die Aufregung war so groß, dass die heiligste aller Reliquien um ein Haar vergessen worden wäre.

Ich hatte mir einen großen vierrädrigen Wagen für die Bücher gesichert und war gerade dabei, ihn zur Bibliothek zu ziehen, als sich aufgeregtes Geschrei erhob.

«Wo sind die Sandalen? Habt ihr die schon eingepackt?»

«Was für Sandalen? Oh Gott! Die Sandalen!»

Die Sandalen, in denen der Erlöser in Jerusalem eingezogen war. Die Sandalen, mit denen er über das Wasser des Sees Genezareth gewandelt war. Die Sandalen, die auf dem Ölberg zurückgeblieben waren, als er in den Himmel auffuhr – sie hätten sie tatsächlich um ein Haar vergessen, und nun zerrten sie in panischer Suche die schon verzurrten Wagenladungen wieder auf, bis sich jemand erinnerte, dass die Sandalen vor ein paar Tagen in die klostereigene Schuhmacherwerkstatt gebracht worden waren, um sie mit ein paar schmuckvollen Riemen aus Kalbsleder zu versehen. Anlass für die Ausbesserung war ein peinlicher Zwischenfall mit einem durchreisenden Priester gewesen, der die Echtheit der Sandalen angezweifelt hatte.

«Da sind ja gar keine Riemen dran», hatte der Priester genörgelt.

«Na und?», hatte Richard unvorsichtigerweise gesagt.

«Lukasevangelium, drittes Kapitel, Vers sechzehn», hatte der Priester in überheblichem Tonfall geantwortet. «Johannes der Täufer spricht: Ich bin nicht würdig, die Riemen seiner Sandalen zu lösen. Und jetzt frage ich dich: Hätte er von Riemen gesprochen, wenn an den Sandalen keine dran gewesen wären? Willst du mir sagen, dass der Evangelist sich das ausgedacht hat?»

«Vielleicht sind sie abgefallen, was weiß denn ich?», hatte Richard verdrossen gemurmelt und die Sandalen nach der Weiterreise des Priesters schleunigst in die Werkstatt gegeben.

Und nun eilte er persönlich los, um sie zu holen. Während ich die Treppe zur Bibliothek hochstieg, verebbte hinter mir das aufgeregte Geschnatter.

Ich durchquerte das dämmerige Skriptorium, atmete den Duft aus Pergament, Staub und Tinte ein und ließ meinen Blick über die Pulte schweifen, um mich zu vergewissern, dass dort kein Buch liegen geblieben war. Die Tür zur dahinter liegenden Bibliothek stand offen, ein schwacher Lichtschein fiel über die Schwelle. Leises Gemurmel war zu vernehmen. Mir schwante nichts Gutes. Ich trat ein.

Bruder Ludger, ein magerer und verhuschter Jüngling mit klosterbekanntem Hang zur Onanie, kniete mit einer Kerze in der Hand vor dem Regal, ließ seine Spinnenfinger über die Buchrücken gleiten und kniff die Augen zusammen. Hinter ihm stand Bruder Gerbert, Ludgers genaues Gegenteil, verfressen und laut. Im Arm hielt er eine große Holzkiste, die zur Hälfte mit Büchern gefüllt war.

«Cassiodor?», lispelte Ludger.

«Kommt mit», bestimmte Gerbert. Ludger reichte ihm ein Buch nach hinten, Gerbert packte es ein. Wieder kniff Ludger die Augen zusammen.

«Eusebius von ... irgendwas mit Käse.»

«Caesarea, du Schafskopf. Kommt mit.» Wieder wanderte ein Buch in die Kiste.

«Terenz?»

«Bleibt hier.»

«Jordanes?»

Gerbert musste kurz überlegen, dann sagte er: «Kommt mit.»

«Horaz?»

«Um Gottes willen. Bleibt hier.»

«Augustinus?»

«War das eine ernst gemeinte Frage?»

Bevor Ludger antworten konnte, hatte Gerbert ihm schon einen Schlag in den Nacken verpasst und ihm das Buch aus der Hand genommen.

Es dauerte eine Weile, bis ich begriff, was da im Gange war. Ich konnte es kaum glauben.

«Was soll das?», schnauzte ich die beiden an. «Alles wird eingepackt!»

«Die Heiden bleiben hier», sagte Gerbert. «Anordnung vom Prior.» Er verzog den Mund, und es war schwer zu sagen, was seine Miene ausdrückte: Bedauern über den Verlust der Bücher oder Befriedigung, mir mit höherer Autorität im Rücken eins auswischen zu können.

«Sueton?», fragte Ludger ungerührt.

«Bleibt hier.»

«Kommt mit!», schrie ich, riss Ludger das Buch aus der Hand und legte es in die Kiste. Ich hatte einen Kopisten nach Fulda schicken müssen, um es abschreiben zu lassen. Auf dem Rückweg war er dreimal ausgeraubt worden. Nur das Buch hatten die Räuber jedes Mal übersehen – oder sie hatten die schmucklose Ausgabe der Lebensbeschreibungen von einem Dutzend römischer Kaiser für wertlos gehalten.

Gerbert nahm es wieder aus der Kiste und legte es auf ein Pult. Mitleidig blickte er mich an.

«Richard sagt, Gott wird uns auf der Flucht keinen Beistand gewähren, wenn wir diese Bücher mitführen. Nicht dass ich seine Meinung teile, aber ...»

Die Wut, die mich bei seinen Worten packte, kann ich kaum beschreiben. Diese Bücher waren mein zweites Leben gewesen, nachdem man mir mein erstes genommen hatte. Sie bargen das Wissen der ganzen Welt; jede Seite enthielt mehr kluge Gedanken, als Richard in seinem ganzen bisherigen Leben durch den Kopf gegangen waren.

Wie ein Besessener stürzte ich die Treppe hinunter in den Hof, wo mir auch gleich der Prior in die Arme lief, in jeder Hand eine Sandale des Erlösers.

«Alle Bücher müssen mit!», schrie ich.

«Irrtum», sagte er mit einer aufgesetzten Ruhe, die mich noch mehr reizte. «Biblische und liturgische Schriften und Kommentare, Kirchenväter, Predigtsammlungen, Konzilsbeschlüsse, Heiligenviten und Bußbücher kommen mit. Der Rest bleibt hier. Ist entschieden.»

«Der Abt entscheidet!»

«Der Abt ist derzeit amtsunfähig. Ich vertrete ihn.»

Ich trat einen Schritt auf ihn zu. Unsere Nasenspitzen berührten sich fast. Ich fragte mich, ob er es wohl wagen würde, mich mit der Sandale Christi zu ohrfeigen. In seinen farblosen Augen flackerte eine merkwürdige Mischung aus Genugtuung und Angst: Genugtuung über meine Machtlosigkeit und Angst, dass ich vielleicht die Kontrolle über mich verlieren und ihm an die Gurgel gehen würde. Seine Gesichtsmuskeln zuckten, aber er hielt meinem Blick stand. Aus dem Augenwinkel sah ich, dass die anderen Brüder ihre Tätigkeiten im Hof unterbrochen hatten und uns beobachteten. Umso weniger konnte er jetzt zurückstecken.

«Wag es nicht!», zischte er, nachdem er zur Sicherheit einen Schritt zurück gemacht hatte. Dann stapfte er ohne ein weiteres Wort davon.

In diesem Moment beschloss ich, dass sie ohne mich gehen würden. Die Vorstellung, dass die Barbaren meine Bücher zerreißen und als Streu in die Pferdeställe werfen oder zum Anzünden ihrer Lagerfeuer verwenden würden, war so unerträglich, dass ich jedes Risiko einzugehen bereit war, um das zu verhindern. Und in dem Augenblick, in dem ich meinen Entschluss fasste, ergriff mich eine fast schon heitere Gelassenheit: Wenn alle anderen weg waren, dann würde mir auch niemand mehr in die Quere kommen. Die Erleichterung, die diese Erkenntnis mit sich brachte, war mir merkwürdig vertraut – eine weitere Erinnerung an mein altes Leben, das sich auf diese Weise zurückzumelden begann. Wieder dachte ich an Aachen. Ich musste wissen, ob die Dänen schon dort gewesen waren.

Eine Stunde später waren alle Schätze verstaut. Im Hof hatten jetzt zwei Dutzend Brüder eine Kette gebildet und reichten Säcke und Fässer aus den Vorratskammern zu den Wagen durch. Kaum jemand redete. Hektische Atemwolken stiegen im Fackellicht auf. Schatten huschten an den Mauern hin und her.

Auf der Treppe zur Bibliothek kamen mir Gerbert und Ludger entgegen. Jeder schleppte eine Kiste voller Bücher.

«Das waren die letzten», sagte Gerbert. Aus seiner Stimme war jetzt doch ein bisschen Kummer herauszuhören.

Ich ging wieder nach oben. Die Kerze hatten sie auf eins der Pulte gestellt. Die Regale waren zum großen Teil leer geräumt, aber um die hundertfünfzig Bücher standen noch da. Ich brauchte gar nicht nachzuschauen, um zu wissen, welche es waren. Ich hatte sie alle gelesen, viele davon selbst beschafft, einige mit eigener Hand abgeschrieben. Die Ränder neben den Texten waren voll von meinen Anmerkungen, Kommentaren und Verweisen. Diese Bibliothek war der Sinn meines Daseins gewesen, und nun wollte dieser beschränkte Frömmler die Bücher den Dänen überlassen, damit die sich den Hintern damit abwischen konnten. Niemals, dachte ich. Niemals, niemals, niemals.

Während die anderen bei der Komplet noch einmal ihre Beklommenheit hinaussangen und Gott um Verschonung anflehten, saß ich an der Pritsche von Bruder Wolfhelm, von dem ich vor Jahren das Amt des Bibliothekars übernommen hatte. Auf einem Schemel stand eine brennende Kerze, zu seinen Füßen glühte ein dreibeiniges Kohlebecken. Wolfhelm hatte ein dickes Polster im Rücken, sodass er aufrecht auf seiner Pritsche saß. Seine Hände lagen auf der Decke, lang und schmal und mit Flecken gesprenkelt. Obwohl er längst keine Feder mehr halten konnte, erinnerte eine verknöcherte Schwiele auf seinem Mittelfinger an die zahllosen Bücher, die er im Lauf seines Lebens abgeschrieben und kommentiert hatte.

Vor zehn Jahren hatte Wolfhelm der Schlag getroffen. Alle hatten mit seinem baldigen Ableben gerechnet, und Abt Ansbald hatte mich zu seinem Nachfolger gemacht. Aber dann hatte Wolfhelm sich doch wieder erholt. Ansbalds Entscheidung war ihm recht gewesen; er hatte mir die Bücher anvertraut, als wären sie seine Kinder. Seit dem Schlag war er halbseitig gelähmt und fast blind; er hatte keinen einzigen Zahn mehr im Mund und kein Haar mehr auf dem Kopf, aber seine Gedanken waren noch immer klar wie ein Gebirgsbach. Er bewohnte eine Kammer neben dem Dormitorium und konnte über ein vergittertes Fenster zum Chor der Abteikirche von seinem Lager aus der Messe beiwohnen.

«Tankred. Mach mal das Fenster zu, ich muss dir was sagen.» Seine Augen waren hell wie Eis.

Ich klappte den Fensterladen zu. Der Gesang wurde leiser. Wolfhelm legte mir eine Hand in den Nacken und zog mein Gesicht dicht vor seins. Seine Wangen waren glatt und rosa wie die eines Kleinkindes, als hätte das Alter ihn in die Zeit vor dem Bartwuchs zurückgeworfen. Ich kannte ihn gar nicht anders.

«Weißt du, wie viel Zeit ich in dieser Abtei verbracht habe?», fragte er. Trotz des Kohlebeckens wallte sein Atem in Wölkchen hervor. «Sechzig Jahre. Länger, als die meisten Leute leben. Ich habe drei Äbte und sechs Prioren überlebt und eine der besten Bibliotheken in ganz Lotharingien aufgebaut.» Seine Stimme war heiser, aber fest.

Ich nahm seinen kahlen Kopf zwischen meine Hände. Wir saßen voreinander wie ein Liebespaar, und mir wurde mehr als jemals zuvor bewusst, wie groß das war, was uns miteinander verband.

«Ich weiß», sagte ich. Mir war klar, worauf er hinauswollte.

«Und darum weißt du auch, dass ich mich morgen auf keine Tragbahre heben lassen werde, um mich durch die Eifel schleppen zu lassen wie eine Mumie. Ich bleibe hier und lasse mich mitsamt der Bibliothek verbrennen. Ein angemessener Tod! Auch wenn ich mir nicht sicher bin, was es für meine Seele bedeutet, wenn sie zusammen mit dem Rauch von Horaz und Sueton zum Himmel aufsteigt.»

«Dann weißt du's schon?»

«Dass Richard ein Idiot ist? Seit zwanzig Jahren weiß ich das.»

«Ich kann die Bücher nicht einfach zurücklassen. Ich bleibe auch.»

«Dann sind wir also zu zweit.» Er nickte, als wäre damit etwas besiegelt.

Der Gesang in der Kirche verebbte, und nach kurzer Zeit waren die Schritte von fünf Dutzend Brüdern auf der Treppe zu hören. Einige murmelten Gebete vor sich hin, geredet wurde kaum. Die Tür zum Dormitorium schlug hinter ihnen zu. Kaum einer von ihnen würde wohl in dieser Nacht ein Auge zutun.

Nachdem es eine Weile still gewesen war, schlich ich nach draußen. Aus dem Dormitorium drang immer noch leises Gemurmel von einem Gebet.

«Halt endlich dein Maul!», schrie einer. Dann wurde es ruhig.

Die Nacht war klar. Der Mond stand am Himmel und warf sein fahlblaues Licht auf die Mauern der Klosterkirche und der Nebengebäude. Die Wagen standen abfahrbereit im Hof. In den Ställen schlugen die Pferde mit den Hufen gegen die Holzwände. Ein Gefühl von endgültigem Abschied breitete sich in mir aus: Abschied nicht nur von diesem Ort und von den Menschen, mit denen ich hier zusammengelebt hatte, sondern Abschied von einem ganzen Leben.

Ich umrundete den Küchentrakt. Im Kräuterbeet hob sich die Silhouette des toten Dänen vom Schnee ab. Er war so steif gefroren, dass ich ihm den Lederpanzer nur unter erheblichen Mühen abschnallen konnte. Dann nahm ich ihm den Schwertgurt ab, zog ihm den Pelz von den Schultern, klemmte mir alles unter den Arm und ging zurück in Wolfhelms Kammer. Der Alte war in meiner Abwesenheit eingeschlafen. Die Kerze war fast heruntergebrannt und beleuchtete schwach sein Gesicht. Tatsächlich, er sah zufrieden aus.

Ich hatte keine Lust, nach nebenan zu gehen, also legte ich mich neben Wolfhelms Pritsche auf den Boden, und erst auf diesem armseligen Lager ergriff die Verzweiflung von mir Besitz. Wie sollte ich die Bibliothek retten? Wenn kein Wunder geschah, würde in ein paar Tagen das ganze in mühevoller Arbeit gesammelte Wissen in Rauch aufgehen. Ich wälzte mich hin und her und fand keine bequeme Position auf dem harten Stein. Was, wenn die Dänen uns noch in dieser Nacht überfielen?

Als ich schließlich doch wegdämmerte, sah ich, wie eine Frauengestalt aus der Dunkelheit an mich herantrat. Sie war so groß, dass ihr Scheitel den Himmel berührte, und sie trug ein prachtvolles, aber zerrissenes Gewand: Es war die Weisheit selbst, wie Boethius sie in seinem *Trost der Philosophie* beschreibt. Ihre Stimme war durchdringend wie Glockenklang. Dein Anblick erschüttert mich, sagte sie.

Ich musste das wohl im Halbschlaf vor mich hin gemurmelt haben, denn über mir raschelte die Decke.

«Haben sie uns den Boethius hiergelassen?», flüsterte Wolfhelm.

«Nein», sagte ich in die Dunkelheit hinein. «Den haben sie mitgenommen.»

«Perlen vor die Säue», nuschelte er. Kurz darauf wurde sein Atem wieder regelmäßig.

Im Einschlafen streckte ich die Hand aus, und als ich den Griff des Schwertes spürte, begriff ich, dass ich genau danach getastet hatte. Wie gesagt, manche Dinge verlernt man nie mehr.

Als ich erwachte, dämmerte es schon. Durch das kleine Fenster zum Innenhof war ein Stück dunkelblauer Himmel zu sehen. Die Kohle im Becken war verglüht, und in der Kammer war es eiskalt. Wolfhelm atmete leise und gleichmäßig.

Auf die Vigil hatten sie offenbar ausnahmsweise verzichtet, um ausgeruht für die Flucht zu sein. Erstaunlich eigentlich: Zu Richard hätte es eher gepasst, dass er der ganzen Gemeinschaft zusätzliche Bußübungen befohlen hätte. Dafür begannen jetzt die Glocken zu läuten, und sofort kam Leben in die Abtei. Wieder trappelten Füße auf der Treppe, wieder schallte die Messe durch das Gitterfenster zu uns herein.

Und dann brachen sie auf, ohne dass noch einmal jemand nach uns sah. Wahrscheinlich war Richard froh, dass er mich zurücklassen konnte, um sich unterwegs weitere Ärgernisse zu ersparen. Ich sorgte mich um den kranken Ansbald. War er es nun, der wie eine Mumie durch die Eifel geschleppt werden würde, um es mit Wolfhelms Worten zu sagen?

Von draußen drangen die Geräusche der Abreise herein: das Wiehern und Schnauben der Pferde, das Klirren der Geschirre, das Rumpeln der anruckenden Wagen und dann wieder der Bittgesang. Weinerlich und kraftlos setzte er ein und war schon bald verklungen.

«Sind sie endlich weg?», fragte Wolfhelm hinter mir.

«Ja», antwortete ich. «Sie sind endlich weg.»

So brach der Epiphaniastag an. Der Tag, an dem die Dänen kamen, und der Tag, an dem ich den Rückweg in mein altes Leben antrat.

2

Nachdem ich in der Küche aus den zurückgelassenen Vorräten in aller Eile ein Frühstück für Wolfhelm und mich zusammengekratzt hatte, setzte ich mich auf die Kante seiner Pritsche, und wir berieten, was mit den Büchern geschehen sollte. Im Kohlebecken hatte ich ein neues Feuer entfacht.

Es war unmöglich, alle Bücher fortzuschaffen; die Brüder hatten nicht einen einzigen Handkarren dagelassen, also mussten sie irgendwo verborgen werden, wo sie keinen Schaden nehmen konnten. Sobald das erledigt war, würden wir die Abtei verlassen. Wolfhelm würde darauf bestehen, dass ich ihn zurückließ, aber das würde ich auf keinen Fall tun. Doch zuerst musste ich mich um die Bücher kümmern.

Immerhin hatte die Sorge um sein Lebenswerk Wolfhelm nicht den Appetit geraubt; mit der gesunden Hand wischte er geschlagene Eier mit Brotstücken aus seiner Holzschale und schlang sie hinunter, als wollte er Kräfte sammeln für das, was bevorstand. Den Gedanken, die Bücher den Plünderern zu überlassen, hatte er offenbar verworfen.

«Leg sie in eins der Gräber beim Altar», schlug er vor.

«Die werden sie zuerst durchsuchen.»

«Dann bring sie auf den Heuboden.»

«Und wenn sie den in Brand stecken?»

«Vergrab sie im Gemüsebeet.»

«Der Boden ist gefroren.»

«Die Abfallgrube?»

«Damit sie draufscheißen?»

«Die werden in die Kirche scheißen, um Gott zu verhöhnen. Apropos: Lass uns beten, vielleicht schickt der Herr uns eine Eingebung.»

Wolfhelm schloss die Augen, legte die Hände zusammen und begann, den einundsechzigsten Psalm zu rezitieren: «Gott, höre mein Flehen.»

Auch ich faltete die Hände, aber ich war nicht bei der Sache. Wo konnte man die Bücher verstecken?

«Vom Ende der Erde rufe ich zu dir», betete Wolfhelm.

Erde, dachte ich, während er weitermurmelte. Hatten wir schon. Gefroren.

«Du bist meine Zuflucht, ein fester Turm gegen die Feinde.»

Zuflucht. Turm. «Halt!», rief ich und packte ihn am Arm.

Wolfhelm schlug die Augen auf. «Na? Hat's geklappt?»

«Die Glockentürme! Trocken und gut belüftet!»

Wolfhelm wiegte skeptisch den Kopf. «Sie werden raufsteigen, um Ausschau zu halten und Signale zu geben.»

«Schon, aber sie werden nicht im Glockenstuhl herumkriechen. Ich packe die Bücher in Säcke und hänge sie in die Glocken.»

Bevor Wolfhelm überhaupt antworten konnte, stürzte ich die Treppe hinunter. In der Vorratskammer fand ich Säcke und ein paar Hanfstricke, raffte alles zusammen, rannte in die Bibliothek und begann, die verbliebenen Bücher einzupacken: Platons *Timaios* und die Schriften des Aristoteles zur Logik, Ciceros Bücher über den Redner und die Auffindung des Stoffes, die Komödien von Terenz und die Satiren des Horaz,

Vergils *Aeneis* und Ovids *Metamorphosen*, Suetons *Kaiserviten*, dazu Statius, Lukrez, Juvenal, Sallust, die Naturgeschichte des Plinius und den Architekturtraktat von Vitruv, Bücher über Medizin und Rechenkunst, Astronomie und Musik, Geografie und Zoologie sowie Teilabschriften, Sammlungen, Kommentare und Glossare. Schließlich fand ich sogar eine komplette Ausgabe der *Etymologien* des Isidor von Sevilla, den Ludger und Gerbert in ihrer Einfalt wohl für einen Heiden gehalten hatten.

Am Ende schwitzte ich trotz der schneidenden Kälte. Das Wissen der Welt steckte in zwölf Säcken. Wie passend, dachte ich: ein Sack für jedes Jahr meines Lebens, das ich dieser Bibliothek gewidmet hatte.

Im südlichen Turm hingen keine Glocken, also schleppte ich alles auf den Nordturm und begann, die Säcke mit den Stricken oben an den Schwengeln der vier Glocken zu verzurren, die glücklicherweise so tief über den Bretterböden aufgehängt waren, dass man schon in die Hocke gehen musste, um hineinsehen zu können. In jede Glocke hängte ich drei Säcke. Nach einer Viertelstunde war es vollbracht.

Als ich aus dem Fenster blickte, sah ich vier Reiter zwischen den kahlen Bäumen auf dem Höhenzug im Osten der Abtei. Reglos wie Standbilder verharrten sie eine Weile, dann rissen sie alle gleichzeitig die Pferde herum und verschwanden hinter der Kuppe. Das waren keine Kundschafter mehr. Das war die Vorhut.

Ich begriff, dass wir nun schleunigst verschwinden mussten, denn bald würde es überall nur so von ihnen wimmeln. Wir mussten aus der Abtei entkommen, bevor sie sie eingekreist hatten, und hoffen, dass wir irgendwo Unterschlupf finden würden, bis sie die Gegend wieder verlassen hatten. Den gelähmten Wolfhelm würde ich tragen müssen. Immerhin würde seine Lähmung auch verhindern, dass er sich dagegen wehrte.

In Kutte und Sandalen konnte ich kaum durch den Wald laufen, also stöberte ich in der Kleiderkammer der Handwerker herum, bis ich eine Hose und ein Hemd aus Wolle gefunden hatte. Danach ging ich noch einmal zum Beet, um dem toten Dänen auch noch die Stiefel abzunehmen. Als ich mich der Leiche näherte, flog ein Schwarm Raben auf. Die Stiefel passten.

Während ich noch überlegte, in welche Richtung wir fliehen sollten, waren vor dem Tor zum Innenhof aufgeregte Stimmen zu vernehmen. Eine Schar von Bauern stürzte kopflos in den Hof, bewaffnet mit Spießen und Knüppeln und angeführt von dem dämlichen Goswin, der tatsächlich die Absicht hatte, den Dänen auf dem geheiligten Boden der Klosteranlage ein Gefecht zu liefern. Als er mich sah, verfinsterte sich sein Gesicht, aber er beschloss offenbar, mich zu ignorieren, und schrie stattdessen einen seiner Gefährten an: «Läute die Glocken! Wir rufen Verstärkung!»

Auch das noch. Der andere Bauer rannte los und verschwand in der Kirche, während ich zum Schlaftrakt stürzte, um mir das Schwert zu schnappen und Wolfhelm aufzubuckeln.

«Haut ab!», schrie ich im Laufen, aber niemand beachtete mich. Die Bauern, vielleicht vier Dutzend Männer, spähten angestrengt über die Mauer, die den Innenhof im Osten begrenzte. Das Tor fiel krachend zu und wurde mit einem Balken verrammelt.

Wolfhelm saß auf seiner Pritsche und betete. Ich schnallte

mir den Schwertgurt um und legte den Lederpanzer an. Dann hüllte ich Wolfhelm in den Pelz. Er holte Luft, um zu protestieren, doch ich schnitt ihm das Wort ab.

«Du kommst mit.»

«Du bist genauso schlimm wie diese Nordmänner.»

Ich wollte etwas erwidern, aber von draußen wurde Geschrei laut.

«Was ist los? Warum läutest du nicht?», brüllte einer.

«Die Glocken geben keinen Ton von sich!»

«Gibt's doch gar nicht! Feste ziehen, los!»

Instinktiv zog ich das Schwert aus der Scheide, bevor ich durch das kleine Fenster nach draußen spähte. Hinter mir kicherte Wolfhelm wie über einen gelungenen Streich des Schicksals: Die heidnischen Bücher, die Richard den Plünderern hatte überlassen wollen, hingen nun an den Glockenschwengeln und verhinderten, dass Hilfe herbeigerufen wurde. Doch dafür wäre es ohnehin zu spät gewesen.

Zu spät war es leider auch für uns.

«Sie kommen!», schrie einer.

Und dann kamen sie wirklich.

Hufgetrappel drang aus dem Wald. Einen Augenblick später erschienen die ersten Reiter zwischen den Bäumen und erreichten den schmalen gerodeten Streifen zwischen den Bäumen und der Umfriedung des Klosters; sie galoppierten heran, glitzernd stob der Schnee unter ihren Hufen in die Luft, Schwertklingen blinkten, Geschrei brandete auf. Die Bauern duckten sich hinter die schulterhohe Mauer und umklammerten ihre jämmerlichen Waffen: Knüppel, Spieße, Sicheln und ein paar Schwerter, die aussahen, als stammten sie noch aus der Zeit der Sachsenkriege. Goswin fuchtelte und schrie irgendwelche Befehle, die niemand verstand oder beachtete. Schon waren die ersten Reiter an der Umfriedung angekommen, im letzten Moment rissen sie die Pferde herum, bis auf einen, der mit einem gewaltigen Sprung über die Mauer setzte und mitten zwischen den Bauern landete. Ein paar Mutige versuchten, ihn mit ihren Spießen aus dem Sattel zu stoßen, aber das Pferd drehte sich auf den Hinterhufen um sich selbst, und der Däne drosch mit seinem Schwert in die Bauern wie in eine Hühnerschar, dass das Blut in alle Richtungen spritzte. Einer nach dem anderen ging unter Gebrüll zu Boden, bis keiner sich mehr in die Nähe des Reiters wagte. Und während die ersten Verteidiger schon ihre Waffen fallen ließen und das Weite suchten, stiegen die anderen Reiter von den Pferderücken direkt auf die Mauerkrone um und sprangen in den Hof, als würden sie ein Schiff entern. Von dort aus räumten sie mit Äxten und Schwertern den Weg zum Tor frei, hoben den Balken aus der Halterung und stießen die beiden Torflügel auf, während immer neue Gestalten wie gierige Wölfe aus dem Wald gerannt kamen, dazwischen noch ein paar verspätete Reiter.

Nach kurzer Zeit war alles vorbei. Die Reiter jagten die letzten Bauern über den Hof. Einigen gelang es, über die Mauer zu klettern und zu fliehen, andere versuchten, sich in die Kirche zu retten, wo das Gemetzel offenbar weiterging. Durch das kleine Gitterfenster drangen Geschrei und Gepolter zu uns herein, jemand wimmerte um Gnade und verstummte nach einem dumpfen Schlag, Pulte fielen krachend um, Holz splitterte. Kurz darauf waren Schritte auf der Treppe zu dem Gang zu hören, an dem das Dormitorium und Wolfhelms Kammer lagen. Wir saßen in der Falle.

Meine Gedanken rasten. Über den Hof zu fliehen, kam nicht infrage; es waren wohl über zweihundert Angreifer, die sich nun in der ganzen Anlage verteilen würden. Der Hof war von überall aus einsehbar, ihn unbemerkt zu überqueren, war undenkbar. Die einzige Möglichkeit waren die Fenster des Dormitoriums auf der anderen Seite des Ganges. Dahinter lag offenes Gelände, und ein paar Hundert Schritte weiter begann der Wald. Aber wie sollte ich Wolfhelm unbeschadet aus einem dieser Fenster nach unten befördern?

Die Schritte näherten sich. Anscheinend war es nur einer.

Ich hob Wolfhelm aus dem Bett und trat mit ihm hinter die halb offen stehende Tür. Er hockte auf meinem linken Arm und umschlang mit seiner gesunden Hand meinen Nacken wie ein Kind. Er war leicht. Ich spürte seinen Puls, schnell und kräftig, und trotz meiner Anspannung überwältigten mich für einen Augenblick Rührung und Liebe und die unbedingte Entschlossenheit, dieses zerbrechliche, fast schon vergangene Leben zu verteidigen wie mein eigenes. Wie von selbst hob sich die Schwertklinge. Falls der Kerl in die Kammer treten sollte, würde ich ihn von der Seite erwischen, bevor er schreien konnte.

Die Schritte wurden leiser. Am Hall erkannte ich, dass er das Dormitorium betreten hatte. Er lief ein bisschen herum, trat wieder auf den Gang hinaus. Kam näher. Blieb kurz vor unserer Tür stehen, zögerte, sagte etwas zu sich selbst in seiner merkwürdigen Sprache. Verharrte. Lauschte er? Hörte er unseren trommelnden Herzschlag?

In diesem Augenblick erhob sich neues Getöse in der Kirche, harte Schläge von Metall auf Stein, ein Knirschen und Krachen. Offenbar versuchten die Dänen, die Altäre aufzubrechen in der Hoffnung, goldene Reliquienschreine darin zu finden.

Stand er noch auf dem Gang?

Als ich gerade dachte, er hätte sich wieder entfernt, hörte ich, wie er direkt hinter der Tür die Nase hochzog. Das von dort aus sichtbare Gitterfenster zum Kirchenraum hatte offenbar seine Aufmerksamkeit erregt. Er trat ein, ohne sich umzuschauen. Mit dem Schwert in der Hand reckte er den Hals, um zu sehen, was seine Kameraden da in der Kirche trieben. Ohne Wolfhelm fallen zu lassen, schnellte ich vor, um ihm meine Klinge in den Rücken zu stoßen. Doch genau in diesem Augenblick machte er einen weiteren Schritt, das Schwert streifte seinen Lederpanzer nur, und er fuhr herum. Er war jung und bartlos, keine zwanzig Jahre alt, ein ungläubiger Blick aus grünen Augen, einen Moment lang schien er uns für ein doppelköpfiges Wesen zu halten, dann holte er aus und hieb nach uns, ich parierte, die Klingen prallten gegeneinander, er sprang zurück, schien sich zu fragen, wen von uns er zuerst erschlagen sollte, und das war sein Fehler, er holte zu weit aus, offenbarte seine Unerfahrenheit, und ich machte einen Ausfallschritt, warf unser ganzes Gewicht in den Stoß, meine Klinge durchstieß das Leder und bohrte sich zwischen die Rippen des Dänen. Sein Mund öffnete sich, ein Blutschwall kam hervor, dann stieß ich ein zweites Mal zu, er stolperte einen Schritt zurück und fiel hintenüber auf Wolfhelms Bett, ohne noch einen Laut von sich zu geben.

Im Nachhinein habe ich mich oft gefragt, was mir in diesem Augenblick eigentlich durch den Kopf ging. Ich hatte ohne viel Federlesens einen Menschen umgebracht, in Notwehr zwar, aber ohne Zögern und, soweit ich mich erinnere, ohne Ekel. Es war wie von selbst gegangen. Wie damals, zwölf Jahre zuvor.

Ich setzte einen Fuß neben dem Toten auf das Bett und warf einen Blick durch das Gitterfenster, während Wolfhelm an meiner Brust zitterte wie ein frierender Welpe. Ich drückte ihn fester an mich. Dort unten waren mindestens zwanzig Dänen damit beschäftigt, die Kirche zu verwüsten: Einige zertrümmerten mit ihren Beilen die Altäre, andere versuchten, die Grabplatte von Kaiser Lothar hochzustemmen, was den Mönchen, wie gesagt, am Vortag nicht gelungen war. Wieder andere zerschlugen das Chorgestühl. Einer warf mit einem Speer nach dem Kruzifix über dem Hochaltar, das die Mönche in der Eile nicht mitgenommen hatten. Der Wurf ging daneben, man lachte ihn aus, während wieder ein anderer auf einen Seitenaltar sprang und nichts Besseres zu tun hatte, als im hohen Bogen seine Blase auf den Kirchenboden zu entleeren, wo sich eine dampfende Pfütze bildete. Dabei traf mich sein Blick. Er schrie etwas und zeigte zu uns nach oben.

«Nichts wie weg», sagte ich.

«Lass mich hier», flüsterte Wolfhelm und versuchte, sich aus meinem Griff zu befreien.

«Zappel nicht, sonst schlag ich dich bewusstlos», erwiderte ich. Dann rannte ich über den Gang zum Dormitorium, warf das blutbeschmierte Schwert aus einem der Fenster und ließ Wolfhelm von meiner Schulter gleiten. Wie einen Sack wuchtete ich ihn hinaus, bis er nur noch an meiner rechten Hand hing. Seine Füße baumelten eine Manneslänge über dem schneebedeckten Boden.

«Bereit?»

Er nickte mit großen Augen und einem ganz leichten Lächeln, wie ein Kind, das von seiner eigenen Tollkühnheit überrascht ist.

«Los!»

Wolfhelm fiel auf das Gras wie eine Gliederpuppe. Ich sprang hinterher und landete neben ihm.

«Alles heile?»

«Was man so heile nennt.»

Ich hob das Schwert auf, steckte es in die Scheide und nahm Wolfhelm huckepack. Mit meiner rechten Hand hielt ich seinen lahmen linken Arm vor meiner Brust, mit der linken sein linkes Bein. Dann rannte ich auf den Waldrand zu.

Erst als wir im Schutz der Bäume angekommen waren, drehte ich mich um. Niemand zeigte sich in den Fenstern. Die Abteikirche strahlte in der Morgensonne. Es hätte ein friedliches Bild sein können, wenn unter dem Dach der Scheune nicht Rauch hervorgequollen wäre. Kurz darauf brachen die Flammen durch die Schindeln. Sie hatten tatsächlich den Heuboden in Brand gesteckt. Ich betete, dass das Feuer nicht auf die Kirche übergreifen und sich bis zu den Glockenstühlen hochfressen würde.

«Die Flamme frohlockt, Glut rast in die Lüfte», rezitierte Wolfhelm.

«Ich zog fort, auf der Schulter den Vater», antwortete ich.

Und so ließ ich Prüm hinter mir wie Aeneas das brennende Troja.

3

Mit Wolfhelm auf dem Rücken wanderte ich durch den Wald in Richtung Westen – hauptsächlich deshalb, weil die Dänen von Osten gekommen waren und ich hoffen konnte, auf diese Weise keinen Nachzüglern in die Arme zu laufen. Ein Ziel hatte ich nicht. Das bisschen Brot, das ich zusammengerafft hatte, würde kaum für einen Tag reichen, und wegen der Kälte würde es völlig unmöglich sein, im Freien zu übernachten.

Als Erstes musste ich in Erfahrung bringen, ob sie auch in Aachen gewesen waren, wo meine Schwester lebte, der einzige Mensch aus meiner verkommenen Verwandtschaft, der mir etwas bedeutete. Mit jedem Schritt, den ich mich von Prüm entfernte, wurde ich ein bisschen mehr zu einem Teil der Welt außerhalb der Klostermauern. Und so wuchs mit jedem Schritt auch das Gefühl, für Judith verantwortlich zu sein.

Die Sonne schien durch die Bäume und machte es mir leicht, die Richtung zu halten. Über den kahlen Baumkronen spannte sich ein blauer Himmel. Es war kalt, aber wir froren beide nicht: Wolfhelm hielt der Bärenpelz warm, mich die Anstrengung. Es war erstaunlich, mit welcher Kraft und Ausdauer der Alte sich auf meinem Rücken festklammerte. Von Weitem müssen wir ausgesehen haben wie ein buckliger Troll.

Ich spürte kaum, wie die Zeit verging, der Rhythmus meiner Schritte war eintönig wie eine Liturgie, bei der Minuten zu Stunden werden und Stunden zu Minuten. Nur der Stand der Sonne verriet, dass Zeit verstrich. Der Waldboden war hart gefroren und von einer dünnen, harschigen Schneeschicht bedeckt, auf der ich in den Fellstiefeln des Dänen gut Tritt fassen konnte.

Vier Stunden lang begegneten wir niemandem. Mehrmals hörte ich in der Ferne jemanden rufen, und einmal war mir, als läutete in der Ferne eine Glocke. Rief sie zu den Waffen oder zur Messe?

Meine Kräfte begannen nachzulassen. Die Luft schnitt mit eisigen Klingen in meine Lunge, und mein Nacken war steif wie ein Baumstumpf. Wolfhelm zitterte und atmete flach; er hatte schon seit längerer Zeit kein Wort mehr gesagt.

«Schläfst du?», fragte ich.

«Ja», sagte er schwach.

Ich fragte mich, wie lange er das noch durchhalten würde, und zwang mich, meine Schritte zu beschleunigen. Ich hatte Wolfhelm nicht im letzten Augenblick vor den Plünderern gerettet, damit er im Wald auf meinem Rücken vor Entkräftung starb.

Und dann lichtete sich endlich der Wald. Der Kirchturm eines Dorfes ragte aus einer Senke hinter einem gewölbten Acker hervor, ein gedrungener Steinklotz mit flachem Schindeldach. Rechts und links davon stiegen dünne Rauchsäulen auf und verloren sich im windstillen Himmel. Als ich die höchste Stelle des Ackers erklommen hatte, breitete sich das Dorf vor uns aus: ein halbes Dutzend Gehöfte, eins davon deutlich größer als die anderen, dazwischen ein paar armselige Hütten, Ställe, Scheunen und Grubenhäuser, umgeben von einer struppigen Hecke, dahinter wieder der Wald. Ein Hund schlug an, ein paar Kühe antworteten mit Klagelauten. Alles sah sehr friedlich aus. Hier waren sie also noch nicht gewesen. Mit etwas Glück würde ich jemanden finden, der Wolfhelm versorgen könnte. Ich selbst würde mich nicht lange aufhalten. Die Ungewissheit über das, was vielleicht in Aachen geschehen war, ließ mir keine Ruhe.

Vom Acker führte ein unebener Pfad zu einem Durchgang in der Hecke. Als wir näher kamen, traten uns zwei Bewaffnete in den Weg, die offenbar hinter dem Gestrüpp auf der Lauer gelegen hatten. Es waren Bauern in grauen Wollkitteln, die sich an ihren Knüppeln festklammerten und ihre Angst hinter grimmigen Blicken zu verbergen versuchten.

Ich blieb stehen, um sie nicht zu Unbedachtheiten zu reizen – als wären die Tonsur und der bibbernde Greis auf meinen Schultern kein ausreichender Hinweis darauf, dass von mir keine Gefahr ausging. Misstrauisch musterten sie das Schwert an meiner Seite.

«Nimm die Hände hoch», knurrte einer der beiden.

«Wie denn?», fragte ich mit einem Kopfnicken nach hinten. «Er ist gelähmt.»

Sie tauschten einen Blick und ließen die Knüppel sinken.

«Wo kommt ihr her?»

«Prüm.»

Wieder tauschten sie einen Blick, als müssten sie sich über die nächste Frage verständigen.

«Sind die Nordmänner da?»

«Ja.»

«Was ist mit den anderen Mönchen?»

«Geflohen.»

Einer der beiden zeigte auf Wolfhelm. «Braucht er Hilfe?»

Es überrascht einen doch immer wieder, was die Leute für dumme Fragen stellen können.

«Danke, mir geht's gut», murmelte Wolfhelm, aber dann erschlaffte sein Arm, und ich musste ihn auffangen, damit er mir nicht vom Rücken rutschte und auf den gefrorenen Boden fiel.

Endlich begriffen sie und legten ihre Knüppel weg. Zusammen trugen wir den mageren Körper, der in seinem Bärenpelz wie ein aufgeplustertes Geierküken aussah, zu einem der Holzhäuser. Wie ich der kurzen Beratung der beiden entnahm, gehörte es einer Frau namens Goselind, die sich angeblich auf die Heilkunst verstand. Das konnte alles Mögliche bedeuten. Im schlimmsten Fall würde sie Wolfhelm irgendeinen Absud aus Krötenzungen und Taubenblut einflößen und dabei sinnlose Zaubersprüche herunterbeten. Im besten Fall würde sie erkennen, dass er eine warme Suppe brauchte und sich ausruhen musste.

Das Haus war winzig. Es hatte nur einen einzigen Raum, vielleicht sechs Schritte im Quadrat groß, dessen Boden aus festgestampfter Erde bestand. Von der Balkendecke hingen unzählige Bündel von Zweigen und Kräutern zum Trocknen herab. Über der Feuerstelle an der Rückwand des Raumes war ein verbeulter Kessel aufgehängt. Es roch nach Rauch. Alle Läden waren geschlossen, sodass das Feuer die einzige Lichtquelle war. An den Wänden konnte man schief zusammengenagelte Holzgestelle erahnen, auf denen Töpfe, Krüge und Kannen aufgereiht waren. Nur ein Waschzuber und eine Handmühle verrieten, dass die Frau in dem Häuschen nicht nur ihre Mittel zubereitete, sondern dass sie auch dort lebte.

Goselind rührte mit einem riesigen Löffel im Kessel herum und streute mit der anderen Hand getrocknete Kräuter hinein. Sie war in eine dicke Wolldecke gewickelt, trug eine Filzkappe und Handschuhe und wandte uns den Rücken zu, als wollte sie uns zu verstehen geben, dass sie die Ankunft des Patienten längst vorausgeahnt hatte, über seine Beschwerden im Bilde war und ungestört die letzten Handgriffe bei der Zubereitung des passenden Tranks verrichten wollte. Immerhin murmelte sie keine Formeln vor sich hin, sondern sagte nur: «Legt ihn da ab.»

Ihre Stimme irritierte mich, sie klang wie die eines Kindes.

Wir betteten Wolfhelm, der nur ein leises Ächzen von sich gab, auf einen Strohsack, der mit Schafsfellen bedeckt war. Dann klopfte die Frau den Löffel am Kesselrand ab. Als sie sich umdrehte, wäre ich fast hintenüber gefallen. Ich hatte eine alte Kräuterhexe erwartet, doch diese Goselind war keine fünfundzwanzig Jahre alt und sah so aus, wie man sich einen Engel vorstellt: makellos und strahlend, was durch ihre sehr helle Haut und die weißblonden Haare noch verstärkt wurde. Ihr Lächeln war offen, ohne Scheu oder Misstrauen.

«Mach mal ein Fenster auf», sagte sie zu einem der Bauern. Dann hockte sie sich neben Wolfhelm und streifte die Handschuhe ab.

Licht strömte herein und fiel auf ihre schlanken Hände, die nicht aussahen, als ob sie damit jemals ein Ochsengespann angeschirrt oder ein Beet umgegraben hätte. Ich fragte mich, wie Goselind in diese Dorfgemeinschaft passte. Warum lebte sie hier allein? Hatte sie keine Familie? Keinen Mann? Keinen Beschützer? Lebte sie von ihrer Heilkunst?

Immerhin schienen ihre Fähigkeiten auf diesem Gebiet im Dorf anerkannt zu sein, auch wenn das natürlich nicht viel zu bedeuten hatte.

Sie zog den Bärenpelz auseinander und schob Wolfhelms Hemd hoch, um seinen mageren Oberkörper freizulegen. Sie beugte sich vor und lauschte aufmerksam und mit geschlossenen Augen an seiner Brust. Nahm seine Hand und hielt sie eine Weile fest. Betastete seinen Hals. Legte ihm die Hand auf die Stirn. Drehte seinen Kopf zur Seite und wieder zurück. Als sie behutsam ein Augenlid hochzog, erwachte Wolfhelm und blickte sie verwirrt an.

«Ich bin tot», flüsterte er.

«Aber nein», beruhigte sie ihn.

«Schade.»

Wolfhelm sagte zunächst nichts mehr, verfolgte die weitere Untersuchung aber mit großer Aufmerksamkeit. Goselind richtete ihn auf und lauschte an seinem Rücken. Dann wies sie ihn an, nacheinander die Gliedmaßen zu bewegen. Als er nur die rechte Hand und das rechte Bein rührte, nickte sie wissend. Sie legte ihn wieder auf den Rücken und stellte ihm ein paar Fragen: wie er heiße, wo er geboren sei, wo er lebe, ob Sommer oder Winter sei. Sie ging vor, als hätte sie das Lehrbuch des Rufus von Ephesos über die Anamnese gelesen, was wohl kaum möglich sein konnte, denn das einzige Exemplar dieses Werks befindet sich meines Wissens auf der Reichenau. So oder so war deutlich zu erkennen, dass Goselind wusste, was zu tun war. Ich entspannte mich. Bei ihr würde er in guten Händen sein.

Natürlich spürte das auch der Patient. Als sie ihn nach den vier Evangelisten fragte, um sein Erinnerungsvermögen zu überprüfen, war er schon wieder zu Späßen aufgelegt. «Sokrates, Platon, Aristoteles und Pythagoras», antwortete er.

«Der ist ja völlig durcheinander», sagte einer der Männer aus dem Hintergrund.

«Im Gegenteil.» Goselind zog spöttisch eine Augenbraue hoch. «Er ist klarer bei Verstand als du, Thiedolf.»

Sie zog Wolfhelm das Hemd wieder herunter. «Er braucht eine warme Suppe», sagte sie. «Und dann muss er sich ausruhen.»

Kaum hatte sie das gesagt, da öffnete sich wieder die Tür, und ein Mann in einem langen dunkelbraunen Fellmantel trat ein, der so schmuddelig war, dass man nicht mehr sagen konnte, von welchem Tier der Pelz stammte. Er hatte einen tief herunterhängenden Schnauzbart und klare, helle Augen, und er strahlte eine natürliche Autorität aus. Sein Blick fiel auf mich, zuerst auf das Schwert, dann auf die Tonsur. Die Kombination irritierte ihn sichtlich, aber er sagte nichts dazu.

«Sind sie schon in Prüm?», fragte er, offenbar so überzeugt von seinem Rang, dass er es nicht für nötig befand, sich vorzustellen.

Ich nickte.

«Wie viele sind es?»

«Ungefähr zweihundert.»

«Wo sind die Brüder?»

«Gerade noch rechtzeitig geflohen.»

«Warum seid ihr nicht bei ihnen?»

Ich bezweifelte, dass er den wahren Grund verstehen würde. «Es gab noch was zu erledigen», sagte ich.

«Muss ja was Wichtiges gewesen sein», gab er spöttisch zurück.

«Für uns war es wichtig.»

«Na dann», sagte er und wandte sich ab. Es passte ihm offenbar nicht, dass ich keine weitere Auskunft gab.

«Gibt es irgendwelche Neuigkeiten?», fragte ich. «Waren sie schon in Aachen?»

Er drehte sich um und schüttelte den Kopf. «Keine Neuigkeiten. Aber den Happen werden sie sich kaum entgehen lassen.» Damit nickte er Goselind zu, beugte sich unter der niedrigen Tür durch und stapfte nach draußen.

Seine Bemerkung ließ mich mit einer Mischung aus Hoffnung und Verzweiflung zurück. Keine Neuigkeiten. Entweder sie waren noch nicht in Aachen gewesen, oder niemand war entkommen. Oder sie fielen gerade in diesem Moment über die Stadt her. Mit aller Kraft versuchte ich, die Bilder beiseitezuschieben, die vor meinem inneren Auge entstanden. Aachen hatte noch nicht einmal eine Mauer. Sie würden die Haustüren eintreten und sich nehmen, was sie haben wollten, vor allem Silber, Wein und Mädchen.

Goselind war aufgestanden und wieder an den Kessel getreten. Sie rührte ein letztes Mal um und begann dann, die Suppe in eine Holzschale zu schöpfen.

Draußen hob eine kleine Glocke zu läuten an. Die beiden Bauern, die uns hergebracht hatten, wandten sich zum Gehen, und ich folgte ihnen nach draußen.

Vor dem Haus wartete der Schnauzbärtige auf mich, und jetzt ließ er sich dazu herab, sich vorzustellen. Er hieß Bertram, war der Verwalter des hiesigen Villikationshofes und Vogt des zugehörigen Gerichtsbezirks. Während er mir erklärte, welche Maßnahmen er zum Schutz des Dorfes ergriffen hatte, setzte er sich in Richtung der Kirche in Bewegung, was mich dazu zwang, ihm zu folgen. Aus den Häusern traten Männer, Frauen und Kinder, die mich unsicher musterten. Keiner der Männer war bewaffnet.

Als Bertram meinen skeptischen Gesichtsausdruck sah, machte er eine wegwerfende Handbewegung. «Ich weiß selber, dass wir sie mit ein paar Knüppeln und Spießen nicht aufhalten werden», sagte er. «Aber heute werden sie nicht herkommen. Heute ist der Tag des heiligen Gauzbert, dessen sterbliche Hülle unsere Kirche zu beherbergen die Ehre hat.»

Ich erinnerte mich undeutlich an die Lebensbeschreibung des Heiligen, die ich vor ein paar Jahren zur Korrektur überflogen hatte, nachdem einer unserer Schreiber sie kopiert hatte. Es war keine besondere Geschichte: Gauzbert war ein Priester gewesen, der vor langer Zeit das Evangelium bei den Heiden gepredigt und sich angeblich vor einer aufgepeitschten Volksmenge ein Duell mit einem einheimischen Magier geliefert hatte. Gauzbert hatte die auf ihn geschleuderten Blitze mit dem Messbuch abgewehrt, ein paar herbeigerufene Dämonen durch Besprengen mit Weihwasser in Qualm aufgelöst und einen Schwarm verzauberter Krähen, die der Magier auf ihn gehetzt hatte, mit der Kraft seines Gebets in Tauben verwandelt. Leider hatte auch das nicht geholfen: Die Menge hatte ihn mit seinem eigenen Kruzifix erschlagen. Der Leichnam war von Gauzberts Mitbrüdern geborgen worden und wirkte seitdem regelmäßig Wunder. Ich hatte wie üblich ein paar Grammatikfehler berichtigt und den Bericht an die Schreibstube zurückgereicht. Dass Gauzbert bei uns in der Gegend bestattet war, hatte ich gar nicht gewusst.

«Am Tag des Heiligen wird der Sarg geöffnet, um die Gläubigen den unversehrten Leib schauen zu lassen», sagte

Bertram feierlich. «Komm mit zur Kirche, dann kannst du das Wunder mit eigenen Augen sehen. Deine Gebete sind uns willkommen.»

Ich erwartete nichts Gutes, denn ich wusste ja, wie das lief: Solche Legenden entstehen immer dann, wenn eine Kirche keine angemessenen Reliquien bekommt. Irgendwann tauchen ein paar Knochen auf, ein Name wird ins Spiel gebracht, den noch nie einer gehört hat, Mirakelgeschichten machen die Runde, jemand schreibt sie auf und präsentiert sie als Beleg für die Wundertätigkeit der Reliquien. Aristoteles nennt so etwas einen Zirkelbeweis, aber damit brauchte ich Bertram natürlich nicht zu kommen. Und weil von Gauzbert offenbar mehr übrig geblieben war als nur die Gebeine, beschlich mich eine Ahnung, was hier gleich gespielt werden würde.

Die Kirche war karg, aber sauber gefegt. Hinter dem Altar war ein mit Schnitzereien verzierter Sarg auf ein Säulengestell gesetzt und mit einem Baldachin überkrönt worden. Der Priester stand mit dem Rücken zum Kirchenraum und hielt den Kopf gesenkt. Fünf Dutzend Menschen hatten sich hier versammelt: Männer und Frauen jeden Alters, dazu viele Kinder. Die meisten waren ärmlich gekleidet, viele hatten sich in löcherige Decken gehüllt und Tücher um die Köpfe gewickelt. Ihre Atemwolken wallten durch die Lichtstrahlen, die durch die winzigen Fenster hereinfielen.

Bertram führte mich, nach rechts und links nickend, in die erste Reihe. Hinter uns wurde getuschelt.

Der Priester blickte auf und hob die Hände. Das Tuscheln erstarb. Ein Rascheln ging durch die Reihen, als alle niederknieten. Dann war es für einen Moment totenstill in der Kirche. Der Priester räusperte sich.

Doch gerade als er das Kyrie anstimmen wollte, kam von draußen ein Geräusch, das schnell lauter wurde: das Trommeln von Pferdehufen, begleitet von Wiehern und Kommandorufen in einer fremden Sprache. Sofort war die ganze Gemeinde auf den Beinen. Panik griff um sich, alle schrien durcheinander, Mütter nahmen die Kinder hoch, der Priester fuhr herum und griff nach dem silbernen Kreuz, das um seinen Hals hing. Das Hufgetrappel verstummte direkt vor der Kirche, und gedämpfte Rufe erschollen. Bertram bahnte sich seinen Weg durch die schreienden und betenden Menschen und versuchte, sie zu beschwichtigen, doch die Todesangst war wie eine Flutwelle durch die Kirche geschwappt und schwoll nur noch weiter an.

Auch ich war aufgesprungen und hatte das Schwert aus der Scheide gerissen. Und ich erinnere mich noch genau, dass mein erster Gedanke nicht den verängstigten Dorfbewohnern galt und auch nicht mir selbst, sondern Judith. Wenn sie in Aachen nicht mehr sicher war, dann musste ich dafür sorgen, dass sie anderswo unterkam. Ich war der Einzige aus der Familie, der wusste, wo sie lebte. Genau genommen, war ich der Einzige, der wusste, *dass* sie lebte.

Für weitere Gedanken war keine Zeit. Die Kirchentür flog auf, und wie ein Racheengel erschien im hereinflutenden Gegenlicht der erste Däne. Auf dem Lederpanzer blitzten Nieten auf, als er eintrat; hinter ihm drängten weitere nach. Die Dorfbewohner hatten sich zum Altar geflüchtet und scharten sich um den Priester wie um den Leithammel, die Blicke starr auf den Eingang gerichtet. Der Priester reckte das Kreuz in die Höhe und betete laut, fast kreischend.

Der Däne grinste breit und hieb sich mit der Schwertklinge

ein paarmal in die flache Hand. Ein Dutzend weitere Krieger quollen herein. Sie sahen aus, als wären sie direkt der Hölle entstiegen: Allesamt trugen sie struppige Pelze, die ihre Schultern auf monströse Weise verbreiterten, ein paar von ihnen hatten Perlen in die zumeist blonden Bärte geflochten, einer war im Gesicht tätowiert.

Für einen Augenblick standen wir uns gegenüber wie Wolfsrudel und Schafherde. Dann rückten sie vor, Schritt für Schritt, nicht überstürzt, sondern fast genüsslich, als würde ihnen gerade ein Festmahl serviert, dessen Freuden sie durch Zügelung ihrer Gier in die Länge ziehen wollten, weil es zu köstlich war, um es in einem Bissen hinunterzuschlingen.

«Wenn kein Wunder passiert, sind wir gleich tot», sagte Bertram neben mir leise. Es war eine Feststellung; er schien keine Angst vor dem Tod zu fühlen, lediglich Bedauern darüber, dass er das diesseitige Leben nicht noch ein wenig länger würde genießen können, bevor das jenseitige begann. Wahrscheinlich tröstete ihn die Tatsache, dass es keine bessere Möglichkeit gab, in den Himmel zu gelangen, als in einer Kirche von Heiden ermordet zu werden. Vielleicht würde man uns sogar als Märtyrer verehren.

Doch das sind Gedanken, die mir erst später kamen. In diesem Augenblick war ich nicht mehr Tankred, der Benediktinermönch und Bibliothekar der Abtei Prüm, sondern Tankred, der Sohn des Grafen Thegan, zum Kämpfen erzogen und ausgebildet. Ich hob das Schwert und überschlug Abstände, Positionen und Waffen der Gegner, ihre Äxte und Schwerter, ihre möglichen Stärken und Schwächen, ihre Behändigkeit und ihre Körpergröße; ich erfasste mit einem Blick einen Linkshänder und einen Unvorsichtigen, den ich mir zuerst vornehmen würde. So offensichtlich es war, dass ich diesen Kampf verlieren würde, so sicher war es auch, dass ich mich ihm stellen würde.

Dass es nicht dazu kam, ist einem Umstand zu verdanken, über den ich eigentlich lieber schweigen sollte.

Das von Bertram erwähnte Wunder passierte tatsächlich. Jedenfalls erzählt man sich das noch heute in der ganzen Gegend; nur eine Handvoll Leute kennt die wahre Geschichte, und diese Leute halten wohlweislich den Mund.

Die Reihe der Dänen war nur noch wenige Schritte entfernt. Der Priester und die Dorfbewohner beteten in höchster Not, die Kinder weinten. Dann aber war hinter dem Altar plötzlich noch ein anderes Geräusch zu vernehmen: ein Kratzen und Schaben, gefolgt vom Poltern des zu Boden fallenden Sargdeckels.

Die Köpfe der Dorfbewohner fuhren herum. Die Gebete verebbten. Die Dänen verharrten wie angefroren auf der Stelle. Hände flogen vor klaffende Münder. Schwerter und Äxte sanken herab.

Der heilige Gauzbert erhob sich aus seinem Grab.

Für alle sichtbar richtete er sich auf, ein blasser Jüngling mit wirrem Haar in einem weißen Totenhemd. Er stemmte sich hoch, bis er stocksteif und aufrecht in seinem Sarg hockte. Ohne ein Wort starrte er in den Kirchenraum.

Der Eindruck, den diese Auferstehung auf die beiden Gruppen machte, war ungeheuer: Die Panik sprang von den Dorfbewohnern auf die Dänen über. Der Anführer rief etwas, ein paar andere schüttelten hektisch und ratlos die Köpfe, und dann redeten alle durcheinander, zeigten mit ihren Waffen in Richtung Altar und begannen zurückzuweichen. Als Gauzbert dann auch noch in einer herrischen Geste den rechten Arm hob und den Zeigefinger gegen sie richtete, als schickte er sich an, einen Blitzstrahl auf sie abzufeuern, gab es kein Halten mehr. Die Plünderer rannten in wilder Flucht aus der Kirche, und nur ein paar Augenblicke danach entfernte sich das Hufgetrappel. Erst später, als ich die Dänen besser kennengelernt hatte, verstand ich, warum: Sie fürchten weder Gott noch den Teufel, aber Wiedergänger aus dem Totenreich fürchten sie mehr als andere Gott und den Teufel zusammen.

Zuerst war es eine Weile still, doch dann erhob sich in der Kirche ein Jubel, der nicht zu beschreiben ist. Alle, auch ich, fielen auf die Knie, der Priester reckte das Kreuz zum Himmel und stimmte laut den einhundertsiebten Psalm an, alle fielen ein, die Stimmen überschlugen sich, Lachen und Weinen waren eins, sodass sie kaum darauf achteten, wie der heilige Gauzbert lautlos zurücksank.

Sie hätten wohl noch den ganzen Tag weitergebetet, wenn Bertram nicht nach dem Ende des Psalms nach vorn getreten wäre und um Ruhe gebeten hätte. Alle Augen richteten sich auf ihn.

«Wir haben heute gesehen, was der Glaube vermag», rief Bertram mit vor Ergriffenheit bebender Stimme, und alle nickten. «Aber sie könnten wiederkommen. Andere könnten kommen. Vielleicht war das nur eine versprengte Gruppe. Und darum empfehle ich, dass wir uns für den Rest des Tages in die Wälder zurückziehen.»

«Wozu?», rief einer. «Der Heilige hat bewiesen, dass er uns beschützen kann!»

Ein paar Rufe der Zustimmung folgten.

Bertram blickte ihn streng an. «Wer bist du», donnerte er,

«dass du die Barmherzigkeit des Himmels herausforderst? Mit welchem Recht verlangst du von Gott, dass er ein zweites Mal eingreift?»

Zustimmendes Gemurmel wurde laut. Bertrams Argument schien auch den Zweiflern zu denken zu geben. Schließlich sprach sich auch der Priester dafür aus, das Dorf zu verlassen und im Wald abzuwarten, ob die Dänen sich noch einmal blicken lassen würden. Mir war klar, warum er so eifrig in dieses Horn stieß: Er hatte natürlich Angst, dass der Schwindel mit der falschen Leiche auffliegen würde, wenn sich die Gemeinde den ganzen Tag lang in der Kirche bei dem offenen Sarg herumdrückte. Denn dass das hier ein Schwindel war, daran hatte für mich von Anfang an kein Zweifel bestanden.

Nachdem die Flucht beschlossen war, begaben sich die Dorfbewohner zu ihren Häusern, um Proviant und Wertgegenstände einzupacken. Anschließend wollte man wieder in der Kirche zusammentreffen, um den Sarg mit dem wundertätigen Leib des heiligen Gauzbert aufzuladen, schließlich drohten auch im Wald allerhand Gefahren, gegen die man Beistand gebrauchen konnte. Im Hinausgehen begann schon der Streit, wem die Ehre gebührte, die Reliquien auf den Schultern zu tragen.

Der Priester stand unschlüssig und nervös am Altar herum. Er war noch keine vierzig Jahre alt, aber das bequeme Leben als Pfarrgeistlicher hatte ihn stumpf und behäbig gemacht. Die fettigen Haare hatte er sich nachlässig über die Halbglatze gelegt. Seine teigigen Finger umklammerten immer noch das Kreuz um seinen Hals. Er schien darauf zu warten, dass auch ich endlich verschwand.

Aber ich dachte nicht daran, sondern drängte mich an ihm

vorbei und trat hinter den Altar. Widerwillig ließ er mich gewähren.

«Sind sie weg?», fragte der heilige Gauzbert leise, ohne die Augen zu öffnen. Es war beeindruckend, wie gut er einen Toten spielen konnte. Er schien nicht zu atmen und bewegte beim Sprechen nicht den Mund.

«Alle bis auf einen», sagte ich.

Er öffnete die Augen. Als er sah, dass ich nicht der Priester war, erschrak er kurz und ging dann sofort zur Rechtfertigung über. Mit einem Kopfnicken wies er in Richtung des Geistlichen, der hilflos hinter mir stand.

«Er bezahlt mich dafür.»

«Seit wann geht das schon so?», fragte ich.

Obwohl die Sache mich amüsierte, hatte mein Ton offenbar ziemlich herrisch geklungen, denn der Priester gab bereitwillig Auskunft: «Seit ein paar Jahren. Eigentlich wollten wir es nur einmal machen.»

«Der Archidiakon hatte ihn an den Hammelbeinen wegen so einer Nuttengeschichte», sagte Gauzbert genüsslich und richtete sich auf. «Er sollte abgesetzt werden. Dann hatte er den Einfall mit dem Wunder, und schon war nicht mehr die Rede davon.»

Der Priester erhob drohend die Faust. «Wenn du das irgendwem erzählst, bringe ich dich um.»

«Kannst du gar nicht», sagte Gauzbert gehässig. «Dann verwese ich nämlich.»

«Wo kommst du her?», fragte ich.

«Aus Inda.» Vergnügt klopfte er auf den Rand des Sargs, in dem er immer noch saß. «Ich bin Schreiner. Passend, oder?»

Die Antwort versetzte mir einen Stich. Inda lag zwei Stunden Fußweg von Aachen entfernt. Fast hätte ich Gauzbert am Kragen gepackt und geschüttelt. «Waren die Dänen bei euch?»

«Allerdings.»

«Wann?»

«Schon vor zwei Wochen. Ich bin rechtzeitig abgehauen. Die haben alles kurz und klein geschlagen und die Abtei in Brand gesteckt. Da gibt's jetzt jede Menge Arbeit für Schreiner.»

«Waren sie auch in Aachen?»

«Was denkst du denn, ist doch gleich nebenan. Sie haben alles ausgeplündert, und wenn sie noch nicht abgezogen sind, dann saufen sie jetzt den Weinkeller in der Kaiserpfalz leer und kotzen in die Thermalbäder.»

«Haben sie Gefangene mitgenommen?»

«Jede Menge.»

«Verflucht.»

Mein Herz zog sich zusammen. Jeder wusste, dass die Dänen vor allem junge Frauen entführten. Nicht auszudenken, was passiert war, wenn meine Schwester die Stadt nicht rechtzeitig hatte verlassen können. Ich durfte keine Zeit mehr verlieren.

Gauzbert deutete meinen Blick richtig und sah mich mitfühlend an. «Familie?»

«Ja.»

«Dann solltest du mal lieber nach dem Rechten sehen. Wir könnten zusammen gehen. Die Wege sind unsicher, und du siehst aus wie einer, der sich seiner Haut wehren kann. Ich bin leider nur als Toter so richtig kampffähig.»

Damit stemmte er sich aus dem Sarg und sprang auf den Boden.

«Nichts da», sagte der Priester und fasste ihn am Arm. «Du

kommst mit uns. Was soll ich den Leuten denn sagen, wenn die entdecken, dass der Sarg leer ist?»

«Nagel doch einfach den Deckel zu.»

«Ohne dich ist er viel zu leicht.»

Gauzbert grinste. «Umso besser! Schon wieder ein Wunder: Gott hat den Sarg leichter gemacht, halleluja!»

«Das glaubt mir doch keiner.»

Gauzbert verdrehte die Augen. «Mein Gott, dann leg halt ein paar Steine rein oder erzähl ihnen, ich sei zum Himmel aufgefahren. Dir fällt schon was ein. Wir sehen uns nächstes Jahr!»

Mit diesen Worten schüttelte er die Hand des Priesters ab, eilte zum Kirchenportal, öffnete die Tür und spähte hinaus. Bevor er verschwand, rief er mir noch zu: «Wir treffen uns am Waldrand beim Fischteich!»

Bevor ich mich auf den Weg machte, ging ich noch einmal zur Hütte von Goselind, die natürlich längst wusste, was in der Kirche passiert war. Ich hatte nicht den Eindruck, dass sie die Geschichte mit dem unverwesten Leichnam des Heiligen jemals geglaubt hatte. Wolfhelm lag auf den Schaffellen und schlief wie ein Kind.

Beim Abschied musste ich nicht viele Worte machen. Sie spürte, dass etwas keinen Aufschub duldete, fragte aber nicht nach, sondern versprach, sich um Wolfhelm zu kümmern, bis ich zurück sein würde. Ich kniete mich hin und küsste ihn auf die Stirn.

Als ich mich erhob, standen wir plötzlich dicht voreinander, und einen winzigen Augenblick lang wäre es mir fast natürlich erschienen, auch sie zu küssen, wie wenn man nach einem gelungenen Schuss zügig den zweiten Pfeil einlegt und weiß, dass er ebenfalls treffen wird, wenn man nur sofort schießt. Ihre Augen waren hellblau wie der Winterhimmel, und sie sah mich an mit diesem fragenden Blick, von dem man erst hinterher begreift, dass er als Einladung gemeint ist. Dass ich es überhaupt begriff, war ein weiteres Anzeichen dafür, dass mein altes Leben mich wiederhatte.

4

Der Fischteich lag neben einer kleinen Birkenschonung hinter dem Villikationshof am Westrand des Dorfes und wurde von der Hecke, die die ganze Siedlung umgab, gegen den Wald abgeschirmt. Die feine Schneeschicht auf der Eisfläche glänzte matt in der Sonne. In den Zweigen tschilpten ein paar Vögel, als hätte der Frühling schon angefangen. Als ich mich näherte, begann in einem der Gebäude in der Nähe ein Hund zu bellen und hörte nicht mehr auf.

Ich zog den Bärenpelz, den ich wieder an mich genommen hatte, enger um meine Schultern und fragte mich, wie der falsche Gauzbert es wohl schaffen wollte, unbemerkt hierherzugelangen. Überall liefen Leute herum, Dorfbewohner strebten mit ihren Bündeln der Kirche zu, und wenn er sich nicht rechtzeitig aus dem Staub gemacht hatte, saß er jetzt in der Falle und hatte die Wahl zwischen einer äußerst peinlichen und einer äußerst unbequemen Möglichkeit: Entweder er ließ den Betrug auffliegen und zog sich den Zorn der getäuschten Gläubigen zu, oder er spielte das Spiel weiter und ließ sich als leicht bekleideter Leichnam im Sarg durch den eiskalten Wald tragen.

Nachdem ich eine Viertelstunde gewartet hatte, setzte die Kirchenglocke wieder ein. Offenbar versammelten sich nun alle und rüsteten sich mit ein paar Gebeten zum Aufbruch.

Wenn er jetzt nicht kam, dann würde er gar nicht mehr kommen – bedauerlicherweise, denn da er die Strecke ja mindestens einmal im Jahr hin und zurück laufen musste, um den toten Heiligen zu spielen, kannte er den Weg wahrscheinlich gut genug.

Ich zwängte mich durch die Hecke und betrat den Wald. Unter den Stiefeln, die ich dem toten Dänen abgenommen hatte, knirschte der verharschte Schnee. Ansonsten war es völlig still. Ab und zu rieselte eine glitzernde Wolke von einem Ast.

Als Gauzbert dann plötzlich hinter einem Baum hervortrat, in einen dicken Wollmantel gehüllt, fuhr meine Hand schon wieder zum Schwertgriff. Er grinste und äffte mich mit einem theatralischen Zucken nach. Seine schwarzen Haare ließen sein Gesicht noch bleicher wirken. Sie waren vor der Stirn nachlässig abgeschnitten worden, was ihm ein leicht verwahrlostes Aussehen verlieh, aber aus seinen blauen Augen sprühte der Schalk.

«Und, wie habt ihr's nun mit dem Sarg gemacht?», fragte ich.

«Wir haben Dachziegel reingepackt und ihn zugenagelt. Jetzt haben sie was zu schleppen.»

«Aha. Wie heißt du eigentlich?»

«Nenn mich doch einfach Gauzbert.»

«Soso. Ich bin Tankred.»

«Und? Was bist du für einer, Tankred? Mit Schwert und Tonsur?»

«Das lässt sich nicht in einem Satz erklären.»

«Dachte ich mir. Aber wir haben ja Zeit.»

Fürchte ich auch, dachte ich. Mir stand nicht der Sinn nach Plaudereien. Meine Gedanken kreisten schon wieder um meine Schwester, und ich wollte meinen Atem lieber für den Fußmarsch schonen, als gleich zu Anfang der Reise einem Menschen, den ich seit einer Stunde kannte und der mir seinen Namen nicht verraten wollte, Rede und Antwort über die dunkelsten Kapitel meiner Lebensgeschichte zu stehen.

So machten wir uns auf den Weg durch den Wald, immer in Richtung Norden. Gauzbert war einer von denen, die unverdrossen drauflosreden, sich selbst die Stichworte zum Weiterplappern geben und erst damit aufhören, wenn man ihnen Einhalt gebietet. Wahrscheinlich schaffte er es wirklich nur einmal im Jahr, für ein paar Stunden den Mund zu halten, nämlich dann, wenn er für Geld die Leiche spielte. Unter vielen durchaus unterhaltsamen Ausschmückungen erzählte er mir seine Geschichte.

Gauzberts Eltern waren früh gestorben, und er war als Junge zu seinem Onkel gekommen, der im Kloster Inda als Schreiner beschäftigt war. Gauzbert war bei ihm in die Lehre gegangen und hatte die Nachfolge des Onkels angetreten, nachdem dieser sich mit einer rostigen Säge verletzt und an Wundbrand gestorben war – ausgerechnet beim Zusammenzimmern eines Tragebehälters für die feierliche Abholung einer Schädelreliquie des heiligen Cornelius, die das Kloster gegen die Hälfte des Grabtuchs Christi eingetauscht hatte.

«Den Behälter hat er noch fertig gekriegt. Aber als der Schädel endlich ankam, war er längst hin.»

Seit dem Tod seines Onkels kümmerte Gauzbert sich im Kloster um alles, was mit Holz zu tun hatte: Er drechselte Schalen und Näpfe, schnitzte Griffe für Messer und Werkzeuge, besserte das Mobiliar aus oder stellte neues her und erledigte Instandhaltungsarbeiten an den Gebäuden. Darüber hinaus hatte er sich eine ganze Reihe von weiteren Fertigkeiten beigebracht: Er konnte Kerzen ziehen, Krüge töpfern, Ziegel brennen und Nägel schmieden, er kannte die Rezepturen für Heiltränke, Aufgüsse, Salben und Umschläge, er konnte Messer werfen und mit fünf Eiern jonglieren, Romanisch sprechen, Winkelsummen berechnen und mit Tieren umgehen; die Jagdhunde des Abtes gehorchten ihm angeblich aufs Wort.

«Wie viele hat er denn?»

«Drei Dutzend. Englische Windhunde. Schnell wie der Teufel. Aber jetzt ist alles hin.»

Die Bemerkung versetzte mir einen Stich und erinnerte mich wieder an den Grund meines Aufbruchs, aber Gauzbert plapperte unverdrossen weiter. Den Priester aus dem Eifeldorf hatte er kennengelernt, als dieser für ein paar Wochen in Inda zu Bußübungen geweilt hatte, wegen dem, was Gauzbert gehässig die «Nuttengeschichte» nannte. Beim Anblick des mageren und blassen jungen Mannes war der Priester auf die Idee mit dem unverwesten Leichnam verfallen. Und weil der Tag des Heiligen bevorstand und der Bußaufenthalt in Inda sich dem Ende zuneigte, hatte er ihn kurzerhand mitgenommen und sich durch das Wunder rehabilitiert.

«Offiziell war es eine Pilgerreise», sagte Gauzbert vergnügt. «Und er hat gut gezahlt.»

Während er munter immer weiterredete, hörte ich kaum noch hin. Meine Gedanken eilten voraus nach Aachen. Die Angst vor dem, was ich dort vorfinden würde, ließ mir keine Ruhe.

Gauzbert wusste nichts über den Überfall auf Aachen. Als die Nachricht vom Herannahen der Dänen in Inda eingetroffen war, hatten alle ihre Sachen gepackt und waren geflohen;

die Mönche hatten zunächst betend ausgeharrt und auf ein Wunder gehofft, bis die Rauchsäulen über Aachen gestanden hatten und die ersten Flüchtlinge erschienen waren. Mit denen waren sie dann nach Süden geflohen, nur weg von den Heiden, die Gott nach Ansicht der meisten als Strafe für die Sünden der Christenheit geschickt hatte. Gauzbert hatte den Mönchen beim Verladen des Klosterschatzes geholfen und sie noch ein Stück begleitet. Doch weil der Zug nur langsam vorangekommen war und die Mönche ihm mit ihren Klagegesängen auf die Nerven gefallen waren, hatte er sich nach wenigen Stunden abgesetzt. In der Hoffnung, dass man seiner Dienste als unverwester Leichnam in diesen unruhigen Zeiten umso mehr bedürfen werde, hatte er sich allein in das Eifeldorf durchgeschlagen. Der Priester war gezwungen gewesen, ihn bis zum Tag seines Auftritts eine Woche lang bei sich zu verstecken und durchzufüttern.

«Was meinst du, Tankred?», fragte Gauzbert mit einem Seitenblick. «Sind die Dänen eine Gottesstrafe?»

«Nein», sagte ich.

Meine Entschiedenheit überraschte ihn. «Nein? Drei Dutzend englische Windhunde! Und die Feiern erst! Was da alles auf den Tisch kam, auch in der Fastenzeit! Und die Tanzfeste! Die Mädchen! Der Abt war kein Kind von Traurigkeit.»

«Wenn Gott sie gesandt hätte, um die Frevler zu bestrafen, dann hätten sie dich und deinen Priester als Erste zur Hölle geschickt», sagte ich trocken.

Darauf war er eine Weile still, aber ich sah, dass er ganz leicht grinste. Der Schnee knirschte unter unseren Schritten. Immer noch schien die Sonne durch die kahlen Bäume, aber sie hatte schon keine Kraft mehr. Irgendwo rief eine Eule. Ich dachte an Wolfhelm. Was sollte aus ihm werden, wenn die Dänen zurückkamen? Ich konnte mir nicht vorstellen, dass Goselind ihn allein zurückgelassen hatte und mit den anderen in den Wald geflohen war. Sie würde ihn versorgen, aber schützen konnte sie ihn nicht.

«Gleich müsste das nächste Dorf kommen», sagte Gauzbert. Ganz sicher schien er sich nicht zu sein. Fast unmerklich beschleunigte er seine Schritte, als wollte er verhindern, dass ich an seiner Kenntnis der Gegend zu zweifeln begann.

So stapften wir weiter. Gauzbert hatte offenbar beschlossen, seine Kräfte zu schonen, jedenfalls nahm er seinen Redefluss nicht wieder auf, sondern setzte einen Fuß vor den anderen, während die Sonne hinter uns zwischen den Stämmen verschwand. Ich dachte an den Morgen zurück, an den Aufbruch der anderen, daran, wie ich die Bücher versteckt und den Dänen getötet hatte und aus dem Fenster des Dormitoriums gesprungen war, an die Flucht durch den Wald, an Wolfhelm, wie er sich an meinen Rücken geklammert hatte, an unsere Ankunft im Dorf, an Wolfhelms Späße bei der Untersuchung, an den Überfall der Dänen auf die Kirche und an ihre panische Flucht, an den merkwürdigen Abschied von Goselind und an den neuerlichen Aufbruch in den Wald mit diesem Gauzbert, der jetzt mit schweren Schritten neben mir herlief und versuchte, sich nicht anmerken zu lassen, dass er unruhig wurde. War das alles an einem Tag passiert? An einem einzigen kurzen Wintertag?

In den ganzen zwölf Jahren in Prüm hatte es keinen Tag gegeben, der mir so lang vorgekommen war. Wie auch? Der Tageslauf war von den Stundengebeten bestimmt worden, von monotonen Gesängen und liturgischen Lesungen, von den täglichen Verrichtungen im Kloster und dann mehr und mehr von den Stunden im Skriptorium und in der Bibliothek, die ich über den Büchern verbracht hatte, um mich mit Wissen vollzusaugen und dieses Wissen bei Sonnenlicht und bei Kerzenschein zu verarbeiten, zu notieren, nachzuschlagen, abzugleichen, zusammenzufassen und umzuformulieren. Wenn alle zu Bett gegangen waren, hatte ich mich zu Wolfhelm in die Kammer geschlichen, und wir hatten uns die Köpfe heißgeredet über die Erschaffung der Welt, die Natur der Dinge, die Beschaffenheit der Zeit, die Existenz des Bösen, das Wesen Gottes, den Aufenthaltsort der Engel, das Nichts und die Unendlichkeit, das Schicksal und den freien Willen, die Gottesebenbildlichkeit des Menschen und die zahlenmäßige Ordnung des Kosmos, aber immer waren die Tage viel zu kurz gewesen. Oft habe ich mich gefragt, ob die Zeit wirklich immer gleich schnell abläuft, wie der Lauf der Gestirne das vorzugeben scheint. Doch wenn man Augustinus glaubt, dann lässt sie sich ohnehin nicht messen: Sie kommt aus der Zukunft, die noch nicht ist, geht durch die Gegenwart, die keine Dauer hat, und verschwindet in der Vergangenheit, die nicht mehr ist. Und doch dehnt und staucht sie sich in unseren Köpfen.

Die Sonne ging unter. Es war die gleiche Sonne, die an diesem unendlich fern scheinenden Epiphaniasmorgen über dem Kloster Prüm aufgegangen war, und erst jetzt wurde mir klar, dass von diesem Kloster wohl nicht mehr übrig war als rußgeschwärzte Mauern und glimmende Trümmer. Und wieder streifte mich die Ahnung, dass nach dieser Reise nichts mehr sein würde wie davor.

Während der Himmel sich über dem kahlen Gezweig mit der Tinte der Nacht vollsaugte, begann das Spalier der Baumstämme vor uns endlich, sich zu lichten. Gauzbert war spürbar erleichtert, auch wenn er kein Wort sagte.

Als wir den Waldrand erreichten, war es schon fast dunkel. Vor uns lag eine gerodete Fläche, deren gegenüberliegender Saum nur zu erahnen war. Ein letzter Schimmer des verlöschenden Tages lag über dem Horizont im Westen und ging zum Zenit hin in ein sattes Dunkelblau über. Sterne blinkten auf, als würden von außen Löcher durch eine kostbare Samtdecke gestochen. Im Unterholz fauchte etwas. Ein Vogel flog auf.

Vor uns lag tatsächlich ein Dorf.

Aber etwas stimmte nicht.

Zwischen den Häusern sah ich ein Feuer brennen. Laute Männerstimmen wehten herüber, ohne dass etwas zu verstehen gewesen wäre, aber ganz offensichtlich waren sie betrunken. Ab und zu schnaubte ein Pferd.

Das waren keine Dorfbewohner. Das waren die Dänen.

Auch Gauzbert hatte es begriffen. Er bewegte sich plötzlich behutsamer, und nach ein paar Schritten duckten wir uns wie auf ein Zeichen in das Unterholz am Rand des Waldes und beobachteten angespannt die Szenerie.

Ein paar Silhouetten liefen hin und her, dann waren Anfeuerungsrufe zu hören, gefolgt von Krachen und Poltern, und kurz darauf flog von dem Feuer eine Wolke aus Funken auf. Sie hatten irgendetwas herausgerissen, eine Tür oder einen Fensterladen, und in die Flammen geworfen.

«Was machen wir?», fragte Gauzbert.

«Wir gehen hin und fragen, ob sie ein bisschen zusammenrücken», sagte ich.

«Ich kann kein Dänisch», sagte er.

«Dann halt den Mund und lass mich reden.»

«Den Mund kann ich leider auch nicht halten.»

«Sag bloß. Und ich kann auch kein Dänisch.»

Es half nichts. Ich gab Gauzbert einen Wink. Wir erhoben uns und schlichen am Waldsaum entlang, um einen großen Bogen zu schlagen und dann wieder nach Norden einzuschwenken. Zum Glück war der Himmel klar. Der Polarstern stand wie ein Wegweiser vor uns, sodass wir zumindest nicht im Kreis wandern würden. Aber solange wir keine Möglichkeit fanden, einigermaßen geschützt zu übernachten, würden wir bis zum Morgen weiterlaufen müssen, um nicht zu erfrieren.

Als ich gerade dachte, wir wären nun weit genug vom Dorf entfernt, um die gerodete Fläche unbemerkt überqueren zu können, tauchte vor uns eine dunkle quadratische Silhouette auf. Ich konnte unser Glück kaum fassen: Da stand tatsächlich eine verlassene Hütte am Waldrand. Ich zog das Schwert.

«Vorsicht», sagte Gauzbert hinter mir, und ich hörte, dass er dabei grinste. «Da drin könnte sich ein Eichhörnchen verstecken.»

Wir tasteten uns zur Tür vor, schoben sie auf und traten ein. Während ich mit dem Schwert in der Dunkelheit herumstocherte, fand Gauzbert einen Fensterladen und stieß ihn auf. Die letzten Reste der Dämmerung schwappten von draußen herein und machten ein paar Konturen erkennbar: einen Holztisch mit Schemel, ein Strohlager, eine gemauerte Feuerstelle und ein weiteres Fenster in der gegenüberliegenden Wand. Leider hatte ich nichts zum Feuermachen dabei. Aber das Stroh war besser als der Waldboden.

Durch das Fenster blickte man über den winterlichen Acker auf das Dorf, in dem das Feuer jetzt noch höher loderte und die Wände und Strohdächer einer Hofanlage beschien. Funken stoben in dichten Wolken in die Höhe, wahrscheinlich hatten die Dänen weiteres Mobiliar in die Flammen geworfen. Ab und zu wehte grölendes Lachen herüber. Wenn sie nicht aufpassten, würden sie aus Versehen das ganze Dorf in Brand setzen. Ich fragte mich, ob sie unsere Hütte im Feuerschein würden sehen können, aber das schien mir unwahrscheinlich. Wir hatten sie ja selbst erst entdeckt, als wir schon fast dagegengelaufen waren.

Gauzbert machte sich draußen zu schaffen, es raschelte und knackte, dann kam er zurück und kniete sich hin. Das Knirschen von Feuerstein auf Stahl erklang, dann glomm der Zunder auf. Trockenes Laub raschelte und fing Feuer. Der Junge war wirklich zu gebrauchen.

«Hab dem Priester sein Feuerzeug geklaut, bevor ich abgehauen bin.»

Eine Viertelstunde später hockten wir nebeneinander auf dem Strohlager und wärmten uns auf. Das Fenster auf der vom Dorf abgelegenen Seite der Hütte hatten wir geöffnet, um den Rauch abziehen zu lassen; es gab zwar einen gemauerten Kaminschacht, aber er zog nicht gut, und das Holz war feucht. Nach einer Weile holte Gauzbert Nachschub, währenddessen riss ich den Schemel auseinander und zerschlug den Tisch.

Lange schwiegen wir, und obwohl ein so anstrengender Tag hinter uns lag, wollte sich keine Müdigkeit einstellen. Abwechselnd rupften wir Stücke von einem trockenen Brotlaib ab, den Gauzbert ebenfalls bei dem Priester hatte mitgehen lassen. Meine Gedanken kreisten um meine Schwester. Am liebsten wäre ich sofort wieder aufgebrochen, um keine Zeit zu verschwenden.

«Also», sagte Gauzbert ganz unvermittelt in die Stille hinein, als hätte er nur so lange geschwiegen, um Anlauf zu nehmen. «Dann fang mal an.»

«Womit?»

«Mit deiner Geschichte.»

Es gibt zwei Arten von geschwätzigen Leuten. Die erste Art interessiert sich nicht für andere Menschen. Diese Leute reden um des Redens willen, und sie hören auch deshalb nicht auf, damit niemand nachfragen und ihr Geschwätz als das entlarven kann, was es ist. Die zweite Art ist eigentlich vor allem neugierig. Solche Menschen stecken ihre Nase in alles, wollen alles wissen, saugen alles auf. Und sie reden vor allem deshalb, weil sie glauben, dass andere genauso neugierig sind. Und zu dieser zweiten Art schien Gauzbert zu gehören. Er hatte fast den ganzen Weg über geredet und mir seine Geschichte erzählt, jetzt wollte er meine haben. Zuhören war für ihn eine Art der Nahrungsaufnahme. Und er verstand es, Leute zum Reden zu bringen. Wie ein guter Reiter spürte er, wo er die Zügel schießen lassen konnte und wo er sie aufnehmen musste; er ließ Abschweifungen zu, führte einen aber immer wieder behutsam auf den Hauptweg zurück. Er begriff instinktiv, wo er nachhaken konnte und wo nicht, und er behielt jede Einzelheit im Gedächtnis, um bei späterer Gelegenheit darauf zurückzukommen.

In den zwölf Jahren im Kloster hatte ich meistens einsilbig auf neugierige Fragen nach meinem Vorleben geantwortet. Es kursierten allerhand Geschichten über die Umstände, die mich nach Prüm geführt hatten, und weil diese Umstände damals hohe Wellen geschlagen hatten, war die ganze Sache eigentlich kein Geheimnis. Aber es gab ein paar entscheidende

Einzelheiten, die auf keinen Fall ans Licht kommen durften, und diese Einzelheiten betrafen meine Schwester. Denn eigentlich gab es sie nicht mehr. Niemand aus meiner Familie wusste, dass sie noch am Leben war, und genau darum war sie noch am Leben. Ich nenne sie meine Schwester, obwohl sie, um genau zu sein, meine Halbschwester ist.

In den vergangenen zwölf Jahren waren Ansbald und Wolfhelm, der Abt und der Bibliothekar eines der bedeutendsten Reichsklöster, die Einzigen gewesen, die die Wahrheit erfahren hatten. In dieser Nacht aber erzählte ich sie auch einem windigen Schreiner aus Inda, der als Komplize eines ebenso windigen Priesters die Gläubigen verschaukelte, indem er einen toten Heiligen spielte, einem Mann, den ich seit einem halben Tag kannte und den ich Gauzbert nannte, weil er mir seinen richtigen Namen nicht verriet. Und trotzdem war es nicht die Verzweiflung, die mich gesprächig machte, sondern die Tatsache, dass ich wider alle Vernunft spürte, dass Gauzbert vertrauenswürdig war.

Beginnen wir ganz vorn. Ich, Tankred, Sohn des Grafen Thegan, bin so ziemlich mit allen Familien verwandt und verschwägert, die in Lotharingien in den letzten paar Hundert Jahren etwas zu sagen gehabt haben. Meine Ahnen sind in dieses Land gekommen, als es noch von den Römern beherrscht wurde, und es gab keinen Krieg, in dem sie nicht mitgemischt haben. Wer will, kann die Einzelheiten bei Gregor von Tours nachlesen, dort stolpert man auf Schritt und Tritt über sie.

Meine Vorfahren kämpften für Könige und für Hausmeier, bis diese sich selbst zu Königen machten. Sie waren immer auf der richtigen Seite. Mein Großvater ist mit dem großen Kaiser Karl gegen die Langobarden, gegen die Awaren und gegen die Sachsen gezogen, und er hat sich seine Dienste mit ausgedehnten Ländereien zwischen Maas und Rhein bezahlen lassen. Er wurde zum Grafen erhoben und erwirkte, dass Amt und Titel an meinen Vater übergingen, obwohl sie damals noch gar nicht erblich waren. Wir besaßen Villikationen und Eigenkirchen um Maastricht, Lüttich und Aachen, außerdem Stadthöfe, Mühlen, Viehherden, Wälder und Fischteiche. Als die Söhne des frommen Kaisers Ludwig zuerst über ihren Vater und dann übereinander herfielen, lavierte mein Vater geschickt zwischen den Parteien und schaffte es, den Familienbesitz unbeschadet aus den Wirren hervorgehen zu lassen. In der Schlacht von Fontenoy wurde er schwer verwundet, und als er sich erholt hatte, heiratete er meine Mutter Gerbirga, eine gute Partie, die ihm noch mehr Besitz einbrachte sowie ein Bündnis mit ihrer mächtigen Familie. Im Jahr darauf kam mein Bruder Radold zur Welt, drei weitere Jahre später folgte ich.

Man kann sich vorstellen, wie wir aufwuchsen: Mit fünf Jahren konnte ich reiten, mit acht erlegte ich meine erste Hirschkuh mit dem Bogen und mit elf meine erste Sau mit dem Speer. Was wir haben wollten, verschafften wir uns durch Fingerschnippen. Mein Vater nahm uns zu den Gerichtssitzungen mit und zu den Verhandlungen mit den Großen des Reiches. Das war die Gesellschaft, in der er sich ganz selbstverständlich bewegte. Einmal lernte ich bei einer solchen Gelegenheit sogar Kaiser Lothar kennen – den Lothar, dessen Gebeine heute in der Abteikirche von Prüm unter der schweren Grabplatte ruhen, die weder die Mönche noch die Dänen hatten hochstemmen können. Auch diese Geschichte erzählte ich Gauzbert, um deutlich zu machen, wie tief ich gefallen war.

Es war in Aachen, in der großen Königshalle, und der Kaiser saß unter einem Baldachin auf dem Thron. Mein Vater hatte mich wieder einmal mitgenommen. Irgendwer trug mit monotoner Stimme vor, wie sich die Erträge aus den Fiskalgütern entwickelten. Grafen, Bischöfe, Äbte und andere hohe Herren, die zu Beginn des Vortrags gemäß ihrem Rang Aufstellung genommen hatten, verloren das Interesse, begannen, umherzuwandern und zwanglos über dies und das zu plaudern: ob diese Ulfberht-Schwerter wirklich ihr Geld wert seien, ob die orientalischen Sklavinnen eigentlich alle untenherum vollständig rasiert seien und ob irgendjemand verstanden habe, was dieser Gottschalk, oder wie der noch mal heiße, über die Prädestination behauptet habe.

Ich trug voller Stolz ein kleines Kettenhemd und Sporenstiefel wie ein richtiger Krieger, und so wurde Lothar auf mich aufmerksam. Auch ihn schien der Vortrag zu langweilen, also winkte er mich mit einem freundlichen Lächeln zu sich heran und klopfte auf seine Schenkel. Ich weiß noch, wie ich kurz zögerte, eingeschüchtert durch den imperialen Glanz aus Purpur und Gold, der ihn umgab, aber er klopfte noch einmal, und ich sprang auf seinen Schoß. Ich erinnere mich noch genau an den Duft, der aus seinen Kleidern aufstieg, wahrscheinlich ein orientalisches Wässerchen; ich habe diesen Duft seitdem nie wieder gerochen und würde ihn dennoch auch nach all den Jahren sofort wiedererkennen. Sein purpurfarbener Umhang hatte eine Borte mit goldenen Stickereien: Fabelwesen mit Schuppen, Federn, Klauen, Flügeln und Hörnern, die eine Prozession bildeten. Lothar trug Ringe mit dicken Edelsteinen an den Fingern. Sein Bart war sauber gestutzt, seine Augen braun mit einem Stich von Gold. Der Vortragende verstummte und blickte fragend zum Thron hinauf, aber Lothar forderte ihn mit einer Handbewegung auf fortzufahren, also setzte die Litanei wieder ein, während der Kaiser sich vorbeugte, um mir etwas zuzuflüstern. Die Gespräche im Saal waren leiser geworden, einige der Anwesenden schauten zu uns herüber, stießen sich an und neigten wohlwollend lächelnd die Köpfe. Ich nehme an, sie erwarteten, dass Lothar mir Worte der Huld zuteilwerden lassen würde, einen mahnenden oder ermunternden Ratschlag fürs Leben, aber das tat er nicht. Er zwinkerte mir verschwörerisch zu, zeigte mit dem Finger kurz in die Runde der Versammelten und flüsterte: «Alles Idioten.» Woraufhin er in ein vergnügtes Kichern ausbrach, das auch mir ein scheues Lachen entlockte. Natürlich wollten hinterher alle wissen, was er gesagt hatte, aber ich schwieg beharrlich, und sie lächelten noch wohlwollender, weil ich mit meinen jungen Jahren ein vertrauliches Wort des Kaisers so verschwiegen zu behandeln wusste.

Damals hatte das Unheil schon seinen Anfang genommen, wir ahnten es nur noch nicht.

Mein Vater hatte sich mit einer anderen Frau eingelassen. Sie hieß Uta und stammte aus einer unbedeutenden Familie, keine Bauern, aber dennoch weit unter unserem Stand, sodass eigentlich keine Gefahr bestand, das sorgfältig geflochtene Band der familiären Allianzen könnte zu arg strapaziert werden. Uta war eine Natter, abergläubisch und intrigant bis ins Mark, aber von großer Schönheit und schlangenhafter Eleganz. Heute noch sehe ich sie vor mir, ihre pechschwarzen Haare, die einen merkwürdigen Kontrast zu ihrer hellen Haut und den eisblauen Augen bildeten, ihr dünnes Lächeln, die Sommersprossen, die sie immer jung aussehen ließen.

Wann es angefangen hatte, wusste niemand so genau, auf jeden Fall wurde den beiden ein Sohn geboren, als ich etwa acht Jahre alt war. Sie nannten ihn Gerold. Natürlich wusste meine Mutter davon, aber sie nahm es hin und ging davon aus, dass es so laufen würde, wie es immer lief: Eines Tages würde mein Vater von Uta die Nase voll haben, und er würde sie und den Bastard mit einer Abfindung wegschicken. Aber mein Vater hatte die Nase nicht voll von Uta. Im Gegenteil: Er behandelte sie mit immer größerer Selbstverständlichkeit wie seine rechtmäßige Ehefrau.

Meine Mutter, mein Bruder und ich verbrachten damals die meiste Zeit auf einem komfortablen Villikationshof vor den Toren von Maastricht. Mein Vater war viel unterwegs, zuerst im Auftrag von Lothar und nach dessen Tod in den Diensten von dessen Sohn gleichen Namens, der den nördlichen Teil des Reiches geerbt hatte. Uta begleitete ihn oft, und wenn nicht, residierte sie auf einem prachtvollen Hof gleich neben unserem Anwesen, den mein Vater eigens für sie und Gerold erworben hatte. So war meine Mutter gezwungen, Tür an Tür mit der Konkubine ihres Mannes zu leben. Sie trug es mit großer Würde. Die Frauen gingen sich aus dem Weg, und in den ersten Jahren wagte Uta es noch nicht, unverschämt zu werden. Das sollte sich erst nach und nach ändern.

Zu meiner Mutter muss ich noch ein paar Worte sagen. Sie war in mehrfacher Hinsicht eine außergewöhnliche Person. Sie scherte sich wenig um das, was andere für schicklich oder angemessen hielten. Sie liebte Radold und mich über alles, und so hatte die Amme mit uns nicht viel zu tun. Meine Mutter spielte und scherzte mit uns herum und ließ uns zum großen Missbehagen unseres Vaters sogar in ihrem Bett schlafen. Nach seiner Ansicht förderte sie damit unsere Verweichlichung. Er duldete es wohl nur deshalb, weil er keine Lust auf Auseinandersetzungen darüber hatte, in wessen Bett er selbst seine Nächte verbrachte.

Meine Mutter legte von Anfang an Wert darauf, dass bei unserer Erziehung die geistige Bildung nicht vernachlässigt wurde, und auch dafür sorgte sie selbst. Sie brachte uns Latein und Lesen bei und unterrichtete uns in den freien Künsten. Sie hatte eine ganz passable Büchersammlung, und so wurde ich schon in frühen Jahren mit Vergil und Horaz vertraut gemacht, aber auch mit neuerer Dichtung wie den Versen von Walahfrid Strabo und Sedulius Scotus. Am meisten aber interessierte mich die Wissenschaft. Und weil ich nicht aufhörte, sie mit meinen Fragen zu bestürmen, schickte sie mich zu Folchar nach Aachen.

Folchar war der Abt des Marienstifts und neben Wolfhelm der klügste Mensch, den ich jemals getroffen habe. Meine Mutter kannte ihn seit ihren Kindertagen und hatte keine Bedenken, mich tagelang bei ihm zu lassen. Die Bibliothek des Stifts war nichts im Vergleich zu dem, was ich später in Prüm vorfinden würde, aber Folchar hatte ein phänomenales Gedächtnis und kannte die Werke der großen Philosophen fast auswendig. Ihm konnte ich meine Fragen stellen. Zudem hatte er eine ganze Reihe von geheimnisvollen Instrumenten. Tagsüber sammelten wir Kräuter, sezierten Frösche, berechneten Dreiecke und schauten durch Glassteine. Nachts stiegen wir auf einen Berg unweit der Stadt, betrachteten die Sterne und vermaßen die Bewegungen der Planeten. Die Zeit mit Folchar gehört zu den schönsten Erinnerungen meines Lebens. Die damals erworbenen Kenntnisse waren mir später von großem Nutzen, denn sie empfahlen mich in Prüm als Nachfolger von Wolfhelm, sodass ich in der Bibliothek regelmäßig Gelegenheit fand, den Geist wiederzubeleben, den die Liturgie ebenso regelmäßig abtötete.

Wenn ich an meine Mutter denke, spüre ich sie immer noch, diese Liebe, die von mir zu ihr und zurück floss. Und so grenzenlos wie diese Liebe damals war, so grenzenlos wurde später mein Hass auf die, die meine Mutter zugrunde gerichtet hatten.

Aber auch meinen Vater liebte ich damals noch. Die Sache mit Uta erschien mir zunächst ganz natürlich. In unseren Kreisen hatten die meisten Männer irgendwelche Konkubinen, und die meisten Kinder in meinem Alter hatten dementsprechend irgendwelche Halbgeschwister. Wenn diese nicht ohnehin anderswo aufgezogen wurden, duldete man sie, solange sie die Rangordnung und die Erbfolge nicht infrage stellten.

Es war ja auch nicht so, dass meine Mutter darunter litt. Sie und mein Vater gingen getrennte Wege und kümmerten sich um getrennte Bereiche unserer Ausbildung. Dass sie damit einen Machtkampf austrugen, begriff ich erst später.

Als ich mich anschickte, ein Mann zu werden, gewann mein Vater in diesem Kampf vorübergehend die Oberhand. Er hatte einen Schwertmeister angestellt, der uns den Umgang mit Spatha, Sax, Speer und Lanze und außerdem das Bogenschießen lehrte. Bald schlug ich mich so gut, dass er mir nichts mehr beibringen konnte. Kurz darauf besiegte ich ihn zum ersten Mal, was mich in meinem jugendlichen Größenwahn noch bestärkte. Ich liebte diese Kämpfe, die Ausritte und die Jagden, und ich genoss es, dass man auf mich aufmerksam wurde, wenn ich mit meinem Vater eine Versammlung oder eine Gerichtssitzung betrat. Ich sah mich als seinen Nachfolger, obwohl ich der Jüngere war.

Radold war schwach, ihm fehlte der Schneid. Schon bei den Büchern war das so gewesen. Er las, was unsere Mutter ihm zu lesen auftrug, aber er begeisterte sich nicht dafür, und er begriff nicht den himmelweiten Unterschied zwischen der Eleganz eines Ovidverses und dem Gestümper frömmelnder Mönche. Wie mit der Feder, so war es mit dem Schwert: Radold lernte das Kämpfen, weil unser Vater es von ihm verlangte, aber er hatte keinen Ehrgeiz. Er wollte nicht gewinnen, und darum gewann er auch nicht. Ich begann, ihn zu verachten. Heute weiß ich, wie ungerecht ich war. Wenn alle Menschen so wären wie ich damals, dann wäre die Welt ein einziges Hauen und Stechen.

Mit sechzehn Jahren war ich ausgewachsen und bekam von meinem Vater eine Ausrüstung geschenkt: ein Schwert mit damaszierter Klinge, Helm, Panzer, Beinschienen, Sporenstiefel und ein fertig ausgebildetes Pferd. Für eine Weile vergaß ich die Bücher. Ich wollte nur eins: endlich kämpfen. Bei den Übungen wurde ich immer ungestümer, sodass der Schwertmeister bald um sein Leben fürchtete. Einmal schlug ich aus reinem Übermut in vollem Galopp ein Schaf mit dem Schwert in zwei Hälften. Mein Vater schimpfte mich aus: Das sei würdelos. Ich schimpfte zurück: Wenn er mich endlich Schädel spalten ließe, dann müsste ich keine Schafe spalten. So großmäulig war ich damals, so überheblich.

Aber die Gelegenheit ergab sich nicht, auch wenn es zuerst

danach aussah: Die Dänen suchten die Küsten des Kontinents heim. Allerdings beschränkten sie sich damals noch weitgehend darauf, die Flüsse zu befahren, und damit waren sie zu schnell für unsere Heere. Es war immer dasselbe: Die Nachricht von einer Plünderung traf ein, eine Streitmacht wurde zusammengestellt, aber wenn diese am Ort des Geschehens eintraf, fand sie nichts als rauchende Trümmer vor. Dazu kamen die lähmenden Rivalitäten zwischen den Herrschern der Christenheit. Als die Dänen plündernd die Seine und die Loire hinauffuhren, war das keine lotharingische Angelegenheit, im Gegenteil: König Lothar, der Sohn des Kaisers, der mir zehn Jahre zuvor anvertraut hatte, dass er seine ganze Beraterschar für Idioten hielt, sah darin nicht etwa eine Bedrohung, sondern eine willkommene Schwächung des Westreichs, das von seinem Onkel Karl regiert wurde. Also griff er nicht ein, und wir blieben zu Hause. Meinen Krieg bekam ich nicht.

Genauer gesagt bekam ich meinen Krieg, aber ich bekam ihn innerhalb der Familie, und er wurde nicht mit Waffen ausgetragen, sondern vor Gericht.

Man hätte ahnen können, was sich da anbahnte, aber wir wollten das Unheil nicht sehen. Radold und ich waren längst im heiratsfähigen Alter, doch mein Vater machte keine Anstalten, seine Fühler zu passenden Familien auszustrecken. Wenn er darauf angesprochen wurde, wich er aus. Der wahre Grund für sein Zögern sollte bald ans Licht kommen. Denn Gerold, den ich nie ernst genommen hatte, war inzwischen zwölf Jahre alt, und Uta hatte beschlossen, dass er der Erbe unseres Vaters werden sollte. Ausgerechnet König Lothar hatte sie auf diese Idee gebracht. Der hatte nämlich kurz zuvor die Scheidung von seiner Frau erzwungen, um seine Konkubine heiraten und den gemeinsamen Sohn Hugo als Nachfolger auf den Thron bringen zu können. Drei Synoden in Aachen und Metz hatten die Scheidung bestätigt. Uta verfolgte die Sache mit großer Aufmerksamkeit. Und sie begann, meinen Vater zu beschwatzen.

Der war ihr inzwischen offenbar vollständig hörig, und er tat, was ich ihm nie zugetraut hatte: Er beantragte die Scheidung von meiner Mutter. Die Nachricht traf uns wie ein Blitz aus heiterem Himmel. Noch heute bin ich fassungslos darüber, mit welcher Glattzüngigkeit er die Lügen vortrug, die Uta ihm eingeflüstert hatte und die er niemals selbst geglaubt haben kann: Die Ehe sei nie vollzogen worden, meine Mutter sei untreu gewesen, und Radold und ich seien nicht seine Söhne, weshalb die Ehe zu annullieren sei.

Es kam zum Prozess vor dem Lütticher Bischof Franco, einem jungen Schnösel, der die Sache möglichst schnell über die Bühne bringen wollte, um sich wieder seinen Vergnügungen widmen zu können. Die Verhandlung fand im bischöflichen Palast statt. Franco hatte Wachen zur Sicherung des Saales aufmarschieren lassen, und wir hatten die Waffen abgeben müssen. Ohnmächtig verfolgten Radold und ich die Anhörung der gekauften Zeugen; ich spare mir hier die schmuddeligen Einzelheiten, die sie vortrugen. Meine Mutter war dem Prozess ferngeblieben. Nach einer kurzen Besprechung mit seinen Beisitzern verkündete der Bischof das Urteil: Die Ehe meiner Eltern wurde annulliert. Ich brüllte meinen Vater an, aber er wich meinem Blick aus, und als ich mich auf ihn stürzen wollte, nahmen die Wachen mich in den Schwitzkasten und schleiften mich hinaus.

Am nächsten Tag heiratete mein Vater seine Konkubine.

Von einem Tag auf den anderen waren Radold und ich die Bastarde und Gerold der legitime Erbe meines Vaters. Immerhin überschrieb er meiner Mutter den Villikationshof, den sie mit uns bewohnte, sodass ihr Auskommen gesichert war. Radold und ich beglaubigten die Übertragung als Zeugen. Es war die größte Demütigung meines Lebens.

Und wir waren immer noch Nachbarn. Am Abend nach der Unterzeichnung der Urkunde betrank ich mich. Radold schlug mich nieder, als ich mich anschickte, über den Zaun zu klettern. Wahrscheinlich rettete er mir damit das Leben.

Voller unterdrückter Wut reiste ich für ein paar Tage nach Aachen zu Folchar, der mich zunächst vor weiteren Dummheiten bewahrte. Das Urteil des Bischofs sei in einem korrekten Verfahren gefunden worden, weshalb es nur auf dem verfahrensmäßig korrekten Weg berichtigt werden könne. Leider sei der zuständige Metropolit, Erzbischof Gunthar von Köln, einer der maßgeblichen Befürworter der Annullierung der Ehe von König Lothar gewesen, weshalb von ihm nicht zu erwarten sei, dass er in einem ganz ähnlichen Fall ein anders lautendes Urteil fällen werde. Wir sollten an den Papst appellieren. Er, Folchar, werde das in die Wege leiten.

Wie zu erwarten war, zog die Sache sich hin. Folchar ließ seine Beziehungen spielen, aber er musste es verdeckt tun. Als Abt des Aachener Marienstifts unterstand er dem König, der ja gerade mit Francos und Gunthars Hilfe seine eigene Scheidung durchgepeitscht hatte und nun seinerseits den Papst bearbeiten ließ, um das Verfahren endgültig absegnen zu lassen. Niemals hätte er geduldet, dass man ihm dabei von Aachen aus in den Rücken fiel. Also passierte in dieser Sache zunächst einmal nichts.

Stattdessen wurde meine Mutter krank. Die Demütigung hatte sie niedergestreckt, auch wenn ganz Lotharingien wusste, was für ein niederträchtiges Spiel da gespielt worden war. Meine Mutter verfiel zusehends und klagte über Bauchschmerzen. Sie magerte ab, während ihr Bauch immer weiter anschwoll, weil sich dort ein Gewächs gebildet hatte, das sie nun langsam und genüsslich umbrachte. Bald lag sie nur noch keuchend im Bett.

Sie starb an einem Nachmittag, an dem ich im Wald Bäume fällte – nicht weil wir so viel Brennholz gebraucht hätten, sondern weil das die beste Art war, meine Wut herauszulassen, ohne eine Dummheit zu begehen. Immerhin war Radold bei unserer Mutter gewesen und hatte ihre Hand gehalten, als sie ihren letzten Atemzug tat. Ich werde es ihm nie vergessen. Uta, das Miststück, hatte uns unser Erbe genommen und jetzt auch noch die Mutter.

Auch Utas Bauch schwoll übrigens an. Mein verfluchter Vater hatte sie wieder geschwängert. In einer Gewitternacht während einer Mondfinsternis brachte sie eine Tochter zur Welt. Als die Hebamme das Kind, das zunächst nicht hatte kommen wollen, mit einer Zange herauszerrte, schoss eine Fledermaus zum Fenster herein, flatterte eine Weile taumelnd durch den Raum und verschwand genau in dem Augenblick, als das Mädchen abgenabelt wurde. Das waren ziemlich viele Zeichen auf einmal, und seitdem war Uta überzeugt, dass mit diesem Kind etwas nicht stimmte. Sie übergab es einer Amme und kümmerte sich nicht mehr darum. Sogar der Taufe blieb sie fern, vielleicht fürchtete sie, das Weihwasser werde auf der Stirn des Mädchens verdampfen. Natürlich geschah das nicht. Das Kind wurde auf den Namen Judith getauft, nach der Frau des frommen Kaisers Ludwig, einer entfernten Verwandten unserer Mutter. Noch so eine Unverschämtheit.

Da mich in Maastricht nichts mehr hielt, begann ich, darüber nachzudenken, was ich nun aus meinem Leben machen sollte. Ich war einundzwanzig Jahre alt, und in meiner Brust schlugen zwei Herzen: eins für Literatur und Wissenschaft und eins für Wagnis und Kampf. Unter anderen Umständen hätte ich beiden Leidenschaften nachgehen können. Aber nach der Scheidung meiner Eltern wurde ich von den großen Familien gemieden. Ich war nicht mehr ihresgleichen. Ich besaß nichts. Ich wurde bedauert, das schon, aber geachtet wurde ich nicht mehr. Als mein Pferd an einer Kolik starb, konnte ich mir kein neues leisten. Und natürlich war ich zu stolz, meinen Vater um Geld zu bitten. Stattdessen übte ich mich im Bogenschießen und im Schwertkampf, aber mir fehlte ein passender Gegner. Radold wurde noch antriebsloser.

Im Grunde blieben mir zwei Möglichkeiten: Ich konnte in ein Kloster eintreten und mich in die Bücher vergraben oder Lotharingien verlassen, mich einem fremden Herrn unterstellen und mir im Krieg einen Namen machen, um irgendwann zurückzukehren und meinen Vater mitsamt seiner verfluchten Konkubine zum Teufel zu jagen. Nächtelang erging ich mich in Rachefantasien.

Wenn Verzweiflung und Wut unerträglich wurden, ritt ich auf einem unserer Ackergäule nach Aachen und verbrachte ein paar Tage mit Folchar, der mir den Kopf wieder geraderückte. In das Marienstift wäre ich sofort eingetreten, aber dort wurden nur Adlige aufgenommen, und adlig war ich ja nun nicht mehr. In der näheren Umgebung gab es keine Klöster mit Bibliotheken, die meinen Ansprüchen genügt hätten. Ich hätte nach Fulda gehen können, auf die Reichenau oder ins Westreich nach Tours oder Corbie oder gleich nach Italien, wo in Bobbio und Montecassino unglaubliche Schätze lagen. Aber noch war ich unentschlossen. Und dann kam Judith dazwischen. Meine Schwester.

Genau genommen, war es zunächst das Kindermädchen, das dazwischenkam. Sie hieß Fidis, war ein hübsches schwarzhaariges Mädchen und immer zu Späßen aufgelegt, trotz ihres wenig erfreulichen Schicksals: Sie stammte aus einem Ort namens Amiken unweit von Zülpich und war die Tochter eines Zimmermannes, der sie einem der Priester der Aachener Marienkirche für eine Nacht überlassen hatte, um den Auftrag für ein paar Renovierungsarbeiten am Dachgestühl zu bekommen. Dabei war sie schwanger geworden, hatte das Kind aber verloren. Der Priester hatte sie als Kindermädchen an Uta vermittelt.

Ich lernte sie kennen, als sie in der Maas die Wäsche durchspülte. Unsere Grundstücke grenzten an den Fluss, und der Zaun endete kurz vor dem Ufer. Noch am selben Abend lag Fidis bei mir im Bett und plauderte bereitwillig alles aus, was nebenan so vor sich ging. Was sie erzählte, war aufschlussreich und besorgniserregend zugleich: Uta war im Begriff, einem wahnhaften Aberglauben zu verfallen. Sie war überzeugt, dass der Teufel in der Nacht von Judiths Geburt in ihre Tochter gefahren sei, und diese Überzeugung fand eine weitere Bestätigung darin, dass das Kind ein grünes und ein braunes Auge hatte. Ich werde diesen Unsinn nie begreifen: Einerseits soll dieser Teufel ein Meister der List und der Täuschung sein, und dann verrät er sich auf die durchschaubarste

Weise, indem er den Leuten als Fledermaus vor der Nase herumflattert und überall seine Zeichen hinterlässt?

Die Geschichte mit Fidis und mir ging in aller Heimlichkeit weiter. War ich in sie verliebt? Damals hätte ich das wahrscheinlich abgestritten, inzwischen aber bin ich sicher, dass es so war. Fidis trat in mein Leben, als ich sie brauchte. Sie schenkte mir die Aufmerksamkeit, das Verständnis und die Nähe, die es in meiner Familie nicht mehr gab.

Das mag vielleicht klingen, als würde ich ihr Erscheinen dem Schicksal zuschreiben, doch nach eingehender Beschäftigung mit den Schriften von Johannes Eriugena bin ich zu dem Schluss gekommen, dass es so etwas wie Schicksal nicht gibt.

Bezeichnenderweise ist dieser Punkt meiner Erzählung einer der wenigen, an denen Gauzbert mir in unserer gemeinsamen Nacht am Feuer ins Wort fiel und mich aufforderte, diesen Johannes Irgendwas jetzt mal beiseitezulassen und mit meiner Geschichte fortzufahren, die nun ihrem schrecklichen Höhepunkt zustrebte.

Fidis wurde also meine Bettgenossin und meine Informantin, aber damit ist nicht hinreichend beschrieben, was sie für mich war. Sie war mir ähnlich. Sie war wissbegierig und kämpferisch wie ich; sie ließ sich nichts bieten und ging keinem Streit aus dem Weg, ohne dabei so hitzköpfig oder rechthaberisch zu werden, wie mir das oft passierte. Wenn sie in meinen Armen lag, fragte sie mir Löcher in den Bauch, aber Wissen war für sie kein Selbstzweck. In Anspielung an den Titel meines Vaters nannte sie mich Graf Neunmalklug. Als Tochter eines Handwerkers fragte sie bei allem nach dem praktischen Nutzen und brachte mich auf diese Weise dazu, viele meiner Gedanken über Gott und die Natur weiterzudenken, als ich das bisher getan hatte. Ich hätte jede Nacht auf diese Weise mit Fidis verbringen wollen, aber sie konnte sich nur davonstehlen, wenn drüben alle schliefen. Manchmal brachte sie Judith mit. Die Kleine schlief wie ein Stein und wachte niemals auf, dennoch verzichteten wir in solchen Nächten darauf, unseren körperlichen Begierden nachzugeben. Wenn wir nebeneinanderlagen und das Kind betrachteten, überkam mich manchmal das merkwürdige Gefühl, dass wir so etwas wie eine Familie waren, eine Familie, die nur im Verborgenen existierte und ständig von der Zerstörung bedroht war. Der Abschied machte mich jedes Mal furchtbar traurig. Einmal wurde Fidis von Uta erwischt, als sie eben von mir zurückkam, und sie konnte sich gerade noch damit herausreden, das Kind habe schlecht geschlafen und sie habe es im Garten herumgetragen. Danach kam sie vier Wochen lang gar nicht.

Dafür brachte sie Judith manchmal tagsüber mit an den Zaun, wenn Uta nicht da war und die Bediensteten auf den Feldern und in den Ställen zu tun hatten. Judith war bezaubernd. Jedes Mal, wenn sie mich sah, lachte sie mich an und zwinkerte mir aus ihren verschiedenfarbigen Augen zu, als erinnerte sie sich an die Nachtstunden, die sie schlummernd an meiner Seite verbracht hatte. Bald machte sie die ersten Schritte. Wenn sie auf den glitschigen Steinen am Ufer ausrutschte, weinte sie nicht, sondern patschte glucksend im Wasser herum. Ich begann, sie als meine Schwester zu betrachten und mich für sie verantwortlich zu fühlen. Ich begann, sie zu lieben.

Mein Vater war derweil mit Lothar nach Italien aufgebrochen, wo der König den Papst dazu bringen wollte, endlich seiner Scheidung zuzustimmen. Kein Wunder, dass mein Vater ihm dabei behilflich war. Er würde voraussichtlich lange wegbleiben. Und mir wurde klar, dass Judith der Grund war, warum ich in Maastricht blieb. Denn nach allem, was Fidis mir über Uta und ihre Wahnvorstellungen erzählt hatte, konnte ich meiner Stiefmutter das Mädchen nicht überlassen. Ich spürte, dass sie in Gefahr schwebte, und überlegte hin und her, was ich tun könnte, um sie zu schützen. Zwischenzeitlich erwog ich sogar, Fidis zu überreden, mit mir zu verschwinden und Judith mitzunehmen. Doch für einen so drastischen Schritt fehlte mir damals noch die Entschlossenheit. Es musste erst zum Äußersten kommen, bevor ich bereit war, ihn zu gehen.

Eines Tages verschwand Fidis. Wahrscheinlich hatte Uta sie weggeschickt, eine andere Erklärung gab es nicht. Sie kam nicht mehr wieder, und sie hinterließ mir auch keine Nachricht. Es war, als wäre ein weiteres Loch in mein Leben gerissen worden. Ich hatte nicht nur meine engste Vertraute verloren, sondern auch das Verbindungsglied zu meiner Schwester.

Eine Zeit lang sah ich Judith nur aus der Ferne. Jetzt war es doch wieder Uta, die sie beaufsichtigte. Missmutig betrachtete sie ihre Tochter, wenn diese am Ufer entlangtapste, und fast hatte ich den Eindruck, dass sie nur darauf hoffte, dass das Kind ins Wasser fallen und vom Strom davongetragen würde. Ich verbarg mich hinter einem dichten Gebüsch, das knapp hinter der Grundstücksgrenze bis zum Ufer reichte. Ich wollte nicht, dass Judith unsere Komplizenschaft durch kindliche Zuneigungsbekundungen verriet. Ich ahnte, dass sie mich als Beschützer brauchen würde, und ich sollte recht behalten.

Denn dann kam der Tag, an dem alles aus den Fugen geriet. Es war ein frischer Frühsommermorgen, und über der Maas hing ein zartes Gespinst aus Nebel. Ich war gerade dabei, eine

Strohpuppe für meine Schwertübungen zusammenzuschnüren, als ich nebenan aus der Richtung des Ufers ein Kind schreien hörte.

Ich begriff zuerst gar nicht, dass es meine Schwester war, die da schrie. Ich kannte ihre Stimme nur plappernd und glucksend, und kurz darauf verstummte das Geschrei, als würde ihr der Mund zugehalten. Ich legte das Strohbündel weg und schlich im Schutz der dichten Büsche auf die Stelle zu, an der der Zaun ans Ufer stieß. Der Nebel lag nicht direkt auf dem Fluss auf, sondern schwebte über dem Wasser in der Luft und erzeugte eine merkwürdige Stimmung. Die Sonne stand noch tief im Osten, und ihre Strahlen ließen die Schwaden glühen.

Was ich sah, ließ mir den Atem stocken. Uta stand mit hochgebundenem rotem Kleid bis zu den Knien im Fluss und drückte das zappelnde Kind unter Wasser, dann verlor sie plötzlich den Halt, versuchte sich zu fangen, rutschte aus und fiel mit einem Aufschrei der Länge nach hin, wobei der kleine Körper ihr entglitt. Uta rappelte sich hoch, versuchte nach dem Kind zu greifen, das wie ein grausiges bleiches Wasserwesen halb unter der Oberfläche davontrieb, dabei rutschte sie erneut aus und schlug sich an einem scharfkantigen Stein, der aus dem Wasser ragte, das Gesicht auf. So kniete sie im Fluss, mit einer Hand stützte sie sich auf, mit der anderen hielt sie sich keuchend die Wange, während das Blut zwischen ihren Fingern hervorströmte. Das Bild dieser Teufelin, wie sie in ihrem roten Kleid unter der unwirklich glühenden Nebelhaube im Wasser kauerte und ihr giftiges Blut vergoss, hat sich in meine Erinnerung eingebrannt.

Es hatte in den vorangegangenen Wochen viel geregnet,

und der Fluss strömte schnell dahin. Der kleine Körper machte mehrere Drehungen, während er auf mich zutrieb, es war nicht zu erkennen, ob er sich noch von selbst bewegte oder ob die Strömung mit ihm spielte. Zum Glück wurde er nicht zur Flussmitte gezogen, sondern blieb dicht beim Ufer, wurde unter einer überhängenden Weide durchgespült und war von Utas Position aus nicht mehr zu sehen. Das Ufer war an dieser Stelle etwas steiler. Ich machte geduckt zwei Schritte nach vorn, bekam einen Arm zu fassen und zog das Kind aus dem Wasser, dann rannte ich mit dem leblosen nackten Bündel auf dem Arm hinter den Büschen entlang und durch den Gemüsegarten zum Haus.

Vor dem Kamin bettete ich Judith auf ein Schafsfell. Ihre Haut war kühl und feucht, sie atmete nicht. Entsetzen überkam mich, und weil mir nichts Besseres einfiel, packte ich sie, hielt sie mir kopfüber vor den Bauch und drückte ihre Brust zusammen. Ein Schwall Wasser schoss aus ihrem Mund, mit einem schrecklichen Pfeifen schnappte sie nach Luft und begann zu husten. Eine Weile keuchte und hustete sie abwechselnd, während ich ihren kleinen Körper an mich gedrückt hielt, im Raum auf und ab ging und überlegte, was als Nächstes geschehen müsste. Als sie sich endlich beruhigt hatte und regelmäßig atmete, legte ich sie wieder auf das Fell. Sie öffnete die Augen, zuerst das grüne, dann das braune. Und dann lächelte sie. Und ich weinte.

Nachdem sie, eingewickelt in das Schafsfell, vollständig aufgewärmt war, flößte ich ihr warme Milch mit Honig ein. Danach schlief sie wieder ein. Und ich beschloss, sie zu Folchar nach Aachen zu bringen, weit weg von Uta. Er war der einzige Mensch, dem ich noch vertraute, seit Fidis verschwunden war.

Genau an dieser Stelle wurde mein Bericht jäh unterbrochen. Drüben bei den Dänen tat sich etwas. Man hörte Geschrei, dann Wiehern und Hufgetrappel auf dem gefrorenen Feld. Gauzbert und ich sprangen auf. Ich langte nach dem Schwert, war mit einem Satz beim Fenster, schob den Laden einen Spaltbreit auf und spähte hinaus.

Das Feuer im Dorf war heruntergebrannt, man sah nur noch ein rötliches Glimmen an den Hauswänden. Doch der schwache Widerschein genügte, um zu erkennen, dass da ein Pferd auf uns zugaloppiert kam. Offenbar hatte es sich losgerissen, denn bald darauf wurde die Silhouette eines rennenden Mannes sichtbar, der es einzufangen versuchte. Unverständliches Fluchen wehte zu uns herüber, im Hintergrund hörte man Gejohle, Pfeifen und Händeklatschen, aber weitere Gestalten ließen sich nicht blicken.

Das Pferd fiel in einen lockeren Trab, dann in den Schritt, hielt aber immer noch auf uns zu. Wenn es den Mann bis zu unserer Hütte führen sollte, würde ich ihn außer Gefecht setzen müssen, bevor er einen Laut von sich geben konnte.

Der Verfolger schloss auf. Er fluchte jetzt nicht mehr, aber man hörte ihn keuchen. Die anderen hatten offenbar die Lust verloren, ihn anzufeuern, wahrscheinlich waren Mensch und Tier vom Dorf aus gar nicht mehr zu erkennen; auch ich sah sie nur deshalb, weil sie sich als undeutliche Schemen vor dem Widerschein des fernen Feuers abhoben.

«Scheiße», flüsterte Gauzbert hinter mir.

Das Pferd war bis auf wenige Schritte herangekommen. Es schnaubte ein paarmal und schüttelte den Kopf, dabei ertönte ein Klirren. Das Tier war tatsächlich aufgezäumt, vielleicht sogar gesattelt. Ein Geschenk des Himmels, wenn da nicht der

Verfolger gewesen wäre, der seine Schritte verlangsamt hatte und nun leise und beschwörend auf das Pferd einzureden begann.

«Ruhig.»

Er sprach Fränkisch. Das war kein Däne.

Vielleicht spürte das Pferd die Wärmeschwaden oder witterte das Strohlager, jedenfalls schien es sich von unserem Unterschlupf angezogen zu fühlen. Kurz darauf wallte der warme Pferdeatem herein, und die Nase stupste gegen den Fensterladen, den ich mit der linken Hand festhielt, während meine Rechte den Schwertgriff umklammerte. Durch den Spalt sah ich die Nüstern direkt vor meinem Gesicht.

«Schön da stehen bleiben», kam es von weiter hinten.

Es klirrte wieder. Leder knarrte. Er hatte offenbar die Zügel gepackt. Ich zog meinen Kopf vom Spalt zurück.

«Hab ich dich.»

Und jetzt steig auf und hau ab, dachte ich.

Aber das tat er nicht. Er murmelte etwas vor sich hin, schien zu zögern. Roch er den Rauch, der durch die Fensterläden drang? Was sollte ich tun, wenn er uns entdeckte? Ihm das Schwert in den Bauch stoßen?

Bevor ich einen Entschluss fassen konnte, wurde der Fensterladen geöffnet, und ein Kopf erschien. Ohne nachzudenken, schnellte ich vor, bekam eine Felljacke zu fassen, riss den Kerl unter Einsatz meines ganzen Gewichts durch das Fenster herein, warf ihn zu Boden, hielt ihm den Mund zu und drückte ihm die Klinge gegen den Hals. Von draußen war zu hören, wie das Pferd vor Schreck einen Satz machte, aber es lief nicht davon.

Die Glut der Feuerstelle beleuchtete die aufgerissenen

Augen in einem jungen, unrasierten Bauerngesicht, das von struppigen Haaren eingerahmt wurde. Ich nahm die Hand von seinem Mund, ließ die Klinge aber an seinem Hals.

«Ich bin keiner von denen», sagte er hastig. «Ich bin ihr Gefangener. Ich muss ihre Pferde versorgen.»

«Und warum nimmst du dir keins von den Pferden und machst, dass du wegkommst?», fragte Gauzberts Stimme aus der Dunkelheit.

Überrascht wandte der junge Mann den Kopf. Er schien erst jetzt zu bemerken, dass wir zu zweit waren.

«Sie haben meinen Sohn.»

«Warum seid ihr nicht geflohen?», fragte ich.

«Der Kleine ist krank. Er hätte die Flucht bei der Kälte nicht überlebt.»

Ich nahm die Klinge von seinem Hals und steckte das Schwert in die Scheide. Dieser bedauernswerte Kerl war keine Bedrohung für uns, mager und verängstigt, wie er war. Allerdings bestand die Gefahr, dass er uns verraten würde, um sich bei den Dänen einzuschmeicheln.

«Du bleibst heute Nacht bei uns», bestimmte ich. «Morgen früh kannst du gehen. Erzähl ihnen, du wärst die ganze Nacht über hinter dem Pferd hergerannt. Leider konntest du es nicht einfangen.»

«Wieso nicht?»

«Weil wir es nehmen werden.»

Er wollte etwas erwidern, überlegte es sich dann aber anders. Wenn das Pferd einem der Dänen gehörte und durch seine Nachlässigkeit entkommen war, würde es wahrscheinlich ungemütlich für ihn werden. Doch darauf konnte ich jetzt keine Rücksicht nehmen. Dass er nichts sagte, passte mir ganz gut. In Gedanken war ich schon zu Pferde auf dem Weg nach Aachen.

Als ich den Bauern mit seinem eigenen Gürtel fesselte, fügte er sich ohne Protest. Ich zog ihn näher an die Glut, damit er nicht fror. Dann ging ich noch einmal hinaus, führte das Pferd, das tatsächlich einen Sattel trug, am Zügel ein Stück in den Wald und band es an einem Baum fest. Als ich zurückkam, stand Gauzbert vor der Hütte. Er hatte den Kopf in den Nacken gelegt.

«Wie ging es mit Judith weiter?», fragte er nach einer Weile, ohne den Blick vom Himmel abzuwenden. Man hätte meinen können, er hätte die Sterne gefragt und nicht mich.

«Folchar hat sie bei der Familie eines Elfenbeinschnitzers untergebracht. Er schreibt mir regelmäßig, wie es ihr geht. Sie ist jetzt vierzehn.»

Gauzbert sog die Luft durch die Zähne ein.

«Das ist schlecht», sagte er.

Ich wusste, was er meinte. Vierzehn. Auf den Sklavenmärkten leckten sie sich die Finger nach Mädchen in diesem Alter.

Vom Dorf her war nichts mehr zu hören. Das Feuer bei den Dänen war so weit heruntergebrannt, dass man kaum noch einen Widerschein sah.

Eine Weile standen wir nebeneinander am Waldrand. Eine so klare Nacht hatte ich selten erlebt, der Himmel über uns war atemberaubend. Die Milchstraße leuchtete, als hätte Gott mit einem breiten Pinselschwung weiße Farbe an den Himmel getüncht.

Gauzbert betrachtete die Sterne und schwieg eine Weile.

«Was für ein Anblick», sagte er schließlich verträumt. «Wie viele Sterne mögen das bloß sein?»

«Tausendsechshundert», sagte ich.
Sein Kopf fuhr herum. «Was?»
«Tausendsechshundert. Steht bei Plinius.»
«Du bist echt unglaublich.»

5

Viel Schlaf fanden wir in dieser Nacht nicht. Gauzbert und ich wechselten uns mit der Wache ab, für den Fall, dass unser Gefangener einen Fluchtversuch unternehmen oder die Dänen auf die Idee kommen würden, auf der Suche nach ihm in der Dunkelheit herumzuschleichen.

Ich übernahm die erste Wache. Nach kurzer Zeit hörte ich Gauzberts regelmäßigen Atem. Drüben regte sich jetzt nichts mehr; der Widerschein des Feuers erlosch, sodass das Dorf in völliger Dunkelheit verschwand. Von den Dänen war nichts mehr zu hören.

Der Bauer wälzte sich in seinen Fesseln auf dem Boden hin und her, gab aber sonst keinen Laut von sich. Im Schein der letzten Glutreste sah ich seine Augen glänzen. Es war klar, was ihn nicht schlafen ließ: die Sorge um seinen kleinen Sohn, der drüben im Dorf krank auf irgendeinem Strohlager lag, umgeben von Dänen, die ihren Rausch ausschliefen. Der Mann tat mir leid. Ich wusste, was er fühlte, denn ich fühlte dasselbe, und die Sorge dehnte die Zeit auf unerträgliche Weise.

Mehrmals ging ich hinaus, um mir die Beine zu vertreten. Die Sterne waren weitergewandert. Im Osten ging gerade die Jungfrau auf, während die Zwillinge hoch am Himmel standen. Im Westen sank der Stier mit dem strahlend hellen Saturn dem Horizont entgegen. Andere Planeten waren nicht zu sehen, aber weil mir ihre Bahnen vertraut waren, wusste ich, dass Mars sich derzeit im Steinbock verbarg und Jupiter im Schützen.

Ob mit Folchar in Aachen oder später allein in Prüm: Wieder und wieder hatte der Anblick des glitzernden Sternenhimmels mich mit der erhebenden Gewissheit erfüllt, dass es möglich war, die göttlichen Gesetze zu verstehen, die all das im Gleichgewicht hielten, und manchmal hatte ich geglaubt, dass nur noch ein kleiner Schritt mich davon trennte, alles zu begreifen wie eine fremde Sprache, die nach und nach ihre Geheimnisse preisgibt, wenn der Wortschatz erst einen bestimmten Umfang erreicht hat. Doch obwohl der Sternenhimmel in dieser Nacht von einer überwältigenden Klarheit war, wollte sich das erhabene Gefühl nicht einstellen: Die Unumstößlichkeit jener geheimnisvollen Gesetze erfüllte mich mit einem Gefühl von Machtlosigkeit, in die sich nach und nach auch eine Portion Trotz mischte. Die Kämpfe, die mir bevorstanden, würde ich ausfechten, ganz gleich, wie aussichtslos sie auch sein mochten.

Gauzbert trat aus der Hütte und legte mir eine Hand auf die Schulter.

«Ich bin dran. Gib mir das Schwert und leg dich hin.»

Während ich den Schwertgurt abnahm und ihm die Waffe reichte, streifte mich ein merkwürdiges Gefühl von Widerwillen. Ich hatte dieses Schwert genau einen Tag lang getragen. Und doch fühlte ich mich auf beunruhigende Weise unvollständig, kaum dass ich es aus der Hand gegeben hatte. Am liebsten hätte ich es ihm sofort wieder abgenommen und mich damit schlafen gelegt.

Als Gauzbert mich weckte, hatte die Morgendämmerung gerade eingesetzt. Vom Feuer war nur noch ein Haufen grauer Asche übrig. Die Kälte hatte die Hütte vollständig zurückerobert.

Der Bauer war tatsächlich eingeschlafen. Irgendwann musste seine Müdigkeit den Sieg über die Angst davongetragen haben.

Ich vergewisserte mich mit einem Blick durch das Fenster, dass drüben im Dorf immer noch alles ruhig war. Dann trat ich ins Freie, reckte mich und gähnte. Die kalte Luft vertrieb die Müdigkeit. Rund um die Hütte war der Schnee platt getrampelt; anhand der Spuren hätte man die Ereignisse der Nacht nacherzählen können.

Ich holte das Pferd aus dem Wald und führte es zur Hütte. Es war ein kräftiger brauner Hengst, dessen dickes Winterfell ihn behäbiger aussehen ließ, als er war, doch darunter verbargen sich Temperament und Eigensinn. Als ich aufstieg, legte er die Ohren an, begann, hin und her zu tänzeln, und probierte ein paar Mätzchen, aber ich bekam ihn schnell in den Griff. Zwölf Jahre lang hatte ich nicht im Sattel gesessen. Und dennoch fühlte ich mich auf dem Rücken dieses ungestümen Pferdes so sicher, als wäre ich all die Jahre über täglich ausgeritten.

Einen kurzen Augenblick lang musste ich die Versuchung niederkämpfen, einfach loszugaloppieren. Wenn ich allein ritt, würde ich am Nachmittag in Aachen sein, zu zweit konnte es so lange dauern, dass wir schlimmstenfalls für eine weitere Nacht eine Unterkunft benötigen würden. Ich war Gauzbert nichts schuldig, während für die Rettung meiner Schwester vielleicht jede Stunde zählte. Aber ich tat es nicht. Wenn ich

Menschen, die mir vertrauten, dem Verderben preisgab, dann wäre ich nicht besser gewesen als mein Vater.

Gauzbert trat aus der Hütte. «Hab ihn losgebunden.»

«Steig auf», sagte ich.

Er reichte mir das Schwert herauf, dann schwang er sich hinter mir in den Sattel, und wir trabten los, immer am Waldrand entlang, weg vom Dorf. Tief im Osten glühte der Horizont über den kahlen Baumwipfeln. Und dann brach mit einem Mal die Sonne hervor: ein wabernder Ball in dunklem Orange, dessen Strahlen durch die Kälte schnitten und unseren Schatten über den Schnee vor uns herjagten.

Nachdem das Dorf mit den Dänen außer Sichtweite war, bogen wir nach Norden ab, überquerten eine breite Rodung und tauchten auf der anderen Seite wieder in den winterlichen Wald ein. Der Himmel war wolkenlos wie schon am Vortag, sodass wir mithilfe der Sonne ohne Mühe die Richtung halten konnten. Wir überwanden dicht bewaldete Hügel und durchquerten gefrorene Bachläufe. Zuerst spähte ich bei jedem Schritt zwischen den Bäumen hindurch, ob sich irgendwo weitere Dänen herumtrieben. Als sich keine zeigten, wurde ich ruhiger.

Gedanken kamen und verflogen. Der Tag kroch im monotonen Takt der Schritte des Pferdes voran, deren Geräusche der Waldboden fast vollständig verschluckte. So ging es weiter, Stunde um Stunde: Wald, Hügel, Bäche, Felder.

Als die Dämmerung einsetzte, hingen wir wie zwei schlaffe Puppen im Sattel. Gauzbert klammerte sich an mir fest und machte es mir dadurch noch schwerer, mich einigermaßen gerade zu halten. Nur das Pferd setzte einen Huf vor den anderen, ohne Anzeichen von Erschöpfung zu zeigen. Bald war der

Polarstern zu erkennen, sodass wir zumindest die Richtung halten konnten; dennoch fürchtete ich, dass wir an unserem Ziel vorbeireiten könnten.

«Unsinn», sagte Gauzbert dicht an meinem Ohr, nachdem ich meine Bedenken vorgetragen hatte. «In einer Stunde sind wir da.»

Nach einer Stunde waren wir zwar immer noch nicht angekommen, doch zumindest war der Wald offenen Ackerflächen gewichen, die die Nähe größerer Siedlungen verrieten. Auf einem Feldweg ließ ich das Pferd in den Trab fallen.

Eine weitere halbe Stunde später erreichten wir den Talkessel von Aachen. Zu meiner Erleichterung erkannte ich in der Ferne da und dort kleine flackernde Lichter, kurz darauf nahm ich einen Hauch von Qualm wahr. Es war noch Leben in diesem Ort. Es gab Licht, es gab Feuer, also waren dort auch Menschen. Verbarg sich Judith irgendwo in der Dunkelheit? War sie verschont worden? Irrte sie umher, allein oder zusammen mit der Familie, die sie aufgenommen hatte? Oder war der schlimmste Fall eingetreten: War sie den Dänen in die Hände gefallen? Hatten sie sie vergewaltigt, misshandelt, umgebracht, verschleppt oder verkauft? Diese Vorstellungen steckten wie glühende Eisen in meinem Kopf. Ich zwang mich, meine Gedanken davon fernzuhalten, mir nichts davon auszumalen, und doch spürte ich das gnadenlose Brennen, das von ihnen ausging.

Mit dieser Mischung aus Hoffnung und Furcht näherte ich mich also zwölf Jahre nach meiner Verbannung zum ersten Mal wieder dem Ort, an dem ich einige der glücklichsten Stunden meiner jungen Jahre verbracht hatte und der vor meiner Geburt eine Zeit lang der Mittelpunkt des Reiches gewesen war. Hier waren Gesandtschaften aus Bagdad und Konstantinopel eingetroffen, von hier aus waren Heerzüge in alle Himmelsrichtungen aufgebrochen, und hier hatten die Synoden getagt, die über die Lehren des Glaubens und der Wissenschaft beraten hatten. Hier ruhten die Gebeine des größten Kaisers seit Konstantin. Hier standen sein Palast und seine Kirche.

Und der Abt des zugehörigen Stifts war mein alter Freund und Lehrer Folchar. Die Sorge um Judith hatte in den vergangenen beiden Tagen meine Gedanken so sehr beherrscht, dass ich kaum an ihn gedacht hatte. Seinen letzten Brief mit Nachrichten über Judith hatte ich vor zwei Monaten bekommen, als noch alles in Ordnung gewesen war. Die Vorstellung, dass er Aachen verlassen haben könnte, kam mir geradezu aberwitzig vor. Er war mit dem Stift verwachsen. Aber was, wenn ihm selbst etwas zugestoßen war? Außer ihm wusste niemand, wo meine Schwester steckte.

Wir passierten ein paar Gehöfte hinter Palisadenzäunen und Gräben. Je weiter wir dem Mittelpunkt der Siedlung zustrebten, desto kleiner wurden die Abstände zwischen den Anwesen, dafür wurden die Gebäude selbst immer größer und aufwendiger: die Wirtschaftshöfe mit ihren Scheunen und Ställen, die Gästehäuser für die Trabanten des reisenden Hofes und die Wohnbauten der Beamten, je nach Rang auch zweistöckig und hier und da sogar mit steinernem Sockelgeschoss, schließlich die Stadthöfe des hohen Adels mit ihren Bogenfenstern, Schmuckerkern und Vorratskammern, die von Bediensteten ständig aufgefüllt wurden, um die Herrschaften jederzeit empfangen und bewirten zu können. Hinter einigen Fensterläden sah ich Lichter brennen. Keines der

Gebäude wies Anzeichen von Zerstörung auf, soweit ich das bei dieser schwachen Beleuchtung sehen konnte. Was auch immer die Dänen angerichtet haben mochten: Aachen war nicht vollständig verwüstet und entvölkert worden. Allein diese Vorstellung ließ mich wieder Hoffnung schöpfen, auch wenn niemand auf der Straße zu sehen war.

Und dann schob sich das gewaltige Oktogon der Marienkirche mit seinen Anbauten vor uns aus der Dunkelheit. Die Mauern glommen in einem gelblichen Licht, das sich nach oben hin verlor. Die Kuppel thronte in völliger Schwärze darüber und war nur deshalb zu erkennen, weil sie den Sternenhimmel verdeckte, der auch an diesem Abend einen prachtvollen Anblick bot.

Die Stiftsbauten lagen innerhalb des Pfalzbezirks, der durch einen Zaun vom Rest der Stadt abgetrennt war. Wir passierten einen unbewachten Durchgang beim Atrium der Kirche und kamen in einen lang gezogenen Hof, der von einigen Fackeln erleuchtet wurde. Links von uns erhob sich das Hauptgebäude des Stifts mit der Martinskapelle. Und wieder spielte mein Zeitgefühl mir einen Streich. Die zwölf Jahre seit meinem letzten Besuch schmolzen zusammen, bis sie mir wie zwölf Tage vorkamen. Der Kapitelsaal, die Bibliothek, Folchars Amtszimmer – all das hätte ich mit verbundenen Augen gefunden.

Leise saßen wir ab und lauschten eine Weile. Die Atemwolken des Pferdes wallten im Fackelschein durch die Luft. Von ferne war Männerlachen zu hören. Trieben die Dänen sich immer noch hier herum?

Der erleuchtete Hof wirkte gespenstisch ganz ohne Menschen. Die Fackeln brannten, als erwartete man Besuch, doch hinter den Fenstern des Stiftsgebäudes war nirgendwo Licht zu sehen. Das Amtszimmer des Abtes lag allerdings auf der rückwärtigen Seite.

Ich sprang aus dem Sattel, bat Gauzbert, das Pferd zu halten, und eilte hinein, durch die Eingangshalle, die Treppe hinauf und auf den Korridor im oberen Stockwerk. Der Widerhall meiner Schritte von den Wänden war das einzige Geräusch.

Aus dem letzten Raum am Ende des Flurs ergoss sich ein schwacher Lichtschein über den Boden. Mit schnellen Schritten näherte ich mich und klopfte an. Mein Herz hämmerte in meinen Schläfen. Würde ich hinter dieser Tür wirklich Folchar antreffen?

«Wie oft denn nun noch?», kam es von drinnen. «Wir haben hier nichts mehr, und ich kann um diese Zeit auch nichts mehr besorgen!»

Meine Erleichterung war kaum zu beschreiben: Es war Folchars Stimme.

Ich trat ein. Ein Kaminfeuer tauchte den Raum in flackerndes Licht. Folchar saß an seinem Pult, auf dem ein paar Kerzen brannten, und notierte etwas auf einer Wachstafel. Er schien fest mit jemand anderem gerechnet zu haben, denn er blickte noch nicht einmal auf.

«Und wo du gerade hier bist», fuhr er fort. «Eine Kirche ist keine Schlittschuhbahn. Sag das deinem Freund Sven. Wenn er es ernst meint mit der Taufe, dann muss er lernen, das Haus Gottes zu achten.»

«Sven ist nicht mein Freund», sagte ich.

Sein Kopf fuhr hoch. Sein ungehaltener Gesichtsausdruck ging von einem Augenblick zum anderen in ein ungläubiges Starren und dann in ein freudiges Strahlen über. Er sprang auf, kam um den Tisch herum, packte mich und riss mich an sich.

«Tankred!»

Folchar hatte immer viel Wert darauf gelegt, dass seine äußere Erscheinung der Würde seines Amtes entsprach. Seine Haut pflegte er mit einem ganz bestimmten Öl, mit dem einer der Hoflieferanten ihn versorgte und das nach geheimnisvollen Blüten roch. Als mir dieser vertraute Duft nun nach all den Jahren wieder in die Nase stieg, kamen mir fast die Tränen.

Nachdem er mich eine Weile an sich gedrückt hatte, schob er mich ein Stück weg und musterte mich.

«Du siehst nicht gut aus.»

Er selbst dagegen schien seit unserer letzten Begegnung nicht gealtert zu sein. Sein graues Haar war immer noch voll, und der Griff seiner Hände, die meine Oberarme umfassten, war kein bisschen weniger kraftvoll als zwanzig Jahre zuvor. Anders als die meisten Geistlichen war er von drahtiger Statur; sein Körper wirkte so sprungbereit wie sein Geist. Die scharfen Falten, die sich von den Nasenflügeln zu den Mundwinkeln zogen, und die Augen, die er wegen seiner Kurzsichtigkeit meistens leicht zusammenkniff, verliehen seinem Gesicht einen spöttischen Ausdruck, der noch dadurch verstärkt wurde, dass er aufgrund seiner Körpergröße auf die meisten anderen Menschen heruntersah.

«Komm ans Feuer, du bist ja eiskalt», sagte er fürsorglich und zog mich zum Kamin.

Die Wärme legte sich wie eine Decke auf mein Gesicht.

«Ich weiß, warum du hier bist», sagte er leise und blickte zu Boden.

In diesem Moment war mir klar, dass Judith etwas zugestoßen war. Ich sah ihn an. Er schien verlegen.

«Sie haben sie verschleppt», sagte Folchar.

«Wohin?»

Er stieß betrübt die Luft aus. «Niemand weiß es. Ein paar Tage nach der Plünderung ist der größere Teil von ihnen abgezogen und hat die Gefangenen mitgenommen. Vor allem Kinder und junge Frauen.»

«Und der kleinere Teil?»

«Ist noch hier.»

Gauzberts Worte fielen mir wieder ein: Sie saufen die Weinkeller leer und kotzen in die Thermalbäder. Sie waren immer noch in Aachen, also würde mir auch jemand Auskunft über die Verschleppten geben können, und wenn ich jedes einzelne Wort aus ihm herausprügeln musste.

Folchar erriet meine Gedanken.

«Willkommen zurück», sagte er zweideutig. Sein Blick fiel auf das Schwert an meinem Gürtel. «Wo hast du das her?»

«Einem Dänen abgenommen. In Prüm.»

«Bei euch waren sie also auch schon. Wo sind die Brüder?»

Ich berichtete ihm in aller Kürze, was seit dem Auftauchen der ersten dänischen Kundschafter in Prüm passiert war und wie ich mit Gauzbert durch die Eifel geritten war. Als ich erzählte, wie ich die Bibliothek gerettet hatte, huschte ein anerkennendes Lächeln über sein Gesicht. Aber meine Gedanken waren nicht bei den Büchern, sondern bei meiner Schwester.

«Wo finde ich diese Dänen?», fragte ich.

«Nicht so eilig. Das sind etwa vierzig Leute. Du kannst da nicht einfach reinstürmen. Mach nicht den gleichen Fehler wie damals.»

Folchar wies auf einen Schemel neben seinem Tisch. «Du setzt dich jetzt hier hin. Ich lasse für dich und deinen Freund Gauzbert etwas zu essen kommen und sorge dafür, dass euer Pferd versorgt wird. Dann überlegen wir, wie es weitergeht.»

Ich musste einsehen, dass er recht hatte.

Keine Viertelstunde später saßen Gauzbert und ich am Kaminfeuer und löffelten eine lauwarme Fleischbrühe in uns hinein. Nach einiger Zeit kam Folchar dazu und begann mit seinem Bericht.

Kurz vor Weihnachten hatte es auch in Aachen Gerüchte gegeben, dass die Dänen einen Überfall planten, aber in der Nähe der Stadt hatten sich keine Kundschafter gezeigt, und so hatten sich alle an die Hoffnung geklammert, dass sie rheinaufwärts gezogen waren, weil Aachen zu weit von den schiffbaren Flüssen entfernt lag. Folchar hatte die Kirchenschätze einpacken und aufladen lassen, aber noch keinen Befehl zum Aufbruch gegeben, zumal man gar nicht wusste, wohin man sich hätte wenden sollen: Im Westen lag das befestigte Lager der Dänen an der Maas, im Osten die Städte am Rhein, die sie gerade überfallen hatten. Im Norden waren mehrfach ihre Reiter gesichtet worden, und im Süden erstreckte sich die dünn besiedelte Eifel, in der sich allerhand Räubergesindel herumtrieb.

Die Zögerlichkeit hatte sich als Fehler erwiesen: Wie ein Blitz aus heiterem Himmel waren die Dänen von Norden her in Aachen eingefallen, ausgerechnet am Weihnachtstag. Der Wagenzug mit den Schätzen hatte die Stadt in letzter Minute in Richtung Süden verlassen, während im Norden der Stadt die Plünderer schon begonnen hatten, die Türen einzuschlagen. Die paar Bewaffneten, die an den Wirtschaftshöfen zum Schutz der Vorratslager abgestellt waren, hatten sich auf die Pferde geschwungen und Reißaus genommen. Wer zu Fuß geflohen war, war wieder eingefangen worden. Folchar aber war geblieben.

«Irgendeiner musste ja dafür sorgen, dass sie die Kirche nicht abbrennen», erklärte er.

Gauzbert verschluckte sich fast an seiner Suppe, als er das hörte. «Klar», sagte er. «Irgendeiner musste das machen.»

So war Folchar: Mit größter Selbstverständlichkeit war er davon ausgegangen, dass die Autorität seines uralten fränkischen Adelsblutes selbst die heidnischen Barbaren nicht unbeeindruckt lassen würde. Doch bei aller Hochachtung vor seinem Schneid verspürte ich an dieser Stelle seines Berichts einen Stich: Hatte er es vor lauter Bemühungen um den Schutz seiner Kirche versäumt, etwas gegen die Misshandlung und Entführung der Bewohner zu unternehmen? Hätte er die Verschleppung meiner Schwester verhindern können?

Und wieder schien er meine Gedanken gelesen zu haben.

«Ich habe sofort einen Boten zum Haus der Familie geschickt, bei der Judith lebte», sagte er. «Er sollte anbieten, sie und die anderen Kinder auszulösen. Aber der Bote kam nicht zurück. Also ging ich selbst hin. Die Eltern hatten sie erschlagen. Die Kinder waren weg. Ein Nachbar erzählte mir, dass sie sie unter sich aufgeteilt hatten.»

Bei diesen Worten ergriff mich eine tiefe Verzweiflung. Wo in aller Welt sollte ich Judith suchen, wenn diese verdammten Dänen derart mit den Gefangenen herumschacherten und anschließend in alle Himmelsrichtungen verschwanden?

Folchar legte mir die Hand auf den Arm. «Noch ist nichts

verloren», sagte er. «An dieses Mädchen wird man sich erinnern.»

Was in ihrer Lage nicht unbedingt ein Vorteil für sie sein wird, dachte ich. Dennoch trösteten mich Folchars Worte. Judiths Entführer würden schon im eigenen Interesse dafür sorgen, dass sie nicht umkam.

Folchar fuhr mit seinem Bericht fort. Nachdem die Dänen die Stadt gründlich geplündert und Beute und Gefangene verladen hatten, war es offenbar zwischen ihren Anführern zum Streit darüber gekommen, wie es weitergehen sollte. Die einen wollten zurück an die Maas: Mit den Gefangenen sei man auf dem Marsch zu langsam, man müsse sie ins Lager nach Asselt bringen und von dort aus den nächsten Raubzug vorbereiten. Die anderen zog es an den Rhein: Rheinaufwärts von Bonn gebe es unberührte Städte voller Reichtümer, die man sich sofort vornehmen müsse und nicht erst, wenn die christlichen Fürsten aus ihrer Schockstarre erwacht wären und die Reichtümer fortgeschafft hätten. Und dann gab es die kleine Gruppe von Dänen, die es vorzog, noch eine Weile in Aachen zu bleiben, denn eine so komfortable Unterkunft wie die riesige Kaiserpfalz fand sich in der ganzen weiteren Umgebung kein zweites Mal. Ganz zu schweigen von den herrlichen Thermalquellen.

All das wusste Folchar so genau, weil sich im Gefolge der Plünderer ein gewisser Amelung herumtrieb, ein Friese mit undurchsichtiger Vergangenheit, der sich den Dänen angeschlossen hatte und von ihnen offenbar geduldet wurde, weil er als Übersetzer auftrat, wann immer es etwas zu verhandeln gab.

Kurz und gut: Weil man sich untereinander nicht hatte

einigen können, hatte das dänische Heer sich geteilt. Die meisten hatten sich einer der beiden größeren Abteilungen angeschlossen, die zum Rhein und an die Maas abgerückt waren. Die kleine Gruppe, eine einzelne Schiffsmannschaft unter einem Anführer namens Sven Knurhår, hatte sich in Aachen eingerichtet und ließ es sich gut gehen. Es war eine merkwürdige Truppe, von der Folchar da berichtete: Weniger gierig und weniger gewalttätig als die anderen, eher an den Annehmlichkeiten der Zivilisation interessiert als an den Abenteuern des Piratenlebens. Statt Städte zu plündern, Kirchen niederzubrennen, Priester zu ermorden, Kinder zu entführen und Schätze durch die Gegend zu schleppen, fraßen und soffen sie sich durch die Vorräte des Pfalzbezirks und verbrachten den größten Teil des Tages mit kindischen Vergnügungen im Thermalbad und mit allerhand Schabernack. Sie hatten sich zwar einige Frauen geschnappt, von denen sie sich bedienen ließen, aber sie misshandelten sie nicht. Wenn sie jemanden auf der Straße antrafen, dessen Stiefel noch brauchbar waren, nahmen sie sie ihm ab. Doch solange Folchar und die wenigen verbliebenen Pfalzbediensteten Sven Knurhår und sein Gefolge mit Essen und Trinken versorgten, bestand zumindest keine Lebensgefahr, und die verbliebenen Bewohner von Aachen zogen es vor, Tür an Tür mit diesen Rabauken zu leben, anstatt sich auf der Flucht irgendwelchen herumstreifenden Banden auszuliefern. Und dann hatte Sven Knurhår vor einigen Tagen auch noch ausrichten lassen, er spiele mit dem Gedanken, zum Christentum überzutreten.

«Natürlich meint er das nicht ernst», sagte Folchar. «Er glaubt, er kriegt von mir Geschenke. Als ob es hier noch irgendwas zu verschenken gäbe.»

Ich stand auf und stellte die Suppenschale auf den Tisch. Ich spürte, wie der Tatendrang die Verzweiflung in mir zurückdrängte. Gauzbert war kurz davor, im Sitzen einzunicken.

«Wo steckt dieser Sven?», fragte ich.

«Auf die Gefahr hin, dass ich mich wiederhole: Du kannst da nicht einfach reinstürmen. Er wird dir keine Auskunft geben. Schon gar nicht, wenn du versuchst, ihm zu drohen.»

Ich seufzte. Wie sollte ich ihm klarmachen, dass ich nicht mehr der Heißsporn war, den man vor zwölf Jahren ins Kloster gesperrt hatte? Ich spürte mein Temperament noch, doch wenn die Klosterdisziplin für irgendetwas gut gewesen war, dann dafür, dass ich es jetzt beherrschen konnte. Die Beschäftigung mit den Büchern hatte mich besonnen gemacht. Egal ob man den Lauf der Gestirne begreifen wollte, die Wirkung von Heilkräutern oder das Wesen der Dreifaltigkeit: Jedes Problem musste planvoll durchdacht werden, wenn man es lösen wollte. Das hatte ich längst begriffen. Natürlich würde ich diesem Sven nicht an die Gurgel gehen.

«Folchar, ich bin nicht mehr derselbe wie vor zwölf Jahren.»

Er musterte mich kritisch.

«In Ordnung», sagte er schließlich. «Sven Knurhår hat sich mit seinen Leuten im Wohntrakt der Pfalz eingerichtet. Aber um diese Zeit sitzt er gern im warmen Wasser und betrinkt sich. Wenn er Nachschub braucht, schickt er Amelung mit einer Bestellung bei uns vorbei.»

«Aber um diese Zeit habt ihr nichts mehr und könnt auch nichts mehr besorgen», sagte ich.

Folchar lachte. «Ich kann immer noch was besorgen, er soll nur nicht denken, dass es so einfach ist. Ich gebe dir eine kleine Aufmerksamkeit mit. Das wird ihn für dich einnehmen.»

Er verschwand in einem Nebenraum, kam wenige Augenblicke später mit einem kleinen Weinfass wieder heraus und übergab es mir.

Ich bedankte mich, gab Gauzbert einen Wink und wandte mich zum Gehen.

«Moment noch», sagte Folchar mit erhobenem Zeigefinger.

Er ging zu einem kleinen Kasten, der neben einer Metallschüssel in einer Ecke des Zimmers auf einem Tischchen stand, kramte eine Weile darin herum, kam zurück und reichte mir etwas. Es war ein Rasiermesser.

«Mit Tonsur gehst du mir da nicht hin.»

Eine halbe Stunde später standen Gauzbert und ich vor dem Königsbad. Ich trug das Weinfass unter dem Arm, und die Kälte lag wie eine Eiskappe auf meinem frisch rasierten Schädel. Der massige Quaderbau war immer noch imposant, doch die Pracht hatte gelitten. Aus den schmalen Fensteröffnungen waren die Gitter herausgebrochen worden, und aus den Fugen bröckelte der Mörtel. Ein paar Dachziegel waren heruntergefallen und lagen als Scherben auf der Straße. Das farbige Mosaikband unter dem Dachgesims, das ich als Kind immer bewundert hatte, war fast vollständig herausgestemmt worden, weil irgendjemand die bunten Steine wohl für andere Zwecke gebraucht hatte.

Aus den Fenstern drang unsteter Fackelschein, und unter der hölzernen Doppelflügeltür des Hauptportals lag ein Lichtstreifen. Zu hören war nichts.

Ich dachte an Folchars Worte und unterdrückte den Impuls, das Schwert zu ziehen. Es wäre kein guter Gesprächsauftakt gewesen, dem betrunkenen Anführer einer dänischen Bande mit gezückter Klinge entgegenzutreten.

Gauzbert und ich verständigten uns mit einem Nicken, dann schoben wir vorsichtig die Tür auf. Flackernder Lichtschein fiel uns entgegen.

Hinter dem Eingang lag eine kleine Vorhalle, deren Marmorfliesen an vielen Stellen zerborsten oder durch grob zurechtgehauene Steine ersetzt worden waren. Hier und da hatte der Boden nachgegeben und bildete größere und kleinere Kuhlen. In Halterungen an den Wänden steckten brennende Fackeln. An allen Seiten der Halle befanden sich Durchgänge in andere Räume.

Das große Thermalbecken befand sich gegenüber dem Eingang; man betrat es durch einen Rundbogen, das wusste ich noch. Viel zu sehen war allerdings nicht, denn der rückwärtige Teil der Halle war von Dampfschwaden vernebelt, die aus dem Durchgang hervorquollen. Von der Decke tropfte es plitschernd in kleine Pfützen.

Wir traten ein.

Dass zwei Wachen hinter den Türflügeln gestanden hatten, begriff ich erst, als ich die Spitze der Lanze schon an meinem Kehlkopf spürte.

Ich schielte zu Gauzbert hinüber. Auch er hatte eine Lanzenspitze am Hals. Mit geweiteten Augen starrte er geradeaus.

Wie auf ein Kommando traten die beiden rechts und links hervor und bauten sich in zwei Schritten Entfernung vor uns auf, ohne die Waffen herunterzunehmen. Sie trugen Lederpanzer und Wollhosen, die sie unterhalb der Knie mit Bändern umwickelt hatten. Beide waren rothaarig, hatten rosige Haut und etwas eng stehende Augen. Sie sahen wie Brüder aus. Im Gegensatz zu den Dänen, die uns in Prüm überfallen hatten, wirkten sie regelrecht gepflegt.

Als sie das Weinfass erblickten, senkten sie die Lanzen ein Stück. Einer der beiden sagte etwas, wies auf mein Schwert und machte eine fordernde Geste. Ich löste den Gurt, was mit einer Hand nicht ganz einfach war, und übergab ihn dem Dänen mitsamt der Waffe. Die Lanzen wurden zurückgezogen. Wir durchquerten die Vorhalle und betraten den Raum, aus dem der Dampf quoll.

Das Bad wurde von vier Feuerschalen in den Ecken schwach beleuchtet. In der Mitte des Raumes war ein großes Becken eingelassen. Durch die von dort aufsteigenden Schwaden schillerten Lichtreflexe. Von den Wänden hallte ein sanftes Plätschern, und ein Hauch wie von faulen Eiern stieg mir in die Nase: der unverwechselbare Geruch des Aachener Wassers, das einem die Gicht aus den Gelenken trieb, Hautbeschwerden linderte und die Nerven beruhigte. Beim Anblick des Beckens verspürte ich den fast unwiderstehlichen Drang, mich nach den Anstrengungen und Aufregungen der letzten Tage einfach hineingleiten zu lassen und meine gefrorenen Knochen aufzutauen. Gauzbert konnte es nicht anders gehen.

Wir schritten durch den wallenden Dampf, als wäre er eigens in den Raum geleitet worden, um unserem Auftritt eine dramatische Note zu verleihen. Erst jetzt sah ich den Schemen eines Mannes, der uns gegenüber im Wasser saß und beide Arme lässig auf dem Beckenrand ausgestreckt hatte. Er war allein. War das dieser Sven?

Eine Weile sagte niemand etwas. Der Mann schien uns zu

mustern, aber so genau war das durch die Dampfschwaden nicht zu erkennen.

«Wir wollen zu Sven», erklärte ich und hielt das Fass in die Höhe. So schwer konnte die Botschaft ja nicht zu verstehen sein.

Er stemmte sich ein Stück aus dem Wasser.

«Zu welchem Sven?», fragte er mit einem starken friesischen Akzent. «Die heißen fast alle Sven. Sven Knatterdarm, Sven Hvalrusskæg, Sven Priesterfresser?»

«Sven Knurhår.»

«Soso. Und was wollt ihr von ihm?»

«Wir haben etwas für ihn.»

«Das sehe ich. Die Frage war aber nicht, ob ihr etwas für ihn habt, sondern was ihr von ihm wollt.»

Er hatte das übertrieben deutlich und in einem Ton gesagt, wie man ihn Menschen gegenüber anschlägt, die einem mit ihrer Beschränktheit die Zeit stehlen. Schon stieg der Ärger in mir auf, dass dieser Knilch ausgerechnet mir eine Lektion in präziser Ausdrucksweise geben wollte, aber Gauzbert legte mir beschwichtigend eine Hand auf den Arm, bevor ich etwas erwidern konnte. Wenn das dieser Amelung war, von dem Folchar gesprochen hatte, dann durfte ich es mir mit ihm nicht verscherzen. Aber weil sein Gesicht nicht zu sehen war, wusste ich nicht, wie ich ihn einschätzen sollte.

Er stemmte sich noch ein Stück höher. «Das ist eins von Folchars Tröpfchen, oder? Vor zwei Stunden hat der alte Halunke mir noch ins Gesicht gesagt, er hätte nichts mehr.»

Mit einem gekünstelten Seufzer ließ er sich ins Becken zurückgleiten, bis nur noch der Kopf aus dem Wasser herausschaute.

«Sven hat sich schon hingelegt, und ich würde keinem raten, ihn zu wecken», sagte er. «Kommt ins Wasser und erklärt mir, was ihr von ihm wollt.»

Seine Freundlichkeit war mir nicht ganz geheuer. Andererseits hätte er uns wohl kaum ins Becken eingeladen, wenn er uns ans Leder gewollt hätte. Vielleicht trank er nicht gern allein, vielleicht war ihm langweilig, und er wollte unterhalten werden, vielleicht wollte er uns auch nur ausfragen. Wie auch immer: Die Aussicht, meinen geschundenen und durchgefrorenen Körper im warmen Wasser zu versenken, war so verlockend, dass ich für einen Augenblick vergaß, weshalb wir hergekommen waren.

Und so saßen Gauzbert und ich kurz darauf bis zum Hals im Thermalwasser und genossen die Wärme. Ich hielt die Luft an, tauchte ganz unter und zählte bis dreißig. Als ich den Kopf wieder aus dem Wasser streckte, hielt Amelung mir einen Becher hin; genau genommen war es kein Becher, sondern ein silberner Messkelch, den er wohl bei der Plünderung irgendeiner Kirche erbeutet hatte.

Wir tranken und schwiegen eine Weile. Ich musste unwillkürlich grinsen, als ich daran dachte, was der frömmelnde Richard wohl dazu sagen würde, dass ich ein liturgisches Gefäß benutzte, um mich mit einem Heiden zu betrinken.

Amelung legte den Kopf in den Nacken und spuckte eine Fontäne in die Luft. Die Haare klebten an seinem Schädel wie eine glänzende Kappe. Er war glatt rasiert, die Wärme hatte sein Gesicht gerötet, und in seinen Wimpern glitzerten winzige Tröpfchen, was ihm ein etwas kindliches Aussehen verlieh.

«Warum kommt hier überhaupt warmes Wasser aus der Erde?», fragte er. «Ihr Klosterfritzen wisst doch immer alles.»

Ich war überrascht, erstens, weil er sich solche Fragen stellte, und zweitens, weil er mich trotz des kahl geschorenen Kopfes als Mönch erkannt hatte.

Er grinste und zeigte vergnügt auf verschiedene Stellen an meinem Schädel. «Du hast dich geschnitten. Da und da und da. Musste wohl schnell gehen, was? Außerdem läuft kein Mensch bei dieser Kälte freiwillig mit Glatze herum, es sei denn, er hat was zu verbergen. Lustig, oder? Meistens bedeckt man, was man verbergen will. Du verbirgst es, indem du es freilegst. Kannst bei Gelegenheit ja mal drüber nachdenken, was das für dialektische Fragen aufwirft.»

Meine Verblüffung amüsierte ihn köstlich, er schien sich einiges einzubilden auf seinen Scharfsinn. Eine Weile lachte er selbstzufrieden vor sich hin, dann fragte er: «Also, wo kommt das warme Wasser her?»

«Es kommt aus dem Inneren der Erde», antwortete ich. «Wenn sie sich abkühlt, zieht sie sich zusammen und presst dabei Feuerkeime in die Quellen.»

«Sagt wer?»

«Lukrez.»

«Ah ja.»

Ich merkte, dass der Name ihm nichts sagte, er es sich aber nicht anmerken lassen wollte. Er gab sich Mühe, seine Unsicherheit durch bedächtiges Nicken zu überspielen, während er nach einer geistreichen und unverfänglichen Erwiderung suchte – für mich eine willkommene Gelegenheit, um auf mein Anliegen zu kommen.

«Ich suche ein Mädchen», sagte ich.

Er lachte dreckig. «Hattet ihr im Kloster keinen, der den Part übernehmen wollte?»

Ich ging nicht darauf ein. Das warme Wasser, der Wein und die merkwürdige Gesellschaft dieses Friesen hatten mich kurz eingelullt, doch kaum hatte ich das Thema angeschnitten, waren meine Sorgen wieder da und mit ihnen die Angst vor weiteren schlimmen Neuigkeiten und die Wut auf diejenigen, die dafür verantwortlich waren.

«Ich spreche von meiner Schwester», sagte ich drohend. «Sie wurde von euch entführt.»

Amelung blickte mich an, schien zuerst weiter spotten zu wollen, merkte aber, dass mir nicht nach Späßen zumute war. Eine Weile musterte er mich, als wollte er abschätzen, wie groß die Gefahr war, dass ich ihn mit Gauzberts Hilfe so lange Wasser schlucken lassen würde, bis er mir zufriedenstellende Antworten gab.

«Von mir ganz sicher nicht», sagte er schließlich leicht gereizt. «Ich sitze hier friedlich im Bad, wie man sieht. Die Gefangenen wurden längst weggeschafft, damit hatte ich nichts zu tun. Woher soll ich wissen, ob deine Schwester darunter war? Wie sieht die überhaupt aus?»

Trotz seines ungehaltenen Tones deutete seine Frage doch zumindest eine gewisse Bereitschaft an, sich mit meinem Anliegen weiter zu befassen. Ich nahm einen Schluck Wein, um mich zu beruhigen. Dann berichtete ich in aller Kürze, was ich von Folchar erfahren hatte. Als ich meine Schwester beschreiben wollte, wurde mir schmerzlich klar, dass ich das nicht konnte. Als ich sie zuletzt gesehen hatte, war sie noch ein Kleinkind gewesen. Die Augen waren der einzige Anhaltspunkt, den ich Amelung liefern konnte.

«Ich würde dir ja gern helfen», sagte er, und jetzt war so etwas wie Mitleid in seiner Stimme zu hören. «Aber ich erinnere mich nicht an dieses Mädchen. Jarl Gorm und Jarl Ivar haben sich die Gefangenen geteilt, und ich war nicht dabei. Gorm ist zur Maas gezogen, Ivar zum Rhein. Wahrscheinlich weiß Sven mehr darüber.» Amelung trank einen Schluck und überlegte noch einmal. «Ein grünes und ein braunes Auge, sagst du? Das findet man nicht alle Tage. Wenn sie jetzt noch gut gewachsen ist und ihr keine Zähne fehlen, ist sie ein Vermögen wert. Jungfrau, nehme ich an?»

Die Art und Weise, wie er den Marktwert meiner kleinen Schwester schätzte, missfiel mir gehörig, und ich bedachte ihn mit einem wütenden Blick.

«Die Araber legen da viel Wert drauf», sagte er schnell, als sei damit nicht nur alles erklärt, sondern auch gerechtfertigt. «Die haben Ärzte, die das nachprüfen.»

Seine Worte ließen meine schlimmsten Befürchtungen wahr werden. Wenn ich Judith nicht aufspürte, bevor sie auf einem der Sklavenmärkte landete, würde ich sie niemals wiederfinden. Die größten Märkte dieser Art befanden sich in Mainz und in Verdun. Händler aus Spanien kauften dort Jungen für die Dienerschaft und Mädchen für die Harems der maurischen Herrschaften. Mainz lag am Rhein und Verdun an der Maas, und wenn die Dänen ihre Gefangenen mit den Schiffen weiterbeförderten, würde es schwierig werden, sie einzuholen. Vor allem aber musste ich wissen, welche der beiden Gruppen Judith verschleppt hatte.

Wortlos schenkte Amelung mir nach. Er schien tatsächlich nach Worten des Trostes zu suchen.

«Morgen bringe ich dich zu Sven», sagte er. «Er kann deine Fragen wahrscheinlich beantworten.»

Ich trank einen Schluck und schöpfte wieder etwas Zuversicht. Immerhin hatte ich jetzt offenbar einen Fürsprecher bei den Dänen, und das war mehr, als ich noch vor einer Stunde hätte hoffen können. Dennoch blieb ich misstrauisch. Ich konnte mir nicht vorstellen, dass er mir ohne Gegenleistung helfen würde.

Und so war es. «Jetzt beantwortest du mir mal ein paar Fragen», sagte er. «Wer weiß, wo das warme Wasser herkommt, der weiß auch noch mehr.»

Ich nickte erleichtert. Amelung schien tatsächlich vor allem seine Neugier über die Welt befriedigen zu wollen, und nichts war verlockender als die Aussicht, noch eine Weile im warmen Becken sitzen zu bleiben. Ich merkte, wie der Wein mir zu Kopf stieg und eine angenehme Müdigkeit von mir Besitz ergriff. Gauzbert hatte die Augen geschlossen.

«Warum verschwinden die Rümpfe der Schiffe am Horizont?», fragte Amelung.

«Weil der Ozean gewölbt ist.»

«Und warum läuft das Wasser dann an den Rändern nicht runter?», bohrte er weiter.

«Weil der Ozean keine Ränder hat. Er umspannt die ganze Erde.»

«Das würde ja bedeuten, dass die Erde eine Kugel ist.»

«Genau das bedeutet es.»

«Sagt wer?»

«Alle, die etwas davon verstehen», murmelte ich und hoffte, er würde mich nicht zu einer Aufzählung nötigen.

Es folgte ein langes und unerbittliches Verhör. Amelung fragte mich über alles aus, was ich über Himmel und Erde wusste, während Gauzbert mit dem Kopf auf den verschränkten Armen am Beckenrand vor sich hin schlummerte.

Als Amelung endlich von mir abließ, war ich so erschöpft, dass ich kaum noch sprechen konnte. Ich weckte Gauzbert, wir mühten uns aus dem Becken, zogen uns an und ließen Amelung, der uns freundlich hinterherwinkte, im Wasser zurück. Die beiden Wachen waren verschwunden, mein Schwert lehnte herrenlos an der Wand.

Als wir ins Freie traten, fuhr die Kälte uns unter die Kleider. Durch die Dunkelheit wankten wir halb betrunken, halb entkräftet zu Folchar zurück, der uns ein paar Decken gab und uns in eine Kammer mit zwei Strohlagern geleitete. Wie ein gefällter Baum sank ich um.

6

Folchar war es auch, der mich aus meinem bleiernen Schlaf riss, indem er mich rüde an der Schulter rüttelte. Durch ein schmales Fenster fiel Tageslicht herein, aber es war unmöglich zu sagen, ob es früh am Morgen oder schon Mittag oder gar Nachmittag war. Gauzbert lag wie tot auf seinem Strohsack.

«Amelung steht unten und fragt nach dir.»

Dieser eine Satz reichte, um mich in die Wirklichkeit zurückzuholen. Meine Haut roch immer noch nach dem Thermalwasser und war von einer feinen rauen Kruste überzogen. Meine Glieder waren schwer, aber mein Verstand war hellwach. Alle Ereignisse des Vortages fielen mir auf einen Schlag wieder ein: der endlose Ritt, die Ankunft in Aachen, das Wiedersehen mit Folchar, der Besuch im Königsbad. Die schlechten Nachrichten. Sven Knurhår.

Folchar betrachtete mich, während ich aufstand, mich streckte und mir den Schwertgurt umschnallte. Gauzbert lag auf seinem Strohsack wie ein Toter.

«Amelung und du, ihr scheint heute Nacht ja dicke Freunde geworden zu sein», spöttelte Folchar.

«Ob die Freundschaft hält, wird sich noch zeigen», antwortete ich. «Er führt mich zu Sven.»

«Denk an das, was ich dir gesagt habe. Bring Sven nicht gegen dich auf.»

Ich war schon auf dem Flur.

Amelung stand am Fuß der Treppe. Er wirkte hagerer als in der Nacht, als hätte sein Gesicht sich in der Kälte zusammengezogen. Lange blonde Locken fielen ihm auf die Schultern. Er war kleiner als ich, aber stämmig, und das Schwert, das er umgeschnallt hatte, wirkte zu groß für ihn. Er begrüßte mich mit einem Schulterklopfen.

«Er ist in der Kirche», sagte er nur. Was hatte das zu bedeuten? Wollte dieser Sven sich tatsächlich auf die Taufe vorbereiten?

Wir überquerten den Hof. Auch an diesem Tag schien die Sonne, auf den Dächern glitzerte Reif. Aus dem Gewirr von großen und kleinen Häusern, Werkstätten, Ställen, Schuppen und Verschlägen ragte die Marienkirche wie eine Felseninsel im Meer auf. Die Bleiplatten auf dem Dach über der Kuppel glänzten matt in der Sonne. Verhaltenes Vogelgezwitscher kam von irgendwoher.

Wir betraten die Anlage über das Atrium im Westen. Die beiden Wächter vom Vorabend hockten zwischen den Säulen und spielten irgendein Würfelspiel. Sie nickten Amelung zu und beachteten uns nicht weiter.

Die riesigen Bronzetüren mit den Wolfsköpfen standen offen. Aus der Kirche hallte Gelächter heraus.

«Nicht wundern», sagte Amelung, als wir eintraten. Doch der Anblick, der sich mir in der Kirche bot, war mehr als befremdlich.

Der Boden des achteckigen Innenraums war eine einzige Eisfläche, auf der sich sieben oder acht Dänen vergnügten. Sie hatten sich Kufen aus geschnitzten Knochen unter die Stiefel geschnallt und drehten ihre Runden. Dabei jauchzten und krakeelten sie und schubsten sich gegenseitig herum wie ein Wurf von Hundewelpen. Einer krachte in vollem Lauf gegen den Altar, ging zu Boden und rieb sich halb lachend, halb jammernd den Ellbogen.

Amelung schien das Schauspiel peinlich zu sein. Ohne ein Wort bugsierte er mich zum Treppenaufgang. Im Umgang des Achtecks hatten sie großzügig Stroh ausgestreut; ein halbes Dutzend Pferde stand schnaubend und hufescharrend im Halbdunkel nebeneinander, die Zügel nachlässig um eiserne Kerzenleuchter geschlungen. Ein prachtvoller Rappe soff schlabbernd aus einem Weihwasserbecken. Ich bemerkte es mit Abscheu und stellte dann zu meinem Befremden fest, dass die Barbarei mich mehr störte als die Blasphemie, die Missachtung des ehrwürdigen Gebäudes mehr als die Entweihung des heiligen Ortes.

Während ich Stufe um Stufe nahm, ahnte ich, was mich oben erwartete, und diese Ahnung bestätigte sich, als wir auf die Westempore traten: Nicht genug damit, dass die Dänen die Kirche des großen Karl entweihten, sie entweihten auch die Erinnerung an seine Herrschaft: Sven Knurhår, denn er musste es sein, saß mit dem Rücken zu uns auf dem Thron des Kaisers, fuchtelte mit einem riesigen Knochen in der Luft herum und feuerte mit unverständlichem Geschrei die Schlittschuhläufer unter ihm an. Vor hundert Jahren war von hier aus ein gewaltiges Reich regiert worden. Jetzt hockte da der augenscheinlich angetrunkene Anführer einer dänischen Räuberbande und gebot über ein paar Dutzend Kindsköpfe, die in den Trümmern der vergangenen Herrlichkeit herumtrampelten. Es war beschämend.

Sven bemerkte uns erst, als wir vor ihm standen. Er war ein

Hüne, so ungeschlacht und massig, dass ich unwillkürlich an den Riesen Atlas denken musste. Sein Wanst drohte den steinernen Thronsitz zu sprengen, über dessen Lehne er seinen Schwertgurt gehängt hatte. Da der Thron auf einem brusthohen steinernen Podest stand, wirkte Sven noch größer, als er ohnehin schon war. Haare und Bart waren ungepflegt, seinen Brustkorb hatte er in einen mit Metallplatten beschlagenen Lederpanzer gezwängt. Sein Gesicht war faltig, obwohl er wohl nicht viel älter war als ich; es wirkte, als wäre sein Schädel unter der Haut geschrumpft.

Als er uns sah, zog er die Augenbrauen hoch. Mit dem Knochen, der gebogen wie ein Sensenblatt und länger als mein Schwert war, wies er auf mich und fragte etwas; Amelung antwortete in einem leicht unterwürfigen Tonfall, Sven fiel ihm ins Wort, zeigte wieder auf mich, ließ sich etwas erklären und nickte. So bekam ich zum ersten Mal die Gelegenheit, dieser merkwürdigen Sprache in Ruhe zu lauschen, einem näselnden und etwas abgehackten Singsang, in dem mir das eine oder andere Wort bekannt vorkam.

Während sie redeten, ließ ich meinen Blick durch die Kirche wandern, und erst jetzt bemerkte ich, dass das Kaisergrab mit dem prachtvollen Sarkophag im Südostjoch des Umgangs verschwunden war – genauer gesagt, war es nicht verschwunden, sondern hinter einer Ziegelwand verborgen, die wahrscheinlich Folchar zum Schutz vor Grabschändungen beim Herannahen der Plünderer in aller Eile hatte hochziehen lassen.

«Sven fragt, was er dafür bekommt, dass er dir Auskunft gibt», sagte Amelung.

So etwas hatte ich befürchtet. Ich besaß nichts, was ich

ihm hätte geben können, aber ich brauchte diese Auskunft unbedingt und hätte ihm alles dafür versprochen. Ich überlegte, ob Folchar vielleicht noch irgendwo Geld gehortet hatte, das er mir leihen könnte, aber Sven fand selbst eine Lösung. Der Knochen schnellte vor und wies auf mein Schwert. Ich begriff, dass ich keine Wahl hatte. Mit größtem Widerwillen schnallte ich den Gurt ab und reichte ihm die Waffe. Sven nahm das Schwert entgegen, zog es aus der Scheide, prüfte die Klinge mit dem Daumen und hängte es zufrieden über die Rückenlehne des Throns.

Immerhin machte die Gabe ihn auskunftsfreudig. Er begann, auf Amelung einzureden, wobei der Knochen zur Unterstreichung wichtiger Einzelheiten zum Einsatz kam, die Sven seiner Erinnerung mit viel gestischem und mimischem Aufwand entriss. Er verdrehte die Augen, wenn er nachdachte, schnippte mit den Fingern, wenn ihm etwas auf der Zunge lag, und klatschte sich auf die Schenkel, wenn es ihm einfiel. Unten in der Kirche kamen derweil ein paar Dänen mit Eimern angerannt und kippten unter großem Gejohle Schwalle von Wasser über den Boden, um die Eisfläche zu glätten.

Voller Ungeduld ließ ich mir von dem Friesen übersetzen, was Sven sagte: Ja, an das Mädchen mit den verschiedenfarbigen Augen könne er sich erinnern, wie denn auch nicht? Bei der Aufteilung der Gefangenen hätten alle sie haben wollen, ein Riesengeschrei, fast hätte es eine Keilerei gegeben, und schließlich habe Jarl Ivar sie bekommen, aber nur, weil er auf alle anderen Gefangenen verzichtet habe. Ivar sei mit seiner Mannschaft an den Rhein gezogen, nach Kuhflæns, ob er das so richtig ausspreche? Wie? Koblenz? Auch gut. Warum ich, Tankred, an dem Mädchen interessiert sei? Meine Schwester sei das? Du liebe Güte! Undankbare Aufgabe, so eine wieder einzufangen! Er selbst habe auch drei oder vier von der Sorte, nichts als Scherereien mit den Weibern, wenn man die nicht dreimal am Tag übers Knie legte, dann tanzten sie einem bald nur noch auf der Nase herum!

Er redete daher, als hätte Judith sich ihrem Entführer aufgedrängt, und ich musste die in mir auflodernde Wut unterdrücken.

«Wie lange sind sie schon unterwegs?», fragte ich ungehalten. Amelung übersetzte.

Etwas mehr als eine Woche, gab Sven Knurhår Auskunft, aber Jarl Ivar werde wahrscheinlich nicht besonders schnell vorankommen, weil er ja unbedingt den Schädel von diesem Riesenvieh habe mitnehmen wollen, mit dem dicken Schwanz im Gesicht, von dem dieses Ding hier – er hielt den Knochen hoch – die Rippe sei, wie würde das noch mal genannt? Ølefant? Ælefant?

Ich traute meinen Ohren nicht. Was fabulierte Sven sich da zusammen?

Nach mühseligem Hin und Her stellte sich heraus, dass weder Sven etwas verwechselt noch Amelung falsch übersetzt hatte: Auf der Suche nach Beute waren die Dänen im verwaisten Tiergehege der Pfalz auf einen Stein mit einem Relief gestoßen, das einen dicken Vierfüßler mit Rüsselnase, Riesenohren und Walrosszähnen zeigte. Sie hatten es für eine alte Götterdarstellung gehalten, wertvolle Opfergaben darunter vermutet und zu graben begonnen. Dabei hatten sie zu ihrem allergrößten Erstaunen ein riesiges Skelett zutage gefördert. Ich wusste sofort, um welches Tier es sich handelte: Abul Abbas, der weiße Elefant, den Kaiser Karl einst vom Kalifen von

Bagdad als Geschenk erhalten hatte. Ich erinnerte mich an die Erzählungen meines Großvaters, der das Tier selbst gesehen hatte, kurz bevor es auf einem Feldzug gestorben war. Der Kadaver war unter großem Aufwand nach Aachen zurückgebracht und bestattet worden, nachdem man ihm die Stoßzähne abgesägt hatte. Das Skelett hatte natürlich ordentlich Eindruck auf die Dänen gemacht, und Jarl Ivar hatte sich den Schädel gesichert, um den Vordersteven seines Schiffs damit zu schmücken. Und weil er auf die Stoßzähne nicht hatte verzichten wollen, hatte er einen Tischler gezwungen, ihm zwei Ersatzzähne aus Holz zu drechseln, allerdings abweichend von der Darstellung auf dem Steinrelief in einer schraubenartig gedrehten Variante wie bei einem Einhorn, wie Claudius Aelianus es beschreibt. Mir fehlten die Worte.

Als Sven mit seinem Bericht fertig war, verlor er das Interesse an uns und wandte sich wieder dem Geschehen in der Kirche zu, wo einer der Eisläufer gerade vor die zugemauerte Arkade geschlittert und zu Boden gegangen war. Sven schrie etwas und schwang die Elefantenrippe wie ein Feldzeichen. Amelung und mich beachtete er nicht mehr.

Ich entfernte mich ein paar Schritte, trat ans Geländer und wägte die hoffnungsvollen gegen die besorgniserregenden Folgen dieser Neuigkeiten ab. Judith war am Leben und wahrscheinlich unverletzt. Sie war offenbar von so hohem Wert, dass ihr Entführer sie wie seinen Augapfel hüten würde. Andererseits war die Entschlossenheit bedenklich, mit der Ivar sich diese eine Gefangene gesichert hatte. Ging es ihm um den Erlös auf dem Sklavenmarkt? Oder hatte er Gefallen an meiner kleinen Schwester gefunden und wollte sie sich gefügig machen? Im ersten Fall würde ich sie auslösen können, wenn es mir irgendwie gelang, das nötige Geld aufzutreiben. Im zweiten Fall würde ich sie ihm entreißen müssen. Immerhin wusste ich jetzt, in welche Richtung sie unterwegs waren.

Unten polterte es erneut: Einer der Schlittschuhläufer war mit einem Pfeiler kollidiert. Wie lange würden die Dänen eigentlich noch ungestraft ihr Unwesen treiben? Wo blieb das Aufgebot, das König Ludwig von Ostfranken längst hätte aufgestellt haben müssen, um diese Teufel in die Hölle zurückzujagen? Hatte Gott uns verlassen?

Solche Gedanken gingen mir durch den Kopf, während ich mit meinem kahl rasierten Schädel von der Thronempore des größten Herrschers der Christenheit auf das würdelose Spektakel vor seiner zugemauerten Grabstätte blickte, das seine schwächlichen Nachfolger nicht hatten verhindern können.

Amelung trat neben mich. «Gehen wir.»

Ich folgte ihm nach unten, durch den Umgang und die Vorhalle ins Freie. Das Gejohle der Schlittschuhläufer verschwamm zu einem verzerrten Hallen. Am Himmel zogen erste Wolken auf. Ein Schwarm Krähen flatterte von einem der Dächer auf und entschwand krächzend hinter dem Gebäude.

«Und jetzt?», fragte Amelung. «Koblenz?»

«Wohin sonst?»

Er blickte mich zweifelnd an. «Du bist allein.»

«Das bin ich schon sehr lange.»

Ich sah ihm an, wie schlecht er die Aussichten meines Vorhabens einschätzte. Und wieder fragte ich mich, warum er mir gegenüber so hilfsbereit war.

«Welchen Weg wirst du nehmen?», fragte er.

«Welchen Weg hat Ivar genommen?», fragte ich zurück.

Amelung blickte zur Seite und überlegte kurz, als müsste er einen letzten Widerstand überwinden. «Na gut», sagte er dann. «Die Schiffe haben sie in Bonn zurückgelassen, also wird er zuerst dorthin geritten sein. Wenn nichts dazwischengekommen ist, dürfte er inzwischen angekommen sein. Er wird aber nicht sofort weiterziehen können. Koblenz ist gut befestigt, und Ivars Truppe ist zu klein, um die Stadt allein zu überfallen. Er wird sich also mit anderen zusammenschließen, die noch im Rheinland unterwegs sind, und dann werden sie die Schiffe nehmen und flussaufwärts fahren. Ich empfehle dir, auf kürzestem Weg zum Rhein zu reiten und dann dem Flusstal auf der Römerstraße zu folgen. Wenn du Glück hast, bist du vor ihnen in Koblenz. Erwarte sie dort.»

«Kennst du Ivar?», fragte ich.

«Kaum. Ich gehöre zu Svens Leuten. Aber nach allem, was man über Ivar hört, geht man ihm besser aus dem Weg. Jähzornig und unberechenbar. Rastet bei jeder Gelegenheit aus und schlägt um sich.»

Das Herz wurde mir schwer. Von so einem wurde meine Schwester nun also durch das Land geschleppt.

Amelung schien meine Gedanken zu erraten. «Was natürlich auch bedeutet, dass Ivar sich leicht zu unüberlegten Handlungen provozieren lässt», fuhr er fort. «Mit der Wurfaxt kann er umgehen, als Schwertkämpfer ist er eher mittelmäßig.»

Schon besser, dachte ich. Dann fiel mir ein, dass ich ja gar kein Schwert mehr hatte. Noch ein Problem, das irgendwie gelöst werden musste.

«Wie viele Männer hat er bei sich?», fragte ich.

«Um die hundertzwanzig. Drei Schiffsmannschaften.»

«Mehr nicht?»

Amelung lachte auf. «Hundertzwanzig reichen dir nicht? Keine Angst, es werden bald dreimal so viele sein. Es sind noch viele von ihnen in der Gegend unterwegs.»

«Wieso von *ihnen?*», fragte ich vorsichtig. «Du gehörst doch auch dazu.»

Er wiegte den Kopf. «Ja und nein.»

«Was soll das heißen?»

«Lange Geschichte.»

Amelung hatte offensichtlich nicht die Absicht, mir diese lange Geschichte zu erzählen, aber ich hätte ohnehin nicht die Geduld gehabt. In Gedanken war ich schon auf der Reise.

«Ivar ist übrigens Linkshänder», sagte Amelung. Er wirkte fast erleichtert, dass ihm noch etwas eingefallen war, womit er mir helfen konnte.

Linkshänder also. Das war gut zu wissen, aber nicht unbedingt ein Vorteil für mich. Linkshänder sind es gewohnt, gegen Rechtshänder zu kämpfen. Umgekehrt gilt das nicht.

In der Kirche hatte einer der Schlittschuhläufer jetzt offenbar einen besonders heftigen Sturz hingelegt, jedenfalls waren Schmerzensschreie zu hören, die bald in vielstimmigem Gelächter untergingen. Amelung beugte sich vor und blickte mit gerunzelter Stirn und zusammengekniffenen Augen in das Halbdunkel der Vorhalle, als wäre er dafür verantwortlich, dass sich niemand verletzte.

«Warum hilfst du mir?», fragte ich unvermittelt.

Einen kurzen Augenblick lang wirkte er überrumpelt. Er lächelte, aber es wirkte, als wollte er damit seine Verlegenheit überspielen.

«Du wirst Gelegenheit haben, dich zu revanchieren.» Und

nach einer fast genüsslichen Pause schob er hinterher: «Tankred, Sohn von Thegan.»

Ich war wie vom Donner gerührt. «Woher weißt du, wer ich bin?»

Er zog eine Augenbraue hoch. «Du hast einen gewissen Ruf in dieser Gegend.»

Mit diesen Worten wandte er sich um und ging davon. Bevor er zwischen den Säulen des Atriums verschwand, drehte er sich noch einmal um.

«Stimmt es eigentlich, dass Elefanten keine Gelenke haben und an Bäume gelehnt schlafen, weil sie sich nicht hinlegen können? Und dass die Inder die Bäume ansägen, damit die Elefanten im Schlaf umfallen und gefangen werden können?»

Ich kannte dieses Märchen. Wenn ich mich richtig erinnerte, dann hatte Caesar das über die Rentiere behauptet, Plinius über die Elche und der Physiologus über die Elefanten. Einer schrieb vom anderen ab und dichtete dazu, was ihm gerade in den Kopf kam.

«Hast du das Skelett gesehen?», fragte ich zurück.

«Ja. Ich hab's mit ausgegraben.»

«Und? Hatte es Gelenke oder nicht?»

Amelung zuckte mit den Schultern. «Da hab ich nicht drauf geachtet.»

«Und genau das ist das Problem», sagte ich.

Er starrte mich verdutzt an. «Stimmt es nun oder nicht?», fragte er.

«Es stimmt nicht», sagte ich. «Und sie haben auch keine Angst vor Mäusen.»

Darauf sagte Amelung nichts mehr. Er grinste, winkte mir zum Abschied und verschwand.

Die folgenden Stunden verbrachte ich damit, Vorbereitungen für die Reise zu treffen. Einer von Folchars Bediensteten stattete mich mit Decken und Proviant aus. Waffen hatte er nicht. Ich würde mir unterwegs etwas einfallen lassen müssen.

Gauzbert war nicht aufzufinden. Ich hätte mich gern von ihm verabschiedet, aber ich wollte seinetwegen nicht meinen Aufbruch verschieben – auch wenn Folchar mir geraten hatte, eine weitere Nacht in Aachen zu verbringen, um ausgeruhter zu sein. Doch das kam für mich nicht infrage. Ivar durfte nicht noch mehr Vorsprung bekommen.

Folchar saß hinter seinem Pult und war schon wieder mit irgendwelchen Unterlagen beschäftigt, als ich sein Zimmer betrat, um mich von ihm zu verabschieden.

«Das Güterverzeichnis muss dringend überarbeitet werden», murmelte er statt einer Begrüßung.

Es war unglaublich, wie viel Energie dieser alte Mann noch hatte und wie unbeirrt er dafür sorgte, dass sein Lebenswerk nicht unterging. Ohne sich stören zu lassen, schrieb er zu Ende und tupfte die Tinte mit einem Stoffballen trocken. Dann legte er die Feder weg und blickte auf.

«Wenn du in Koblenz bist, melde dich bei Sigibert», sagte Folchar. «Er ist Prior am Kastorstift und mein dickster Freund. Er wird dir helfen.»

Folchar stand auf, umrundete das Pult und umarmte mich wortlos. Auch an diesem Abschied merkte ich, wie vertraut wir uns immer noch waren. Jahrelang waren Worte das Fundament unserer Freundschaft gewesen: In meiner Jugend hatten wir uns gegenseitig vorgelesen, hatten rezitiert und debattiert; in den Jahren meiner Klosterhaft waren lange Briefe hin und her gegangen. Wenn jedes zwischen uns gewechselte Wort ein Wassertropfen gewesen wäre, wir hätten einen Ozean damit füllen können. Nun, da es mich zum Aufbruch drängte, entließ er mich ohne viele Worte mit einer Umarmung, die alles sagte, was zu sagen war.

«Bring sie zurück.»

Mir stiegen die Tränen in die Augen. Ich schluckte, nickte, wandte mich um und ging. Und mit jedem Schritt auf dem Korridor, mit jeder Stufe auf der Treppe wuchs meine Entschlossenheit.

Das Pferd stand gesattelt, bepackt und aufgezäumt im Hof.

Als ich gerade aufsitzen wollte, kam mir Gauzbert im Laufschritt entgegen, er war völlig außer Atem.

«Hier bist du! Wir müssen sofort weg!»

«Warum wir?»

«Ich komme mit dir. Inda ist angeblich vollständig verwüstet worden, und die Mönche sind noch nicht aus dem Wald zurückgekehrt. Für mich gibt's da vorerst nichts zu tun.»

«Und warum sofort?»

«Weil ich ein Pferd geklaut habe», antwortete er grinsend. «Und ich glaube, es ist das von diesem Sven. Wenn sie mich damit erwischen, reißen sie mich in Stücke.»

Und tatsächlich: An der Hofmauer stand, die Zügel locker um eine der Halterungen für die Fackeln geschlungen, der Rappe, der mir schon in der Kirche aufgefallen war. Das Pferd war kräftig und um eine volle Spanne größer als das, auf dem wir gekommen waren. Am Sattel war eine große aufgerollte Decke festgeschnallt, außerdem ein Wasserschlauch und eine Ledertasche.

Wir saßen auf und ritten ohne Hast durch das Tor, um kein Aufsehen zu erregen. Während wir den Stiftsbezirk und die

Pfalz in einem weiten Bogen umrundeten, beobachtete ich aus den Augenwinkeln die einmündenden Gassen. Keiner der Dänen zeigte sich. Auch das Geschrei aus der Kirche war nicht mehr zu hören. Dafür war die Sonne verschwunden. Der Himmel hatte sich mit grauen Wolken zugezogen, die schon die Abenddämmerung in sich trugen. Kaum mehr als einen Steinwurf von uns überragte die gewaltige Königshalle die Dächer der Siedlung. Eine Gestalt erschien an einem der oberen Fenster, beugte sich vor und übergab sich in mehreren Schwallen auf das Vordach des Erdgeschosses.

Gauzbert begann zu pfeifen. Es war unglaublich, mit welcher Ungeniertheit er auf einem Pferd, das er dem Anführer einer Plündererbande buchstäblich unter dem Hintern weggestohlen hatte, unter deren Augen von dannen ritt. Es bereitete ihm sichtlich Freude. Während ich ihn betrachtete, nicht ohne dabei die Seitengassen im Blick zu behalten, überkam mich eine starke Zuneigung. Ich kannte Gauzbert seit zwei Tagen, und doch schien er mir vertraut wie ein langjähriger Freund. Und wieder fiel mir auf, auf welch merkwürdige Weise die Zeit uns an der Nase herumführt, indem sie Tage zu Jahren macht und Jahre zu Tagen.

Als wir die letzten Häuser von Aachen hinter uns gelassen hatten und in südwestliche Richtung eingeschwenkt waren, schrie Gauzbert plötzlich: «Wer zuerst bei der Hügelkuppe dahinten ist!»

Ohne einen Moment zu zögern, stieß ich meinem Pferd die Hacken in die Flanken, und sofort galoppierte es los. Die Hufe trommelten auf dem hart gefrorenen Boden, die Mähne flatterte, Bäume und Sträucher flogen vorbei, der kalte Wind zerrte an meiner Kleidung und schnitt mir ins Gesicht, und für einen Augenblick blieben alle meine Sorgen weit hinter mir zurück.

Gauzbert hatte mit seinem Rappen eine gute Wahl getroffen. Lange vor mir erreichte er die Hügelkuppe, auf der ein paar kahle Bäume standen.

Wir wendeten die Pferde und blickten zurück. Aus dem Talkessel stachen Pfalz und Marienkirche hervor wie von einem Riesen errichtete Spielzeugbauten. Irgendwo dort unten saß Folchar über seinem Güterverzeichnis, während Amelung vielleicht schon wieder im warmen Wasser hockte und Sven möglicherweise gerade in diesem Moment bemerkte, dass sein Pferd abhandengekommen war.

Neben mir zerrte Gauzbert an seinem Sattelgurt herum.

«Ich hab ihm übrigens nicht nur das Pferd geklaut», sagte er. «Ich war auch oben auf der Empore. Und was hing da über der Rückenlehne des Throns von unserem geliebten Kaiser Karolus? Na?»

Mit einem Ruck zog er etwas hervor, das in die Decke eingewickelt gewesen war, und meine Zuneigung verwandelte sich schlagartig in Verehrung.

Neben mir saß stolz und aufrecht im Sattel eines prachtvollen Rappen der heilige Gauzbert und überreichte mir mit huldvoller Geste mein Schwert, als hätte Gott persönlich ihn beauftragt, es wieder in meine Hände zu legen.

7

Während wir weiterritten, setzte ich ihm auseinander, welchen Weg Amelung mir empfohlen hatte. Dabei wurde mir bewusst, dass ich überhaupt keine Idee hatte, wie ich an Ivar herankommen sollte. Wenn es stimmte, dass am Rhein Hunderte von weiteren Männern zu ihm stoßen würden, dann würde er von einem immer größeren Schutzwall aus Kriegern umgeben sein. Und Judith? Schleppte er sie die ganze Zeit mit sich herum, oder ließ er sie irgendwo unter Bewachung zurück? Und was, wenn Ivar es sich anders überlegt hatte und jetzt doch auf dem Weg zum Lager an der Maas war? Oder wenn er sie unterwegs an irgendeinen Händler verkauft hatte? Oder wenn sie krank geworden war? Es gab so viele Möglichkeiten, wie mein Vorhaben zunichtegemacht werden konnte, dass ich sie mir gar nicht alle ausmalen wollte. Ich beschloss, mich an einen einzigen Gedanken zu halten: Vorwärts zum Rhein!

Gauzbert spürte meine Unruhe, doch auch er wurde immer schweigsamer. Denn auf unserem Weg lag Inda, das Kloster, in dem er fast sein ganzes Leben verbracht hatte. Er wirkte beklommen. Vielleicht fürchtete er, auf die Leichen von Menschen zu stoßen, die ihm nahestanden.

Die Dämmerung brach herein. Und bald darauf sah ich die Klosterkirche von Inda vor mir aufragen.

Als wir uns näherten, nahm ich den Geruch von verkohltem Holz wahr. Rechts und links schälten sich hinter einer Mauer weitere Gebäude aus der Dunkelheit. Dachbalken ragten wie die Rippen eines verwesenden Tieres in den fast schwarzen Himmel. Offenbar war die ganze Anlage bis auf die steinernen Mauern abgebrannt.

Wir saßen ab und traten durch ein Tor in den Klosterhof. Gauzbert schritt zielstrebig die um den Hof angeordneten Gebäude ab, stieß hier eine Tür auf, klopfte dort gegen ein Fenster, rief ein paarmal einen Namen und kam dann zurück.

«Alle weg», sagte er. «Das hatte ich befürchtet.»

«Lass uns weiterreiten», sagte ich.

«Keine gute Idee. Schau mal nach oben. Siehst du in der dunkelgrauen Suppe irgendwelche Sterne, an denen wir uns orientieren können? Ich nicht.»

Er hatte recht. In der Klosterruine hatten wir immerhin ein Dach über dem Kopf und eine Feuerstelle. Und falls es irgendwann aufklaren sollte, würden wir noch lange vor Sonnenaufgang aufbrechen können, anstatt die halbe Nacht lang orientierungslos durch den Wald zu irren. Aus den überall herumliegenden Holzresten entzündeten wir ein großes Feuer im Herd der Klosterküche, versorgten die Pferde und wickelten uns in unsere Decken. Ich ahnte, dass dies nicht die unbequemste Unterkunft auf unserer Reise sein würde. Die Strapazen der vergangenen Tage steckten mir immer noch in den Knochen, und so schlief ich schnell ein. Das Letzte, was ich sah, war Gauzberts nachdenkliches Gesicht im unsteten Schein des Herdfeuers.

Als er mich weckte, war es immer noch dunkel, und das Feuer war heruntergebrannt. Ich hatte keine Ahnung, wie lange ich geschlafen hatte.

«Die Wolken haben sich verzogen», sagte er. «Wir können weiterreiten.»

Eine Viertelstunde später saßen wir wieder im Sattel. Die Sterne machten es einfach, die Richtung zu halten.

Bald begann das Gelände anzusteigen, und kurz darauf wuchs ein Waldrand als dunkle Wand vor uns aus dem Boden. Dahinter verkündete ein erster Streifen Dunkelblau den Beginn der Morgendämmerung; es war, als saugte der Wald die Schwärze aus dem Himmel. Der Weg, nicht mehr als ein Trampelpfad, war voller gefrorener Pfützen, in die die Hufe der Pferde knackend und schmatzend einbrachen. Es ging bergauf und bergab. Immer wieder querten wir kleine Bäche. Irgendwann war es Tag, ohne dass wir es richtig gemerkt hatten.

Als die Sonne schon hoch am Himmel stand, spuckte der Wald uns wieder aus. Einzelne Gehöfte und kleine Siedlungen zogen rechts und links vorbei, doch erst als gegen Nachmittag eine größere Hofanlage vor uns auftauchte, beschlossen wir, eine Rast einzulegen und uns zu orientieren. Nach meiner Schätzung konnten wir nicht mehr weit von Zülpich entfernt sein.

Es war ein großer Villikationshof mit Wohngebäuden, Ställen und Scheunen und umgeben von einer Mauer mit einem Turm, der einmal den Zugang gesichert hatte, diesen Zweck aber jetzt nicht mehr erfüllen konnte: Die beiden Torflügel hingen geborsten in den Angeln. Ganz offensichtlich hatte auch hier ein Überfall stattgefunden. Immerhin rauchte auf einem der Wohnhäuser ein Schornstein.

Niemand stellte sich uns in den Weg, als wir in den Hof ritten. Von innen sah man, dass die etwas mehr als mannshohe Mauer von einem hölzernen Wehrgang gesäumt war. Im hinteren Bereich der Anlage stand das dreistöckige Herrenhaus, dessen Rückwand mit der Umfassungsmauer abschloss, sodass es die Funktion eines zusätzlichen Wehrturms übernehmen konnte. Der offenbar schon sehr alte Bruchsteinbau war im Lauf der Zeit immer wieder mit Ziegeln und Flusskieseln ausgebessert worden. Die winzigen Fensteröffnungen gaben ihm ein abweisendes Aussehen. Anzeichen von Zerstörung sah ich nicht. Zwischen den Nebengebäuden schlängelte sich ein Bach entlang, der durch einen kniehohen vergitterten Bogen in der Umfassungsmauer auf das Gelände floss, eine Mühle passierte und auf der gegenüberliegenden Seite wieder verschwand. Zwei schmale Brücken überspannten das Wasser.

In einer der Scheunen hackte jemand Holz. Das satte Krachen der berstenden Scheite durchschnitt in kurzen Abständen die Luft und verriet eine kräftige und geübte Hand. Es verstummte in dem Augenblick, in dem wir absaßen.

Im Scheunentor erschien ein Mann von der Statur eines Hufschmieds. Alles an ihm wirkte leicht in die Breite gezogen, ein Eindruck, der durch seine abstehenden Ohren noch verstärkt wurde. In den Händen hielt er einen schweren Spalthammer, der ihm wohl nicht nur beim Zerkleinern von Holz gute Dienste leisten konnte.

«Es gibt hier nichts mehr zu klauen», sagte er feindselig. Mit zusammengekniffenen Augen musterte er uns von oben bis unten. «Versteht ihr mich überhaupt?»

«Klar und deutlich», sagte ich. Und Gauzbert ergänzte: «Wir sind auf der Durchreise.»

«Das waren die Nordmänner auch.»

Aus dem Augenwinkel sah ich, dass hinter den Fenstern der Wohngebäude mehrere Gesichter erschienen waren. Als ich ihnen den Kopf zuwandte, tauchten sie sofort wieder ab.

«Wann waren sie da?», fragte ich.

«Vor einer Woche. Wir wurden gewarnt und konnten uns im Wald verstecken. Als wir zurückkamen, war alles weg. Zum Glück haben sie die Gebäude stehen lassen.»

Deshalb also das aufgerammte Tor.

«Aus welcher Richtung sind sie gekommen?», fragte ich weiter.

«Von Westen», antwortete er.

Das machte mich hellhörig. Wie viele es gewesen seien? Etwas mehr als hundert Mann, anders als üblich mit Wagen und Packpferden, wahrscheinlich Beute von anderswo. Wohin sie weitergezogen seien? Nach Osten, Richtung Rhein. Ob sie Gefangene dabeigehabt hätten? Aus der Ferne sei das nicht zu erkennen gewesen, aber wenn, dann nur wenige. Vielleicht auf den Wagen. Einige davon seien mit Tüchern verhängt gewesen.

Gauzbert und ich tauschten einen Blick. «Das war er», sagte er.

«Wie weit ist es noch bis Zülpich?», fragte ich.

«Etwas mehr als eine Stunde. Aber da ist keiner mehr. Die Stadt und die Pfalz haben sie schon vor Weihnachten niedergebrannt. Da sind nur noch verkohlte Trümmer.»

Wir bedankten uns und saßen auf. Der Mann schulterte die Axt und verschwand wieder in der Scheune.

Als wir durch das Tor ritten, fiel mir Fidis wieder ein, das Kindermädchen meiner Schwester, das von einem Tag auf den anderen spurlos verschwunden war, als ich noch in Maastricht auf dem Anwesen meiner Mutter gelebt hatte. Fidis stammte aus dieser Gegend, aus Amiken. Ich hatte zwar keine Vorstellung davon, wo dieser Ort genau lag, aber eine Mischung aus Neugier und Wehmut trieb mich dazu, noch einmal umzukehren.

Der Hufschmied musste mich gehört haben, denn als ich auf den Hof zurückritt, vernahm ich das dumpfe Geräusch der Axt, die sich in den Hauklotz bohrte. Einen Augenblick später stand er wieder im Tor. Sein Blick war nicht mehr feindselig.

«Kennst du einen Ort namens Amiken?», fragte ich.

«Willst du mich auf den Arm nehmen? Das hier ist Amiken.»

Ich traute meinen Ohren nicht. Der Zufall hatte mich an den Geburtsort des Mädchens geführt, mit dem ich fast ein Jahr lang mein Bett und eigentlich auch mein Leben geteilt hatte. Hier musste sie als Kind am Bach gespielt haben, hier hatte ihr Vater seine Werkstatt gehabt. War sie hierher zurückgekehrt, nachdem sie verschwunden war? Befand sie sich etwa ganz in der Nähe? Ich blickte mich um. Wieder huschten ein paar Gesichter von den Fenstern weg.

Und so musste der Hufschmied eine zweite Befragung über sich ergehen lassen. Ob es hier mal eine gewisse Fidis gegeben habe?

Seine Augen leuchteten auf. Die Tochter des Zimmermanns? Die Hübsche? Hinter der alle Kerle her gewesen seien? Die einem von morgens bis abends Löcher in den Bauch gefragt habe?

Auf diese Weise erfuhr ich, dass Fidis tatsächlich hier aufgewachsen war. Er erinnerte sich, dass sie als Kindermädchen nach Maastricht gegangen und irgendwann plötzlich wieder in Amiken aufgetaucht war, ohne zu erklären, warum. Alle hatten sich das Maul zerrissen, die einen behaupteten, sie sei beim Klauen erwischt worden, die anderen glaubten zu wissen, ihr Dienstherr habe sie geschwängert. Ihr Vater hatte sie mit seinem Gesellen verheiratet, und mit dem war sie nach Trier gegangen. Ihre Eltern waren nicht lange danach gestorben. Von Fidis hatte man nichts mehr gehört.

Während Gauzbert und ich der Dämmerung entgegenritten, suchten mich die Erinnerungen an meine Zeit mit Fidis heim. Es war, als hätte ich eine Witterung aufgenommen, die mir nicht mehr aus der Nase ging. Wie mochte es ihr in Trier ergangen sein? Dachte sie noch an mich?

Gauzbert betrachtete mich grinsend von der Seite. «Du warst kein Kind von Traurigkeit, was?»

«Wie man's nimmt», wehrte ich ab. Ich war nicht in der Stimmung, mich über schlüpfrige Einzelheiten ausfragen zu lassen.

«Wie habt ihr's in Prüm eigentlich damit gehalten?»

«Du kennst Abt Ansbald nicht», antwortete ich. «Da wurde keine Unzucht geduldet.»

Gauzberts Grinsen wurde breiter. «Ach so. Und wenn der Bluthund der Wollust euch anfallen wollte, dann habt ihr ihn mit Kruzifix und Rosenkranz wieder in den Zwinger gejagt, oder wie habe ich mir das vorzustellen?»

«Ungefähr so hast du dir das vorzustellen», sagte ich.

Gauzbert aber wollte weiter auf dem Thema herumreiten. Genüsslich berichtete er von den Ausschweifungen in Inda, wo sich Dienstmädchen und Stallmägde aus der ganzen Umgebung bei nächtlichen Besuchen in den Zellen der Mönche den Lohn aufgebessert hatten. Dass ich nur mit einem Ohr zuhörte, schien er nicht zu merken. Bald war ich so müde, dass ich fast im Sattel eingeschlafen wäre.

Als wir Zülpich erreichten, beleuchtete die schmale Mondsichel eine gespenstische Szenerie: Von der Stadt waren tatsächlich nur verkohlte Trümmer geblieben, aus denen die gemauerten Kaminschächte wie mahnende Finger aufragten.

Wir passierten das Westtor und ritten zwischen den Ruinen hindurch, wobei wir ständig irgendwelchen Schutthaufen oder heruntergestürzten Resten von Dachgebälk ausweichen mussten. Obwohl die Zerstörung schon einen Monat zurückliegen musste, wehte immer noch der Geruch von Qualm durch die Luft, in den sich ein Hauch von Verwesung mischte. Ab und zu raschelte es in den Schutthaufen.

Beim Osttor fanden wir schließlich ein unzerstörtes Haus, das sich an die Stadtmauer anlehnte. Da der Wind aus östlicher Richtung wehte, war der Geruch hier kaum noch wahrzunehmen. Wir entzündeten ein Feuer. Nach einer Mahlzeit aus Brot und Dörrfleisch wurde auch Gauzbert endlich müde. Wir rollten uns in die Decken ein. Draußen scharrten die Pferde im Schutt.

Auch den nächsten Tag verbrachten wir vom Morgen bis zum Abend im Sattel. Es ging über Felder, durch Wälder und schließlich auch durch Weinberge.

Nachdem wir bei einbrechender Dunkelheit die Kuppe eines lang gestreckten Weinbergs überwunden hatten, öffnete sich vor uns plötzlich eine riesige Senke. Und dann sah ich das majestätische Schimmern des Stroms.

Wir hatten den Rhein erreicht.

Eine Weile standen wir wie zwei Reiterstandbilder im schwachen Mondlicht zwischen den Weinstöcken, ergriffen vom Anblick des gewaltigen Flusses, der lautlos Welten trennte und verband. Hier begann eine neue Etappe unserer Reise. Das menschenleere Land mit seinen weit verstreuten Weilern lag hinter uns. Am linken Ufer des Rheins reihte sich eine Siedlung an die nächste: Bonn, Remagen, Sinzig, Andernach, dazwischen die Besitzungen der großen Abteien und Stifte, Villikationshöfe, Zollstellen und Anleger. Ich war zwar noch nie hier gewesen, aber ich kannte die Namen der Orte aus den Güterverzeichnissen der Abtei.

Und irgendwo stromaufwärts lag Koblenz. Natürlich wusste ich nicht, wo wir uns genau befanden, aber da wir von Zülpich aus beständig nach Osten geritten waren, mussten wir etwa auf der Höhe von Bonn auf den Fluss gestoßen sein.

Der Abstieg zum Ufer war anstrengend, weil die Hänge voller Steine lagen und die Pferde auf dem harten und glatten Untergrund immer wieder ins Rutschen gerieten. Dennoch waren sie kaum zu halten, als witterten sie die saftigen Wiesen am Uferstreifen und wollten das letzte Wegstück hinab und durch ein Wäldchen so schnell wie möglich hinter sich bringen.

Noch bevor ich die Stimmen hörte, spürte ich, dass Menschen in der Nähe waren. Vielleicht hatte mich der lange Ritt durch einsame und dunkle Gegenden besonders empfänglich für Geräusche und Gerüche gemacht, auf jeden Fall brachte ich das Pferd zum Stehen und lauschte.

Auch Gauzbert hatte etwas wahrgenommen. Mit zur Seite geneigtem Kopf horchte er in Richtung des Flusses. Dann ließ er sich lautlos aus dem Sattel gleiten.

Ich saß ebenfalls ab und trat neben ihn. So spähten wir eine Weile in Richtung des Flusses.

«Da sind welche am Ufer», flüsterte Gauzbert. «Was machen wir? Nachschauen oder weiterreiten?»

Ich überlegte kurz. Wer trieb sich um diese Zeit in einer Gegend herum, die von Dänen nur so wimmelte? Oder besser gesagt: wer außer den Dänen selbst? Würden wir einer Gruppe von Plünderern in die Arme laufen? Was konnten wir dabei überhaupt gewinnen?

Doch dann drängte sich ein verstörender Gedanke nach vorn: Was, wenn sich dort hinten niemand anders als Jarl Ivar mit seiner Truppe am Ufer niedergelassen hatte? Wenn Judith dort in einem verhängten Käfig auf einem Wagen hockte?

Gauzbert blickte mich fragend an, und ich begriff, dass ich nicht einfach weiterziehen konnte, nachdem diese Möglichkeit einmal am Horizont meiner Vorstellung erschienen war, so unwahrscheinlich sie auch sein mochte.

«Nachschauen», flüsterte ich. «Aber zu Fuß.»

Eine Weile lauschten wir wieder. Fetzen von Männerstimmen wehten herüber wie Ascheflocken von einem Feuer, zerstoben, rissen ab, waren zwischendurch gar nicht mehr zu hören und setzten dann wieder ein, so leise, dass man noch nicht einmal hätte sagen können, welche Sprache da gesprochen wurde.

Wir schlangen die Zügel der Pferde, die inzwischen zu grasen begonnen hatten, um ein paar Äste und schlichen los, immer in die Richtung, aus der die Stimmen kamen. Zu sehen war nichts. Bald huschten wir gebückt von einem Busch zum nächsten, als gälte es, eine Festung im Handstreich zu nehmen.

Plötzlich schälte sich vor uns etwas aus der Dunkelheit, schwach beleuchtet vom unsteten Schein eines Feuers. Ich dachte zuerst an einen auf eine Stange gesteckten Schädel, doch nachdem wir uns weiter herangepirscht hatten, erkannte ich, dass es sich um den Vordersteven eines Schiffs handelte, der mit einem geschnitzten Tierkopf verziert war. Und im selben Augenblick begriff ich auch, warum wir das Feuer nicht sahen: Etwa dreißig Schritte vor uns fiel das Gelände in einer steilen Böschung ab und ging in einen Kiesstrand über. Das Feuer war hinter der Kante verborgen und die Männer, die dort saßen, ebenfalls.

Wie auf Kommando ließen Gauzbert und ich uns auf die Knie nieder und krochen weiter vor bis zum nächsten Busch. Fünf Köpfe wurden sichtbar, und jetzt waren auch ihre Stimmen deutlicher zu vernehmen. Es war der gleiche näselnde Singsang, in dem Amelung und Sven gesprochen hatten. Dänen. Gauzbert und ich kauerten uns tief hinter die dornigen Zweige und beobachteten sie.

Sie waren jung, das war trotz der wilden Bärte zu erkennen, nur einer war deutlich älter, und der schien auch das Sagen zu haben, denn sobald er das Wort ergriff, verstummten die anderen sofort und nickten oder lachten beifällig. Das Schiff hatten sie auf den Strand gezogen, weiter hinten glitzerte das Wasser im Feuerschein. Winzige Wellen rollten geschäftig heran und brachen sich auf dem Kies.

Gauzbert tippte mich an und beugte sich zu mir. «Das können nicht alle sein», hauchte er direkt an meinem Ohr.

Ich nickte. Fünf Männer hätten ein Schiff, das Platz für vierzig oder fünfzig bot, wahrscheinlich gar nicht so hoch auf den Strand ziehen können. Also war der Rest der Mannschaft noch irgendwo unterwegs, während die hier das Schiff bewachten. Vielleicht waren sie losgezogen, um irgendein Gehöft zu überfallen, einen Stall auszuräubern oder Brennholz zu sammeln. Der Gedanke, dass sie plötzlich in unserem Rücken auftauchen konnten, machte mich nervös. Doch hinter uns regte sich nichts.

Wieder beugte Gauzbert sich vor. «Mal sehen, ob bei denen was zu holen ist», flüsterte er.

Ehe ich ihn zurückhalten konnte, war er auch schon hinter dem Busch hervorgekrochen und robbte wie ein Reptil durch das hohe Gras auf die Kante der Böschung zu. Eine Weile lag er so da und beobachtete die Gruppe, dann kroch er zurück.

«Die haben einen Bogen.»

Es war klar, was er vorhatte.

«Nein», flüsterte ich gepresst, obwohl ich ihn am liebsten angeschrien hätte. Ich packte ihn am Arm, aber er grinste nur, entwand sich meinem Griff und robbte wieder davon, diesmal aber nicht nach vorn, sondern parallel zur Böschung nach rechts. Bald war er nicht mehr zu sehen, und ich bereute schon, diesen Wahnsinnigen nicht einfach niedergeschlagen und zu den Pferden zurückgeschleift zu haben.

Langsam, sehr langsam zog ich das Schwert aus der Scheide und wartete. Nichts geschah. Die Dänen redeten weiter, ab und zu ließen sie einen Trinkschlauch kreisen, aber besonders ausgelassen waren sie nicht dabei. Wahrscheinlich war die Bewachung eines Schiffs die undankbarste Aufgabe, mit der man einen Dänen betrauen konnte. Wer wollte schon am Flussufer herumsitzen, während die anderen plündern und brandschatzen durften? Das Gespräch schien denn auch kein besonders aufregendes Thema zu haben; man hätte meinen können, ein paar Handwerker tauschten sich über das Tagewerk aus.

Doch plötzlich wurde die Runde von einem lauten Knacken aufgeschreckt, das von rechts unterhalb der Böschung zu kommen schien. Sofort verstummten die Dänen. Der Anführer hob den Zeigefinger an den Mund und zeigte in die Richtung, aus der das Geräusch gekommen war. Langsam erhoben sie sich. Zwei oder drei Schwerter wurden gezogen. Ich umfasste den Griff meiner Waffe fester und verfluchte Gauzbert.

Nur einen Augenblick später war aus der entgegengesetzten Richtung das Klackern eines auf den Kiesstrand aufschlagenden Steins zu hören, dann noch einmal und noch einmal. Alle fünf fuhren herum und starrten in die Dunkelheit.

In diesem Augenblick sirrte ein Pfeil heran und traf den Anführer in den Rücken. Mit einem kurzen Aufstöhnen drehte er sich einmal um die eigene Achse und sackte zusammen. Sofort erhob sich großes Geschrei, offenbar hatten die anderen nicht gesehen, woher der Pfeil gekommen war. Gehetzte Blicke flogen umher. Ich verstand: Gauzbert hatte es zwar geschafft, den Bogen samt Pfeilen an sich zu bringen, war auf dem Rückzug aber auf eine Wurzel oder auf einen Ast getreten. Um die Aufmerksamkeit der Dänen in die andere Richtung zu lenken, hatte er ein paar Steine über den Strand geworfen und die Verwirrung genutzt, um den Anführer der Gruppe zu erledigen. Jetzt kauerte er wahrscheinlich hinter irgendeinem Vorsprung an der Kante der Böschung und konnte weder auf die Wiese zurückklettern noch ein zweites Mal schießen, ohne gesehen zu werden.

Die vier verbliebenen Dänen hatten nicht die Absicht, sich wie die Hasen abschießen zu lassen, zumal sie in der Nähe des Feuers von allen Seiten gut sichtbar waren. Da sie den Angreifer wohl am Strand vermuteten, sprangen sie mit ein paar Sätzen hoch auf die Böschung, um in den Schatten abtauchen zu können und zudem einen besseren Überblick zu haben.

Keine fünfzehn Schritte von mir entfernt zeichneten sich ihre Silhouetten vor dem Feuerschein ab. Sie kauerten am Rand der Wiese und beobachteten den Strand; zwei von ihnen trugen ein Schwert, die beiden anderen eine Axt. Mit ein paar Speeren oder einem Bogen hätte ich zumindest zwei von ihnen von meiner Position aus ausschalten können, aber ich hatte nur das Schwert, und sie waren zu viert. Ein Rückzug über die Wiese war ebenfalls unmöglich, im Mondlicht hätten sie mich sofort gesehen. Also blieb ich hinter meinem Busch hocken und umklammerte das Schwert.

Wo war Gauzbert?

Es dauerte nicht lange, und die Frage war beantwortet. Während die vier vor mir flüsterten, spurtete er plötzlich über den Strand. Einen Bogen mit eingelegtem Pfeil in der linken Hand, einen Köcher in der rechten, flitzte er im Schein des Feuers auf das Schiff zu, flankte über die Bordwand, verschwand im Rumpf und war nicht mehr zu sehen.

Vor mir berieten sie sich offenbar, es wurde getuschelt und genickt, einer zählte etwas an den Fingern ab, und dann sprangen alle vier gleichzeitig auf den Strand und stürmten voran zu ihrem Schiff. Sie waren noch keine fünf Schritte gelaufen, da tauchte Gauzbert mit gespanntem Bogen für einen kurzen Augenblick neben dem Vordersteven auf, legte an und streckte einen der Angreifer mit einem Schuss in die Brust zu Boden. Die anderen drei rannten weiter auf das Schiff zu; Gauzbert, der im Bug stand wie in einem Festungsturm, legte einen weiteren Pfeil ein und zielte, aber es war klar, dass mindestens zwei der Dänen ihn erreichen würden, bevor er ein drittes Mal schussbereit wäre, und eine andere Waffe als den Bogen hatte er nicht.

Ich sprang auf, rannte auf die Böschung zu und landete genau in dem Augenblick mit einem Satz auf dem Kies, in dem Gauzbert einen weiteren Pfeil abschoss, der ebenfalls traf und den dritten Dänen zu Boden schickte. Der Pfeil steckte in seinem Hals, er schrie und wälzte sich herum, während das Blut in alle Richtungen spritzte, und das brachte die beiden anderen offenbar so aus dem Konzept, dass sie einen Fehler machten.

Anstatt aufs Schiff zu springen und sich Gauzbert vorzunehmen, bevor er den nächsten Pfeil abschießen konnte, machten sie kehrt und stürzten sich auf mich. Einer von ihnen trug eine Axt, der andere ein Schwert; im Hintergrund sah ich Gauzbert, der erneut anlegte, aber noch nicht schoss, weil die beiden mich inzwischen erreicht hatten und beide gleichzeitig auf mich einschlugen. Ich parierte das Schwert des einen und wich der Axt mit einer Körperdrehung aus, dann verpasste ich dem Schwertkämpfer einen Tritt in den Bauch, sodass er zurücktaumelte, und in diesem Augenblick schoss Gauzbert den vierten Pfeil ab, der den Dänen im Rücken traf und ohne einen Laut zu Boden gehen ließ. Der andere holte erneut mit der Axt aus, er wusste, dass ihm kaum noch Zeit blieb, denn hinter ihm legte Gauzbert schon den fünften Pfeil ein; die

Axt sauste knapp an meinem Kopf vorbei, der Däne kam kurz aus dem Gleichgewicht, und dieser Augenblick genügte mir, um ihm das Schwert in die Seite zu stoßen. Mit einem Schrei sank er auf den Kies, dann traf ihn der Pfeil knapp unter dem Schulterblatt, und er kippte mit einem gurgelnden Laut auf sein Gesicht.

Es war vorbei. Keuchend stand ich im Schein des Lagerfeuers, das triefende Schwert in der Hand. Fünf tote Dänen lagen auf dem Kies. In meinen Ohren rauschte es. Gauzbert sprang vom Schiff auf den Strand und kam auf mich zu.

«War das nötig?», schrie ich ihn an. Am liebsten hätte ich ihm mit der flachen Klinge eine verpasst.

«Wir haben einen Bogen», sagte er und zog der Leiche neben mir den Pfeil aus dem Rücken. «Und im Schiff liegt jede Menge Zeug.»

Seine Ungerührtheit war befremdlich. Gauzbert hatte gerade vier Dänen erschossen und hätte dabei selbst fast ins Gras gebissen, aber er war die Gelassenheit in Person.

«Wo hast du das gelernt?», fragte ich etwas versöhnlicher und zeigte auf den Bogen.

«Im Kloster. Der Abt hat mich manchmal auf die Jagd mitgenommen. Ich konnte Enten auf hundert Schritte im Flug runterschießen. Und jetzt lass uns mal nachschauen, was wir hier so mitnehmen können.»

Im Schiff fanden wir tatsächlich allerhand nützliche Dinge, und wir rafften zusammen, was wir gebrauchen konnten. Als wir wieder auf den Strand sprangen, trug jeder von uns ein Kettenhemd, einen Spangenhelm und ein Messer am Gürtel. Gauzbert hatte sich außerdem zwei volle Köcher umgehängt, und ich trug einen Schild auf dem Rücken und je einen Sack mit Trockenfisch und Nüssen auf der Schulter. Schließlich hatten wir einen kleinen Beutel voller Silber gefunden, vor allem zerhackte Schmuckstücke und kleine Münzen. Bevor wir uns auf den Rückweg machten, nahm Gauzbert dem toten Anführer der Dänen noch zwei silberne Armreifen ab und streifte sie über seine Handgelenke. Natürlich waren sie viel zu weit für seine dünnen Arme, er fuchtelte ein bisschen herum und ließ sie klappern wie ein Kind, das ein neues Spielzeug ausprobiert.

Als wir die Böschung erklommen hatten, blickten wir zurück. Das Schiff lag friedlich auf dem Strand, dahinter rollten unbeirrt die winzigen Wellen heran und brachen sich leise rauschend auf dem Kies. In der Dunkelheit gurgelte dann und wann ein kleiner Strudel. Am liebsten hätte ich die Leichen in den Fluss geworfen und es mir am Feuer bequem gemacht, aber der Rest der Schiffsmannschaft konnte jeden Augenblick auftauchen. Es war besser, schnell zu verschwinden.

Als wir schon fast wieder bei den Pferden angekommen waren, schlug Gauzbert sich mit der flachen Hand vor die Stirn, machte ohne ein Wort kehrt und flitzte zum Ufer zurück.

Er blieb nicht lange weg. Als ich Schild und Proviant an meinem Sattel festgeschnallt hatte, kam er schon wieder angerannt und sprang aufs Pferd.

«Was hast du gemacht?», fragte ich.

«Wirst du gleich sehen.»

Am Ufer begann etwas zu leuchten. Und einen Augenblick später schlugen die Flammen hoch über die Kante der Böschung.

«Ein dänisches Schiff weniger in Koblenz», sagte Gauzbert und wendete sein Pferd.

8

Während hinter uns das Schiff wie eine riesige Fackel brannte, ritten wir am Rand des Wäldchens entlang nach Süden, in der Hoffnung, irgendwann auf die Römerstraße zu treffen, von der Amelung gesprochen hatte. Es dauerte nicht lange, und wir hatten sie gefunden: eine breite Schneise aus festgetretener Erde, die sich in Ufernähe durch Buschwerk und Gehölz fraß. Offenbar wurde sie immer noch in Schuss gehalten, denn sie war nicht nur freigeschnitten, sondern auch ausgebessert worden. An vielen Stellen waren Schlaglöcher mit Kies oder Ziegelbruch gefüllt.

Wir passierten ummauerte und umzäunte Anwesen und dann und wann eine kleine Siedlung, doch nichts deutete darauf hin, dass sich hier noch Menschen aufhielten: kein Geruch von Feuer lag in der Luft, und nirgendwo brannte auch nur das kleinste Licht. Wahrscheinlich waren alle Bewohner ins Hinterland oder in die befestigten Orte geflohen, und man konnte es ihnen nicht verdenken, denn direkt am Rhein waren sie den Dänen völlig schutzlos ausgeliefert. Und wer wusste schon, wie viele Schiffe noch auf dem Fluss unterwegs waren?

Der Kampf hatte uns so sehr aufgewühlt, dass keine Müdigkeit aufkam. Ich schimpfte Gauzbert noch einmal für seinen Leichtsinn aus, aber ein Teil von mir bewunderte die Tollkühnheit, mit der er sich an das Lager der Dänen herangeschlichen hatte, sodass meine Vorwürfe selbst in meinen eigenen Ohren halbherzig klangen und ihn wenig beeindruckten. Es schien ihm gar nicht in den Sinn zu kommen, dass um ein Haar wir es gewesen wären, die statt der Dänen dort am Strand gelegen hätten.

«Gott wollte eben nicht, dass wir sterben», sagte er.

Hatte er vor, jetzt mit mir über die Prädestination zu diskutieren? Das konnte er haben.

«Wenn du einfach hinter diesem Busch sitzen geblieben wärst, wären wir auch nicht gestorben», sagte ich.

«Aber dann hätten wir keinen Bogen. Wirst schon sehen, was der uns noch für Dienste leisten wird. Gott wollte nun einmal, dass ich ihn bekomme. So wie er wollte, dass du die Nüsse und den Trockenfisch bekommst.» Er zeigte grinsend auf die beiden Säcke, die ich an den Sattel gebunden hatte.

«Das konntest du aber nicht wissen, als du beschlossen hast, loszuschleichen und uns in Gefahr zu bringen», sagte ich.

«Das nicht, aber wenn nichts ohne Gottes Willen geschieht, dann war es auch sein Wille, dass ich losschleiche. Ich habe hier also gar nichts beschlossen.»

«Du leugnest den freien Willen?»

Er dachte eine Weile nach. «Ja», sagte er schließlich etwas zögerlich. Er ahnte wohl, dass er sich damit auf dünnes Eis begab, konnte von dem Spiel aber nicht lassen.

«Das würde bedeuten, dass die Verantwortung für die Taten der Menschen nicht bei ihnen selbst liegen kann», fuhr ich ungnädig fort. «Es gäbe keine Tugend und keine Belohnung, keine Laster und keine Strafe. Willst du wirklich Gott die Schuld für das Böse in die Schuhe schieben?»

«Nein. Wer behauptet denn so was?»

«Du. Indem du den freien Willen leugnest.»

Gauzbert überlegte lange. Eine Weile war nur das Knirschen des Kieses unter den Hufen unserer Pferde zu hören. Jetzt war ich es, der grinste.

«Ein Vorschlag zur Güte», sagte ich schließlich. «Gott weiß alles, aber er bewirkt nicht alles. Er kann eingreifen, er kann aber auch darauf verzichten. Manchmal leitet er uns zu richtigen Entscheidungen an, manchmal lässt er zu, dass wir falsche treffen. Wie wär's damit?»

Wieder dachte er eine Weile nach. «Aber wenn Gott alles im Voraus weiß, dann ist alles vorherbestimmt. Und dann wäre keine unserer Entscheidungen frei.»

«Es sei denn, für Gott ist alles Gegenwart», sagte ich. «Für ihn verstreicht keine Zeit. Was wir als aufeinanderfolgend wahrnehmen, passiert für ihn gleichzeitig. Er weiß, was geschehen wird, aber es geschieht ohne Notwendigkeit.»

Gauzbert stöhnte auf. «Wer von deinen oberschlauen Philosophen hat sich das wieder ausgedacht?»

«Boethius.»

«War wirklich höchste Zeit, dass du aus diesem Kloster rauskommst», murmelte er.

So ritten wir weiter und verloren bald selbst jegliches Zeitgefühl. Sobald wir ein Geräusch zu hören glaubten, hielten wir die Pferde an und lauschten, ob weitere Schiffsmannschaften am Ufer lagerten. Doch die ganze Gegend schien völlig menschenleer zu sein. Bald darauf ging auch noch der Mond hinter den Hängen im Westen unter, sodass man kaum noch die Hand vor Augen sah.

Nach einiger Zeit tauchte vor uns eine schwarze Wand auf. Ein Geruch von feuchter Erde stieg mir in die Nase. Im

Näherkommen sah ich, dass ein Erdrutsch die Uferstraße verschüttet hatte. Wurzeln und Äste herausgerissener Bäume reckten sich in alle Richtungen. Ein Durchkommen war bei der Dunkelheit völlig unmöglich: Der Hang war an dieser Stelle sehr steil und fiel auf der linken Seite direkt zum Wasser ab, während er rechts in einen dichten Wald überging. Nach kurzer Beratung beschlossen wir, die Nacht in einem Gehöft zu verbringen, das wir kurz zuvor passiert hatten.

Eine halbe Stunde später saßen wir am Herdfeuer einer leer geräumten Küche. Plünderer waren offenbar nicht hier gewesen, aber die Bewohner hatten auf ihrer Flucht alle Vorräte und die gesamte Ausstattung bis zum letzten Löffel mitgenommen. Immerhin hatten wir den Trockenfisch aus dem Schiff.

«Du schuldest mir noch was», sagte Gauzbert, nachdem wir gegessen hatten.

«Ach ja?» Mir wollte nicht einfallen, was er meinen konnte.

«Allerdings. Den zweiten Teil deiner Geschichte. Wie bist du in Prüm gelandet?»

Gauzbert hatte recht. Nicht dass ich ihm wirklich etwas schuldig gewesen wäre, aber die Geschichte musste zu Ende erzählt werden, damit er verstand, wer ich war und was mich antrieb.

«Wo war ich stehen geblieben?», fragte ich.

«Du hast Judith aus dem Fluss gefischt und sie nach Aachen gebracht», half Gauzbert mir auf die Sprünge.

«Richtig», sagte ich, blickte ins Feuer, ordnete meine Erinnerungen und kehrte zu dem furchtbaren Tag zurück, an dem Uta versucht hatte, meine Schwester zu ertränken. Und es war, als erschiene Judiths Kindergesicht in den Flammen.

Der Ritt nach Aachen dauerte den ganzen Tag. Judith, die ich in das Schafsfell eingewickelt und mir mit zwei Gürteln vor den Bauch geschnallt hatte, schlief die meiste Zeit, aber manchmal öffnete sie die Augen und sah zufrieden aus ihrem Fell zu mir hoch. Und ich liebte sie noch mehr.

Zum Glück war Folchar da. Er hatte ein paar Bücher über Heilkunde gelesen und konnte bestätigen, dass Judith nichts fehlte. Während sie in seiner Schreibstube auf dem Boden saß und die Staubkörnchen, die im schräg einfallenden Abendlicht tanzten, zu wüsten Wirbeln durcheinanderpustete, beriet ich mit Folchar, was zu tun sei.

«Ich mache sie fertig», sagte ich voller Hass auf Uta. «Ich klage sie an.»

Ich sah sie wieder vor mir, wie sie das Kind unter Wasser drückte. Am liebsten hätte ich gleich kehrtgemacht und sie eigenhändig ersäuft.

Folchar wiegte den Kopf. «Wegen was? Wegen Mordes? Es gibt keine Leiche. Sie könnte den Spieß umdrehen und dich beschuldigen, du hättest ihre Tochter entführt.»

«Aber sie glaubt, dass das Kind tot ist.»

«Dann ist es besser, wenn sie das auch weiterhin glaubt. Warte wenigstens, bis dein Vater aus Italien zurückkehrt. Wenn Judith bis dahin verschwunden bleibt, wird Uta ihm zumindest erklären müssen, was mit dem Mädchen passiert ist.»

«Sie wird behaupten, es sei gestorben.» Natürlich wusste ich nicht, was Uta wirklich tun würde, aber das war die naheliegendste Ausrede.

«Weswegen willst du sie dann anklagen?»

«Wegen dem, was sie getan hat. Sie hat ihre Tochter im

Fluss unter Wasser gedrückt, und der Körper ist fortgespült worden. Genau das werde ich bezeugen.»

«Ich sage es ungern, aber du wirst kaum jemanden finden, der dich dabei unterstützen wird.»

«Doch. Die Verwandten meiner Mutter.»

Folchar blicke sorgenvoll aus dem Fenster.

«Tankred, das ist ein sehr gefährliches Vorhaben. Wenn dein Vater sich in Italien bewährt, steigt er in der Gunst des Königs weiter auf. Die Familie deiner Mutter wird es sich dreimal überlegen, ob sie sich mit ihm anlegt.»

«Was soll ich denn sonst tun?»

«Du musst deinen Vater auf deine Seite ziehen, sobald er aus Italien zurück ist. Du musst ihn dazu bringen, dir zu glauben.»

Sofort kochte der Trotz in mir hoch. «Wir reden nicht mehr miteinander.»

«Dann wirst du wohl über deinen Schatten springen müssen.»

«Er wird mir aber nicht glauben. Und selbst wenn er mir glaubt, wird er zu ihr halten. Im Prozess gegen meine Mutter hat er doch auch schon Utas Lügen nachgebetet, obwohl er wusste, dass es welche waren!»

«Ja, weil er eure Mutter unbedingt loswerden wollte.»

Dieser Satz versetzte mir einen Stich. Es klang, als sei das auch für Folchar ein mildernder Umstand.

Folchar fuhr unbeirrt fort. «Er wollte eure Mutter loswerden und hat euch dafür geopfert. Er hat euch gegen Gerold eingetauscht. Aber dieser Fall liegt anders. Wenn dein Vater überzeugt ist, dass Uta seine Tochter ertränkt hat, wird er sie verstoßen.»

«Und wie soll ich ihn davon überzeugen?», fragte ich ungehalten.

«Denk nach. Wenn sie behauptet, das Kind sei gestorben, dann muss es ein Grab geben.»

Mir stockte der Atem, als ich begriff, worauf Folchar hinauswollte.

«Ich soll das Grab öffnen?»

Folchar nickte. «Zusammen mit deinem Vater. Wenn er sieht, dass das Grab leer ist, wird er die Augen vor der Wahrheit nicht mehr verschließen können.»

Ich war skeptisch. Das leere Grab war kein Beweis für den Mord, sondern nur für die Lüge, und wenn Utas Macht über meinen Vater immer noch so groß war wie einige Jahre zuvor, würde sie sich auch da irgendwie herauswinden und eine neue Intrige spinnen. Außerdem behagte es mir nicht, bis zur Rückkehr meines Vaters untätig zu bleiben. Andererseits würde es auch dann Monate dauern, wenn ich es sofort auf einen Prozess ankommen ließ. Also entschloss ich mich widerwillig, Folchars Rat zu befolgen.

«Was passiert mit Judith?», fragte ich.

«Lass sie hier. Ich kenne eine Familie, die sich um sie kümmert. Wenn Uta unschädlich gemacht ist, können wir uns überlegen, ob wir sie wieder auftauchen lassen. Aber erst dann. Sonst stehst plötzlich du als Lügner da, und alles war umsonst.»

In düsterer Stimmung ritt ich zurück nach Maastricht. Fidis war weg, Judith war weg. Ich fühlte mich wie der verlassenste Mensch auf der Welt.

In den folgenden Tagen ließ Uta überall verbreiten, ihre Tochter sei an einem plötzlichen Fieber gestorben und in aller

Stille in der Kapelle des Anwesens begraben worden. Immerhin lieferte sie mir damit die Voraussetzung dafür, dass ich meinen Plan umsetzen konnte.

Monate vergingen. Oft beobachtete ich Uta aus dem Gebüsch, wie sie zum Ufer kam und auf den Fluss starrte, als fürchtete sie, der Geist ihrer Tochter könnte aus dem Wasser aufsteigen und sie heimsuchen. Wessen Rache fürchtete sie eigentlich? Die Rache Gottes oder die des Teufels? Mein Verlangen, einfach über den Zaun zu steigen und sie ins Wasser zu schleifen, war unbändig. Wieder und wieder malte ich es mir aus, aber dann ermahnte ich mich jedes Mal zur Besonnenheit. Der richtige Zeitpunkt würde kommen.

Radold erzählte ich, was an jenem Morgen geschehen war, verschwieg jedoch, dass ich unsere Schwester gerettet hatte. Ich wusste, dass er mir keine große Hilfe sein würde, aber immerhin war er auf meiner Seite, schließlich hatte er unsere Mutter genauso geliebt wie ich. Und schließlich war er genauso um sein Erbe betrogen worden.

Ab und zu ritt ich nach Aachen. Folchar hatte Judith bei der Familie eines Elfenbeinschnitzers untergebracht, des letzten, den es in Aachen noch gab. Er hatte schon acht Kinder, da kam es auf ein neuntes nicht mehr an, außerdem zahlte Folchar doppelt: dafür, dass sie das Mädchen verpflegten, und dafür, dass sie keine Fragen stellten. Nur die auffällige Färbung ihrer Augen machte mir Sorgen. Leider verbot Folchar mir, meine Schwester zu besuchen. «Zuerst bringst du die Sache mit Uta zu Ende», sagte er.

So ging der Sommer ins Land. Ich vermisste Fidis, ihre Neugier, ihre Unvoreingenommenheit, ihre Spottlust, ihren Widerspruchsgeist und nicht zuletzt ihren Körper.

Ende August kam die Nachricht an, dass König Lothar in Italien gestorben war. Die Frage der Legitimität seines Sohnes Hugo war immer noch nicht abschließend geklärt, sodass Lothars Onkel, Ludwig von Ostfranken und Karl von Westfranken, Lotharingien unter sich aufteilten. Die neue Grenze verlief in unserer Gegend entlang der Maas, an deren linkem Ufer unsere beiden Höfe lagen, sodass wir dem Westreich zugeschlagen wurden. Lothars Sohn Hugo wurde bei der Erbteilung übergangen. Für mich war das eine gute Nachricht: Der verstorbene König war mit der Annullierung seiner Ehe nicht durchgekommen. Das verbesserte vielleicht meine Chancen, die Scheidung meiner Eltern doch noch irgendwie rückgängig zu machen.

Kurz darauf kehrte mein Vater zurück. Drei Tage lang lauerte ich hinter Büschen und Zäunen darauf, ihn vor seinem Hof abzupassen. Ich wollte nicht, dass uns jemand beobachtete und Uta hinterbrachte, dass ich ihn angesprochen hatte.

Am vierten Tag traf ich ihn endlich allein an. Er war auf dem Rückweg aus der Stadt und wollte gerade auf seinen Hof reiten, als ich mich ihm in den Weg stellte. Er war braun gebrannt und hager, seine Haare waren dünner geworden. Der anstrengende Zug über die Alpen hatte an seinen Kräften gezehrt. Er saß auf einem temperamentvollen Schimmel, den auch ich vor Jahren ab und zu geritten hatte.

Mein Vater musterte mich feindselig vom Sattel aus und machte keine Anstalten abzusitzen. Auch auf diese Weise zeigte er mir, wie wir inzwischen zueinander standen.

«Geh mir aus dem Weg, bevor ich dich über den Haufen reite», schnauzte er mich an.

«Ich muss dir was sagen.»

«Zwischen uns ist alles gesagt.»

Ein Zucken seines Unterschenkels genügte, und das Pferd setzte sich wieder in Bewegung. Ich musste ausweichen, um nicht unter die Hufe zu geraten.

«Es geht um Judith. Sie ist nicht am Fieber gestorben», sagte ich, als er schon fast an mir vorbeigeritten war.

Dieser Satz verfehlte seine Wirkung nicht. Mein Vater zog die Zügel so heftig an, dass der Schimmel den Kopf hochriss.

«Woran denn dann?», fragte er und funkelte mich drohend an.

«Uta hat sie ertränkt.»

Einen kurzen Augenblick lang schien mein Vater nicht zu begreifen, was ich gerade gesagt hatte. Dann verzerrte sich sein Gesicht zu einer Fratze der Verachtung. Er beugte sich herunter und packte mich am Kragen.

«Du und deine Mutter, ihr habt das Lügen wirklich beim Teufel gelernt», sagte er voller Hass. «Uta trauert um unser Kind, und dir fällt nichts anderes ein, als sie zu verleumden? Was willst du damit erreichen? Willst du einen Keil zwischen uns treiben? Wag es nicht! Sie ist meine Frau! Du bist gar nichts!»

Damit stieß er mich von sich und gab dem Tier die Sporen. Doch auch in mir kochte nun die Wut hoch.

«Die Leiche wurde vom Fluss weggetragen!», brüllte ich ihm hinterher. «Das Grab ist leer! Sieh doch nach!»

Zuerst dachte ich, er hätte es nicht mehr gehört, aber er riss sein Pferd noch einmal herum, kam zurück und umrundete mich, sodass ich gezwungen war, mich mitzudrehen, um ihm in die Augen blicken zu können.

«Meinst du das ernst? Ich soll in geweihter Erde herumwühlen und das Grab meiner Tochter schänden?» Er blieb stehen und beugte sich erneut aus dem Sattel herunter. Seine Stimme war jetzt bedrohlich leise. «Hör mir gut zu, Tankred. Wenn du es wagen solltest, deine Lügengeschichte auch nur einem Menschen zu erzählen, hier in der Stadt oder sonst wo, dann wirst du derjenige sein, der im Fluss ersäuft wird. Und ein Grab wirst du gar nicht bekommen, weil dich die Fische fressen werden. Merk dir das.»

Damit galoppierte er davon.

Um ehrlich zu sein, hatte ich befürchtet, dass es so laufen würde. Die Hoffnung, dass Utas Macht über meinen Vater mit den Jahren abgenommen hatte, war trügerisch gewesen. Im Verfahren gegen meine Mutter hatte er die Wahrheit schon nicht sehen wollen, und er wollte es immer noch nicht. Also blieb nur noch die Anklage.

Ich machte einen Onkel meiner Mutter namens Heriger ausfindig, der bereit war, die Sache am Hof vorzutragen, da mein Wort dort kein Gewicht hatte. Heriger musste nicht lange überzeugt werden. Er war ein Mann von großem Ehrgefühl und machte sich nach wenigen Tagen auf den Weg nach Metz, wo Karl von Westfranken gerade zum Nachfolger des verstorbenen Lothar gekrönt worden war.

Wegen der Schwere des Vorwurfs und angesichts der Stellung der betroffenen Familie lag es auf der Hand, dass unser Fall vor einem Königsgericht landen würde. Das war, wie Folchar mir bei einem meiner Besuche in Aachen auseinandersetzte, eine gute Nachricht. Ein Schuldspruch gegen Uta lag im Interesse von König Karl: Mit der Verurteilung der Ehebrecherin – denn alle, die den Prozess gegen meine Mutter als empörende Farce empfunden hatten, sahen in Uta eine solche – wurde ihr ehebrecherisch gezeugter Sohn delegitimiert. Die Parallelen zu Hugo, der seine Ansprüche auf Lotharingien trotz der Krönung Karls in Metz nicht aufgegeben hatte, waren unübersehbar.

Folchar setzte mir auseinander, wie das Verfahren voraussichtlich ablaufen würde und was zu tun war: Uta würde die Tat natürlich abstreiten und sich von dem Vorwurf mit einem Eid reinigen; die erforderlichen zwölf Eideshelfer würde mein Vater mühelos aufbieten können. Um zu verhindern, dass die Sache damit entschieden wäre, würde ich den Eid anfechten und auf diese Weise ein Gottesurteil beantragen müssen. Aufgrund der Stellung meines Vaters würde man Uta nicht zu der üblichen Feuerprobe zwingen, sondern auf gerichtlichen Zweikampf erkennen. Ich als Kläger würde gegen einen gemieteten Kämpfer antreten. Gewann ich, würde man Uta schuldig sprechen müssen. Verlor ich, war sie unschuldig, und ich würde als meineidig gelten.

Die Idee gefiel mir. Es war mein Vater gewesen, der mich zum Kämpfen ausgebildet hatte. Und jetzt bekam ich Gelegenheit, genau diese Fähigkeit dazu einzusetzen, mich für das Unrecht zu rächen, das er mir angetan hatte.

Weitere zwei Monate vergingen, in denen ich mich mit einer schlanken Doppelaxt übte, wie sie damals üblicherweise bei gerichtlichen Zweikämpfen zum Einsatz kam. Radold war kein besonders brauchbarer Übungsgegner, aber einen anderen hatte ich nicht. Ich wusste nicht, ob sich die Nachricht von der am Königshof erhobenen Klage inzwischen bis zu meinem Vater herumgesprochen hatte. Ich hörte und sah nichts von ihm.

Ende November war es so weit. Zu Richtern waren drei Grafen des Westfrankenreiches bestellt, die an diesem Tag noch eine ganze Reihe anderer Klagen zu verhandeln hatten. Für König Karl war die Ausübung seiner Gerichtsgewalt so dicht an der neuen Grenze seines Reiches ein willkommener Anlass, eventuellen Parteigängern Hugos zu zeigen, dass dieser in Lotharingien nichts zu sagen hatte und nie etwas zu sagen haben würde.

Eine große Menschenmenge versammelte sich vor der Pfalz von Maastricht. Die drei Grafen, in blaue Mäntel gekleidet, ritten würdevoll durch das Spalier der Wachen, saßen ab und betraten das Gebäude. Etwa hundert Personen, die an diesem Tag Prozesse zu führen oder Gesuche abzugeben hatten, folgten ihnen hinein, darunter auch Heriger, Radold und ich. Weiter hinten sah ich meinen Vater und Uta in der Menge. Sie taten, als sähen sie mich nicht.

In der Audienzhalle waren auf einem Podest drei samtbespannte Faltstühle aufgestellt, auf denen die Richter Platz nahmen. Sie nahmen ihre Schwerter ab und legten sie auf ihre Knie. Mein Herz raste vor Aufregung.

Unser Fall war der erste, der an diesem Tag verhandelt wurde. Die Formalitäten waren schnell erledigt. Die Anwesenheit der Schöffen wurde überprüft, ein Tragaltar mit Reliquien wurde hereingebracht, dann wurde ich aufgerufen, schwor meinen Eid, trug die Anklage vor und schilderte den Hergang der Tat. Ich beschrieb alles genau so, wie es passiert war, bis zu dem Augenblick, in dem Uta das Kind entglitten war. Als ich ihren Sturz auf den glatten Steinen erwähnte und mit ausgestrecktem Zeigefinger auf die Narbe in ihrem Gesicht wies, ging ein Raunen durch die Menge.

Uta war vorgetreten, flankiert von meinem Vater und Gerold. Sie wurde aufgefordert, sich zu der Anklage zu äußern, und stritt die Tat entrüstet ab. Dabei brach sie sogar in Tränen aus, was wiederum Eindruck auf die Richter machte, zumal Uta ihre Reize durch dezente Schminke und körperbetonte Kleidung unterstrich. Sie beharrte darauf, ihre Tochter sei am Fieber verstorben. Mein Vater schickte mir von Zeit zu Zeit einen hasserfüllten Blick herüber. Gerold schien sich in seiner Haut unwohl zu fühlen. Vielleicht begehrte etwas in ihm gegen das Gift auf, das seine Mutter ihm von Geburt an eingeträufelt hatte. Vielleicht ahnte er ihre Lügen, ohne dieser Ahnung Ausdruck verleihen zu können.

Der Graf, der den Vorsitz führte, forderte meinen Vater als Vormund von Uta auf, die Eideshelfer zu benennen. Er nannte zwölf Namen, und zwölf Männer traten vor, allesamt Kampfgefährten meines Vaters aus lotharingischen Adelsfamilien. Uta trat an den Tragaltar, legte die Hand darauf und begann, die Formel aufzusagen, mit der sie ihre Unschuld beschwor. Um den Eid anzufechten, musste ich nun ihre Hand vom Altar wegziehen, bevor der Schwur zu Ende gesprochen war. So verlangte es der Brauch.

Ich kann kaum beschreiben, welche Überwindung es mich kostete, ihr überhaupt so nah zu kommen. Ich glaube nicht an Hexen und Zauberer, aber als unsere Hände sich berührten, spürte ich das Böse, das von ihr ausging, gerade weil es sich nicht offen zeigte: Utas Hand war weich und warm, und als ich sie wegzog, streichelte sie einen winzigen Augenblick lang und unbemerkt von den Umstehenden mit dem Finger meine Handfläche, wie um mich durch diese winzige Geste der Verführung zusätzlich zu verhöhnen. Dann trat sie mit demutsvollem Blick zurück, um allen Anwesenden zu zeigen, dass sie der sanfte Engel war und ich der unruhestiftende Teufel.

Die Prozedur wiederholte sich mit den Eideshelfern. Sie schworen auf die Reliquien, ich zog ihre Hände weg. Anders als Uta schüttelten sie meine Hand unwirsch ab.

Es kam wie erwartet: Die Richter erkannten auf Zweikampf. Da dieser Ausgang vorauszusehen gewesen war, hatte mein Vater einen Mietkämpfer angeheuert und ihn angewiesen, sich bereitzuhalten. Die Entscheidung sollte am nächsten Morgen fallen. Dann wurde der nächste Kläger aufgerufen.

Die Nacht vor dem Kampf verbrachte ich in der Servatiuskirche, weil es zum Ritual gehörte, seine Seele für das Gottesurteil zu reinigen. Radold leistete mir Gesellschaft. Vor Aufregung fand ich kaum Schlaf. Während ich die Morgenmesse über mich ergehen ließ, spielte ich im Kopf wieder und wieder alle möglichen Schläge, Paraden und Ausfallschritte durch. Dann holten zwei Bedienstete der Richter mich ab. Sie nahmen mich in die Mitte und begleiteten mich zum Platz vor der Pfalz. Und ich wurde mit jedem Schritt ruhiger.

Für den Kampf hatte man vor dem großen Steinbau mit Holzpflöcken und Seilen ein Areal von etwa zwanzig Schritten im Quadrat abgesteckt und mit Sand ausgestreut. Die drei Richter hatten wieder auf ihren Faltstühlen Platz genommen, die auf dem Treppenabsatz vor dem Eingang der Pfalz aufgestellt worden waren. Wie am Vortag hatten sie sich die Schwerter quer über die Knie gelegt. Ein paar Bewaffnete aus ihrem Gefolge standen an den Ecken des Platzes und behielten die Menge im Auge, die sich um den Kampfplatz drängte und auf ein blutiges Spektakel hoffte.

Die Sonne stand noch tief und beleuchtete den Dachreiter

der Pfalz, als ich den Platz betrat. Aus der Menge stiegen Atemwölkchen auf. Einer stieß den anderen an. Gesichter wandten sich mir zu.

Eine Glocke schlug einmal, dann erhob sich der Richter, der in der Mitte saß, und kündigte den Beginn des Kampfes an. Die Menge teilte sich, und ich schritt auf den Sandplatz, auf dem der Kampfrichter bereits wartete, ein drahtiger Kerl mit tiefen Falten um den Mund und entschlossenem Blick.

Auf der gegenüberliegenden Seite des Quadrats erschien nun der Mietkämpfer meines Vaters, ein kahlköpfiger Muskelprotz ohne Hals, der stumpf dreinblickte und den Anschein erweckte, im Lauf der Jahre schon mehr Schläge auf den Kopf bekommen zu haben, als ihm gutgetan hatte.

Als er den Helm, die langstielige Doppelaxt und den Schild aus der Hand des Kampfrichters entgegennahm, verzog er keine Miene.

Auch ich wurde ausgestattet. Der Helm passte, und die Axt lag gut in der Hand. Wieder schlug die Glocke einmal. Das Murmeln der Zuschauer erstarb.

Wir begannen, einander rechtsherum zu umkreisen, leicht vorgebeugt, sprungbereit. Seinen ersten Schlägen wich ich mühelos aus; er wollte nur meine Schnelligkeit auf die Probe stellen und sich meine Bewegungsabläufe einprägen, vielleicht eine Schwäche entdecken. Auch ich schlug ein paarmal nach ihm. Wie erwartet war er langsamer als ich und benutzte eher den Schild, als dass er auswich.

Wir wechselten die Richtung, es ging linksherum. Es war schwer, an ihn heranzukommen, weil er größer war als ich und längere Arme hatte. Ich hieb nach seinem Fuß, verfehlte ihn aber, er rammte den Schild nach unten und hätte um ein

Haar den Stiel meiner Axt zertrümmert. Diese kurze Störung im Takt unserer Kreisbewegung nutzte er für einen heftigeren Angriff. Die Klinge blieb in meinem Schild stecken, sodass er sie mit einem Ruck herausziehen musste, der mir den Schild fast aus der Hand gerissen hätte. Ich brachte mich mit einem Rückwärtsschritt aus seiner Reichweite, um mich zu sammeln, dann ging ich zum Gegenangriff über. Es gelang mir, einen Treffer gegen seinen Kopf zu landen, der ihn ins Taumeln brachte, die Wangenplatte seines Helms wurde dabei so stark zerbeult, dass er sich den ganzen Helm vom Kopf riss und ihn wegwarf. Die Zuschauer johlten. Sofort setzte ich nach und ließ meine Klinge auf seinen Schild krachen, wo sie einen breiten Riss hinterließ.

Der Treffer am Kopf hatte ihn nicht geschwächt, sondern wütend gemacht. Ohne auf seine Deckung zu achten, holte er aus und ließ seine Axt mit solcher Wucht auf mich niedersausen, dass ich mich mit einem Sprung in Sicherheit bringen musste. Dabei verlor ich meinen Helm. Wieder ging ein Aufschrei durch die Umstehenden.

Außer Atem umkreisten wir uns weiter. Ein paar Serien von halbherzigen Schlägen gingen hin und her, dann griff er wieder an, und diesmal war er schneller, als ich ihn eingeschätzt hatte: Er täuschte einen Hieb auf den Schild vor und schlug dann nach meinem rechten Handgelenk. Dabei traf er den Stiel meiner Axt, die mir aus der Hand gerissen wurde und im hohen Bogen über das Absperrseil flog. Einige Zuschauer sprangen zur Seite, die Waffe schlitterte ein Stück über den Boden und blieb für mich unerreichbar liegen.

An diesem Punkt hätte ich eigentlich aufgeben müssen, aber ich war nicht zu klaren Gedanken fähig. Und während mein Gegner noch der Axt hinterherstarrte, stürzte ich mich auf ihn und rammte meinen Schild gegen seinen, sodass er ins Schwanken geriet und für einen Augenblick seine Deckung aufgab; ich sprang hoch, trat ihm im Sprung mit beiden Füßen gegen die Brust, er taumelte rückwärts, ich prallte zurück, fiel, rollte mich ab und sah, dass er ebenfalls gestürzt war und dabei seine Axt verloren hatte, die nun genau zwischen uns lag, drei Schritte von ihm und drei von mir entfernt. Unsere Blicke trafen sich. Dann sprangen wir beide gleichzeitig auf die Füße und hechteten auf die Waffe los. Als unsere ungeschützten Köpfe dabei mit voller Wucht aufeinanderprallten, blitzte es vor meinen Augen auf, dann wurde es dunkel.

Als ich zu mir kam, sah ich das Gesicht von Heriger über mir, dahinter den blauen Himmel. Meine Haare waren nass, und ich zitterte. Mein Kopf dröhnte, und als ich nach meiner Stirn tastete, fühlte ich eine riesige Beule. Mein ganzes Gesicht war blutverschmiert.

«Unentschieden», sagte Heriger und schüttelte ungläubig den Kopf. «Das habe ich in vierzig Jahren nicht erlebt.»

«Was ist passiert?», fragte ich.

«Ihr seid mit den Köpfen zusammengestoßen und zu Boden gegangen. Die Richter haben auf unentschieden erkannt.»

Ich richtete mich auf, und sofort begann es in meinem Schädel zu hämmern. Die Zuschauer hatten die Absperrungen überwunden und standen aufgeregt debattierend in Grüppchen auf dem Sandplatz herum, an dessen Rand der Mietkämpfer meines Vaters gerade von zwei Helfern aufgerichtet wurde. Er sah aus, als hätte er seinen Kopf in einen Eimer voller Blut getaucht. Sein Blick war noch stumpfer als vorher.

Auf dem Treppenabsatz der Pfalz ballte sich eine wild

durcheinanderredende Menschentraube zusammen, in deren Mitte die blauen Mäntel der Richter leuchteten. Schließlich hob einer von ihnen beide Hände und gebot mit donnernder Stimme Ruhe. Das Geschrei ebbte ab, und die Männer, die eben noch gedrängelt und gefuchtelt hatten, traten zur Seite. Der Richter wandte sich an die Menge auf dem Platz.

«Wie ihr alle gesehen habt, hat der Zweikampf keine Entscheidung erbracht», rief er. «Wir haben uns daher entschlossen, einen anderen Weg der Urteilsfindung zu beschreiten: den Augenscheinbeweis.»

Sofort begann die Menge wieder durcheinanderzureden. Einer schrie, unentschieden bedeute unschuldig, ein anderer behauptete das Gegenteil, und wieder ein anderer forderte eine Wiederholung des Zweikampfs, womit er den größten Teil der Zuschauer auf seine Seite zog, denn die meisten hofften natürlich auf eine Fortsetzung der Volksbelustigung. Kaum jemand schien eine Vorstellung davon zu haben, was ein Augenscheinbeweis war. Es klang nach Spitzfindigkeit und nicht nach Spektakel.

Der Richter gebot erneut Ruhe und bat die Prozessbeteiligten in den Saal. Heriger und Radold stellten mich auf die Füße und legten mir meinen Schwertgurt wieder um. Mir wurde zuerst schwindelig und anschließend übel, und dann übergab ich mich auf den staubigen Boden, wobei das Hämmern in meinem Kopf so stark anschwoll, dass ich glaubte, mein Schädel würde platzen. Mit zitternden Knien schleppte ich mich, rechts und links von Heriger und Radold gestützt, die Treppe hinauf in den Saal, wo sich etwa dreißig Personen versammelt hatten, darunter mein Vater, Uta, Gerold und die Eideshelfer.

Während ich langsam meine Sinne und mein Gleichgewicht

wiederfand, wurde vorn bei den Richtern erneut aufgeregt debattiert; vor allem mein Vater redete unablässig auf sie ein. Uta stand mit Engelsmiene zwischen den Eideshelfern. Als unsere Blicke sich trafen, spielte ein winziges Lächeln um ihre Lippen. Wieder kochte die Wut in mir hoch, das Hämmern in meinem Kopf schwoll erneut an und wurde für einen Augenblick so stark, dass ich nicht mitbekam, wie der Vorsitzende seine Stimme erhob.

Heriger stieß mich an. «Er hat dich was gefragt!»

«Ich wiederhole meine Frage», sagte der Vorsitzende leicht ungehalten. «Das tote Kind wurde vom Fluss fortgetragen. Ist das richtig?»

«Ja», sagte ich.

«Und die Leiche wurde nicht gefunden und nicht geborgen?»

«Nein.»

Der Richter wandte sich an Uta. «Du sagst, dein Kind sei am Fieber gestorben und in der Hofkapelle beigesetzt worden. Ist das richtig?»

«Ja», sagte Uta mit fester Stimme.

«Wer hat die Bestattung vorgenommen?»

«Der Priester Giselher von Sankt Servatius. Er kann es bezeugen.»

Ein Priester trat vor und bezeugte Utas Aussage. Wo hatten sie den in der kurzen Zeit aufgetrieben?

«Nun», sagte der Vorsitzende. «Wenn die Version der Anklage stimmt, müsste das Grab leer sein. Ist das richtig?»

«Das ist richtig», sagte der Priester.

Der Richter beugte sich zu einem seiner Beisitzer hinüber und tuschelte kurz mit ihm, dann wandte er sich dem anderen zu und tuschelte wieder. Schließlich nickten die beiden, und der Vorsitzende verkündete, man werde sich zur besagten Kapelle begeben, um das Grab zu öffnen. Wenn sich dort die sterblichen Überreste des Kindes finden sollten, würde Giselher sie anschließend nach Sitte und Vorschrift erneut bestatten.

Ein großes Gerenne setzte ein. Die Menge flutete nach draußen, wo die Richter die für sie bereitgehaltenen Pferde bestiegen. Hinter ihnen formierte sich ein Zug aus Beteiligten und Neugierigen.

Es tat gut, einen Schritt vor den anderen zu setzen und frische Luft zu atmen. Meine Benommenheit verflog und machte einer unguten Ahnung Platz. Das lief hier alles ein bisschen zu glatt. Ein Seitenblick auf Herigers sorgenvolles Gesicht zeigte mir, dass er ähnlich dachte.

Nach einer Viertelstunde hatten wir den Hof erreicht. Wir versammelten uns vor der Kapelle, während die Richter, der Priester und zwei Bedienstete mit Spaten hineingingen.

Nach einer Weile drangen scharrende Geräusche zu uns heraus. Mein Vater starrte mit versteinerter Miene auf die Kapellentür. Uta dagegen suchte geradezu meinen Blick. Wieder zuckte das feine Lächeln auf. Und in diesem Moment wusste ich, dass die Richter mit einer Kinderleiche herauskommen würden.

Und so war es. Die Tür der Kapelle schwang auf. Einer der Bediensteten hielt mit angeekeltem Gesicht ein längliches Bündel aus schmutzigen Tüchern vor sich, die an einem Ende zurückgeschlagen waren und einen fast vollständig verwesten kleinen Kopf freigaben, ein dunkelgrauer Totenschädel mit letzten Resten von Haut daran. Gemurmel erhob sich. Uta brach zusammen und simulierte einen Weinkrampf.

Als mir klar wurde, dass es keine Gerechtigkeit geben würde, konnte ich mich nicht mehr zurückhalten.

«Wo hast du die Leiche her, du Schlange?», brüllte ich und machte einen Satz auf Uta zu. Die Eideshelfer meines Vaters reagierten sofort und sprangen schützend vor sie. Einer von ihnen, ein großer Kerl mit Bart, stieß mich zurück.

«Hau ab, du Bastard!»

Das war zu viel. Die Demütigungen der vergangenen Jahre, der Tod meiner Mutter, der vor meinen Augen begangene Mordversuch an meiner Schwester, die Rachefantasien, die ich monatelang im Zaum gehalten hatte, um diesen Tag zu einem Tag des Triumphes der Wahrheit über die Lüge zu machen, das ganze giftige Gebräu aus Wut und Enttäuschung kochte über.

Es war der Moment, der mir zwölf Jahre Klosterhaft einbrachte.

Ich tat, was ich vor den Richtern niemals hätte tun dürfen: Ich zog mein Schwert. Und damit verwandelte sich die ganze Veranstaltung in einen Tumult. Der Eideshelfer, der mich gestoßen hatte, zog ebenfalls blank, und kurz darauf die anderen. Doch keiner von ihnen war schnell genug, um zu verhindern, was nun passierte. Der Bärtige griff mich an, aber ich war schneller, schlug seine Klinge zur Seite, stach zu und traf ihn in die Brust. Er sackte zusammen, die anderen wichen einen Schritt zurück, Uta kreischte, hinter mir zog nun auch Radold sein Schwert und machte einen Schritt nach vorn, um meine linke Seite zu decken.

Nie werde ich diesen Moment vergessen, in dem mein sonst so unentschlossener und kraftloser Bruder an meine Seite trat. Hinter mir wurde geschrien, ich sollte aufhören, aber in diesem Augenblick griff der Nächste an, ich erwischte ihn am Handgelenk, sein Schwert fiel klirrend zu Boden, die Übrigen wichen wieder zurück, doch dann packten Heriger und einige andere mich von hinten, und es war vorbei.

Man fesselte mich und Radold, holte einen Karren und brachte uns in die Stadt zurück, wo man uns in zwei getrennten Räumen im Keller der Pfalz einsperrte. Der Fall lag so klar, dass es keinen Grund gab, einen weiteren Termin anzuberaumen: Noch am selben Nachmittag wurde ich dreier Vergehen für schuldig befunden: Totschlag, begangen an einem freien Mann, Bruch des Gerichtsfriedens und Meineid, da die Anschuldigung, bei der ich auf die Reliquien geschworen hatte, sich als falsch erwiesen hatte.

Wenige Stunden nach dem Vorfall vor der Kapelle holte man uns aus den Zellen, um das Urteil zu verkünden.

Für den Totschlag war das Wergeld an die Familie des Getöteten zu zahlen. Da ich nichts besaß, übernahm Heriger die Verpflichtung und rettete mir damit das Leben. Für den Bruch des Gerichtsfriedens erkannten die Richter auf lebenslange Klosterhaft. Für den Meineid sollte mir die Schwurhand abgeschlagen werden. Radold wurde ebenfalls zu lebenslanger Klosterhaft verurteilt, obwohl er mir nur beigesprungen war. Wenn es um die Autorität ihres Amtes geht, verstehen Richter keinen Spaß. So war das damals, und so ist es immer noch.

Die Körperstrafe sollte sofort vollstreckt werden, da der dafür zuständige Büttel ebenfalls in der Stadt war. Und so bekamen die Maastrichter an diesem Tag ein Spektakel zu sehen, an das sie sich noch lange erinnern dürften.

Um es kurz zu machen: Die Vollstreckung schlug fehl. Der Büttel, den man aus irgendeiner Schenke geschleift hatte, um mir die Hand abzutrennen, war sternhagelvoll. Er verlor im entscheidenden Moment das Gleichgewicht, schlug am Hauklotz, auf dem meine Hand festgebunden war, vorbei und spaltete sich selbst den rechten Fuß. Während er sich schreiend in seinem Blut wälzte, forderte die tobende Menge meine Begnadigung, denn eine misslungene Vollstreckung galt als Gottesurteil. Dieser Gott, der sich am Vormittag beim Zweikampf so unentschlossen gezeigt hatte, hatte offenbar etwas wettmachen wollen. Der guten Sitte gemäß gaben die Richter der Forderung nach.

Auf diese Weise blieben mir meine Hände erhalten, auch wenn es damals so aussah, als würde ich sie für den Rest meines Lebens nur noch zum Beten brauchen.

Vier Wochen später traf ich in Prüm ein. So begann mein neues Leben.

«Wo ist dein Bruder gelandet?», fragte Gauzbert, nachdem er dem zweiten Teil meiner Geschichte vom Anfang bis zum Ende gelauscht hatte, ohne mich zu unterbrechen. Das Feuer war heruntergebrannt.

«In Corbie», sagte ich. «Ausgerechnet er, der sich nie für die Bücher interessiert hat, ist in der besten Bibliothek des Westfrankenreiches gelandet.»

9

Am nächsten Tag machten wir uns in aller Frühe auf den Weg. Auf den Wiesen am Rheinufer und auf den Weinbergen lag gefrorener Tau. Der Himmel war von einem milchigen Hellblau, und ein feuchter Dunst trübte den Blick auf die Höhenzüge, die das Tal begrenzten. Der Strom glitzerte silbergrau. Er führte viel Wasser und zog eilig dahin.

Wir passierten verlassene Gehöfte, einige davon waren niedergebrannt, andere nicht. Offenbar hatten kleine Trupps von Plünderern entlang des Flusses planlos Überfälle verübt. Einmal sahen wir zwei dänische Schiffe am gegenüberliegenden Ufer liegen. Weiter hinten stieg aus einem kleinen Wäldchen eine Rauchsäule auf.

Wir waren schon stundenlang geritten, als wir zum ersten Mal auf Menschen trafen, eine Familie mit einem Maultierkarren, der über und über mit Vorräten und Hausrat beladen war. Der Vater und die Mutter, beide klein und schmächtig, gingen zu Fuß; die vier Kinder hockten wie zusätzliche Gepäckstücke auf Kisten und Säcken. Man sah, dass sie erbärmlich froren. Zwei an den Karren gebundene Ziegen trotteten nebenher, und eine Schar Gänse watschelte eilig hinterdrein wie eine Prozession frommer Büßer hinter dem Allerheiligsten.

Ich ritt mit erhobenen Händen auf sie zu, um ihnen keine Angst zu machen. Dennoch zog der Mann einen Dolch. Die

Entschlossenheit, seine Familie allein damit gegen zwei bewaffnete Reiter zu verteidigen, war rührend. Als er begriff, dass wir sie nicht ermorden, ausrauben oder verschleppen wollten, steckte er den Dolch weg. Er hieß Gottschalk, war Weinbauer aus einem Dorf in den Hügeln oberhalb des Rheintals und befand sich mit Frau und Kindern auf dem Weg nach Andernach, wo er vorerst bei Verwandten unterzukommen hoffte. Immerhin gab es dort wenigstens eine Stadtmauer.

Vom Wagen aus beobachteten uns vier große Augenpaare unter Wollkapuzen hervor. Während ich Gottschalk ausfragte, brachte Gauzbert die Kinder zum Lachen, indem er Grimassen schnitt und Nüsse aus seiner Nase hervorzauberte und sie ihnen reichte.

Ich erfuhr von Gottschalk, dass wir uns etwa einen halben Tagesmarsch südlich von Bonn befanden. Von der Stadt war nicht mehr viel übrig. Die Dänen hatten sie schon vor Wochen verwüstet und waren dann über die Nebenflüsse verschwunden oder in der weiteren Umgebung ausgeschwärmt. Seit ein paar Tagen mehrten sich allerdings die Anzeichen dafür, dass sie sich wieder am Rhein sammelten. Ihre Schiffe tauchten vereinzelt oder in kleinen Geschwadern auf dem Fluss auf. Sie verübten hier und da Überfälle in Ufernähe, wobei sie es aber fast nur auf Vorräte abgesehen hatten und auch keine Menschen verschleppten. Es sah aus, als ob sie zur Vorbereitung eines größeren Raubzugs den Flusslauf erkunden würden.

Das passte zu dem, was ich in Aachen erfahren hatte. Sie sammelten sich in Bonn und wollten nach Koblenz. Und irgendwo mittendrin steckte dieser Jarl Ivar und schleppte meine Schwester als Gefangene mit sich herum. Sie war in der Nähe, und ich würde sie befreien.

Auf unserem weiteren Weg trafen wir immer wieder auf Gruppen von Flüchtlingen, die mit und ohne Gepäck nach Süden strebten. Auf diese Weise kamen uns jede Menge Gerüchte zu Ohren: König Ludwig sammele in Frankfurt ein Heer, um den Nordmännern entgegenzuziehen, behaupteten die einen. Ludwig sei krank, und das Heer habe sich aufgelöst, glaubten die anderen zu wissen.

Gegen Mittag legten wir eine kurze Rast ein. Als wir gerade wieder auf die Pferde gestiegen waren, erschienen plötzlich hinter einer Flussbiegung zwei dänische Schiffe, nur einen Steinwurf vom Ufer entfernt. Woher waren sie gekommen? Wir saßen noch keine halbe Stunde hier und hatten sie auf unserem Weg weder am Strand gesehen noch überholt. Sie mussten in einem Seitenarm oder hinter einer Insel verborgen gewesen sein.

Die Schiffe kamen näher. Sie hatten die Masten umgelegt und bewegten sich nur mit Ruderkraft. Angesichts der starken Strömung war ihre Geschwindigkeit beachtlich. Die Vordersteven ragten hoch auf und hatten schneckenförmige Verzierungen an den Enden. Entlang der Bordwände waren in zwei langen Reihen bunt bemalte Schilde angebracht worden, dahinter bewegten sich die Helme der Männer im Takt der Riemen vor und zurück wie die Zähne einer Säge. Es war befremdlich und beunruhigend, zu sehen, mit welcher Selbstverständlichkeit diese Barbaren eine solche Disziplin hielten. Wenn sie wirklich Hunderte von diesen Schiffen hatten, mit denen sie überall auftauchten und wieder verschwanden – was sollte man ihnen entgegensetzen?

Als sie etwa auf unserer Höhe waren, erhob sich jemand im vorderen der beiden Schiffe, und einen Augenblick später erschien ein nackter Hintern über der Schildwand. Unter dem Gejohle der ganzen Mannschaft erleichterte sich die Gestalt ins Wasser.

«Was kriege ich, wenn ich seinen Arsch treffe?», fragte Gauzbert, zog den Bogen aus der Schlaufe, mit der er ihn am Sattel befestigt hatte, legte einen Pfeil ein, kniff ein Auge zu und zielte.

«Zwei Denare», sagte ich. «Und zwanzig, wenn du ihm den Sack an die Bordwand nagelst.»

Mit einem scharfen Zischen schoss der Pfeil von der Sehne. Leider hatte der Däne die Entleerung seines Darms gerade in diesem Augenblick beendet und wuchtete sich wieder an Bord. Mit einem satten Klacken schlug Gauzberts Pfeil in einen schwarzen Schild mit aufgemaltem weißen Kreuz ein. Im Schiff brandeten Geschrei und Gelächter auf, einzelne Gesichter zeigten sich. Es schien sie zu amüsieren, dass jemand ausnahmsweise nicht Reißaus nahm, sobald sie sich dem Ufer näherten.

Wir aber wandten uns wieder nach Süden.

Drei Stunden später erreichten wir Andernach, dessen halb verfallene Mauer nicht den Anschein erweckte, einem halbwegs entschlossen vorgetragenen Ansturm standhalten zu können.

Die Nacht verbrachten wir in einer heruntergekommenen Herberge. Betten waren nicht mehr frei, die kleine Stadt war voller Menschen auf der Durchreise, sodass wir im Pferdestall im Stroh schlafen mussten.

Der Wirt war gut informiert und konnte die Gerüchte bestätigen, die wir unterwegs aufgeschnappt hatten: Es stimmte, dass Koblenz verteidigungsbereit gemacht wurde. Es stimmte, dass die Gefolgsleute von König Ludwig an Rhein und Main ihre Männer sammelten, um den Dänen endlich entgegenzuziehen. Leider stimmte es aber auch, dass der König in Frankfurt schwer erkrankt war. Es war zweifelhaft, ob er sein Heer würde anführen können, schlimmer noch: Es stand zu befürchten, dass dieses Heer auseinanderfallen würde, wenn er starb.

Am nächsten Tag brachen wir früh auf. Über Nacht war Schnee gefallen, aber die Temperatur war gestiegen, sodass das Land in braunem Matsch versank. Der Rhein strömte unter einer grauen Wolkendecke dahin, die auch den Fluss einzufärben schien, als bestünde er nicht aus Wasser, sondern aus flüssigem Blei. Die Uferstraße war voller Menschen, die zu Fuß, zu Pferd oder auf Fuhrwerken weiter nach Süden strebten. Die Gefahr schob die Flüchtlinge wie eine Bugwelle vor sich her.

Am frühen Nachmittag rückten die Hügel am gegenüberliegenden Flussufer näher an den Strom heran. Mehrere mit Buschwerk und Weiden bewachsene Inseln lagen wie gestrandete Kähne im Wasser. In den Ästen saßen Kormorane. Der Himmel hatte sich weiter verdunkelt, und ein starker Schneeregen setzte ein. Die Flocken klatschten mir ins Gesicht wie kleine eisige Ohrfeigen. Ich musste die Augen zusammenkneifen, meine Hände am Zügel waren eiskalt, und ich bekam Lust, jemanden zu schlagen.

Schließlich kam nach einer lang gezogenen Flussschleife vor uns eine weitere Insel mit einer Kirche darauf in Sicht. Die Insel schien den Strom in zwei verschiedene Gewässer zu teilen: Links von ihr war die Wasserfläche grau und bewegt, rechts hatte sie einen Stich ins Dunkelgrüne und war glatter. Wir hielten die Pferde an und betrachteten das seltsame Schauspiel. Ich brauchte eine Weile, um zu begreifen, dass wir keine zwei Arme des Rheins vor uns hatten, sondern die Mündung der Mosel, und die Insel war keine Insel, sondern eine Landzunge, die den Zusammenfluss markierte. Und natürlich kamen mir die Verse des Ausonius aus seinem berühmten Gedicht in den Sinn, in denen er die Vereinigung der beiden Ströme beschreibt.

«So rauschet gemeinsam, und in doppeltem Zuge verdränget die purpurne Meerflut», zitierte ich.

«Was?», fragte Gauzbert.

«Wir sind in Koblenz.»

«Dann sag das doch.»

Die Straße führte bis zur Mündung und folgte dann dem nördlichen Moselufer in Richtung Westen. Die Berghänge am Horizont waren mit Weinreben bepflanzt, dazwischen waren hinter einem Schleier aus wirbelnden Schneeflocken die Ruinen uralter Villen zu erahnen.

Etwa eine halbe Meile flussaufwärts erhob sich am gegenüberliegenden Ufer eine hohe und mit wuchtigen Rundtürmen bewehrte Mauer aus grauen Steinquadern – die erste Stadtbefestigung auf unserer Reise, die diese Bezeichnung verdiente. Wenn die Dänen es tatsächlich wagen sollten, Koblenz anzugreifen, würden sie eine harte Nuss zu knacken haben.

Die Umgebung der Stadt wimmelte von Menschen. Auf dem freien Feld vor der Mauer waren Koppeln abgesteckt, auf denen Dutzende von Pferden grasten, etwas abseits gruppierte sich eine Ansammlung von Zelten wie die Häuschen eines Dorfes um eine große Feuerstelle. Bewaffnete bewachten

Trosswagen. Reiter sprengten hin und her. Handwerker waren damit beschäftigt, Ställe und Schuppen abzureißen, die das Schussfeld behinderten. Ochsenkarren mit Bauholz und Steinen kämpften sich über die schlammigen Wege. Hinter den Zinnen einiger der Türme waren Balkenkonstruktionen zu erkennen. Sie hatten tatsächlich Katapulte.

Der Anblick der gut befestigten Stadt und das Aufgebot, das zu ihrer Verteidigung angetreten war, erfüllte mich mit Hoffnung und Tatendrang. Das Land schien sich endlich dazu durchgerungen zu haben, dem Treiben der Dänen etwas entgegenzusetzen. Es war möglich, sie zu schlagen und aus dem Land zu jagen. Die Aussicht, einen Beitrag dazu zu leisten, erfüllte mich mit einer Mischung aus Stolz und Kampfeslust.

In den zwölf Jahren zwischen Bibliothek und Skriptorium hatte ich vergessen, wie sich das anfühlte, doch an diesem Tag, als ich mit Kettenhemd und Helm, das Schwert an der Seite, auf Koblenz zutrabte, spürte ich, wie ich mit jedem Schritt des Pferdes noch ein kleines Stück gerader im Sattel saß.

Auf Höhe der Stadt musste es in lange vergangenen Zeiten einmal eine Brücke gegeben haben, jedenfalls ragten auf der gesamten Breite der Mosel vermoderte Baumstämme aus dem Flussbett, die an einigen Stellen sogar noch mit Balken verbunden waren. Doch die Lücken waren so groß, dass die Konstruktion nicht mehr zu retten war. Stattdessen hatte man Eisenringe an den Pfahlstümpfen angebracht und ein Seil hindurchgezogen, an dem eine kleine Fähre so befestigt war, dass sie hin und her gestakt werden konnte, ohne von der Strömung abgetrieben zu werden.

Nachdem wir den Wucherpreis von sechs Denaren bezahlt und die Pferde mit einiger Mühe dazu gebracht hatten, den

Kahn zu besteigen, stakte uns ein wortkarger Fährmann in einem vor Dreck starrenden Lederumhang mit einer langen Stange ans andere Ufer. Dass er nicht auch noch Geld für die Beantwortung meiner Frage nach dem Kastorstift verlangte, war schon fast ein Wunder. Statt den Mund aufzumachen, wies er auf die Kirche auf der Landzunge, die wir von der Rheinstraße aus gesehen hatten.

Einen Steinwurf von der Stadtmauer entfernt ging die Fähre knirschend auf Grund. Wir brachten die Pferde an Land und machten uns unter den gleichgültigen Blicken einiger auf der Mauer postierter Wachen auf den Weg zum Stift.

Neben der Kirche, einem schlichten Saalbau mit Apsis, gehörten ein Wohntrakt für die Geistlichen und die üblichen Versorgungsgebäude zum Stift, außerdem ein Garten mit Kräuterbeeten und Obstbäumen. Die ganze Anlage war von einer Mauer umgeben, doch statt friedlicher Abgeschiedenheit erwartete uns ein regelrechtes Heerlager. Im Garten kampierten Bewaffnete, schliffen und polierten Schwerter, Speere und Pfeilspitzen, besserten Rüstungen und Schilde aus oder übten sich mit ihren Waffen. Tische und Hocker waren ins Freie gebracht worden. Einige der Männer saßen um Feuerschalen herum und tranken Bier, andere würfelten um Geld. Neben der Kirche waren Pflöcke eingeschlagen worden, an die man Pferde gebunden hatte. Irgendwo hämmerte ein Schmied.

Ich musste ein halbes Dutzend Männer nach Folchars Freund Sigibert fragen, bis ich an einem der Feuer endlich einen fand, der ihn kannte. Es war ein hünenhafter Kerl mit gutmütigem Gesichtsausdruck und einem breiten Mund, der ein bisschen an einen Entenschnabel erinnerte.

«Weiß jemand, wo der Prior steckt?», fragte er mit lauter Stimme in die Runde.

Ein paar Köpfe hoben sich von den Bierkrügen.

«Ist am Fressen, wie immer», sagte einer.

Mit einem Seufzen erhob sich der Riese von seinem Hocker, zeigte uns einen freien Pflock, an den wir die Pferde binden konnten, und ging dann mit der Langsamkeit, die vielen zu groß geratenen Menschen eigen ist, auf eins der Gebäude zu. Wir folgten ihm, traten ein und schritten über einen dunklen Korridor bis zu einer verschlossenen Tür. Der Riese öffnete. Wir nahmen die Helme ab.

«Angeklopft wird nicht mehr, oder was? Stehen die Nordmänner vor der Stadt?», ertönte eine ungehaltene Stimme von drinnen.

Der Riese antwortete nicht, sondern trat beiseite, um Gauzbert und mich vorbeizulassen. Wir befanden uns im Speisesaal des Stifts, einem schmalen Raum mit einem Kamin an der Stirnseite, einem langen Tisch und Sitzbänken für zwei Dutzend Personen. An der Stirnseite, direkt am Kamin, stand ein Faltstuhl zwischen zwei hohen Kerzenleuchtern, und auf diesem Stuhl saß ein kauender Mann, der so beleibt war, dass er auch für zwei durchgehen konnte. Sigibert, Folchars dickster Freund. Jetzt erst begriff ich die Anspielung.

Auf dem Tisch standen mehrere Teller mit Fleisch und Gemüse, eine Schüssel mit einer fettigen Tunke und ein Brotkorb. Vor dem Dicken lag ein aufgeschlagenes Buch, das er mit einer in Samt eingenähten Kette beschwert hatte, damit es nicht zuklappte, daneben stand ein Tintenfass mit Feder. Er schien nichts dabei zu finden, beim Arbeiten zu essen, stippte ein Stück Brot in die Schüssel und führte es zum Mund, wobei die Tunke dicht neben dem Buch auf die Tischplatte troff. Hätte ich in Prüm einen meiner Schreiber bei einer solchen Schweinerei erwischt, wäre es ihm schlecht ergangen.

Wir traten näher. Sigibert, der nicht aufhörte zu kauen, trug ein langes Wollgewand mit vielen Fettflecken. Die dünnen grauen Haare hatte er nach hinten gekämmt. Sein gerötetes Gesicht war rund wie der Vollmond, und alles darin wirkte zu klein: die Augen, der Mund und die spitze Nase, die wie das Schnäuzchen einer Maus aussah. Sein Blick sprang zwischen uns hin und her, dann blieb er an mir hängen. Er hörte auf zu kauen und schluckte den letzten Bissen hinunter.

«Dich kenne ich doch. Komm mal näher ran, dass ich dich besser sehen kann.»

Ich trat an seinen Tisch. Während er mich mit zusammengekniffenen Mausaugen taxierte, schielte ich nach dem Buch. Es war eine Ausgabe von Caesars *Gallischem Krieg*, die Sigibert offenbar korrigierte, jedenfalls waren an einigen Stellen frische Streichungen und Berichtigungen zu erkennen.

Sigibert stieß einen Zeigefinger in meine Richtung und nickte befriedigt. «Aachen», sagte er. «Du warst Folchars bester Schüler. Geht es ihm gut? Schickt er dich?»

Meine Verblüffung war mir wohl anzusehen. Ich nickte wortlos. Sigibert lachte befriedigt und erklärte: «Ich habe in meinem ganzen Leben noch kein Gesicht vergessen. Wir beide sind uns begegnet, du und ich. Ich war auf der Durchreise. Du warst damals vielleicht vierzehn Jahre alt. Tankred, oder?»

Beeindruckt nickte ich wieder.

«Du konntest die ganze *Aeneis* aufsagen.»

«Die ganze nicht.»

«Na, von mir aus, dann eben die halbe. Folchar war sehr

stolz auf dich. Aber du hattest auch noch andere Leidenschaften, wenn ich mich richtig erinnere. Haben die dich nicht irgendwann ins Kloster geschickt? Weil du mit der Klinge ein bisschen zu schnell warst?»

«Nach Prüm», bestätigte ich, ohne auf seine Anspielung einzugehen.

Er zog die rechte Augenbraue hoch und ließ seinen Blick einmal an mir hinab und wieder hinauf wandern. «Das ist aber offenbar nicht das Ende der Geschichte. Jetzt stehst du hier mit rasiertem Schädel, hast ein Kettenhemd an und ein Schwert an der Seite. Was ist passiert?»

«Prüm wurde geplündert und niedergebrannt.»

Sigibert verzog das Gesicht, als hätte er einen schmerzhaften Schlag erhalten. «Prüm also auch. Hat sich noch gar nicht bis hierher rumgesprochen. Was ist aus der Bibliothek geworden? Haben sie die auch geplündert?»

«Sie wurde gerettet», antwortete ich. «Der größte Teil der Bücher wurde rechtzeitig fortgeschafft. Den Rest habe ich versteckt.»

«Du bist ja mal ein Teufelskerl. Wann war das?»

«An Epiphanias.»

Sigibert zog die linke Augenbraue hoch. «An Epiphanias? Das ist gerade eine Woche her. In einer Woche von Prüm über Aachen nach Koblenz. Kannst du fliegen? Wie hast du das gemacht?»

«Das ist eine lange Geschichte.»

«Ich habe Zeit, also setz dich hin und erzähl's mir. Und dein Freund da soll sich auch setzen. Versteht er mich? Wie heißt er? Habt ihr Hunger?»

Es dauerte eine halbe Stunde, bis ich Sigibert alles erzählt hatte. Er fragte immer wieder nach, und für jede Antwort stellte er zwei neue Fragen, ohne dabei mit dem Essen aufzuhören. Zwischendurch erschien wortlos ein Bediensteter, füllte die Schüsseln nach und schenkte Bier aus. Auch wir langten zu.

«Wenn ich das also richtig verstehe, willst du hier auf die Nordmänner warten und dir dann diesen Jarl Ivar vorknöpfen?»

«Ja», sagte ich. Immer wenn ich anderen mein Vorhaben erklären musste, wurde mir bewusst, wie groß das Risiko und wie gering die Erfolgsaussichten waren. So war es mir bei Gauzbert, bei Folchar und bei Amelung gegangen, und so ging es mir auch in diesem Augenblick, während ich dem ununterbrochen essenden Sigibert gegenübersaß.

«Warum bist du dir so sicher, dass er Judith noch bei sich hat?», fragte er.

«Ich bin mir nicht sicher. Ich weiß nur, dass er sie unbedingt haben wollte und dafür auf alle anderen Gefangenen verzichtet hat. Also will er sie entweder teuer verkaufen oder für sich behalten. In beiden Fällen wird er sie gut bewachen.»

Sigibert nickte bedächtig. «Und in beiden Fällen ist es ein Wettlauf gegen die Zeit. Wenn er sie behält, nimmt er sie in seine Heimat mit. Wenn er sie verkauft, verschwindet sie wahrscheinlich in Spanien.»

All das war mir klar, aber es versetzte mir einen Stich, es von jemand anderem ausgesprochen zu hören. Sigibert musterte mich eine Weile schweigend, als versuchte er, in mir den Vierzehnjährigen wiederzuerkennen, der damals in Aachen die *Aeneis* vorgetragen hatte. Noch während er mich betrachtete, gewannen Trotz und Wut in mir wieder die Oberhand.

Sigibert spürte auch das. Ächzend stemmte er sich hoch. Sein Bauch unter dem Wollgewand war gewaltig. Er trat auf mich zu und klopfte auf den Knauf meines Schwertes.

«Sie sollen scharfe Schwerter in ihren Händen haben, dass sie Rache üben unter den Heiden», zitierte er den Psalmisten. «Hast du das Ding schon mal schleifen lassen? Nein? Dann wird's Zeit.» Sigiberts Gesicht nahm einen geschäftsmäßigen Ausdruck an. «Graf Ratwin ist der, der hier das Kommando hat. Am besten, ihr meldet euch bei ihm, er kann jeden Mann gebrauchen. Wir werden in den nächsten Tagen das Stift räumen und alles in die Stadt bringen. Und dann können sie meinetwegen kommen.»

Der letzte Satz hatte geklungen, als hätte Sigibert vor, sich persönlich ins Getümmel zu stürzen. Ich sah, wie Gauzbert ein Lachen unterdrückte.

«Was ist mit den Leuten da draußen?», fragte ich. «Sind das die Männer des Königs?»

«Ja», antwortete Sigibert. «Sie sind gut ausgerüstet und wollen kämpfen.»

«Den Eindruck hatte ich auch», sagte ich. «Aber der König ist krank, wie man hört.»

«Ja, der ist bald tot», stellte Sigibert sachlich fest.

«Dann wird das Heer auseinanderfallen.»

«Richtig. Hoffen wir also, dass die Nordmänner schneller sind als die Nachrichten aus Frankfurt. Und hoffen wir außerdem, dass die Nordmänner nicht vor uns von seinem Ableben erfahren. Sonst werden sie in aller Ruhe in Bonn abwarten, bis hier alle nach Hause gegangen sind. Und jetzt raus mit euch. Geht und stellt euch bei Ratwin vor.»

Damit ließ Sigibert sich wieder in seinen Stuhl sinken. Das

Holz knarrte, als würde es bersten. Er langte in den Brotkorb und blickte irritiert auf, weil wir nicht gingen.

«Sonst noch was?»

«Ja», sagte ich und zeigte auf eine Stelle in seinem aufgeschlagenen Buch. «Das muss *adventu* heißen.»

«Was? Wo?»

«Ac primo advento exercitus nostri», las ich laut. «Da steht *advento*. Die korrekte Ablativform lautet *adventu*. Typischer Abschreibfehler. Lass deine Kopisten nicht arbeiten, bis sie vor Müdigkeit umfallen.»

Sigibert griff zur Feder und korrigierte das Wort. «Du hast damals schon ausgesehen wie einer, der immer das letzte Wort haben muss», murmelte er.

«Ihr habt vielleicht Probleme», sagte Gauzbert.

Die Pfalz, die offenbar in ein römisches Speichergebäude hineingebaut war, brodelte vor Menschen. Wir hatten zwei Wachposten passieren müssen und fanden uns in einer Schlange am Eingang der großen Halle wieder, die von einem riesigen Kohlebecken in der Mitte beheizt wurde. An den Wänden waren Kerzenleuchter befestigt. In der Pfalz herrschte an Brennmaterial offenbar ebenso wenig Mangel wie im Kastorstift an Lebensmitteln.

Was tat ich eigentlich in dieser Schlange zwischen all den Bewaffneten, die mich kaum beachteten und gerade dadurch offenbarten, dass sie mich als einen der Ihren betrachteten? Ratwin kann jeden Mann gebrauchen, hatte Sigibert gesagt. Ich stand im Begriff, mit der größten Selbstverständlichkeit in das Aufgebot des Königs eingereiht zu werden. Während die Schlange langsam vorrückte, überlegte ich, welchen Nutzen ich davon hätte. Wenn Ivar die Stadt angreifen würde, gab es wahrscheinlich keine bessere Möglichkeit, an ihn heranzukommen. Und vielleicht konnte ich im entscheidenden Augenblick auf die Unterstützung von diesem Ratwin zählen, wenn ich ihm jetzt half, ohne dazu verpflichtet zu sein.

Draußen dunkelte es bereits. Der Schneeregen hatte aufgehört, die Wolkendecke war endlich aufgerissen, und ein sattes Dunkelblau zeigte sich hinter den Rundbogenfenstern. Die Mauern waren gesprenkelt mit Ausbesserungen aus den verschiedensten Steinen; abgebrochene Vorsprünge verrieten, wo früher die Zwischendecken eingezogen gewesen waren. Überspannt wurde der Raum von einer Balkenkonstruktion, die ein Ziegeldach trug.

Ratwin saß auf einem Stuhl, dessen Armlehnen in bronzene Löwenköpfe ausliefen. Vor ihm standen auf einem wuchtigen Tisch zahlreiche verschieden große Kerzen, dazwischen Pergamente, mehrere Becher mit Wein und eine Obstschale. Der Graf trug ein blaues Gewand, das auf seiner ganzen Länge von einer Knopfleiste zusammengehalten wurde. Er hatte schwarze Haare mit ein paar grauen Strähnen darin, und die Farbe seiner Augen korrespondierte mit der des Gewandes. Er sprach mit einigen Herren, die um den Tisch herumstanden, ebenfalls kostbar gekleidet und abgesehen davon schon an ihrer Körperhaltung als Adlige zu erkennen waren. Alle trugen Schwerter. Silberne Riemenzungen und Knöpfe blitzen im Fackelschein.

Der Graf war ein gefragter Mann. Immer wieder wurde das Gespräch am Tisch durch Boten unterbrochen, die sich an der Schlange vorbei nach vorn drängten, Ratwin irgendwelche

Pergamente übergaben oder von ihm entgegennahmen, ein paar Worte mit ihm wechselten und wieder gingen. Ab und zu wurde einer der Wartenden aufgerufen, bekam eine Anweisung und verschwand, woraufhin die Schlange vorrückte.

Als wir endlich an der Reihe waren, war es draußen vollständig dunkel geworden. Ein Diener erschien und kippte Kohlen aus einem großen Metalleimer auf das Becken, woraufhin ein Funkenregen zur Decke stob. Ratwin blickte ungehalten auf, dann auf sein Blatt, als müsste er dort etwas nachprüfen, und dann wieder zu uns.

«Seid ihr die aus Mainz?», fragte er. Seine Stimme war tief und durchdringend.

«Nein», antwortete ich. «Wir gehören zu keinem Aufgebot.»

«Umso besser. Dann untersteht ihr jetzt mir. Hier stehen sowieso schon mehr Könige als Bauern auf dem Brett. Woher kommt ihr und was könnt ihr?»

Sein Blick war trotz seines bestimmten Auftretens freundlich und offen. Und natürlich erkannte er, dass ich kein Kind von Bauern war, sondern seinesgleichen; er wusste nur noch nicht, wo er mich einordnen sollte. Ohne ein Wort über meine Herkunft zu verlieren, berichtete ich ihm, was in Prüm und in Aachen passiert war, und es amüsierte mich, zu sehen, wie es in seinem Kopf arbeitete. Mein ganzes Auftreten und der Verzicht auf eine Vorstellung gaben ihm das Gefühl, dass er eigentlich wissen müsste, wen er vor sich hatte. Natürlich wollte er sich keine Blöße geben, und so fragte er nicht nach. Doch ich spürte, dass sein Interesse an mir geweckt war.

Nachdem ich erklärt hatte, warum ich hier war, nickte er bedächtig und winkte einen der Umstehenden, die meinem Bericht ebenfalls gelauscht hatten, zu sich heran. Sie tuschelten eine Weile, dann sagte Ratwin: «Wir haben hier jemanden, der dir vielleicht weiterhelfen kann.»

Wieder wechselte er ein paar Worte mit dem anderen, und schließlich stand er auf. Ohne weiter auf die Wartenden hinter uns zu achten, winkte er Gauzbert und mir, ihm zu folgen, und verließ mit schnellen Schritten den Saal durch eine Seitentür.

Hinter der Tür lag ein Gang, der zu einer Treppe führte. Unsere Schritte hallten von den Ziegelwänden wider. Im Gehen sagte Ratwin: «Vor knapp zwei Wochen haben unsere Reiter am Rheinufer ein paar Dänen erwischt. Einen haben sie am Leben gelassen und hergebracht. Vielleicht kennt er deinen Ivar. Einen Versuch ist es wert.»

Wir stiegen die Treppe hinunter in ein feuchtes Gewölbe, das von einer einzigen Fackel spärlich erhellt wurde. An den Wänden stapelten sich Fässer und Säcke. Am Ende des Raumes befand sich eine vergitterte Tür, davor saß ein Wächter auf einer Holzkiste und wetzte gelangweilt ein Messer an einem Schleifstein. Als wir näher traten, blickte der Wächter auf.

«Hol Erik», sagte Ratwin. Der Wächter nickte und eilte zur Treppe.

Der Graf wandte sich an uns und deutete mit dem Daumen zum Gitter. «Es hat ein bisschen gedauert, den da weichzukochen, aber jetzt redet er. Leider haben wir kaum etwas erfahren, was wir nicht sowieso schon wussten.» Er lehnte sich an die Wand und zog ein Gesicht, das gleichzeitig ratlos und amüsiert wirkte. «Ist schon komisch. Mit Schmerzen kriegt man sie nicht. Wir haben ihm ein paar Finger gebrochen, die Füße in kochendes Wasser gehalten und sogar seine Eier in den Schraubstock gespannt. Hat alles nichts gebracht, nur

Geschrei und Verwünschungen. Wut und Schmerzen scheinen sie noch verstockter zu machen, und am Ende verbluten sie oder sterben an Wundbrand, ohne was gesagt zu haben. Aber» – Ratwin hob den Zeigefinger – «wenn man sie einfach nicht mehr schlafen lässt, dann machen sie alles, was man von ihnen will.» Ratwin lachte auf und schüttelte ungläubig den Kopf. «Ein Kübel kaltes Wasser und ein paar Backpfeifen, sobald sie einnicken. Nach drei Tagen hören sie auf, dich zu beschimpfen, nach vier Tagen glotzen sie dich an wie die Schafe, und nach fünf Tagen sind sie kurz wieder klar im Kopf und geben Auskunft. Kann man sich nicht vorstellen, oder? Da arbeitet man sich auf der Suche nach den besten Foltermethoden durch die Heiligenlegenden, und dann stellt sich raus, dass man sie gar nicht foltern muss. Keine Zangen, kein Schraubstock, keine glühenden Kohlen. Nur kaltes Wasser und Backpfeifen.»

Während er geredet hatte, hatte ich mich dem Gitter genähert. Dahinter befand sich eine mit Stroh ausgelegte Zelle, in deren hinterster Ecke eine verwilderte Gestalt in einem Leinenhemd hockte. Der Mann konnte zwanzig sein oder auch fünfzig, Haare und Bart waren verfilzt, und unter den Augen waren schwarze Ränder, als hätte er zwei Monate lang ununterbrochen durchgezecht. Er blickte mich an, aber seine Augen waren ohne Ausdruck, wie rot eingefasste blaue Glassteine.

Ratwin war neben mich getreten. «Ich weiß, er sieht nicht aus, als ob er noch sprechen könnte. Aber er kann.»

«Spricht er denn Fränkisch?», fragte ich.

«Natürlich nicht», sagte Ratwin. «Aber wir haben einen Dolmetscher.»

«Däne oder Franke?»

«Däne, aber getauft. Ein Enkel von Harald Klak. Sagt euch wahrscheinlich nichts.»

Und ob mir das etwas sagte. Harald Klak war ein glückloser dänischer König gewesen, der zwanzig Jahre vor meiner Geburt Zuflucht beim frommen Kaiser Ludwig gesucht hatte und getauft worden war. Sein Sohn Gottfried hatte sich später in Friesland niedergelassen und von Landbesitz und Kaperfahrt gelebt. Und er hatte ein paar uneheliche Kinder gezeugt, darunter den besagten Erik, der als Kind bei Mönchen in Utrecht erzogen worden war. Wegen seiner Sprachkenntnisse empfahl er sich als Dolmetscher: Mit seinem Vater habe er Dänisch gesprochen, mit seiner Mutter Friesisch, mit seinem Dienstherrn rede er Fränkisch und mit Gott Lateinisch.

«Wenn er denn überhaupt mit Gott redet», sagte Ratwin. «Manchmal hat man den Eindruck, die Götter seiner Vorfahren spuken ihm noch im Kopf herum. Aber als Dolmetscher leistet er hervorragende Dienste.»

Auf der Treppe waren jetzt die Schritte mehrerer Männer zu hören. Kurz darauf erschien der Wächter in Begleitung eines jungen Mannes mit sauber gestutztem Kinnbart. Seine rötlichen Haare waren dicht und stumpf und so geschnitten, dass sie sein Gesicht mit den ratlos dreinblickenden Kuhaugen wie eine Wollkappe einrahmten, was ihn ein wenig beschränkt wirken ließ.

Ratwin stellte mich vor, schilderte Erik mein Anliegen und wies den Wächter an, den Gefangenen, der immer noch in der Ecke der Zelle kauerte, ans Gitter zu holen. Gauzbert, der neben mir stand, wurde wie Luft behandelt.

Die Tür wurde aufgeschlossen, der Wächter zerrte den Dänen auf die Beine und drückte seinen Kopf durch die Stäbe. Das Gesicht des Gefangenen sah im Fackelschein noch verwüsteter aus als im Halbdunkel der Zelle. Speichel rann ihm aus dem Mundwinkel.

Erik redete auf den Gefangenen ein. Dessen Wille schien nach fünf Tagen ohne Schlaf vollständig gebrochen zu sein, jedenfalls glomm keine Spur von Trotz oder Verweigerung in seinen leeren Augen. Er antwortete, schleppend und unter Stöhnen, aber scheinbar halbwegs zusammenhängend. In den Sprechpausen fielen ihm die Augen zu, woraufhin der Wächter ihm einen Schlag in den Nacken verpasste.

Dann übersetzte Erik für mich, was der Gefangene, er hieß Björn, ihm zwischen den Nackenschlägen berichtete. Ja, die Dänen sammelten sich in Bonn. Ja, sie bereiteten den Angriff auf Koblenz vor. Nein, Björn gehöre nicht zu Jarl Ivars Leuten. Doch, doch, er kenne ihn, er sei kurz vor seiner Gefangennahme noch in Ivars Zelt gewesen. Genau, zu einer Besprechung. Ivar, gerade aus Aachen angekommen, habe zu erfahren verlangt, mit wie vielen Männern man vor Koblenz würde rechnen können. Ja, Ivar habe Beute aus Aachen dabeigehabt. Nein, keine Gefangenen.

Moment.

Doch.

Eine.

Es war, als hätte mich ein Blitz getroffen. Ich begann zu zittern. Björn waren die Augen schon wieder zugefallen, und ich kam dem Wächter zuvor und schlug Björn ein paarmal mit der flachen Hand auf die Wange.

«Wie sah sie aus?», schnauzte ich ihn an.

Erik übersetzte, der Däne lallte etwas. «Ein Mädchen»,

sagte Erik. «Dreizehn, vierzehn, fünfzehn vielleicht. Hübsch, sehr hübsch. Zwei verschiedenfarbige Augen. Eins braun, eins grün. Nein, Moment. Andersherum. Eins grün, eins braun, ja.»

«Wie ging es ihr?», bestürmte ich Erik. «Wie hat er sie behandelt? Hatte sie zu essen? Musste sie frieren?»

Ivar habe das Mädchen gut behandelt. Sie sei nur gefesselt gewesen. Gefroren habe sie nicht. Ivars Zelt sei ordentlich beheizt.

Björns letzte Bemerkung weckte eine schreckliche Befürchtung in mir. «Er hält sie in seinem Zelt gefangen? Vergreift er sich etwa an ihr?»

Björn schüttelte träge den Kopf. Im Gegenteil, Ivar scheine sie in seiner Nähe zu behalten, damit niemand sich an ihr vergreife.

Ich atmete auf. Das war fast mehr, als ich hoffen konnte. Ich war auf der richtigen Spur, und Judith lebte. Natürlich war mir klar, warum Ivar sie gut behandelte. Für ihn war meine Schwester eine Ware, deren Wert er unbedingt erhalten wollte. Aber immerhin schien sie keinen Mangel zu leiden, und ihr Leben war nicht in Gefahr.

Als wir wieder hinaufgestiegen waren, bot Ratwin uns an, ihn bei seinem Kontrollgang über die Mauern zu begleiten. Er wollte sich vergewissern, dass die Tore geschlossen und die Nachtwachen eingeteilt waren. Natürlich nahmen wir sein Angebot an.

Und so bekamen wir an diesem Abend eindrucksvoll vorgeführt, wie gründlich Ratwin seine Aufgabe versehen hatte.

Die Mauern waren intakt und an vielen Stellen sorgfältig ausgebessert worden, nur der Graben, den die Jahrhunderte zugeschüttet hatten, war nicht wieder ausgehoben worden. Die Tore waren verrammelt, von innen zusätzlich mit Gittern gesichert und von außen mit nassem Leder bespannt, damit sie nicht so leicht in Brand gesetzt werden konnten. Es gab neunzehn Rundtürme, von denen drei mit Katapulten besetzt waren. Große und grob in Kugelform gehauene Steinbrocken waren neben den Wurfmaschinen aufgehäuft. Auf jedem Turm standen zwei Wachen mit Signalhörnern und Fackeln. Wurfspeere steckten in Halterungen. Alles war bereit.

Wir umrundeten die ganze Stadt, was einer Wegstrecke von etwa einer Dreiviertelmeile entsprach. Ratwin hatte knapp tausend Männer in und vor der Stadt – so viele, dass sie Seite an Seite die gesamte Mauer hätten besetzen können. Koblenz war für eine Bande aus ein paar Hundert dänischen Plünderern praktisch uneinnehmbar. Das war erfreulich für die Stadt, für mich aber eher ein Grund zur Sorge, denn wenn die Dänen die Aussichtslosigkeit eines Angriffs erkannten, würden sie sich möglicherweise in eine andere Richtung wenden.

So war ich ganz ohne weiteres Zutun zu einem Teil der Streitmacht geworden, die die Dänen aus dem Land jagen sollte. Jetzt hatte ich ihn, den Krieg, den ich vor meiner Verbannung so sehnlich herbeigewünscht hatte.

Nachdenklich blickte ich vom nördlichen Abschnitt der Mauer auf das Ufer hinab, wo die beiden Ströme beständig verschmolzen. Rund um die Stadt und in der Umgebung des Kastorstifts brannten die Lagerfeuer; aus allen Richtungen schallten Geschrei und Gelächter herauf. Es war, als würde

Koblenz von einem Gespensterheer belagert, dessen Größe überhaupt nicht zu ermessen war.

Merkwürdigerweise musste ich in diesem Augenblick wieder an Fidis denken. Wenn sie tatsächlich in Trier gelandet war und noch dort lebte, dann stand sie jetzt vielleicht am Ufer desselben Flusses. Durch das Moseltal würde es nur ein paar Tage dauern, zu ihr zu gelangen. Wenn ich es schaffen sollte, mein Vorhaben in Koblenz zu Ende zu bringen – was würde ich dann tun? Hier wusste niemand, wo ich hingehörte, und dementsprechend gab es auch niemanden, der mich irgendwohin zurückschicken konnte. Bei aller Liebe zu meiner Bibliothek war Prüm nicht mein Zuhause, sondern mein Gefängnis gewesen. Dieses Gefängnis war nun zerstört worden, und selbst wenn es wieder aufgebaut würde, sobald die Dänen aus dem Land gejagt und alle Brüder zurückgekehrt wären, würde niemand wissen, was aus mir geworden war. Die Reise in mein altes Leben, die ich am Morgen des Epiphaniastages angetreten hatte, konnte eine Reise ohne Rückkehr sein. Es lag an mir.

Bei dieser Erkenntnis wurde mir fast schwindelig. Ein so übermächtiges Gefühl von Freiheit hatte ich seit Jahren nicht mehr gespürt, und einen kurzen Augenblick lang war es stärker als die Angst um meine Schwester.

Fidis. Gab es eine Möglichkeit, da weiterzumachen, wo wir aufgehört hatten? Unter ganz anderen Vorzeichen? Ohne Heimlichkeiten und ohne Zwänge? Es war merkwürdig: Als sie damals verschwand, war ich frei gewesen. Ich hätte sie aufspüren können, wenn ich wirklich gewollt hätte, aber ich hatte es nicht getan. Jetzt, zwölf Jahre später, hätte ich alles dafür getan, sie zurückzubekommen.

10

Die Zeit, die sich in den Tagen nach meinem Aufbruch in Prüm so sehr hatte dehnen müssen, um die in atemlosem Galopp ablaufenden Ereignisse aufnehmen zu können, blieb in Koblenz plötzlich stehen. Voller Kampfbereitschaft erwartete das Heer die Dänen, aber sie kamen nicht. Kundschafter berichteten, dass sie sich stattdessen weiterhin in der Umgebung von Bonn herumtrieben. In Ratwins Beraterkreis bildeten sich nun zwei Gruppen. Die einen waren der Ansicht, man solle mit dem größten Teil des Heeres losmarschieren, um die Dänen zu stellen. Die anderen meinten, hinter deren vermeintlicher Unentschlossenheit stecke in Wahrheit eine List, mit der sie die Verteidiger von Koblenz wegzulocken versuchten. Es könne ja wohl nicht sein, dass man sich mit tausend Männern wochenlang vor einer Räuberbande verschanze, erwiderte die erste Gruppe. Es könne ja wohl nicht sein, dass man sich von einer Räuberbande dazu nötigen lasse, eine sichere Position aufzugeben, gab die zweite Gruppe zurück. Doch weil auch das Matschwetter anhielt, kam nichts in Bewegung.

Ratwin hatte Gauzbert und mich in einer Schmiede untergebracht, deren Besitzer von einem Erkundungsritt nicht zurückgekehrt war. Das war nicht die schlechteste Unterkunft, denn in der Werkstatt, in der wir unsere Strohlager eingerichtet hatten, war es angenehm warm. Ich verbrachte die Tage mit Waffenübungen und mit der Lektüre der Schrift des Vegetius über das Militärwesen, die Sigibert mir vorbeigebracht hatte. Das Kastorstift war inzwischen geräumt worden. Alles, was von Wert war, befand sich hinter den sicheren Mauern von Koblenz.

So vergingen die Tage. Irgendwann kam die Nachricht an, dass die Dänen Andernach geplündert hatten.

Eine Woche nach unserer Ankunft zeigte sich in einer klaren Nacht ein Komet am Himmel und sorgte für erhebliche Unruhe unter den Männern. Die meisten hielten ihn für die Ankündigung eines großen Unglücks, und diese Befürchtung bestätigte sich einige Tage später, als uns aus Frankfurt die Nachricht erreichte, König Ludwig sei seiner Krankheit erlegen. Ratlosigkeit machte sich breit, und weil die Dänen sich auch weiterhin nicht blicken ließen, begannen auf unserer Seite immer mehr Herren, ihre Sachen zu packen, um ihre eigenen Besitzungen zu schützen, anstatt mit ihren Männern herumzusitzen und ein führerloses Reich gegen einen Gegner zu verteidigen, der sich nicht stellte. Da Ludwigs einziger legitimer Sohn schon vor über zwei Jahren als Kleinkind gestorben war, fiel sein Erbe an seinen Bruder Karl. Der aber befand sich derzeit in Italien. Die Großen des ostfränkischen Reiches würden ihm erst dann folgen, wenn sie ihm die Treue geschworen hatten, und die Treue würden sie ihm erst dann schwören, wenn er den Thron bestiegen hatte. Es würde Wochen dauern, bis die Nachricht vom Tod seines Bruders ihn erreicht hätte, und Monate, bis er mit seinem schwerfälligen Tross die Alpen überquert hätte. Bis dahin wollte niemand den Kopf für ihn hinhalten.

Und so schmolz das Heer in Koblenz mit jedem Tag weiter zusammen. Je mehr Leute abzogen, desto tiefer sank die Moral derer, die geblieben waren. Nach einer Woche war die Hälfte des Aufgebots abgezogen, nach einer weiteren Woche drei Viertel. Bald waren nur noch Ratwins eigene Leute und ein paar Versprengte übrig, die nicht wussten, wohin sie gehen sollten, insgesamt keine zweihundert Männer. Es reichte kaum, um die Mauern zu besetzen. Wenn die Dänen jetzt kamen, würden sie in der Überzahl sein.

Auch meine Zweifel wurden immer größer. War es die richtige Entscheidung gewesen, Jarl Ivar in Koblenz zu erwarten? Hätte ich nicht mehr erreicht, wenn ich die Zeit dafür genutzt hätte, ihn in Bonn aufzuspüren oder wo immer er sich gerade befand? Ich wusste es nicht, doch mit jedem Tag, der verstrich, wurde ich unruhiger. Um nicht verrückt zu werden, übte ich mich mit allen Waffen, die ich in die Hände bekam. Dem Rat des Vegetius folgend, ließ ich mir ein Übungsschwert mit dem doppelten Gewicht meiner eigenen Waffe anfertigen. Ich spürte, wie meine Kräfte mit jedem Tag wuchsen. Und ich fand sogar einen Linkshänder aus Ratwins Gefolge, der bereit war, mit mir zu üben.

Abends saß ich mit Gauzbert zusammen und vertrank das Silber, das wir im Schiff der Dänen gefunden hatten. Wir hatten eine Schenke entdeckt, die uns gefiel, genau genommen, gefiel uns die Wirtin, eine Rothaarige mit losem Mundwerk namens Emma, die früh zur Witwe geworden war und die Schenke jetzt mit ihrer jüngeren Schwester führte. Gauzbert machte ihr vom ersten Abend an schöne Augen, und auch er schien ihr zu gefallen, jedenfalls scherzte sie mehr mit ihm herum als mit allen anderen Gästen zusammen, und wenn sie sich zu uns setzte, waren die Lederschnüre am Ausschnitt ihres Kleides wie durch Zufall immer etwas lockerer gebunden als sonst. Dennoch bekam Gauzbert zunächst nicht, was er wollte, da Emma offenbar zu der Einsicht gekommen war, dass es für den Umsatz besser war, wenn sie ihn weiter zappeln ließ.

«Noch ein Bier?», fragte sie jedes Mal, wenn er versuchte, sie auf seinen Schoß zu ziehen.

«Nur wenn du eins mittrinkst», antwortete er. Und dann bezahlte er beide.

Manchmal gesellten sich Männer von Ratwin dazu und tranken mit uns. Wenn sie mir Fragen zu meiner Vergangenheit stellten, antwortete ich so knapp und so ausweichend wie möglich. Bald kannte ich alle Gesichter in der Stadt; man begann, mich zu grüßen. Und weil es wenig zu tun gab, verbrachte man einen guten Teil des Tages mit Plaudereien auf der Straße. Wir waren eine merkwürdige Gemeinschaft aus Einheimischen, Gestrandeten und Kämpfern.

Eines Morgens bestellte mich Ratwin in die Pfalz ein. Gauzbert, der gern lange schlief, schnarchte noch auf seinem Lager, als ich das Haus verließ.

Es war der erste schöne Tag seit Wochen. Der Rauch aus den Schornsteinen stieg senkrecht in den klaren blauen Himmel auf, und vor vielen Häusern saßen Leute in der Sonne und gaben sich der Hoffnung hin, dass statt der Dänen bald der Frühling kommen würde. Die einen träumten davon, endlich wieder ihre Felder zu bestellen, die anderen hofften darauf, gegen die Feinde zu ziehen und reiche Beute zu machen.

Die Pfalz war wie ausgestorben, ein Wächter führte mich hinein. Die große Halle war menschenleer, das Kohlebecken erloschen, und unsere Schritte hallten von den Wänden wider, als hätte das Gebäude alle seine Bewohner ausgespien und wartete darauf, von irgendjemandem in Besitz genommen zu werden.

Ratwin empfing mich in einem Raum im oberen Stockwerk, der offenbar zu seinem persönlichen Wohnbereich gehörte. Die Wände waren mit Wollteppichen behängt, die einfallslose Rautenmuster zeigten. Im Kamin brannte ein großes Feuer, und durch zwei schmale Fenster blickte man über die Dächer der Stadt bis zur Mauer. Auf dem Tisch standen eine große Karaffe mit Wein und drei Kristallpokale.

Der Graf erwartete mich nicht allein: Ihm gegenüber an der Stirnseite des Tisches saß Erik und blickte mich mit seinen Kuhaugen an. Ich war erfreut, ihn wiederzusehen. Schon nach dem Verhör des gefangenen Dänen hatte ich es bedauert, keine Gelegenheit für ein ausgiebigeres Gespräch gehabt zu haben, bei dem ich etwas mehr über sein seltsames Volk hätte erfahren können.

Während wir tranken, erkundigte Ratwin sich, ob ich mit meiner Unterkunft zufrieden sei und womit ich meine Tage verbrächte. Offenbar wollte er sich vorsichtig herantasten, um doch noch etwas über meine Herkunft zu erfahren, ohne mich direkt darauf ansprechen zu müssen. Ich gab Auskunft. Als ich meine Lektüre erwähnte, fragte er mich ein bisschen über Vegetius aus, aber dessen Ratschläge waren für uns völlig unbrauchbar; es ging um Schlachtformationen, Flügelangriffe, Umgehungsbewegungen, Scheren, Keile und andere Manöver, die man mit römischen Legionen durchführen konnte, aber nicht mit einem Haufen von zweihundert zusammengewürfelten Männern.

Damit waren wir schon fast bei dem Thema angekommen, über das Ratwin eigentlich mit mir hatte reden wollen. Genauer gesagt, habe Erik ihn gebeten, mich hinzuzuziehen. Denn dieser trage sich mit einem Vorhaben, bei dem ein ausgewiesener Kenner der einschlägigen Literatur wie ich ihm sicherlich eine große Hilfe sein könne. Kurz und gut: Erik wolle eine Geschichte der Dänen nach dem Vorbild der Werke von Gregor von Tours über die Franken und Paulus Diaconus über die Langobarden schreiben.

Schau an, dachte ich, stille Wasser sind tief. Erik machte nicht unbedingt den Eindruck, für ein solches Unterfangen die nötigen Fähigkeiten mitzubringen. Doch als er das Wort ergriff und mir sein Vorhaben mit großem Eifer schilderte, konnte ich nicht umhin, ihm meinen Respekt zu zollen. Er hatte sein Werk sorgfältig geplant, und er wusste auch um das größte Problem, das er zu lösen haben würde: Die Dänen waren keine Christen, also konnte sein Buch auch nicht glaubhaft die Geschichte der Verwirklichung eines göttlichen Heilsplans erzählen. Sein Großvater, König Harald Klak, mochte tausendmal getauft sein, aber er war gescheitert, und seine Nachfolger brannten Klöster nieder und plünderten die Christenheit aus. Zudem trug Erik sich mit der wahnwitzigen Absicht, seinen Bericht mit der Erschaffung der Welt beginnen zu lassen, aber nicht etwa mit der biblischen Schöpfungsgeschichte, sondern mit deren heidnischer Version, nach der eine Reihe von Göttern aus Feuer, Eis und Nebel entstanden war und die Welt anschließend aus den Körperteilen eines erschlagenen Riesen und die ersten Menschen aus Baumstämmen erschaffen hatte, die am Ufer des Urmeeres angespült worden waren.

«Wie hießen die ersten Menschen denn?», hakte ich ein.

«Askr und Embla», sagte Erik.

Das klang zwar nicht völlig falsch, aber wie Erik von diesen Anfängen den Bogen zu den Königen der Dänen und ihren Taten schlagen wollte, war mir völlig schleierhaft, und es war ausgeschlossen, dass sich im ganzen Reich auch nur ein einziges Kloster finden würde, in dessen Bibliothek diese Geschichte aufgenommen werden würde. Dennoch rührte mich der Eifer, mit dem Erik ganz offensichtlich vor allem seine eigene Familiengeschichte ins rechte Licht rücken wollte.

Mehr als diese Familiengeschichte aber interessierte mich die merkwürdige Götterwelt der Dänen. Die Begeisterung, mit der Erik von ihr sprach, ließ mich an Ratwins Äußerung denken, die Götter seiner Vorfahren spukten Erik immer noch im Kopf herum. Während wir die Karaffe leerten, erfuhr ich also von den Asen – vom einäugigen Odin, der auf einem achtbeinigen Pferd namens Sleipnir durch die Gegend ritt, von seinem Sohn Thor, dessen Streitwagen von zwei Ziegenböcken gezogen wurde, und von Loki, der in Gestalt einer Kuh jahrelang unter der Erde gelebt, eine riesige Schlange und einen Wolf gezeugt und obendrein das besagte achtbeinige Pferd zur Welt gebracht hatte. Je länger Erik erzählte, desto bunter wurde es.

«Das kannst du nicht schreiben», sagte ich, als Erik eine Pause einlegte. «Das ist zu grotesk, das geht nicht.»

«Ach nein?», fragte er bockig. «Aber dass eine Frau aus der Rippe eines Mannes gemacht wird, das Meer sich teilt, Brot vom Himmel fällt, die Sonne stehen bleibt, Leute über das Wasser laufen und Tote auferstehen, das geht, ja?»

«Ja. Weil es die Wahrheit ist», sagte ich, nun selbst etwas

trotzig, zumal der Wein mir schon ein bisschen zu Kopf gestiegen war. Ratwin blickte interessiert zwischen uns hin und her.

«Sagt wer?», hakte Erik nach.

Die Bibel und die Kirchenväter, wollte ich erwidern, aber dann dachte ich an Homer und Ovid und beschloss, es gut sein zu lassen und stattdessen konstruktive Vorschläge zu machen.

«Warum müssen es Götter sein?», fragte ich. «Warum nicht Menschen, die in grauer Vorzeit nach Norden gezogen sind, Heldentaten vollbracht haben und später von den Nachgeborenen irrtümlicherweise zu Göttern erklärt wurden?»

«Und woher sollen die gekommen sein?»

Ich dachte kurz nach, und dann kam mir ein Gedanke. «Aus Troja», sagte ich. «Schreib, dass sie Trojaner waren. Die Asen kamen aus Asien. Passt doch.»

Erik lächelte und schwieg eine Weile. Er schien sich mit der Idee anzufreunden. Doch bevor wir sie weiter erörtern konnten, flog die Tür auf, und der Wächter, der mich herbegleitet hatte, platzte mit gehetztem Blick ins Zimmer.

«Sie kommen!», schrie er.

Wir sprangen auf. Ratwin warf einen kurzen Blick aus dem Fenster, dann wandte er sich an den Wächter, der zitternd im Türrahmen stand. Von draußen erklang ein Horn.

«Von wo?», fragte er.

«Von rheinabwärts.»

«Wie viele?»

«Wissen wir nicht. Bisher haben wir nur die Signale.»

Ich begriff. Auf der anderen Rheinseite lag ein steiler Felsen mit einer kleinen Befestigung, von der aus man erheblich weiter nach Norden blicken konnte als von der Stadt aus. Dort waren ein paar Männer postiert worden, die den Fluss im Blick zu behalten und Rauchzeichen zu geben hatten, sobald sich Schiffe zeigten.

Von einem Augenblick auf den anderen war Ratwin nicht mehr der zurückhaltende Beobachter eines Streitgesprächs über Götter und Helden, sondern der Befehlshaber, als der er vom verstorbenen König eingesetzt worden war. Ob die letzten noch vor der Stadt lagernden Soldaten hereingeholt worden seien? Ob die Männer in den Unterkünften informiert seien? Ob die Tore verriegelt und die Mauern besetzt seien? Ob die Wurfgeschosse bereitlägen? Und ob man verdammt nochmal vielleicht endlich die Glocken läuten könne?

Während der Wächter mit dem Antworten kaum nachkam, stürmten wir hinaus, über Treppen und Gänge und durch die große Halle ins Freie. Draußen herrschte helle Aufregung, die Nachricht war von Haus zu Haus geflogen, und aus allen Türen stürzten Bewaffnete ins Freie. Wir rannten zur nördlichen Mauer und stiegen über eine enge Treppe auf den Wehrgang.

Rechts von uns lag die Moselmündung, dahinter, auf der anderen Rheinseite, erhob sich der steile Felsen. Und tatsächlich waren dort Rauchsignale zu sehen.

Während wir auf die zum blauen Himmel aufsteigenden schwarzen Wolken starrten, sammelten sich immer mehr Männer auf dem Wehrgang. Mutmaßungen flogen hin und her. Kaum jemand schien glauben zu wollen, dass es nun wirklich ernst wurde.

«Halb so wild. Vielleicht ein verirrtes Schiff», sagte einer.

«Das sind keine Signale. Die verfeuern feuchtes Holz», vermutete ein anderer.

«Sie haben kein Bier mehr und wollen, dass wir Nachschub liefern», witzelte ein Dritter.

Doch dann erschien das erste Langschiff hinter der Flussbiegung.

Es war ein prachtvolles Schiff, schlank und lang gestreckt; wie eine schwimmende Schlange lag der Rumpf auf dem Wasser. Der Nordwind blähte das rot-weiß gestreifte Segel, auf dem Vordersteven saß ein hölzerner Tierkopf, und die Ruder, mindestens zwanzig Paare, gingen im Takt und trieben das Schiff mit erstaunlicher Geschwindigkeit gegen die Strömung voran. An der Bordwand steckte Schild neben Schild, schwarze, grüne und blaue Kreuze auf rotem und gelbem Grund, vierstrahlig, sechsstrahlig und sichelförmig, Flechtbandornamente, polierte Schildbuckel, die im Sonnenlicht glänzten. Wir hielten den Atem an. Über das Wasser drangen Kommandos zu uns herauf. Mehr als dieser Auftritt selbst beunruhigte mich die ungerührte Reibungslosigkeit, mit der er sich vollzog.

Dann kam das zweite Schiff in Sicht.

Dann das dritte. Dann das vierte.

Das fünfte. Das sechste.

Das siebte, achte, neunte und zehnte. Und es kamen immer mehr.

Die meisten Segel waren in verschiedenen Farben gestreift. Es war ein beeindruckendes Bild, eher majestätisch als bedrohlich, aber es war klar, was uns bevorstand. Die Dänen hatten eine beängstigend große Streitmacht zusammengebracht, und sie hatten nicht aus Unentschlossenheit so lange gezögert, sondern weil sie abgewartet hatten, bis uns die Leute davongelaufen waren. Auch später konnte ich immer wieder feststellen, dass wir sie unterschätzten: Sie waren nicht die blind drauflosstürmenden Barbaren, als die wir sie gern sehen wollten. Sie dachten strategisch.

Ratwin verlor keine Zeit. Er begann, seine Männer einzuteilen, und schrie Kommandos zu den benachbarten Türmen hinauf. Die Katapulte wurden gespannt. Bogenschützen zogen auf. Wurfspeere wurden verteilt. Vom Felsen auf der anderen Rheinseite stiegen unablässig Rauchzeichen auf, und in der Stadt begannen nun endlich die Glocken zu läuten.

Die ersten dänischen Schiffe hatten den Zusammenfluss erreicht und wendeten den Bug in Richtung der Moselmündung. Die Segel wurden mit flappenden Geräuschen eingeholt, die Ruder schlugen unbeirrt weiter. Mühelos bewältigten die Schiffe die veränderte Strömung und hielten nun direkt auf uns zu. Signalhörner ertönten. Ich sah in jedem Schiff rund ein Dutzend Männer mit Pelzen um die Schultern und Helmen auf den Köpfen hinter den Schilden an der Bordwand stehen und in unsere Richtung deuten. Die anderen ruderten. Ich überschlug die Ruderpaare und rechnete.

«Das sind achthundert Männer», sagte ich.

Ratwin blickte mich überrascht an.

«Anzahl der Ruderpaare pro Schiff mal zwei mal Anzahl der Schiffe plus zwölf mal Anzahl der Schiffe.»

Der Anflug eines Lächelns trat auf sein Gesicht. «Du bist gut. Halt dich in meiner Nähe.»

Auf der Höhe der zerstörten Brücke und damit genau gegenüber der Stadt und außerhalb der Reichweite unserer Bogenschützen drehten die ersten Schiffe bei und liefen mit vernehmbarem Knirschen am anderen Ufer auf Grund. Sofort sprangen die Männer ins Wasser, packten zu und zogen, bis zu den Oberschenkeln im Fluss watend, die Schiffe höher auf den Strand. Nach einer Viertelstunde lagen fünfzehn Rümpfe nebeneinander aufgereiht am Ufer. Der restliche Teil der Flotte, ein weiteres Dutzend zumeist kleinerer Schiffe, war an der Moselmündung vorbeigefahren und hatte ein Stück rheinaufwärts auf unserer Seite angelegt. Auch dort wimmelte es sofort von Männern. Noch einmal schätzte ich ihre Zahl und landete bei tausendzweihundert für beide Gruppen zusammen. Sie waren uns sechsfach überlegen. Und sie hatten uns in die Zange genommen.

Sofort begann eine aufgeregte Debatte darüber, was das zu bedeuten hatte und wie man darauf reagieren sollte. Auf dem engen Wehrgang hatte sich ein Auflauf um Ratwin gebildet; alle redeten auf ihn ein, bis er mit einem Handzeichen Ruhe gebot, sie auf ihre Positionen schickte und Erik und mir einen Wink gab, ihm zu folgen.

Wir stiegen auf den nächstgelegenen Turm, der die Nordostecke der Befestigung schützte und wie zwei andere mit einem Katapult ausgestattet war. Er war zwar nicht viel höher als die Mauer selbst, aber durch die Eckposition hatte man von hier aus den besten Blick auf beide Gruppen des Gegners: die fünfzehn Schiffe am Nordufer der Mosel, aus denen nun große Bündel ausgeladen und auf den Strand geworfen wurden, und die zwölf Schiffe am Westufer des Rheins, deren Mannschaften in Gruppen herumstanden, als hätten sie noch nicht entschieden, ob sie bleiben sollten oder nicht.

Ratwin stützte sich auf die Brüstung und blickte nachdenklich hin und her. Der Wächter aus der Pfalz kam die Treppe hochgerannt, brachte ihm seine Rüstung und sein Schwert und half ihm, das Kettenhemd überzustreifen.

Außer uns standen zwei weitere Männer auf dem Turm, die ich schon bei meinem ersten Zusammentreffen mit Ratwin in der großen Halle gesehen hatte, ein älterer und ein jüngerer. Wie mir jetzt auffiel, hatten beide eine gewisse Ähnlichkeit mit ihm, wahrscheinlich handelte es sich um seinen Vater und seinen Bruder. Sie redeten die ganze Zeit leise miteinander und blickten dann und wann zu uns herüber. Hatte einer von ihnen mich erkannt?

Während Ratwin den Schwertgurt festschnallte, blickte er fragend in die Runde. «Vorschläge?»

Der jüngere der beiden Männer zeigte zum Rheinufer, wo die Dänen begonnen hatten, irgendwelche unverständlichen Beleidigungen zu uns hinaufzubrüllen. Einige entblößten sich und zeigten uns ihre blanken Hinterteile.

«Die da sind nicht viel mehr als wir», sagte er. «Wir machen mit allen Männern einen Ausfall und treiben sie ins Wasser zurück. Aber wir müssen es sofort machen, bevor sie sich im Kastorstift verschanzen. Wir haben ein paar Reiter. Und die Katapulte.»

Seine wilde Entschlossenheit wirkte aufgesetzt. Mir dämmerte, warum er diesen riskanten Vorschlag überhaupt gemacht hatte: Er war der jüngere Bruder, hatte immer in der zweiten Reihe gestanden und wollte nun vor allem seinen Vater beeindrucken. Die Konstellation war mir vertraut, mit dem Unterschied, dass ich mir keine Mühe hatte geben müssen, um meinen älteren Bruder Radold zu übertrumpfen.

Vor fünfzehn Jahren hätte ich genau dasselbe vorgeschlagen. Vernünftig war es nicht, und zu diesem Schluss kam auch Ratwin. Er schüttelte den Kopf und seufzte.

«Ortwin, das ist genau das, was sie wollen. Sie locken uns

raus und verwickeln uns in ein Gefecht. Die anderen setzen hinter unserem Rücken über und schneiden uns von der Stadt ab. Und auch wenn sie das nicht tun, haben wir nichts gewonnen. Selbst wenn sie dabei doppelt so viele Männer verlieren wie wir, steigt ihre Übermacht weiter an.»

«Wieso das denn?», fragte Ortwin ungehalten.

Wieder seufzte Ratwin. «Sie haben tausendzweihundert, wir zweihundert. Macht sechs zu eins. Wir töten zweihundert von ihnen und verlieren dabei hundert. Richtig?»

«Ja. Und? Ist doch gut.»

«Eben nicht. Ihnen bleiben tausend Männer, uns hundert. Zehn zu eins. Kapiert?»

«Dämliche Zahlenspielerei.»

«Nennt sich Arithmetik. Hast du dich halt nie mit beschäftigt.»

Ortwin trat gegen das Katapult. Ich verstand seine Wut: Er war vorgeführt worden und stand jetzt nicht nur vor ihrem Vater, sondern auch vor zwei Fremden wie ein dummer Junge da.

«Und von den Katapulten können wir nur eins einsetzen», fuhr Ratwin ungnädig fort. «Die anderen beiden haben keine Sicht auf das Rheinufer.»

Das stimmte. Alle drei Katapulte waren auf Türmen an der Nordflanke der Mauer aufgebaut, also zum Moselufer hin. Nur das, gegen das Ortwin gerade getreten hatte, konnte beide Flüsse beschießen, aber zur Unterstützung eines Ausfalls taugte es nicht, denn sobald unten das Getümmel begonnen hätte, würde man unweigerlich auch die eigenen Leute treffen.

«Wir könnten versuchen, ihre Schiffe in Brand zu schießen», sagte der Alte jetzt.

«Das werden wir auch», sagte Ratwin. «Ich fürchte nur, sie werden sie nicht dort liegen lassen, sondern ein Stück weiter flussaufwärts außerhalb unserer Reichweite bringen.»

«Warum haben sie das nicht gleich getan?», fragte Ortwin, der wohl gemerkt hatte, dass er sich mit unausgegorenen Ideen hier nicht profilieren konnte.

«Ja, warum nicht?», gab Ratwin die Frage zurück.

«Um uns zu zeigen, dass sie vor unserer Nase anlegen können, ohne dass wir in der Lage sind, es zu verhindern», antwortete Erik. «Sie könnten auch ganz außer Sichtweite rudern, aussteigen und uns überraschend von der Landseite her angreifen. Dann nützen die Katapulte uns gar nichts.»

Ratwin blickte wieder zu den Schiffen und dachte nach.

«Und Verschonung gegen Geld?», fragte er schließlich. «Ist es denkbar, dass sie uns das anbieten werden?»

Erik wiegte den Kopf. «Kommt darauf an, wie sie unsere Stärke einschätzen. Sie wissen, dass die Stadt gut gesichert ist, aber sie wissen auch, dass wir kaum Männer auf die Mauern bringen können. Sie werden sich überlegen, was ein Angriff sie kosten wird. Warten wir ab, ob sie jemanden zum Verhandeln schicken.»

Bei diesen Worten musste ich wieder an Jarl Ivar denken. Wenn er einer der Anführer des dänischen Heeres war, würde er bei den Verhandlungen natürlich dabei sein. Ich ließ meinen Blick über die Schiffe am Moselufer wandern. Immer noch wurde ausgeladen, aber nirgendwo sah es danach aus, als würden Gefangene an Land gebracht. Was, wenn Ivar gar nicht mehr dabei war?

Abwarten war nicht das, was Ortwin hören wollte, und es war deutlich zu spüren, dass selbst der besonnene Ratwin lieber die Initiative ergriffen hätte, als sie dem Gegner zu überlassen. Den Vorschlag seines Vaters, die Schiffe sofort mit Feuertöpfen zu beschießen, wies er zurück. Es sei besser abzuwarten, bis sie wieder bemannt seien, um gleich noch ein paar Dänen mitzuschicken nach Walhallo.

«Walhalla», korrigierte Erik.

Sie debattierten noch eine Weile weiter, dann brach Ratwin zu einer Kontrollrunde auf, und die anderen folgten ihm. Ich blieb auf dem Turm und sah ihm hinterher. Zügig schritt er den Wehrgang entlang, gab hier eine Anweisung, prüfte dort eine Waffe und klopfte den Leuten ermutigend auf die Schulter.

Die größere Gruppe der Dänen, die am Moselufer gelandet war, hatte inzwischen alles ausgeladen und begann, das Gepäck in den Wald zu schleppen, der die sanft zum Fluss hin abfallenden Hänge bedeckte. Wahrscheinlich errichteten sie dort ihr Zeltlager. Etwa ein Drittel der Männer blieb bei den Schiffen zurück. Mehrere Feuer wurden am Strand entzündet.

Die kleinere Gruppe am Rheinufer ließ ebenfalls eine Schiffswache zurück und setzte sich dann in Richtung auf das Kastorstift in Bewegung. Natürlich musste ihnen klar sein, dass sie dort keine Schätze mehr finden würden, aber da die Gebäude vollständig intakt waren, stellte die Anlage eine komfortablere und auch sicherere Unterkunft dar als ein Zeltlager am Strand, und bei einem Ausfall aus der Stadt würde sie sich gut verteidigen lassen. Offenbar befürchteten die Dänen, dass wir dort Männer zurückgelassen haben könnten, denn sie bewegten sich vorsichtig und sicherten nach allen Seiten. Dann kletterten die ersten über die Mauern, und ein paar Augenblicke später wurde das Tor geöffnet. Eine nach dem anderen verschwanden die Gestalten in den Gebäuden, und bald darauf schallte Poltern und Krachen herüber. Wahrscheinlich zerschlugen sie das Mobiliar, um es zu Brennholz zu machen.

«Ach, hier bist du», sagte eine vertraute Stimme hinter mir. Es war Gauzbert. Er trug das erbeutete Kettenhemd und den Helm und hatte Köcher und Bogen auf den Rücken geschnallt. Und er grinste, als könnte er es nicht erwarten, die Waffe endlich wieder zum Einsatz zu bringen.

Eine Weile standen wir nebeneinander und betrachteten die Schiffe und die am Ufer lagernden Dänen.

«Man könnte sich vielleicht an sie heranschleichen», sagte er plötzlich.

Zuerst dachte ich, er wollte mich nur ein bisschen reizen. Aber er schien es ernst zu meinen.

«Dieser Erik, was ist das für einer?», fragte Gauzbert. «Traut er sich was?»

Ich ahnte, worauf er hinauswollte. «Ich glaube nicht», antwortete ich. «Wenn du mich fragst, hat er noch nie ein Schwert in der Hand gehabt. Er will ein Buch schreiben.»

Gauzbert verdrehte die Augen. «Was für ein Buch denn? Nein, sag's mir lieber nicht. Gibt's nicht schon genug Bücher?»

Ich ignorierte seine Bemerkung. «Was schlägst du vor?»

Er schaute mich an, als läge das ja wohl auf der Hand. «Er könnte zu einem der Feuer gehen und fragen, ob sie mal zusammenrücken. Er setzt sich dazu, plaudert ein bisschen und horcht sie aus. Wer sind ihre Anführer? Sind noch mehr von ihnen auf dem Weg? Wollen sie verhandeln, stürmen oder belagern? Solche Sachen.»

«Das traut er sich nicht.»

«Vielleicht unterschätzt du ihn.» Er überlegte noch kurz,

dann machte er eine wegwerfende Handbewegung. «Lass uns ein Bier trinken gehen. Vielleicht wirft Emma sich mir im Angesicht der Gefahr in die Arme.»

Seine Hoffnung erfüllte sich nicht. Die Schenke war geschlossen. Wie wir von einem vorübereilenden Handwerker erfuhren, hatte Ratwin jeden Ausschank verboten, damit im Fall eines plötzlichen Angriffs der Dänen nicht die Hälfte der Männer ausfiel, weil sie ihren Rausch ausschliefen.

«Ich gehe zu den Dänen», maulte Gauzbert. «Die sitzen gemütlich an ihren Feuern und saufen.»

Er warf ein paar Steine an die Fensterläden über der Schenke, aber Emma zeigte sich nicht. Überhaupt war kaum jemand auf der Straße anzutreffen. Die Bewohner hatten sich in ihren Häusern eingeschlossen, die Soldaten standen auf den Mauern und Türmen oder ruhten sich für die Nachtwache aus.

Den Rest des Tages verbrachten wir mit Vorbereitungen. Ich schliff mein Schwert und Gauzbert seine Pfeilspitzen, dann packten wir Brot und Trockenobst als Proviant in einen Beutel, falls man uns zur Wache auf die Mauer schicken würde. Tatsächlich traf kurz nach Einbruch der Dämmerung ein Bote von Ratwin ein und verkündete, dass man Gauzbert ab Mitternacht für die Wache auf dem Nordostturm eingeteilt hatte und dass ich ihn dort vier Stunden später ablösen sollte. Also rollten wir uns in unsere Pelze und legten uns hin. Ich weiß nicht, wie lange ich wach lag und meine Gedanken wälzte. War Ivar tatsächlich irgendwo dort unten am Ufer? War Judith tatsächlich bei ihm?

Irgendwann schlief ich ein.

Ich träumte von Emma. Sie beugte sich über mich, die Lederschnüre am Ausschnitt ihres Kleides waren ganz gelöst und gaben den Blick auf ihre Brüste frei. Ihre roten Haare fielen auf mein Gesicht und kitzelten mich an der Nase. In den zwölf Jahren, die ich in Prüm verbracht hatte, waren mir derartige Freuden nur selten zuteilgeworden, dennoch wusste ich, was zu tun war. Mit der rechten Hand umfasste ich sanft ihren Nacken und zog ihr Gesicht zu mir herunter.

Sie hatte einen Stoppelbart.

«Spinnst du?», fragte die Stimme von Gauzbert. «Wir sind hier nicht im Kloster!»

«Oh nein», murmelte ich.

«Oh doch. Du bist dran.»

Kurz darauf stand ich in der Kälte auf dem Nordostturm. In einer Mauernische steckte eine brennende Fackel, mit der ich den anderen Wachen Signale geben konnte. Ihr Licht reichte gerade aus, um bis zum Boden an der Außenmauer herunterzublicken. Falls sich jemand anschlich, würde er zumindest nicht unbemerkt bis auf die Mauerkrone klettern können.

Die Flussufer dagegen lagen in völliger Dunkelheit da. Die Feuer bei den Schiffen waren heruntergebrannt, nur ab und zu wurde ein Scheit nachgelegt, um sie nicht ganz erlöschen zu lassen. Vereinzelt waren noch Stimmen zu hören, aber es war nicht genau auszumachen, woher sie kamen.

So verging Stunde um Stunde mit zermürbendem Warten. Das leise Plätschern des Wassers erinnerte mich an das von Alkuin überlieferte Rätsel von dem Bauern, der einen Wolf, eine Ziege und einen Kohlkopf über einen Fluss bringen muss, und so vertrieb ich mir die Zeit damit, mir ähnliche Rätsel auszudenken. Zwischendurch machte ich Klimmzüge am Wurfarm des Katapults, um mich aufzuwärmen.

Irgendwann setzte die Dämmerung ein. Der Himmel war

wolkenlos wie am Vortag. In der Stadt hörte man die ersten Läden klappen, irgendwo krähte ein Hahn, dann begann eine Glocke zur Frühmesse zu läuten.

Ich blickte zum Rheinufer, wo sich mit dem anbrechenden Tageslicht das Lager der Wachmannschaften für die Schiffe langsam aus der Dunkelheit schälte. Dutzende von Körpern lagen in ihre Pelze eingerollt wie Raupen um die Feuer herum, dazwischen standen Wachen auf die Speere gestützt da oder gingen auf und ab. Beim Kastorstift war noch alles ruhig.

Doch eine Kleinigkeit war anders als gestern.

Ich begriff es nicht gleich, es war eher eine Ahnung, eine Abweichung von dem Bild der am Strand liegenden Schiffe, das ich vom Vortag noch im Kopf hatte. Erst als ich die Rümpfe durchzählte, begriff ich.

Es waren dreizehn. Gestern waren es noch zwölf gewesen.

Ich versuchte herauszufinden, welches Schiff dazugekommen war, und starrte zum Ufer herüber, bis mir die Augen brannten. Es war inzwischen fast taghell, aber die Sonne stand noch hinter dem Felsen mit der kleinen Festung, sodass sie mich nicht blendete.

Andernfalls hätte ich wohl auch nicht erkannt, was das für ein Ding war, das da auf dem Vordersteven des Schiffes ganz links steckte.

Die meisten dänischen Schiffe sind mit Tierköpfen geschmückt, allerdings nur, wenn sie sich im Krieg oder auf Kaperfahrt befinden. Sie wollen damit die Schutzgeister ihrer Gegner vertreiben. In der Tat hatte ich aus Holz geschnitzte und bunt bemalte Köpfe von Drachen, Wölfen, Schlangen und ein paar anderen nicht bestimmbaren Tieren gesehen, als die Schiffe am Vortag an uns vorbeigefahren waren.

Doch das dreizehnte Schiff dort drüben trug keinen geschnitzten und bemalten Kopf. Was da bleich im Morgenlicht leuchtete, war ein riesiger unförmiger Schädel. Und aus diesem Schädel – wegen der großen Entfernung musste ich lange hinstarren und immer wieder blinzeln, bis ich mir sicher war, dass meine Augen mir keinen Streich spielten – ragten wie Speere zwei Stangen. Ich hätte nicht zum Strand hinunterlaufen müssen, um sicher zu sein, dass sie schraubenförmig gedreht waren. Es war der Schädel von Abul Abbas, der vor über achtzig Jahren von Bagdad nach Aachen gewandert war und jetzt das Schiff von Jarl Ivar schmückte. Der Schädel, den Ivar in Aachen mit zwei schraubenförmig gedrehten Stoßzähnen hatte vervollständigen lassen.

Jarl Ivar. Der Entführer meiner Schwester war in Koblenz angekommen.

11

Ich konnte nicht aufhören, das Schiff anzustarren, während es um mich herum langsam Tag wurde. Sie mussten irgendwann in der Nacht unbemerkt angelegt haben. Sofort stiegen wieder Befürchtungen in mir auf: Warum war Ivar nicht schon am Vortag mit der Flotte gekommen? Hatte er unterwegs haltgemacht und meine Schwester an irgendeinen Sklavenhändler verkauft oder anderswo untergebracht, damit sie ihm beim Angriff auf Koblenz nicht im Weg war oder die Unordnung zur Flucht nutzte?

Während die Farbe des Himmels über dem Felsen am gegenüberliegenden Rheinufer von einem kräftigen Orange in ein milchiges Blau überging, kam Leben in die Raupen, die um die heruntergebrannten Feuer lagen. Sie rappelten sich auf und streckten sich, kramten in den Schiffen herum oder warfen neues Holz auf die Glut. Einige gingen zum Fluss, um sich die Gesichter zu waschen, und ein paar besonders Hartgesottene zogen sich aus und sprangen ins Wasser. Das Geschrei war bis auf den Turm zu hören.

Auch im Kastorstift regte sich etwas. Die Schornsteine begannen zu rauchen, und hinter den Mauern bewegten sich Gestalten. Ivar musste dort sein, es war sein Schiff, und es gab keinen anderen Unterschlupf am Ufer. Und wenn er sich dort eingenistet hatte, war Judith auch irgendwo in diesem

Gemäuer verborgen. Der Gedanke machte mich fast wahnsinnig. Verbissen grübelte ich darüber nach, ob es nicht irgendeine Möglichkeit gäbe, in das Gebäude zu gelangen, um mir Gewissheit zu verschaffen oder Judith vielleicht sogar irgendwie herauszuholen.

Am nördlichen Rheinufer blieb es ruhig. Auch dort wurden die Feuer wieder angefacht, auch dort wuschen sich die Schiffswachen, aber der größte Teil des Heeres – die Männer, die am Vortag das Gepäck entladen hatten und im Wald verschwunden waren – blieb unsichtbar.

Hinter mir erwachte nun auch die Stadt. Das grauschwarze Meer der Dächer war kreuz und quer von engen und gewundenen Straßen und Gassen durchzogen, als hätte ein betrunkener Bauer dort ein Netz aus Ackerfurchen angelegt. Der große Komplex aus Pfalz und Kirche ragte wie ein Fremdkörper daraus hervor. Auch dort begannen die Schornsteine zu rauchen. Türen klappten, Stimmen wehten herauf, und irgendwann begann eine Glocke zu läuten.

Als die Sonne endlich über dem Rand des Bergkamms erschien, kam meine Ablösung. Es war der Riese, der Gauzbert und mich zu Sigibert geführt hatte. Auch an diesem Morgen verlor er nicht viele Worte, und als ich ihm die Ankunft des dreizehnten Schiffes mitteilte, zuckte er nur mit den Schultern und knurrte: «Eins mehr oder weniger, was ändert das schon?»

Ich machte, dass ich vom Turm kam, und eilte zur Pfalz.

In der Halle brannte ein großes Feuer. Ratwin saß am Tisch auf dem Stuhl mit den Löwenköpfen, neben ihm standen sein Bruder und sein Vater. Alle drei trugen Kettenhemden und hatten die Schwerter umgeschnallt. Wieder fiel mir die Ähnlichkeit zwischen ihnen auf. Der Vater mochte um die sechzig Jahre alt sein, hielt sich aber kerzengerade. Er war breitschultrig, seine Bewegungen waren geschmeidig wie die eines jungen Mannes und verrieten beständige körperliche Übung. Sein Bart war vollständig ergraut, die Haare dagegen voll und schwarz, als hätte er sie gefärbt, um jünger zu wirken; nur die Falten um den Mund ließen sein wahres Alter erahnen.

Und noch jemand stand bei ihnen am Tisch: der dicke Sigibert.

Als ich eintrat, blickten alle auf: Sigibert erfreut, Ortwin misstrauisch, der Vater abwartend und Ratwin mit zurückhaltendem Wohlwollen. Offensichtlich wollte er seine Sympathie für mich nicht allzu deutlich zeigen, um Ortwin nicht gleich gegen mich aufzubringen, denn wenn dieser mich als Ratwins Verbündeten betrachtete, würde er meine Anwesenheit bei ihren Beratungen schon aus Opposition gegen seinen älteren Bruder zu unterbinden versuchen.

«Gibt's was Neues?», fragte Ratwin statt einer Begrüßung.

Ich berichtete von der Ankunft von Ivars Schiff, erwähnte Judith aber mit keinem Wort. Falls sie meine Meinung zum weiteren Vorgehen hören wollten, sollte es auf keinen Fall so klingen, als verfolgte ich meine eigenen Interessen.

Ratwins Vater ergriff das Wort. «Und dieser Jarl Ivar ist der Anführer dieser Gruppe?», fragte er.

«Ja», antwortete ich. «Jedenfalls wurde mir das in Aachen berichtet.»

«Die können ihm da alles Mögliche erzählt haben», knurrte Ortwin.

«Und wo kommt die andere Gruppe her?», fragte der Alte unbeirrt weiter. «Die an der Mosel?»

«Das weiß ich nicht», antwortete ich. «Aber auf keinen Fall aus Aachen, dafür sind es viel zu viele. Wahrscheinlich haben die beiden Gruppen sich nur zusammengeschlossen, um Koblenz anzugreifen. Das sind über tausend Männer, und wenn sie länger zusammenbleiben, bekommen sie zu dieser Jahreszeit schnell Versorgungsschwierigkeiten.»

«Was bedeutet, dass sie uns schnell angreifen werden», sagte Ratwin. «Uns zu belagern, wäre aussichtslos. Wir haben hier Vorräte für Wochen.» Sein Blick fiel auf den Bauch des Priors, und ein Grinsen trat auf sein Gesicht. «Für Monate, wenn wir Sigibert rauswerfen.»

«In die Hölle kommt ihr, wenn ihr mich rauswerft», protestierte Sigibert. «Nicht für Wochen, nicht für Monate, sondern für die Ewigkeit.»

Ratwins Finger trommelten ungeduldig auf den Armlehnen. «Wir müssen uns also darauf einstellen, dass sie in den nächsten Tagen versuchen werden, die Stadt zu stürmen. Wie stehen die Aussichten, dass ihnen das gelingt?»

«Kommt darauf an, wie gut sie sich vorbereiten», antwortete sein Vater. «Warum sind wohl so viele von ihnen im Wald verschwunden? Die fällen Bäume für Rammböcke und Leitern.»

Sie spekulierten eine Weile hin und her. Ortwin, der dafür gesorgt hatte, dass alle vier Stadttore von innen mit Wagenladungen voller Steine verbarrikadiert worden waren, schwor, dass kein Rammbock dieser Welt die Tore aufsprengen werde. Ratwin gab zu bedenken, dass die Dänen die Tore ohnehin nur angreifen würden, um vom Sturm auf die Mauern abzulenken. Seine größte Sorge war die Überzahl der Gegner. Wenn sie tatsächlich Hunderte von Leitern gleichzeitig anlegten, würde man kaum verhindern können, dass einige von ihnen es auf die Mauern schafften und einzelne Abschnitte des Wehrgangs freikämpften, sodass andere in ihrem Rücken ungehindert hinaufklettern konnten. Insgesamt schätzte er unsere Chancen wesentlich schlechter ein als sein Bruder, dessen Beurteilung der Lage mehr von seiner wilden Entschlossenheit bestimmt wurde als von nüchterner Abwägung. Die Katapulte und Bogenschützen würden dafür sorgen, dass die Hälfte der Dänen es gar nicht bis an die Mauer schaffte, meinte er. Die Anzahl der Bogenschützen sei zu gering, und die Katapulte schössen zu weit, konterte Ratwin.

«Wir sollten die Katapulte bereit machen und die Flotte am Moselufer beschießen, anstatt zu warten, bis sie angreifen», schlug er schließlich vor.

«Warum bringen wir sie nicht auf die Ostseite und beschießen das Kastorstift?», fragte Ortwin maliziös.

«Weil Gott das nicht wollen würde», sagte Sigibert entsetzt.

«Weil es nichts bringen würde», meldete ich mich zu Wort. «Sie würden sich nach den ersten paar Schüssen in Sicherheit bringen und von den Schiffen aus zuschauen, wie wir unsere eigene Kirche in Trümmer legen. Von einem Angriff wird es sie nicht abhalten.»

«Und darum werden wir es auch nicht tun. Die Katapulte bleiben auf der Nordseite», bestimmte Ratwin. «Wenn sie abgezogen sind, können wir damit immerhin die Mosel sperren.»

«Wir hätten sie schon gestern beschießen sollen, als sie noch beim Ausladen waren», brummte Ortwin.

«Und warum hast du das nicht schon gestern vorgeschlagen?», fragte Ratwin spitz.

Ortwin erging sich noch eine Weile in Besserwisserei, dann wurde es Ratwin zu bunt, und er schlug mit beiden Fäusten auf die Tischplatte. «Genug geredet, wir machen die Katapulte bereit.»

Keine Viertelstunde später hatte sich fast die gesamte Streitmacht der Verteidiger auf der Nordmauer eingefunden. Die Dänen bemerkten unsere Anwesenheit, konnten sich aber noch keinen Reim darauf machen. Sie standen in Gruppen herum und beobachteten uns.

Ich war Ratwin auf den Turm an der Nordostecke gefolgt, auf dem ich meine Nachtwache verbracht hatte; sein Bruder und sein Vater hatten das Kommando auf den anderen mit Katapulten bestückten Türmen übernommen. Sigibert war unten in der Stadt geblieben, entweder war die Aufregung zu viel für sein verfettetes Herz, oder er hatte Angst, beim Aufstieg schlappzumachen und den Wehrgang zu blockieren.

Weiter unten entdeckte ich Gauzbert zwischen anderen Männern. Er hatte seinen Bogen geschultert und trug einen Schild auf dem Rücken. Alle blickten nach Norden. Die Anspannung war mit Händen zu greifen.

Mehrere Männer mit Tragmulden hasteten heran, in denen Feuertöpfe ruhten: mit Öl gefüllte Tongefäße, deren Öffnungen mit Pech verschlossen und die mit ölgetränkten Lappen umwickelt waren. Vor dem Abfeuern würden die Lappen entzündet werden; beim Auftreffen würden die Töpfe bersten und das brennende Öl würde in alle Richtungen spritzen. Wenn es gelang, ein solches Geschoss in einen Schiffsrumpf zu feuern, würde der Brand sich kaum löschen lassen.

Einen Augenblick lang war es ganz still. Dann erscholl plötzlich Geschrei vom nördlichen Moselufer. Die Dänen hatten begriffen, was wir vorhatten. Einige von ihnen rannten zu den Schiffen, andere in den Wald. Ein Horn ertönte.

Der erste Feuertopf wurde entzündet und das gespannte Katapult beladen. Auch auf den anderen beiden Türmen loderten Flammen auf.

«Jetzt!», schrie Ratwin. Einer der Männer, die die Feuertöpfe herangeschleppt hatten, riss am Hebel und löste das Katapult aus. Der Wurfarm schoss hoch, krachte gegen den Sperrbalken und das brennende Geschoss ging mit einem Zischen auf die Reise.

Einen kurzen Augenblick lang hielten wir den Atem an. Der Feuertopf erreichte den Scheitelpunkt seiner Bahn genau über der Mitte des Flusses. Zu weit.

«Kürzer!», schrie Ratwin. Zwei Männer begannen, hektisch an einer Winde zu drehen. Der Feuertopf flog über den Strand und schlug knapp hinter dem Waldrand zwischen den Bäumen ein. Kurz darauf quoll Rauch aus den Wipfeln. Ein Aufstöhnen ging wie eine Welle durch die auf der Mauer versammelten Männer.

Im nächsten Moment wurden die anderen beiden Katapulte ausgelöst. Sie waren besser eingestellt, ein Geschoss zerbarst am Strand und setzte eine Fläche von gut zehn Schritten Durchmesser in Brand, das andere klatschte zwischen zwei Schiffen ins Wasser und erlosch.

Während die Katapulte mit großen Winden wieder gespannt wurden, hatten die Dänen schon ihre Verwirrung überwunden und machten sich daran, ihre Schiffe zu retten. Unsere Hoffnung, der Beschuss würde sie aus dem Konzept bringen, im besten Fall sogar in die Flucht schlagen, erfüllte sich nicht. Ich musste an Gauzberts Auftritt als lebender

Leichnam in der Dorfkirche denken. Ein Wiedergänger aus dem Totenreich konnte eine ganze Bande von ihnen vertreiben, aber dass sie ihre Schiffe im Stich ließen, nur weil es Feuer vom Himmel regnete, das war offensichtlich undenkbar. Ein paar Anführer brüllten Kommandos. Wieder erschallte von irgendwoher ein Horn. Männer liefen zu den Schiffen und stemmten sich gegen die Bordwände, allerdings hatten sie Mühe, die schweren Rümpfe auf dem steinigen Strand in Bewegung zu setzen: Sie waren schlicht und einfach zu wenige.

Die zweite Salve flog los, diesmal fast gleichzeitig von allen drei Türmen. Die Feuertöpfe landeten auf dem Strand, platzten und setzten ihre brennende Ladung frei.

«Noch kürzer!», brüllte Ratwin. Wieder wurde hinter uns gedreht, gezerrt und gestemmt.

Aus dem Wald am gegenüberliegenden Ufer kamen nun weitere Dänen angerannt. Knirschend ruckte das erste Schiff an.

Wieder krachten die Wurfarme gegen die Balken. Wieder flogen drei Brandsätze über die Mosel. Die Entfernung war inzwischen richtig eingestellt, es war reines Pech, dass auch diesmal keiner traf: Einer ging ins Wasser, die beiden anderen landeten kurz vor dem Flussufer auf dem Strand und bildeten weitere brennende Inseln.

Obwohl auch die vierte Salve keins der Schiffe in Brand setzte, gerieten die Dänen zusehends in Panik, denn immer noch bewegten die Rümpfe sich kaum von der Stelle. Weitere Männer kamen aus dem Wald gerannt, wussten aber zunächst nicht, wohin sie sich wenden sollten, sodass sich an einigen Schiffen zu viele von ihnen drängelten und an anderen zu wenige. Die Anführer scheuchten sie herum, und bis sie einigermaßen begriffen hatten, wo ihre Plätze waren, ging unsere fünfte Salve auf sie nieder.

Diesmal war ein Volltreffer dabei. Der Jubel auf der Mauer war unbeschreiblich.

Ich ballte die Fäuste, als das Geschoss in das Schiff ganz außen rechts einschlug und es sofort in Brand setzte. Die Männer, die sich gegen die Bordwand gestemmt hatten, stoben auseinander, einige schnappten sich Decken und Felle und versuchten, die Flammen zu ersticken, aber es war aussichtslos, also gaben sie es auf und hasteten zu den anderen Schiffen, um dort mit anzupacken. Rhythmische Kommandos ertönten, und nun ruckten alle Schiffe im Takt der Rufe auf das Wasser zu.

Die drei Feuertöpfe der sechsten Salve landeten wieder auf den Steinen. Sie richteten zwar keinen Schaden an, aber inzwischen stand der halbe Strand in Flammen. Der Rauch war so dicht, dass man kaum mehr den Waldrand sah, allerdings kamen auch kaum noch neue Männer an. Offenbar war der größte Teil der Gruppe auf Nahrungssuche ausgeschwärmt, trieb sich irgendwo in den Wäldern oder in verlassenen Dörfern herum und bekam nichts von dem mit, was hier geschah.

Die ersten Schiffe waren inzwischen so weit vorgeschoben worden, dass sie Wasser unter den Kiel bekamen und sich mit der Strömung zu drehen begannen, wodurch sie leichter zu bewegen waren, uns allerdings auch eine größere Angriffsfläche boten. Ein Schuss der siebten Salve krachte von außen gegen eine Bordwand, doch der größte Teil des Öls landete im Wasser, wo sich eine Insel aus schwimmendem Feuer bildete.

Als die achte Salve über den Fluss ging, hatten alle vierzehn verbliebenen Schiffe es aufs Wasser geschafft, allerdings behinderten sie sich gegenseitig, standen kreuz und quer voreinander oder Flanke an Flanke, sodass sie kaum manövriert werden konnten. Die Männer an Bord stakten, so gut es ging, mit den Rudern, um die Schiffe in die Strömung zu bringen, doch so nah am Ufer zog der Fluss nur träge dahin, sodass sie noch drei weitere Salven über sich ergehen lassen mussten, wobei zwei weitere Schiffe in Brand gerieten. Unter großem Gebrüll sprangen lichterloh brennende Gestalten ins Wasser; eins der beiden getroffenen Schiffe blieb auf einer Kiesbank liegen, das zweite trieb führerlos zwischen den anderen dahin.

Auf der Mauer hörten die Männer nicht mehr auf zu schreien, sie schwangen Schwerter, Speere, Äxte und Bögen und grölten den fliehenden Dänen in Sprechchören wüste Beleidigungen hinterher.

Die letzte Salve, eher ein triumphaler Abschiedsgruß als ein ernst gemeinter Versuch, weiteren Schaden anzurichten, ging hinter dem letzten Schiff ins Wasser. Bald hatte die kleine Flotte sich halbwegs geordnet, Ruder begannen zu schlagen, und zwölf Schiffe glitten lautlos und gedemütigt über die Moselmündung in den Rhein, wo sie bald hinter der Landzunge im Norden verschwanden. Das zweite brennende Schiff blieb ebenfalls auf einer Kiesbank hängen, sodass nur drei riesige Fackeln am Moselufer zurückblieben.

Die Männer, die das Katapult bedient hatten, stiegen auf den Wehrgang hinunter, wo sie mit Jubel und Schulterklopfen empfangen wurden. Ratwin und ich blieben allein auf dem Turm zurück.

Ratwin blickte mich an, doch sein Gesichtsausdruck war eher besorgt als befriedigt.

«Sie feiern es wie einen Sieg», sagte er. «Aber es ist keiner. Die Dänen haben kaum einen Mann verloren. Den Verlust der drei Schiffe können sie verschmerzen. Und sie werden begierig darauf sein, es uns heimzuzahlen.»

Ich zeigte auf die feiernden Männer auf der Mauer. «Es war trotzdem richtig. Schau sie dir an. Sie haben gesehen, wie die Dänen vor ihnen Reißaus genommen haben. Das wird sie anspornen, wenn es ernst wird.»

Ich blickte zum Kastorstift herüber. Ivars Leute, die kurz zuvor noch am Strand und hinter den Mauern der Anlage herumgesessen hatten, waren während der Beschießung auf die Landspitze an der Moselmündung gerannt und ballten sich dort zu einer Traube zusammen. Wieder dachte ich an Judith. Sie saß dort irgendwo. Ich spürte es. Oder war es nur der Wunsch?

Ratwin folgte meinem Blick. Ich wusste genau, was er dachte. Ivars Männer waren von den anderen abgeschnitten, und ihre Moral musste angeschlagen sein. Wenn wir jetzt sofort mit allen unseren Leuten aus der Stadt stürmen und sie angreifen würden, dann würden wir zumindest die Überraschung auf unserer Seite haben. Vor allem aber könnte uns niemand in den Rücken fallen. Es war verlockend.

«Und?», fragte Ratwin.

«Zu riskant», sagte ich.

Er nickte widerwillig. Sobald wir ein Tor öffneten, würden sie ins Kastorstift zurücklaufen, hinter der Mauer in Deckung gehen und uns aus den Fenstern beschießen. Das Stift war wie eine kleine Festung, und sie waren immer noch in der Überzahl. Wenn die anderen zurückkehrten, würden sie genauso stark sein wie vorher. Und sie würden zurückkehren, wütend wie ein Wespenschwarm. Wir dagegen konnten es uns nicht leisten, auch nur einen einzigen Mann zu verlieren.

«Gut, dass mein Bruder das nicht gehört hat.»

«Gut, dass dein Bruder hier nicht das Sagen hat.»

Ratwin lachte leise. Meine Bemerkung musste anmaßend geklungen haben, wie eine Einmischung in seine Angelegenheiten, und dass Ratwin sie mir trotzdem nicht übel nahm, zeigte, dass er mich als ebenbürtig betrachtete und Wert auf mein Urteil legte.

«Hast du auch einen Bruder?» Wieder ein Versuch, auf unverfängliche Weise dahinterzukommen, mit wem er es zu tun hatte.

«Ja», sagte ich. «Aber bei uns war ich der Heißsporn.»

Wieder lachte er leise. «Also bist du der Jüngere?»

«Ja.»

«Und dein Vater?»

«Mein Vater ist ein Idiot.»

Es war eine Einladung für weitere Nachfragen, aber er fasste das Rätselraten wohl als eine Art Spiel zwischen uns auf, das bei Gelegenheit weitergespielt würde. Ich mochte ihn.

«Was glaubst du, wie lange es dauern wird, bis die anderen zurückkommen?», fragte er.

«Nicht sehr lange», sagte ich. «Sie brauchen Proviant, und im Norden werden sie keinen finden. Andernach war die letzte Stadt, in der vielleicht noch etwas zu holen war. Die Landbevölkerung ist geflohen und hat alle Vorräte mitgenommen. Ich glaube, sie werden die versprengten Gruppen einsammeln, und in ein paar Tagen sind sie wieder hier. In die Mosel werden sie nicht noch einmal einfahren, zumal sie den Katapulten noch länger ausgesetzt sind, wenn sie gegen die Strömung rudern müssen. Sie werden also weiter südlich am Rheinufer landen und die Stadt umgehen, um uns dann irgendwann zusammen mit Ivars Leuten von allen Seiten anzugreifen.»

«Was würdest du mir also raten?», fragte Ratwin. «Wenn du mein Berater wärst?»

«Verhandeln», sagte ich. Ich wusste, dass nichts dabei herauskommen würde. Aber ich dachte an Judith. Wenn sie hinter den Mauern dort drüben saß, dann musste ich das wissen.

«Wir haben nichts anzubieten», sagte er. «In der Stadt gibt es so gut wie kein Geld, und niemand wird uns welches schicken, solange der neue König nicht gekrönt ist. Wir sind auf uns allein gestellt.»

«Ich weiß», sagte ich. «Aber das Kräfteverhältnis wird nie wieder so günstig erscheinen wie jetzt. Ivar hat gerade ohnmächtig zuschauen müssen, wie wir seine Verbündeten in die Flucht geschlagen haben, und er weiß nicht genau, wann sie zurückkommen. Er hält uns wahrscheinlich für stärker, als wir sind. Indem wir verhandeln, finden wir heraus, was ihm der Verzicht auf einen Angriff wert ist.»

Ratwin dachte eine Weile nach, dann sagte er: «Gut. Ich sende jemanden rüber, der Verhandlungen anbietet.» Er stützte sich auf die Brüstung des Turms und blickte nachdenklich zum Moselufer hinüber, wo die drei Schiffe immer noch vor sich hin brannten. Von der Seite sah ich das amüsierte Lächeln in seinem Mundwinkel. «Wen könnte ich da bloß schicken?»

«Ja, wen denn bloß?», fragte ich scheinheilig.

«Nimm Erik mit», sagte er nur.

Eine Stunde später ritt ich mit Erik an meiner Seite auf das Kastorstift zu. Auf dem freien Feld waren immer noch die Reste der Lagerfeuer und die Abfälle zu sehen, die das abgerückte Heer des verstorbenen Königs hinterlassen hatte. Es hatte eine Weile gedauert, bis wir das Tor hatten passieren können, weil dafür zuerst die mit Steinen beladenen Wagen beiseitegezogen werden mussten, aber Ratwin hatte darauf bestanden, dass wir den Dänen zu Pferd gegenübertraten, gerade weil sie selbst keine Pferde hatten.

Ratwin und ich waren uns schnell einig gewesen, dass die Verhandlungen auf jeden Fall im Kastorstift geführt werden sollten; Ratwin wollte unter keinen Umständen, dass die Dänen Gelegenheit bekamen, sich in der Stadt umzusehen, ich dagegen wollte unter allen Umständen Gelegenheit bekommen, mich im Kastorstift umzusehen.

Je näher wir kamen, desto mehr Gesichter erschienen hinter der Mauer. Sie sahen wild aus, gefährlicher als die Leute von Sven Knurhår in Aachen. Man sah, dass sie Hunger hatten und bereit waren, für einen vollen Bauch ihre Haut zu riskieren. Ihre Ausrüstung dagegen war gut: Alle hatten mindestens Lederpanzer, teilweise mit Metallplatten verstärkt, einige auch Kettenhemden, und fast alle trugen Helme. Die Klingen von Äxten und Schwertern blitzten in der Sonne auf.

Mein Herz klopfte. Wenn Judith hinter diesen Mauern war, dann war ich ihr näher als jemals zuvor in den letzten zwölf Jahren. Ich widerstand der Versuchung, dem Pferd die Sporen zu geben, durch das Tor zu galoppieren und sämtliche Türen einzutreten, bis ich sie gefunden hatte.

Als wir bis auf zehn Schritte herangekommen waren, traten gleich vier Wachen uns in den Weg.

«Was wøllt ihr?», fragte einer von ihnen auf Fränkisch mit starkem Akzent. Mit seinen krausen schwarzen Locken sah er ein bisschen so aus, als würde er eine Wollkappe tragen.

«Mit Ivar reden», sagte ich. Und noch während ich den Satz aussprach, wurde mir klar, welche unglaubliche Gelegenheit sich hier für uns bot. Warum auch immer dieser Kerl unsere Sprache beherrschte – wir würden keinen Dolmetscher brauchen. Und wenn Erik nicht zu erkennen gab, dass er Dänisch sprach, dann würden wir alles erfahren, was sie untereinander redeten. Ich beugte mich zu ihm hinüber und raunte ihm auf Lateinisch zu: «Du sprichst kein Dänisch. Kein Wort.»

Erik nickte. Er wirkte so verängstigt, dass er wahrscheinlich ohnehin nicht von selbst den Mund aufgemacht hätte.

Die Wachen musterten uns feindselig. Der, der uns angesprochen hatte, rief auf Dänisch etwas nach drinnen. Jemand antwortete.

«Was hat er gesagt?», fragte ich ungeduldig.

«Er frågt, wer bei euch das Kommando hat», antwortete der Däne.

«Graf Ratwin», sagte ich.

«Ist das dær då?» Er deutete mit einem Kopfnicken auf Erik.

«Nein», sagte ich.

«Dann holt ihn.»

«Hol du ihn», sagte ich zu Erik. «Ich warte hier.»

Das ließ Erik sich nicht zweimal sagen. Er wendete sein Pferd und sprengte davon.

Ich wartete. Die Wachen rührten sich nicht vom Fleck, Schwerter und Äxte in den Fäusten. Hinter der Mauer sah ich zwischen den anderen Gestalten zwei Dänen, die mit gespannten Bögen auf mich zielten.

Ich ließ meinen Blick über die Fenster des Stiftsgebäudes wandern. Wenn Ivar meine Schwester in seiner Nähe hielt, dann war sie wahrscheinlich im komfortabelsten Raum des Stifts untergebracht. Ich verfluchte mich dafür, dass ich es versäumt hatte, Sigibert dazu zu befragen.

Nach kurzer Zeit galoppierte Ratwin heran, so schnell, dass Erik kaum nachkam. Er musste schon hinter dem Tor gewartet haben.

Die Wachen gaben uns mit einem Wink zu verstehen, dass wir absitzen sollten. Sie nahmen uns die Pferde ab, und wir betraten das Gelände. Der Dolmetscher stapfte davon.

Eine Weile warteten wir auf dem Platz zwischen Kirche, Stiftsgebäude und Garten, umstanden von mindestens hundert Dänen, die uns beäugten wie ein Rudel Wölfe drei von der Herde getrennte Schafe. In den Fenstern hingen weitere Gesichter. Und während ich sie betrachtete, wurde ich immer ruhiger. Sosehr ich meinen Vater auch verachten mochte: Zwölf Jahre im Kloster und endlose Demutsrituale hatten nicht auslöschen können, was er mir seit meinen frühesten Tagen an Selbstvertrauen mitgegeben hatte. Diese Barbaren konnten glotzen und die Zähne fletschen, wie sie wollten, sie beeindruckten mich nicht. Mit jeder Sekunde wuchs meine Wut auf den verdammten Ivar, der uns hier wie die Bittsteller warten ließ. Sie reizten mich mit ihrer auf groteske Weise zur Schau getragenen Gewalttätigkeit, mit ihrer anmaßenden Gier und vor allem mit ihrer Beschränktheit. Ratwin war die Ruhe in Person, er stand einfach da und wartete, während Erik sich vor Angst fast in die Hosen machte.

Schließlich kam der Dolmetscher zurück und bahnte sich seinen Weg durch die Menge der Gaffer.

«Ivar ist in der Kirche», sagte er und winkte uns, ihm zu folgen.

«Hoffentlich stören wir ihn nicht beim Beten», sagte Ratwin leise.

Als wir die Kirche betraten, spürte ich, wie mein Herz schneller zu klopfen begann. Es war ein massiger Saalbau mit winzigen Fenstern, und es roch so stark nach Weihrauch, als wären hier gerade ein Dutzend Messen nacheinander gefeiert worden. Sie hatten offenbar den gesamten Vorrat auf einmal angezündet. Die Sonne schnitt Streifen in den Qualm.

Und dann sah ich ihn. Ivar.

Eins musste man ihm lassen: Er hatte einen Sinn für effektvolle Auftritte. Er stand auf dem Altar. Stand da, als wäre dieser Altar eigens errichtet worden, damit wir vor ihn hintreten durften. Wie ein Eroberer auf den Trümmern einer unterworfenen Stadt. Wie ein Gott, der im Begriff stand, seine Gesetze zu diktieren.

Ivar war älter, als ich ihn mir vorgestellt hatte, jenseits der fünfzig, hager und sehnig und mit tief liegenden Augen, sodass sein Gesicht im seitlich einfallenden Licht fast wie ein Totenschädel aussah. Sein Bart war zu einem Zopf geflochten, und auf seine Stirn war ein Flechtbandmuster tätowiert. Er trug einen wattierten Lederpanzer, und seine Arme waren von den Handgelenken bis zu den Ellbogen von silbernen Ringen umschlossen. Das Schwert trug er an der rechten Seite. Wie Amelung gesagt hatte, war er also Linkshänder.

Sein Bedürfnis, uns mit diesem Auftritt zu demütigen, war so offensichtlich und so maßlos, dass es mir lächerlich erschien. Wenn er erwartet hatte, dass wir vor Empörung über die Schändung des Altars zu zittern beginnen würden, dann ging seine Rechnung nicht auf. Erik zitterte zwar, aber nur vor Angst und nicht vor Empörung, Ratwin machte immer noch sein unbeeindrucktes Gesicht, und ich dachte an den Ausspruch von Seneca, dass die Götter wohl kaum Schaden nehmen, nur weil jemand sich an ihren Altären vergreift.

Der Dolmetscher winkte uns heran. Ivar ging in die Hocke. Er kniff die Augen zusammen. Sein stechender Blick wanderte von einem zum anderen. Und obwohl die Inszenierung auf mich keinen Eindruck gemacht hatte, begriff ich, dass Amelung ihn richtig eingeschätzt hatte: Ivar hatte etwas Lauerndes im Blick, Unberechenbarkeit und Jähzorn sprangen ihm aus den Augen. Wut schien ein Dauerzustand bei ihm zu sein.

Er blickte von einem zum anderen und setzte dann mit heiserer Stimme zu einer längeren Ansprache an, die der Dolmetscher für uns etwa so zusammenfasste: Was denn das für ein jämmerlicher Gott sei, der die Schändung seiner Kirchen unbeantwortet hinnehme?

«Wollen wir hier ein theologisches Streitgespräch führen oder über die Bedingungen für euren Abzug verhandeln?», fragte Ratwin. «Im ersten Fall frage ich dich, wo denn Odin und Thor waren, als eure Leute im vorletzten Jahr bei Thiméon und im letzten Jahr bei Saucourt von den Christen den Hintern versohlt bekommen haben. Im zweiten Fall frage ich dich, was du forderst, damit ihr verschwindet. Zur Erinnerung: Deine Freunde von der Mosel haben für ihren Abzug gar nichts bekommen. Außer ein paar Ladungen mit brennendem Öl.»

Der Dolmetscher ergriff das Wort, schien sich dabei aber sehr unwohl in seiner Haut zu fühlen, sodass ich vermutete, er würde zumindest die Beleidigung der beiden Götter in seiner

Übersetzung etwas abmildern; dennoch war zu befürchten, dass Ivar angesichts der Ungerührtheit, mit der Ratwin seine Provokation beantwortet hatte, aus der Haut fahren würde. Aber Ivar lachte nur. Ich bewunderte Ratwin für seine Urteilskraft. Vielleicht hatte er instinktiv gespürt, dass Ivar bei aller Reizbarkeit einen gewissen Respekt vor unerschrockenen Männern empfand.

Dann gab Ivar seine Antwort. Auf die Götter ging er nicht ein, stattdessen nannte er seine Forderung: fünfhundert Pfund Silber und Getreide für einen Monat.

Es ging hin und her. Für fünfhundert Pfund Silber könne man ganz Koblenz abreißen und wieder aufbauen, antwortete Ratwin. Und wozu noch die Getreideforderung bei einer solchen Summe? Ob es sein könne, dass Ivars Männer hungerten? Fünfzig Pfund Silber und Getreide für eine Woche.

Bei ihm hungere niemand, gab Ivar zurück. Vierhundert Pfund Silber und Getreide für drei Wochen. Andernfalls würde er Koblenz noch vor Sonnenuntergang stürmen lassen und sich alles nehmen, was er brauche.

Das solle er ruhig versuchen, erklärte Ratwin. Mehr als fünfzig Pfund Silber werde er in der ganzen Stadt nicht finden, und beim Sturm werde er so viele Männer verlieren, dass das Getreide dann auch für ein Jahr reichen möge. Er könne sich ja einmal in Ruhe ausrechnen, was das bedeute. Nein, könne er nicht? Nun gut, Arithmetik sei nicht jedermanns Sache, also aufgepasst: Was vierhundert Männer in einem Monat äßen, äßen dreiunddreißig Männer in einem Jahr. Ob er mit dreiunddreißig Männern sein Schiff überhaupt nach Hause rudern könne? Nein? Nicht? Also vielleicht doch fünfzig Pfund Silber und Getreide für eine Woche?

Ratwins Unbeugsamkeit brachte Ivar jetzt doch sichtlich in Rage. Der Dolmetscher, der bisher nur übersetzt hatte, ergriff eilig die Initiative und sagte etwas zu Ivar, das wie ein Vorschlag klang, Ivars Wut aber noch weiter steigerte. Er packte den armen Mann an der Gurgel, legte den Kopf in den Nacken und stieß ihn dann mit einem kraftvollen Nicken nach vorn, sodass seine Stirn gegen die des Dolmetschers knallte. Dabei zischte er etwas. Der Dolmetscher taumelte zurück, fing sich wieder, hob die Hände und murmelte etwas, woraufhin Ivar sich tatsächlich beruhigte, sich wieder an uns wandte und in barschem Ton etwas sagte.

Der Dolmetscher, der sich die Stirn rieb, übersetzte erneut: dreihundert Pfund Silber und Getreide für zwei Wochen.

«Dann sind wir hier fertig», sagte Ratwin.

Ich hielt das zunächst für eine Verhandlungstaktik, aber Ratwin meinte es ernst. Ohne Ivar noch eines Blickes zu würdigen, wandte er sich um und verließ die Kirche. Erik und ich folgten ihm. Der Dolmetscher lief uns mit ratlosem Gesicht hinterher. Ivar sprang wieder auf den Altar und brüllte etwas. Als die Kirchentür hinter uns zufiel, brüllte er immer noch.

Wir passierten den gaffenden Haufen der Dänen, die uns unbehelligt durchließen.

«Die Pferde», sagte Ratwin zu einem der Wächter am Tor.

Der Dolmetscher übersetzte, der Däne antwortete.

«Welche Pfærde?», übersetzte der Dolmetscher.

«Behaltet sie und brecht euch den Hals», sagte Ratwin.

Der Dolmetscher übersetzte nicht.

Wir kehrten zu Fuß zurück.

«Was hat der Dolmetscher ihm da vorgeschlagen?», fragte ich Erik, als wir außer Hörweite waren.

Er blickte mich aus ängstlichen Kuhaugen an, als fürchtete er meinen Zorn. «Er hat gefragt: Warum bietest du ihnen nicht das Mädchen an?»

Es traf mich wie ein Schlag. Fast hätte ich Erik gepackt und geschüttelt. «Und was hat Ivar geantwortet?»

Erik zitterte schon wieder. «Das Mädchen gehört mir», sagte er. «Das Mädchen gehört mir.»

12

Die ganze Stadt feierte die Vertreibung der dänischen Flotte. Vor den Schenken drängelten sich die Männer, und weil an diesem Tag nicht mehr mit einem gegnerischen Angriff zu rechnen war, betranken sie sich mit Ratwins Genehmigung wie seit Wochen nicht mehr. Die Sonne strahlte fast wie im Frühling, und die drei verkohlten Schiffswracks am Moselstrand führten den Verteidigern den Triumph des Vormittags vor Augen. Alle wussten, dass der eigentliche Kampf noch bevorstand. Aber das kümmerte in diesem Augenblick niemanden.

Mir war nicht nach Feiern zumute. Ich musste nachdenken.

Die Schmiede war leer. Gauzbert zechte natürlich mit den anderen und machte sich wahrscheinlich wieder an Emma heran. Ich aber brauchte Ruhe und wollte niemanden sehen. Ich entfachte ein Feuer im Ofen und ließ mich auf meinen Strohsack fallen.

Gut. Ich hatte Gewissheit, wo Judith sich befand. Doch Ivars wütende Weigerung, über ihre Auslösung überhaupt nur zu reden, weckte gleich die nächsten Befürchtungen. Ivar schien sie um jeden Preis bei sich behalten zu wollen, also würde er sie wahrscheinlich früher oder später in seine Heimat mitnehmen, wo sie ihre Tage als Opfer seiner Gelüste beschließen würde. Aber was für Gelüste überhaupt? Björn war sich sicher gewesen, dass Ivar sie nicht anrührte, aber würde das ewig so bleiben? Würde er nicht irgendwann versuchen, ihren Willen mit Gewalt zu brechen, wenn er mit Zermürbung nicht ans Ziel kam?

Oder hatte er etwas ganz anderes mit ihr vor? Was, wenn er sie aufgrund irgendwelcher wirren Vorstellungen als eine Art von den Göttern begünstigtes Wesen betrachtete? Als eine Seherin, die ihm die Zukunft weisen würde, oder als eine Heilerin, die ihm abgeschlagene Gliedmaßen wieder ansetzen konnte oder was auch immer sonst? Immerhin hatte auch Uta geglaubt, dass Judith mit besonderen Kräften ausgestattet war. Ich beschloss, Erik bei der nächsten Gelegenheit zu befragen, ob so etwas denkbar wäre.

Was aber konnte ich tun? Judith saß in einer festungsartigen Anlage, die von mehreren Hundert wild entschlossenen Dänen bewacht wurde, und sobald die Gruppe zurückkehrte, die wir mit den Katapulten vertrieben hatten, würden es dreimal so viele sein. Ich bereute es schon, Ratwin nach der Beschießung der Schiffe nicht doch zu einem Sturm auf das Kastorstift geraten zu haben. Es wäre ein Gemetzel geworden, aber eben auch eine Chance für mich.

Nein, es war besser, dass ich nichts gesagt hatte. Ratwin hatte gewusst, dass er dabei nichts zu gewinnen hatte.

Wie würde es nun weitergehen? Wenn die Dänen sich wieder gesammelt hätten, würden sie Koblenz zu stürmen versuchen, das war so gut wie sicher. Wenn der Angriff erfolgreich wäre, würden wir alle umkommen; sie hatten genügend Männer, um die Stadt abzuriegeln, und sie würden niemanden entkommen lassen. Wenn sie von uns zurückgeschlagen würden, würde Ivar mit den besiegten Resten seiner Mannschaft weiterziehen, und ich würde meine mühselige Verfolgung fortsetzen müssen. Ein Sieg würde mir nicht helfen.

Es sei denn, Ivar käme bei dem Angriff ums Leben. In diesem Fall würde Judith seinen Männern gehören, und wenn Ivar sie nicht mit seiner Besessenheit angesteckt hatte, würden sie sich wahrscheinlich darauf einlassen, sie zu verkaufen, wenn der Preis stimmte. Was sie davor mit ihr machen würden, das wollte ich mir gar nicht vorstellen.

Ich dachte weiter nach. Natürlich war es unter den derzeitigen Umständen unmöglich, in das Stift hineinzukommen, es sei denn, ich versuchte es in einem Moment, in dem alle anderweitig beschäftigt sein würden: während des Angriffs. Vielleicht war das die Lösung. Ich musste Judith befreien, während Ivar und seine Leute die Mauern von Koblenz berannten. Aber wie sollte ich unbemerkt aus der Stadt gelangen? Und wo steckte Judith genau?

Auf die erste Frage fand ich zunächst keine Antwort. Die zweite konnte mir vielleicht Sigibert beantworten.

«Wo ist der Prior?», fragte ich.

«Am Fressen, wie immer», sagte der gelangweilte Wächter vor dem Eingang der Pfalz.

Nach der Räumung des Kastorstifts hatte Sigibert sich bei Ratwin einquartiert und dezimierte nun dessen Vorräte.

Ratwin hatte ihm eine Kammer mit einem kleinen Fenster zugewiesen, in der Sigibert sich seinen beiden Leidenschaften hingab: dem Studium der Literatur und den Freuden der Tafel.

Es duftete nach gebratenem Hühnchen, und ein solches verspeiste Sigibert gerade, als ich eintrat. Vor ihm lag wieder ein aufgeschlagenes Buch, und beim Anblick seiner vor Fett triefenden Finger überkam mich erneut der Drang, ihm das Werk wegzureißen. Es war immer noch der *Gallische Krieg*, aber ich hatte nicht die Geduld, nach weiteren Fehlern zu schielen.

Sigibert war erfreut, mich zu sehen, und begann sofort, seine Fragen auf mich abzuschießen wie die Katapulte zuvor die Feuertöpfe, immer drei auf einmal.

«Sind die Schiffe schon zurück? Sind die anderen noch in meinem Stift? Greifen sie an?»

«Nein, ja, nein», sagte ich.

«Willst du dich setzen? Hast du Hunger? Hast du Durst?»

«Ja, ja, ja.»

Ich nahm auf einem Schemel neben ihm Platz, und er schob mir den Teller mit dem Hühnchen und einen Becher mit Wein zu, dessen Rand von seinen fettigen Lippen ganz verschmiert war.

Ich berichtete von der Begegnung mit Jarl Ivar, dessen Auftritt auf dem Altar ihn maßlos empörte. Ich ließ ihn eine Weile schimpfen, dann kam ich auf mein Anliegen zu sprechen.

«Wenn du Jarl Ivar wärst – welchen Raum würdest du beziehen?»

«Das Zimmer des Priors natürlich», sagte Sigibert, langte herüber und griff sich einen Hähnchenschenkel. «Es hat einen großen Kamin, ein bequemes Bett und einen wunderbaren Blick auf die Moselmündung.» Dann weiteten sich seine Augen. «Du liebe Güte, darüber habe ich noch gar nicht nachgedacht. Dieser Ivar schläft jetzt in meinem Bett? Ich werde den ganzen Raum mit Weihwasser aussprengen lassen müssen. Glaubst du, der scheißt mir in die Ecken?»

«Wo liegt dieser Raum genau?», fragte ich, ohne auf seine Befürchtung einzugehen.

«Wie gesagt, Blick auf die Moselmündung, also im Nordflügel, Obergeschoss, zur Kirche hin. Gott, die Kirche. Die müssen wir mit Weihrauch reinigen. Haben sie wirklich alles auf einmal abgebrannt? Nichts mehr da?»

Es kostete mich einige Mühe, dem aufgebrachten Sigibert die Informationen zu entlocken, die ich brauchte. Als ich es endlich geschafft hatte, wusste ich, was ich tun würde. Ich würde nicht warten, bis die Dänen zu uns kamen. Ich würde zu ihnen gehen.

Der Nordflügel des Stiftsgebäudes bildete die Grenze der ganzen Anlage zur Mosel hin. Vom Ufer war er durch einen Streifen Brachland getrennt, der bei Hochwasser überflutet wurde und dementsprechend nicht bebaut war. Auch von den Schiffen am Rheinufer aus war der Nordflügel nicht einsehbar, er wurde durch die Kirche verdeckt.

Und es kam noch besser: Sigiberts Zimmer lag zwar im Obergeschoss, aber an der Mauer unter dem Fenster wuchs an einem Gitter ein uralter Rosenstock. Das Gitter, so Sigibert, sei stabil genug, um daran hochzuklettern, jedenfalls stabil genug für jemanden wie mich; er selbst habe es noch nicht versucht.

Wenn ich mich also über das Moselufer näherte, würde ich bis unter das Fenster von Sigiberts Zimmer gelangen, ohne dass die Wachen bei den Schiffen und am Tor und die im Hof lagernden Dänen mich bemerken würden. Nun galt es nur noch herauszufinden, ob sie auch Wachen an der Nordseite postiert hatten. Ich konnte mir nicht vorstellen, dass sie das versäumt hatten, aber viele waren es sicher nicht, denn von dort drohte ihnen kaum Gefahr; die Landzunge war vor allem als Aussichtspunkt geeignet, weil sie den besten Blick auf beide Flüsse bot.

Als ich mich von Sigibert verabschiedete, hatte ich weiche Knie vor Aufregung. Um einen klaren Gedanken zu fassen, beschloss ich, ein paar Schritte zu laufen, aber nicht durch die Stadt, sondern über den Wehrgang, wo mich keine Betrunkenen ansprechen würden.

Auf der Mauer standen nur wenige Wachen. Während ich einen Schritt vor den anderen setzte, wurde ich ruhiger. Schließlich stieg ich wieder auf den Turm an der Nordostecke.

Das Kastorstift lag da wie zuvor: Schiffswachen am Ufer, hier und da Bewegungen hinter den Mauern, rauchende Schornsteine. Am Fluss vor dem Nordflügel stand kein einziger Mann, was aber nichts heißen musste, denn sie konnten ihre Wachen ja in den Fenstern postiert haben, die von hier aus nicht einzusehen waren. Ob sie nachts ihre Runden um das Gebäude machten?

Wenn Ivar Sigiberts Zimmer mit dem großen Kamin und dem bequemen Bett in Beschlag genommen hatte, dann würde er dort schlafen. Und wenn er meine Schwester immer noch in seiner Nähe hielt, dann würde auch sie dort schlafen. Die Vorstellung löste erheblichen Widerwillen in mir aus. Zwang er sie etwa, mit ihm zusammen in diesem Bett zu liegen? Und wenn ja, zu was zwang er sie noch? Schlief er im Bett und sie auf dem Boden? War es umgekehrt?

Je länger ich mir vorstellte, was sich in diesem Raum abspielen mochte, desto wütender wurde ich auf Ivar. Ich hatte ihn in seiner ganzen Widerwärtigkeit erlebt, und Judith musste die Nähe dieses Ungeheuers nun schon seit Wochen ertragen. Nicht mehr lange, schwor ich mir. Nicht mehr lange.

Als ich in die Schmiede zurückkehrte, fand ich Gauzbert angetrunken, aber ansprechbar vor. Ich berichtete ihm, was sich seit dem Vormittag ereignet hatte, und erzählte von meinem Vorhaben. Dass der Plan nach seinem Geschmack sein würde, war mir klar gewesen.

Je länger wir die Unwägbarkeiten des Plans besprachen, desto mehr wurden es: Ivar konnte im Raum sein oder auch nicht, Judith konnte im Raum sein oder auch nicht, sie konnten wach sein oder schlafen, von den Geräuschen geweckt werden oder auch nicht, vor der Tür konnten Wachen stehen oder auch nicht, es konnte zum Kampf kommen oder auch nicht, ich konnte beim Anschleichen, beim Hochklettern, beim Einsteigen oder auf dem Rückweg bemerkt werden oder auch nicht, Judith konnte gefesselt oder angekettet sein oder auch nicht. Wir wälzten die Möglichkeiten hin und her, wogen sie ab, erörterten, was wahrscheinlich war und was unwahrscheinlich, und kamen zu unterschiedlichen Einschätzungen. Nur in einem waren wir uns einig: Wenn es ideal lief, würde ich unbemerkt einsteigen, Ivar im Schlaf lautlos den Dolch ins Herz stoßen, mit Judith aus dem Fenster fliehen und in die Stadt zurückkehren. Aber wie wahrscheinlich war das?

«Hast du überhaupt einen Dolch?», fragte Gauzbert.

«Ratwin wird mir einen geben», sagte ich.

«Was ist, wenn er dagegen ist?»

«Wird er nicht. Er hat dabei überhaupt nichts zu verlieren. Wenn es gut läuft, dann ist Ivar morgen tot, und das Heer fällt auseinander. Wenn es schlecht läuft, hat Ratwin einen Mann weniger.»

«Zwei», sagte Gauzbert.

Eine Stunde nach Mitternacht machten wir uns auf den Weg. Gauzbert war wieder halbwegs nüchtern, jedenfalls bewegte er sich flink und lautlos.

Wie erwartet, hatte Ratwin unseren Plan befürwortet. Zum Glück war sein Bruder nicht dabei gewesen, als ich ihm mein Vorhaben auseinandergesetzt hatte; Ortwin hätte wahrscheinlich wieder quergeschossen oder darauf bestanden, uns zu begleiten. Ich aber wollte außer Gauzbert niemanden dabeihaben, schon gar keinen Heißsporn, der im entscheidenden Augenblick die Nerven verlor oder den Helden spielen wollte.

Ratwin hatte die Wache am Nordtor angewiesen, uns aus der Stadt zu lassen und auf ein bestimmtes Klopfzeichen hin wieder zu öffnen.

«Wenn es schiefgeht, wird euch niemand zu Hilfe kommen», hatte er gesagt.

«Das erwarten wir auch nicht», hatte ich geantwortet.

Gauzbert trug seinen Bogen, ich mein Schwert. Außerdem hatte Ratwin jedem von uns einen Dolch mitgegeben.

Aus der Richtung des Kastorstifts war schon seit einiger Zeit kein Laut mehr zu hören gewesen. Die Feuer der Schiffswachen am Rhein waren heruntergebrannt, ohnehin wären wir von dort aus nicht zu sehen gewesen. Am Abend waren

Wolken aufgezogen, hinter denen ein kraftloser Mond gerade so viel Licht herunterschickte, dass wir sehen konnten, wo wir hintraten. Im Umkreis von wenigen Schritten waren wir für sie unsichtbar.

Der Kies am Flussufer knirschte bei jedem Schritt, sodass wir nur sehr langsam vorankamen. In der Stille der Nacht schien jedes Geräusch meilenweit getragen zu werden. Wir hätten oberhalb des Strandes auf dem Gras laufen können, aber die Böschung gab uns bessere Deckung. Neben uns rauschte ganz leise der Fluss dahin. Eine leichte Brise wehte und trug ab und zu einen Hauch von Brandgeruch von den verkohlten Schiffen zu uns herüber.

Schließlich schob sich das Stiftsgebäude als dunkelgrauer Klotz rechts von uns aus der Schwärze. Wir gingen auf alle viere und krochen langsam die flache Böschung hinauf. Hinter uns glitzerten schwache Lichtreflexe im Wasser, doch das Ufer war so dunkel, dass man unmöglich sagen konnte, ob vielleicht doch Wachen aufgestellt worden waren. Angestrengt starrten wir in die Dunkelheit.

Im Stift brannte nirgendwo Licht, allerdings waren auch die Fenster nicht zu erkennen, sodass man nicht sehen konnte, ob die Läden geöffnet oder geschlossen waren. In weiter Ferne waren jetzt doch leise Stimmen zu vernehmen. Wahrscheinlich kamen sie von den Männern, die hinter dem Gebäude auf dem Gelände lagerten. Ein paar Raben krächzten irgendwo in den Obstbäumen.

Wir wollten gerade näher an das Gebäude heranschleichen, da hustete jemand ganz in unserer Nähe.

Gauzbert packte meinen Arm. Ich zog den Dolch.

Jemand näherte sich.

Das Gras war kniehoch, und da der andere wohl auch nicht mehr sehen konnte als wir, würde er wahrscheinlich an uns vorbeilaufen, ohne uns zu bemerken.

Doch er lief nicht an uns vorbei. Er stolperte über Gauzbert und flog genau vor meiner Nase ins Gras, fluchte, glaubte wohl, über einen Baumstamm gefallen zu sein, wollte sich gerade aufrappeln, da war ich auch schon über ihm, riss seinen Kopf zurück, presste seinen Mund in meine Ellenbogenbeuge und schnitt ihm die Kehle durch. Er zuckte ein paarmal, es gurgelte und gluckerte, aber er gab keinen weiteren Laut von sich.

«Gut gemacht», flüsterte Gauzbert.

Mein Herz raste. Ich hatte noch nie jemanden auf diese Weise umgebracht, schon gar nicht im Dunkeln, und während der Kerl unter mir den letzten Rest von Leben aushauchte, spürte ich kurz ein merkwürdiges Entsetzen. Als ich den Plünderer in Wolfhelms Kammer erstochen hatte, hatte ich mich noch gewundert, wie leicht mir das von der Hand gegangen war; dem Dänen am Rheinufer hatte ich meine Klinge in den Leib gestoßen, ohne weiter darüber nachzudenken. Aber das hier hatte etwas Hinterhältiges, Unehrenhaftes an sich. Erst als ich später an diesen Augenblick zurückdachte, begriff ich, dass es meiner Erziehung widersprach, einem Gegner nicht in die Augen zu blicken. Ein Meuchelmörder schnitt seinem Opfer von hinten die Kehle durch, anstatt ihm entgegenzutreten. Natürlich war das insofern Unsinn, als ich ihn ja schlecht zum Zweikampf hätte herausfordern können. Aber dieser kurze Moment des Entsetzens ist mir noch gut in Erinnerung. Mein Vater hatte mir mehr mitgegeben, als ich zugeben wollte, und das Klosterleben hatte es mir nicht austreiben können, sondern nur zwischenzeitlich überdeckt.

Aber natürlich war das nicht der richtige Augenblick, über so etwas nachzudenken, also robbten wir sehr vorsichtig weiter durch das Gras.

Doch der Däne war offenbar allein auf Wache gewesen. Niemand rief nach ihm, und niemand näherte sich, um zu schauen, wo er geblieben war.

Als wir bis auf einen Steinwurf an das Gebäude herangekommen waren, richteten wir uns auf. Noch immer war nicht der schwächste Lichtschein zu sehen. Wenn irgendwo eine Kerze gebrannt hätte, dann hätte man zumindest einen Widerschein davon in den Ritzen der Fensterläden sehen müssen. Alle schienen zu schlafen.

Wir schlichen bis zur Mauer. Das Gras raschelte unter unseren Füßen. Immer noch waren leise Stimmen zu hören, aber das war ein gutes Zeichen für uns: Solange die Gespräche weiterplätscherten, hatten sie nicht bemerkt, dass etwas nicht stimmte. Hätten sie Verdacht geschöpft, wären sie verstummt.

Ich tastete mich zur Ecke des Gebäudes vor, griff in Gestrüpp, stach mich an einem Dorn. Der Rosenstock. Ich tastete weiter. Stach mich wieder. Bekam das Holzgitter zu fassen. Zog daran. Es hielt.

Ich zog Gauzbert, der mir gefolgt war, zu mir heran. «Warte hier», flüsterte ich. «Ich schaue nach, ob sie da ist, und dann komme ich wieder runter.»

«In Ordnung.»

Das Gitter knarrte unter meinem Gewicht, als ich mich langsam daran nach oben zog. Der Rosenstrauch raschelte; es konnte kaum lauter sein als ein Windstoß, der in den Blättern spielte, doch in der Stille der Nacht kam es mir vor, als würde ich eine Glocke läuten.

Die Stimmen redeten weiter.

Mein Fuß tastete nach der nächsten Sprosse. Meine Hand ergriff eine weitere. Wieder stach ich mich, doch ich achtete nicht darauf.

Noch eine Sprosse mit dem Fuß. Noch eine mit der Hand. Und noch eine. Und noch eine.

Eine Mannslänge über dem Boden wurde das Gestrüpp lichter und die Dornen weicher. Meine Hand ertastete ein Fenstersims. Stein, dann Holz. Ein Fensterladen. Ich schob meine Finger unter die Kante und zog ganz sachte. Es quietschte leise, als ich den Laden unendlich langsam aufzog.

Schnarchen. Ein Mann. Ivar?

Ich stemmte mich ein Stück höher, sodass ich in den Raum blicken konnte. Ich sah links von mir die schwache Glut eines erloschenen Feuers, rechts war ein Bett zu erahnen, darauf ein unregelmäßiges Gebirge aus schwarzem Pelz in der Größe eines Menschen. Das Schnarchen schien aus dieser Richtung zu kommen. Oder täuschte ich mich?

Fast wäre ich der Versuchung erlegen, mich in den Raum zu schwingen und den Dolch aufs Geratewohl in den Pelz zu stoßen. Aber etwas hielt mich ab.

«Judith?», flüsterte ich.

Nie im Leben werde ich den Augenblick vergessen, der nun folgte.

«Ja.»

Nur das eine gehauchte Wort. Wenn ich daran denke, schießen mir noch heute die Tränen in die Augen.

Sie war es. Ich klammerte mich ans Fensterbrett. Das Schnarchen verstummte nicht.

Ein Rascheln, dann ein Klirren.

«Wer bist du?»

«Tankred. Dein Bruder.»

Es folgte eine lange Stille.

«Bist du es wirklich?» Eine zaghafte Mädchenstimme. Eine Stimme, die zwölf Jahre zuvor nur hatte glucksen und brabbeln können.

Wie hätte sie es auch glauben sollen? Seit Wochen war sie einem Irren ausgeliefert, und jetzt erschien mitten in der Nacht eine Gestalt am Fenster und gab sich als ihr Bruder aus. Und doch zeigte ihre Frage, dass sie wusste, von wem die Rede war. Ihr Bruder, Halbbruder, wenn man es genau nahm, auf jeden Fall der einzige Mensch aus der ganzen verkommenen Verwandtschaft, dem sie etwas bedeutete.

Für lange Erklärungen war weiß Gott nicht die richtige Zeit, also versuchte ich, die knappste Formel zu finden, mit der ich beweisen konnte, dass ich der war, für den ich mich ausgab.

«Folchar hat mir alles erzählt», flüsterte ich.

Wieder raschelte und klirrte es. Ein Kopf erschien, kaum mehr als ein helles Oval mit einem Kranz aus blonden Haaren.

«Du bist es wirklich, oder?»

«Ja.»

Ich hätte weinen können. Der Drang, sie zu umarmen, war übermächtig, aber ich brauchte beide Hände, um mich festzuhalten.

«Ich hole dich raus», flüsterte ich.

Im Hintergrund ging das Schnarchen in ein unregelmäßiges Grunzen über. Es raschelte. Unendlich lange Sekunden verstrichen. Dann wurde weitergeschnarcht.

«Ich bin an die Wand gekettet.»

Verdammt. Ich würde sie nicht losbekommen, ohne das ganze Stift aufzuscheuchen.

«Ist das Ivar?», fragte ich.

«Ja.»

«Hat er dir was angetan?»

«Nein.»

Immerhin.

«Hör zu», flüsterte ich. «Ich komme jetzt rein und erledige ihn.»

«Nein!»

Ihr Gesicht kam ein Stück näher. Wieder klirrte es. Wieder verstummte das Schnarchen. Wieder hielt ich den Atem an, bis es erneut einsetzte.

«Vor der Tür stehen zwei Wachen», flüsterte sie. «Sie werden denken, dass ich es war. Und dann ...»

Sie musste den Satz nicht beenden. Es war hoffnungslos, jedenfalls für heute Nacht. Es gab keine Möglichkeit, Ivar zu töten und Judiths Ketten aufzubrechen, ohne dass vierhundert Dänen über mich herfallen würden. Und es war besser, jetzt zu verschwinden, solange niemand gemerkt hatte, dass ich hier gewesen war. So würde Ivar zumindest keinen Verdacht schöpfen.

Ich krallte mich mit der rechten Hand am Fenstersims fest und streckte die linke nach ihr aus. Für einen kurzen Augenblick schmiegte ihr Gesicht sich in meine Handfläche. Es war das erste Mal, dass ich sie berührte, seit sie zwei Jahre alt gewesen war. Ich konnte meine Tränen nicht mehr zurückhalten.

Wieder setzte das Schnarchen aus. Der Pelz wölbte sich auf, als der Körper darunter sich auf die andere Seite wälzte. Ivar murmelte etwas.

Es war höchste Zeit zu verschwinden.

«Ich komme wieder», flüsterte ich.

Das Gesicht verschwand. Ich schloss den Fensterladen und kletterte wieder nach unten. Mit jeder Sprosse gab ich weniger acht. Als ich unten angekommen war, knarrte das Gitter, und der Rosenstrauch raschelte, als würde jemand voller Wut daran rütteln.

«Spinnst du?», flüsterte Gauzbert.

Wir schlichen zurück zum Flussufer und wären dabei fast über den toten Dänen gestolpert.

Die Wolkendecke war aufgerissen. Der Mond hatte sich hervorgeschoben, und auf einmal traten die Konturen der Landschaft aus der Dunkelheit hervor, als wäre ein Vorhang weggezogen worden. Der glitzernde Fluss, der Strand, die Hügel, der Felsen auf der anderen Rheinseite.

Und dann sah ich sie.

Langschiffe.

Schwimmende Schlangen, Bug an Heck, wie Perlen auf einer Schnur.

Die Ruder schlugen ohne jedes hörbare Kommando im Takt, präzise wie Pendel. Lautlos schoben die Schiffe sich gegen die Strömung voran.

Das dänische Heer kehrte zurück.

13

Ratwin selbst war es, der auf unser Klopfzeichen das Tor öffnete. Mit sorgenvollem Gesicht nahm er unseren Bericht entgegen. Dann ließ er die Wachen auf den Mauern verdoppeln und schickte einen Reiter aus, der die Flotte vom Rheinufer aus beobachten und melden sollte, wo die Dänen an Land gingen. Er war sicher, dass sie genau das tun würden, was wir vermutet hatten: Sie würden Koblenz von Süden her einkreisen und spätestens in ein paar Tagen angreifen.

Gauzbert und ich begaben uns in die Unterkunft. Ich war völlig aufgewühlt. In meinen Gedanken war Judith bis zu dieser Nacht immer das Kind geblieben, das tagsüber an der Hand von Fidis am Fluss entlanggewatschelt war und nachts manchmal in meinem Bett geschlafen hatte; das Kind, das ich aus dem Wasser gezogen, in ein Fell gewickelt und nach Aachen gebracht hatte. Die ganzen zwölf Jahre über hatte ich immer wieder das letzte Bild von ihr vor mir gesehen: ein kleines Mädchen, das in Folchars Schreibstube auf dem Boden gesessen und Staubkörnchen zu Wirbeln durcheinandergepustet hatte, während wir besprachen, wie man sie vor dem Zugriff ihrer Mutter bewahren konnte. In meiner Erinnerung war die Zeit stehen geblieben. Jetzt hatte sie einen Sprung gemacht. In der Dunkelheit hatte ich das Gesicht einer fast erwachsenen Frau berührt. Sie war nicht mehr der gleiche Mensch.

Nur meine Liebe zu ihr war noch die gleiche. Die lange Trennung hatte diesem Gefühl nichts anhaben können.

Die Versuchung war groß, noch einmal zum Stift zu schleichen, noch einmal mit ihr zu sprechen, sie noch einmal zu berühren. Aber natürlich war das viel zu riskant. Es war schon dumm genug gewesen, dass Gauzbert und ich den toten Dänen nicht gleich in den Fluss geworfen hatten; morgen würden sie die Leiche finden, und Ivar würde erfahren, dass in der Nacht jemand am Ufer herumgeschlichen war. Und noch etwas hatte ich versäumt: Ich hätte Judith nach der Kette fragen sollen, mit der sie gefesselt war. Brauchte man Schmiedewerkzeug, um sie zu öffnen, oder ließ sie sich durch einen kräftigen Hieb mit dem Schwertknauf sprengen? Gab es ein Schloss? Trug Ivar den Schlüssel bei sich?

Während ich mir wieder und wieder vorstellte, wie ich den schlafenden Ivar mit dem Schwert auf dem Bett festnagelte, schlief ich endlich ein.

Der Reiter, den Ratwin ausgesandt hatte, um die Dänen zu beobachten, kehrte schon am nächsten Morgen zurück. Es war wie befürchtet: Sie waren wenige Meilen südlich von Koblenz an Land gegangen und in den Wäldern verschwunden. Und sie hatten Leitern aus den Schiffen entladen.

Der Tag schleppte sich dahin. Die Stimmung in der Stadt entsprach dem Kopfschmerz nach einem Besäufnis. Die Leute schienen sich vorsichtiger zu bewegen. Anspannung lag in der Luft. Alle waren angewiesen, ihre Rüstungen zu tragen und Waffen und Schilde immer bei sich zu führen. Die Schenken wurden wieder geschlossen. Nicht alle waren mit dieser

Maßnahme einverstanden, einige meinten, es sei doch wohl besser, sich ein bisschen Mut anzutrinken. Aber Ratwin blieb unerbittlich.

Ich verbrachte den halben Tag auf der Ostmauer und starrte zum Kastorstift hinüber. Judith dort zu wissen, war deprimierend, aber doch besser als die bange Unsicherheit der letzten Wochen.

Zwischendurch hatte ich noch einmal mit Ratwin gesprochen und dabei auch die Möglichkeit erörtert, in der nächsten Nacht mit fünf oder sechs Männern loszuziehen, um Ivar zu töten. Aber es war zu gefährlich. Vor seiner Tür standen zwei Wachen, also würde es nicht ohne Lärm abgehen, und selbst wenn es gelang, die beiden so lange in Schach zu halten, bis Ivar tot und Judith von ihren Ketten befreit war, würde es so viel Geschrei geben, dass die anderen uns unten den Weg abschneiden würden.

Es wurde Abend. Ich wurde für eine Nachtwache eingeteilt, was vielleicht ganz gut war, denn so konnte ich nicht in Versuchung geraten, mich noch einmal an das Stiftsgebäude heranzuschleichen, und sei es nur, um aus der Ferne das Fenster zu beobachten wie ein schmachtender Verehrer.

Anders als noch vor zwei Tagen konzentrierte sich unsere Wachsamkeit jetzt vor allem auf den Westen und auf den Süden der Stadtmauer: Im Westen lag das Kastorstift und im Süden ein bewaldeter Hügel, über den die Besatzungen der am Rhein gelandeten Schiffe sich unbemerkt bis auf eine halbe Meile der Stadt würden nähern können. Ich verbrachte die halbe Nacht damit, in die Dunkelheit zu starren und in die Stille zu lauschen. Um mir die Zeit und auch meine Sorgen zu vertreiben, sagte ich halblaut die *Aeneis* auf und musste mir eingestehen, dass ich sie mit vierzehn besser gekonnt hatte.

Ich wurde abgelöst, schleppte mich zur Schmiede und schlief sofort ein.

Von Glockengeläut, Geschrei und Gerenne auf der Gasse wurde ich aus dem Schlaf gerissen. Ich wusste sofort, dass es so weit war. Ich schnappte mir mein Schwert und meinen Schild und war einen Augenblick später draußen. Bewaffnete hasteten vorbei. Signalhörner ertönten von verschiedenen Stellen.

Ratwin hatte die Männer nach ihren Quartieren bestimmten Abschnitten der Befestigung zugewiesen, damit die Mauern im Fall eines Angriffs schnell und geordnet besetzt werden konnten. Gauzbert und ich waren für die Südmauer eingeteilt.

Als einer der Letzten hastete ich die Treppe hinauf, fand einen Platz ein Stück links vom Südtor und ließ meinen Blick über den Wehrgang wandern. Die Glocke läutete immer weiter.

Ratwin hatte alles aufgeboten, was eine Waffe halten konnte. Zu seinen zweihundert kampferprobten Männern kamen noch einmal genauso viele, die er unter den Einwohnern der Stadt und unter den Flüchtlingen ausgesucht hatte; sie boten allerdings einen erbärmlichen Anblick. Keiner von ihnen hatte ein Kettenhemd, kaum einer trug auch nur einen Lederpanzer oder einen Helm. Ihre Waffen waren fast ausschließlich Beile, Stöcke und Knüppel, nur hier und da sah ich ein Schwert. Ich ahnte, warum Ratwin sie vor allem an diesem Mauerabschnitt aufgestellt hatte: Die Straße, die aus dem Südtor hinausführte, wurde von einem alten Gräberfeld gesäumt, und die Grabsteine würden den Angreifern bei der Annäherung an die Stadt eine gewisse Deckung vor unseren Bogenschützen bieten; außerdem würden wir bei einem Angriff um die Mittagszeit gegen die Sonne kämpfen müssen. Indem Ratwin diesen Abschnitt sichtbar mit besonders vielen Männern besetzte, versuchte er, die Gegner dazu zu bringen, den Hauptangriff an einem anderen und für sie weniger vorteilhaften Abschnitt vorzutragen. Dass die meisten der hier eingesetzten Verteidiger nicht viel taugten, war aus der Entfernung nicht unbedingt zu erkennen. Es sollte vor allem nach einer großen Zahl aussehen. Die Überlegung war gut. Ich hoffte nur, dass die ganzen Leute uns im entscheidenden Moment nicht im Weg stehen würden.

Kaum jemand redete, alle starrten über das Gräberfeld hinweg in Richtung des bewaldeten Hügels.

«Da bist du ja endlich.» Neben mir tauchte Gauzbert auf, den Bogen in der Hand, einen vollen Köcher auf dem Rücken, ein Schwert an der Seite. Er grinste und roch ganz leicht nach Bier.

«Hast du was getrunken?», fragte ich.

«Nur ein bisschen, damit ich besser zielen kann.»

«Warum wurde überhaupt Alarm gegeben?», wollte ich wissen. Am Waldrand zeigte sich immer noch niemand, und ich fragte mich, woraus unsere Wachen geschlossen hatten, dass der Angriff bevorstand. Vielleicht wollten die Dänen uns auch einfach nur zermürben, indem sie einen Fehlalarm nach dem anderen auslösten.

«Im Kastorstift war alles auf den Beinen», antwortete Gauzbert. «Außerdem haben ein paar von ihnen sich am Waldrand gezeigt und Hornsignale gegeben.»

Die Zeit dehnte sich. Die Glocke verklang. Eine Viertelstunde verging. Die angespannte Stille wich leisen Gesprächen. Einige der Männer setzten sich mit dem Rücken zur Mauer auf den Wehrgang. Frauen mit Wasserschläuchen und Brotkörben machten die Runde, doch die meisten hatten keinen Appetit. Einige blickten grimmig vor sich hin, andere beteten. Träger verteilten brennende Fackeln und kleine Feuertöpfe.

«Hast du eigentlich Angst?», fragte Gauzbert beiläufig, während er die Spannung seiner Bogensehne prüfte.

Ich überlegte, während Gauzbert weiter an seinem Bogen herumfummelte. Hatte ich Angst? Die Vorstellung, dass eine dänische Klinge diesen Tag zu meinem letzten machen würde, jagte mir tatsächlich keine Angst ein, sosehr ich auch in mich hineinhorchte. Aber was die Angst auf Abstand hielt, war nicht die furchtlose Todesverachtung des Kriegers und schon gar nicht die Vorfreude des Mönchs auf die im Kampf gegen die Heiden erworbene Märtyrerkrone. Ich hatte keine Angst, weil ich mir nicht vorstellen konnte, dass mein irdisches Dasein an diesem Tag zu Ende gehen sollte. Ich war überzeugt, dass die Wende, die mein Lebensweg vor so kurzer Zeit genommen hatte, etwas zu bedeuten haben musste und dass Gott mich nicht deshalb aus dem Dienst in seinem Kloster abberufen hatte, um mich gleich anschließend auch aus dem Leben abzuberufen. Andererseits: War es überhaupt Gott gewesen, in dessen Dienst ich in Prüm gegen meinen Willen gestanden hatte? Heidnische Schriften zu lesen, zu kopieren, zu verbreiten und anschließend gegen die Anordnung des Priors zu retten, der gerade deren Preisgabe für Gottes Willen hielt? War das Gottes Werk gewesen? Während ich darüber nachdachte, fiel mir auf, dass ich noch nicht einmal wusste, wann ich eigentlich zuletzt gebetet hatte.

«Ja oder nein?», hakte Gauzbert nach.

«Nein», sagte ich.

«Dann ist es ja gut. Da kommen sie nämlich.»

Gauzbert hatte den Satz kaum zu Ende gesprochen, da ging ein Aufschrei durch die Männer auf der Mauer. Sie ergriffen ihre Waffen und Schilde. Ein leichtes Zittern schien sich durch den ganzen Wehrgang fortzupflanzen.

Da waren sie.

Auf der gesamten Länge des Waldrandes zeigten sich Hunderte von Gestalten. Sie traten nicht ungeordnet zwischen den Bäumen hervor, sondern schienen um die Stämme herumzufließen und sofort wieder zu einer Reihe zu verschmelzen. Schild an Schild rückten sie vor.

Vom Kastorstift drang Gebrüll herüber, aber der Blick war durch die Mauer und die Türme verdeckt.

Ich zog mein Schwert. Das schleifende Geräusch, mit dem es aus der Scheide glitt, schien etwas zu besiegeln. Gauzbert warf mir einen Seitenblick zu und nickte. Dann legte er einen Pfeil auf die Sehne. Dass er links von mir stand, war gut, denn ich würde ihn so mit meinem Schild decken können. Seinen eigenen würde er kaum benutzen, denn zum Schießen brauchte er beide Hände.

Die Dänen wälzten sich heran wie eine Meereswoge. Während sie näher kamen, wurde die Bemalung der Schilde erkennbar, zumeist schlichte Kreuze oder Muster, wie ich sie schon an den Schiffen gesehen hatte, nur vereinzelt waren dazwischen kompliziertere Motive zu erkennen, die wahrscheinlich ineinander verschlungene Tiere darstellen sollten.

Zum Glück war die Sonne hinter einer dünnen Wolkendecke verborgen, sodass wir nicht gegen das Licht blinzeln mussten.

Ich überschlug ihre Zahl. Die erste Reihe wurde von ungefähr dreihundert Männern gebildet und entsprach in ihrer Ausdehnung der gesamten Südmauer der Stadt. Die zweite Reihe war etwas dünner, dahinter marschierten blockweise kleinere Pulks, wahrscheinlich Bogenschützen und Speerwerfer, außerdem mindestens dreißig Zweiergruppen, die jeweils eine Leiter trugen, ein schwerer Wagen, auf dem ein Baumstamm festgebunden war, und schließlich eine Handvoll Reiter.

Insgesamt mochten es etwa achthundert sein, und das entsprach der Stärke der Schiffsbesatzungen, die wir zwei Tage zuvor von der Mosel vertrieben hatten. Zusammen mit Ivars Leuten im Kastorstift waren es um die tausendzweihundert Männer, und da wir sie nun alle vor der Nase hatten, bestand zumindest nicht die Gefahr, dass plötzlich noch mehr von ihnen aus dem Wald hervorbrechen würden.

Sie hatten das freie Feld zwischen Wald und Stadtmauer jetzt zur Hälfte durchquert. Die Entfernung zu uns betrug etwa fünfhundert Schritte.

Auf diese Distanz hätten uns die Katapulte schon gute Dienste geleistet, aber Ratwin hatte es vorgezogen, sie auf der Nordseite zu lassen, um die Mosel gegen Schiffe zu sichern. Es war schwer zu sagen, ob das die richtige Entscheidung gewesen war, denn niemand konnte wissen, ob sie ohne die Katapulte noch einmal versucht hätten, in die Mündung einzulaufen.

Vierhundert Schritte.

Das Tauwetter hatte den Boden aufgeweicht, sodass vor allem der Wagen mit dem Rammbock nur mit Mühe vorankam. Etwa zwanzig von ihnen stemmten sich dagegen; offenbar hätten sie keine Geschirre, um die Pferde davorzuspannen. Das war schon einmal ein Vorteil für uns. Das gut gesicherte und verbarrikadierte Tor würde der Rammbock höchstwahrscheinlich nicht aufsprengen können, und je langsamer sie mit dem Ding vorankamen, desto länger würden sie unserem Beschuss ausgesetzt sein.

Dreihundert Schritte.

Vom Kastorstift brandete erneut Gebrüll heran. Wir reckten die Hälse. Griffen sie von dort aus schon an? Nein, offenbar nicht. Das Gebrüll verebbte wieder, ohne dass in dieser Richtung irgendetwas geschah. Scheinbar war ihnen der Ratschlag des Vegetius nicht bekannt, dass man das Kriegsgeschrei erst unmittelbar vor dem Angriff anstimmen sollte, um den Gegner wirkungsvoller in Schrecken zu versetzen, anstatt ihn allzu früh daran zu gewöhnen.

Zweihundert Schritte.

Weitere Einzelheiten wurden erkennbar: braune, graue und schwarze Pelze auf den Schultern. Helme mit und ohne Wangenplatten, aufragende Speerspitzen, Schwertklingen zwischen den Schilden. Atemwolken in der Luft.

Ein Pferd wieherte. Die Räder des Wagens mit dem Rammbock rumpelten. Einer schrie etwas, ein anderer antwortete. Die Tritte der Stiefel im Schlamm wurden hörbar, ein rhythmisches Schmatzen.

Hundertfünfzig Schritte.

Sie waren jetzt innerhalb der Reichweite unserer Bogenschützen, aber noch schoss niemand. Es wäre Verschwendung gewesen; sie würden den Schildwall schließen, bevor unsere Pfeile sie erreicht hätten.

Sie rückten nun dichter zusammen. Die erste Reihe verkürzte sich, die zweite Reihe schloss auf. Dahinter machten sich ihre Bogenschützen bereit. Der Wagen rumpelte unbeirrbar weiter voran.

Hundert Schritte. Gauzbert und die anderen Schützen spannten ihre Bögen. Über die Köpfe hinweg entdeckte ich Ratwin, der sein Schwert in die Luft reckte.

Einen kurzen Augenblick lang hielten alle den Atem an.

«Jetzt!», schrie Ratwin und hieb die Klinge durch die Luft, als wollte er einen unsichtbaren Gegner enthaupten.

Die Bogensehnen schwirrten, etwa vierzig Pfeile schossen los, schnell wie Falken im Sturzflug. Die Dänen rissen die Schilde hoch, ihre Bogenschützen duckten sich hinter die Vordermänner. Das harte Klackern der einschlagenden Pfeile war bis auf die Mauer zu hören. Die Ausbeute war mager: Einer ihrer Speerträger sackte zusammen, die anderen rückten weiter vor, während unsere Schützen die nächsten Pfeile auflegten.

Die Dänen waren gut eingespielt. Sie duckten sich genau in dem Moment wieder hinter ihre Schilde, in dem die zweite Salve auf sie abgeschossen wurde. Wieder klackerte es. Wieder rückten sie ein Stück an uns heran.

Sie waren nun so nah, dass sie Gesichter bekamen, jüngere und ältere Gesichter, wütende, gierige und entschlossene; Bärte wurden erkennbar, einige wild wuchernd, andere eingeflochten oder gestutzt.

Nach unserer dritten Salve begannen sie zurückzuschießen. Einige ihrer Bogenschützen hatten hinter größeren Grabsteinen und Überresten von römischen Mausoleen Stellung bezogen, die anderen rückten mit dem Schildwall vor, der nun aus drei Reihen bestand. Da sie inzwischen so dicht an der Mauer waren, dass wir sie von oben unter Beschuss nehmen konnten, bildeten sie mit den Schilden ein gewölbtes und beeindruckend dichtes Dach über der Formation, das sich immer wieder an verschiedenen Stellen öffnete, um ihren Bogenschützen für einen kurzen Moment freies Schussfeld zu geben. Auch die Leiterträger hatten sich darunter geflüchtet; sie schleppten die Leitern nicht mehr, sondern schleiften sie hinter sich her.

Die Pfeile prasselten jetzt ununterbrochen auf sie nieder, statt auf Kommando zu schießen, zielte jeder Bogenschütze auf die Lücken, die sich vor ihm gerade auftaten, traf aber meistens trotzdem nur irgendeinen Schild. Gauzbert zeigte sein ganzes Können; er versenkte seine Pfeile zielgenau in den Zwischenräumen und erwischte einen Bogenschützen genau in dem Moment, in dem er hinter einem Grabmonument hervorlugte, um uns ins Visier zu nehmen.

Dennoch waren die Verluste der Dänen gering. Hier und da wurde einer von ihnen getroffen, aber die Lücken wurden sofort wieder geschlossen. Ich spähte vorsichtig hinter meinem Schild hervor, der dreimal kurz hintereinander getroffen wurde, es fühlte sich an wie Hammerschläge, und die Spitzen der Pfeile drangen bis auf die Innenseite, ohne den Schild ganz zu durchschlagen.

Der Rammbock kam nun kaum noch voran, weil die Männer, die sich damit abmühten, die meiste Zeit unter ihren Schilden hockten. Inzwischen war auch ein halbes Dutzend unserer Leute getroffen worden und entweder von der Mauer gefallen oder auf dem Wehrgang zusammengesackt. Nicht weit von mir hatte einer einen Pfeil in die Schulter bekommen, kreidebleich lehnte er an der Mauer, während zwei andere hilflos neben ihm knieten und dabei doch ganz froh zu sein schienen, dass sie einen Grund hatten, sich nicht oberhalb der Brüstung zeigen zu müssen.

Nach einiger Zeit erlahmte der Schusswechsel, der bisher keiner Seite einen Vorteil gebracht hatte: Wir hatten die bessere Deckung, die Dänen hatten mehr Bogenschützen und konnten durch ihre Überzahl die Verluste besser verschmerzen. Aber natürlich waren sie begierig, die Stadt zu stürmen, keiner wollte die Gelegenheit verpassen, als Erster auf die Mauerkrone zu steigen oder durch das aufgebrochene Tor zu stürmen. Es war klar, was jetzt passieren würde.

Die Reiter saßen ab und rannten zum Schildwall, während die Pferde in den Schutz des Waldes zurücktrabten.

Und dann stimmte auch diese Gruppe das Kampfgeschrei an. Unter dem Schutz der Schilde erhob sich im Takt der gegen das Holz geschlagenen Axtstiele und Schwertknäufe ein ohrenbetäubendes Gebrüll, das sich immer weiter steigerte, den Himmel über der Stadt zu erfüllen schien und bald vom Kastorstift aus beantwortet wurde.

Dann ging es plötzlich ganz schnell.

Auf ein Kommando setzte sich der Schildwall wieder in Bewegung, Speere und Pfeile flogen auf uns zu, sodass unsere Bogenschützen in Deckung gehen mussten und kaum noch zurückschießen konnten. Der Rammbock ruckte wieder an, das Gebrüll schien nicht nur ihre Tollkühnheit, sondern auch ihre Kräfte verdoppelt zu haben, denn nun bewegte das Ungetüm sich unaufhaltsam auf das Tor zu, während der Schildwall bald so dicht vor der Mauer war, dass unsere Bogenschützen sich über die Brüstung beugen mussten, um ihn überhaupt noch unter Beschuss nehmen zu können.

Direkt vor dem Tor stieg der Fahrweg leicht an, sodass die Räder des Rammbocks nicht mehr im Schlamm einsanken. Der Baumstamm krachte ein erstes Mal gegen das Holztor und ließ den Boden erzittern.

«Feuertöpfe!», brüllte Ratwin.

In Windeseile wurden die um die Tonkrüge gewickelten Lappen entzündet und die Feuertöpfe über die Brüstung geworfen, aber genau wie die Männer im Schildwall ließen sich auch die Bogenschützen von der Wucht des Angriffs mitreißen, gaben ihre Deckung auf und schossen einen so dichten Regen von Pfeilen auf uns ab, dass kaum jemand auf der Mauer sich traute, richtig zu zielen. Die Gefäße landeten größtenteils auf der Böschung vor der Mauer und setzten vor allem das Gras in Brand, einige platzten noch nicht einmal auseinander. Ein paar Schritte neben Gauzbert bezahlte einer, der es besser machen wollte, seine Entschlossenheit mit dem Leben, er zielte auf den Schildwall und wollte gerade werfen, als ein Pfeil ihn mitten in die Brust traf, er kippte hintenüber und fiel mitsamt dem brennenden Feuertopf auf die an der Mauerinnenseite verlaufende Gasse, ein Klirren, ein tiefes Bellen, dann schlugen die Flammen hoch und hätten vielleicht auf das gegenüberliegende Haus übergegriffen, wenn nicht einige Frauen geistesgegenwärtig ihre Mäntel darübergeworfen hätten.

Wieder krachte der Rammbock gegen das Tor. Es knirschte.

Knapp neben dem Tor hatte ein Feuertopf den Schildwall erwischt, und endlich zeigte sich die Wirkung dieser Geschosse: Der Topf zerbarst auf den Schilden, und das brennende Öl sickerte durch alle Ritzen, sodass sich bald vier in Flammen stehende Gestalten schreiend im Dreck wälzten, während Gauzbert die Verwirrung nutzte, um zwei weitere auszuschalten.

Wieder rumste der Rammbock. Wieder knirschte es, begleitet von einem scharfen Krachen.

Und dann kamen die Leitern. Im Schutz des Schildwalls hatten sie sie aufgerichtet, überall tauchten die schwankenden Holme auf, fielen gegen die Mauerkrone und begannen zu beben, als die Dänen von unten mit dem Aufstieg begannen.

Es gelang mir, eine direkt vor mir etwas zu steil angelegte Leiter mit dem Schwert so weit von der Mauer wegzuschieben, dass sie mitsamt den beiden Dänen, die sie gerade besteigen wollten, hintenüberkippte. Sie krachten in den Schildwall, der durch das Hantieren mit den Leitern ohnehin in einige Unordnung geraten war, Gauzbert schoss und traf einen von ihnen in der Schulter, doch schon hatten zwei andere die Leiter ergriffen, legten sie wieder an und stiegen umso verbissener hinauf. Ich warf einen schnellen Blick nach rechts und links und sah überall das gleiche Bild: Wie eine riesige der Länge nach aufgeschnittene Schlange setzte der Schildwall seine wimmelnde Brut frei, überall wieselten sie an den Leitern nach oben, die Schwerter und Äxte in den Händen, die Schilde auf den Rücken geschnallt.

Krachen, Knirschen, Splittern, Gebrüll von Männern, Zischen von Pfeilen und von irgendwoher schon wieder ein Horn, als gäbe es noch irgendetwas zu ordnen.

Dem Ersten, der unter mir die Leiter erklomm, verpasste ich einen Stich von oben in die Schulter, ich spürte, wie sein Schlüsselbein brach und die Klinge ohne weiteren Widerstand in ihn eintauchte, er schrie auf, fiel auf den anderen, riss ihn mit sich, sie rollten ein Stück die Böschung hinab, doch die nächsten beiden standen schon bereit. Sie hatten gemerkt, dass sie es schwer mit mir haben würden, also hielt der Erste von ihnen knapp unterhalb der Reichweite meiner Schwertklinge inne und hieb ein paarmal mit seiner Axt in meine Richtung. Er wusste, dass er mich so nicht erreichen konnte, aber das war auch gar nicht sein Ziel, er hatte es vielmehr darauf abgesehen, mich möglichst lange über der Brüstung zu halten, bis einer ihrer Bogenschützen mich erwischte. Und tatsächlich zischte genau in diesem Augenblick ein Pfeil heran und streifte mich am Oberarm. Ich begriff meine Chance, ließ mich gerade so weit zurückfallen, dass er mich nicht mehr sehen konnte, und tatsächlich: Er glaubte, ich sei getroffen worden, und stieg die Leiter so schnell hinauf, dass er nicht mehr reagieren konnte, als ich wieder hochschnellte und ihm das Schwert in den Bauch stieß. Gauzbert schoss den zweiten von der Leiter, die er im Sturz mitriss, wobei sie brach.

Wieder rumste der Rammbock, doch trotz des abermaligen Krachens und Splitterns schienen das Tor und die Steinladungen dahinter den Stößen ausreichend Widerstand entgegenzusetzen.

Dafür hatten es links von uns zwei Dänen geschafft, auf die Mauer zu gelangen. Sie wüteten unter den unerfahrenen Verteidigern ähnlich wie die Angreifer, die in Prüm über die Klostermauer gestiegen waren und Goswins Leute niedergemetzelt hatten. Schon war ein halbes Dutzend Männer von der Mauer auf die Straße gestürzt, zwei weitere schleuderten sie mit Axthieben über die Brüstung, wo sie im Fallen allerdings vier weitere Angreifer von den Leitern rissen. Zwischen ihnen und Gauzbert befand sich nur noch ein einziger Mann, allerdings einer von Ratwins erfahrenen Leuten, der sich nun den vorderen der beiden Dänen vorknöpfte, einen Schlag mit dem Schild abfing und sofort zustach, sodass der Däne mit einem Gesichtsausdruck, der innerhalb von einem Wimpernschlag von Unglauben in Entsetzen überging, auf dem Wehrgang zusammenbrach. Der andere, ein riesiger Kerl mit einer nicht weniger riesigen Axt, wollte nachsetzen, aber der Sterbende war ihm im Weg. Diesen Moment nutzte Gauzbert.

«Ducken!», schrie er.

Tatsächlich begriff der Mann vor ihm sofort, dass er gemeint war, er duckte sich, der Pfeil schoss los und traf den Riesen im Auge, er brüllte auf, die Wucht schleuderte ihn nach hinten, und er kippte von der Mauer. Einen weiteren Dänen, der direkt neben ihm auf der Mauerkrone auftauchte, beförderte Ratwins Mann mit einem Stoß seines Schildes nach unten.

Hinter mir krachte noch einmal der Baumstamm gegen das Tor, aber mit weniger Wucht als zuvor, denn die Verteidiger hatten mit Speerwürfen einige der Männer außer Gefecht gesetzt, die den Rammbock bewegten. Auch unsere Bogenschützen hatten begriffen, was von ihnen verlangt wurde, sie wagten sich nun weiter vor, beugten sich über die Brüstung und schossen gezielt die Kletternden von den Leitern. Der Schildwall sah inzwischen arg gerupft aus, die Schilde waren mit Pfeilen gespickt; Tote, Verletzte und umgestürzte Leitern lagen im Weg und verhinderten, dass die Lücken schnell geschlossen werden konnten. Immer noch versuchten einige Dänen, nach oben zu gelangen, aber der Schwung war erlahmt, während auf unserer Seite selbst die schlecht ausgerüsteten

Stadtbewohner und Flüchtlinge neuen Mut fassten und sich zu dritt und zu viert auf jeden Dänen stürzten, dessen Kopf über der Brüstung erschien. Einige wenige, die es dennoch schafften, wurden von Ratwin und seinen Leuten erledigt.

Ein schneller Blick von der Mauer zeigte mir, dass die Dänen in diesem Abschnitt um die hundert Männer verloren hatten – ein Verlust, den sie rein zahlenmäßig hätten verschmerzen können, aber erstens hatten sie wie üblich ihre besten Leute in die erste Reihe gestellt und die meisten von ihnen dabei verloren, zweitens lagen schon eine ganze Reihe Leitern zerbrochen auf der Böschung, sodass ein weiterer Angriff gar nicht mehr mit der gleichen Wucht und Dichte hätte vorgetragen werden können. Auch der Rammbock hatte nichts erreicht.

Und dann gaben wir ihnen mit den verbliebenen Feuertöpfen den Rest. Drei Treffer rissen große Löcher in den Schildwall, und das Gebrüll und der Anblick der lebenden Fackeln, die sich im Schlamm wälzten, trieb den anderen endgültig die Lust aus, sich noch länger am Fuß der Mauer aufzuhalten. Während ihre Bogenschützen uns mit ein paar letzten Salven hinter die Brüstung zwangen, bargen sie die Verwundeten, ließen den Rammbock stehen und zogen sich im Schutz ihrer Schilde zurück.

Sie waren noch nicht ganz außer Reichweite, als von Osten her ein Ruf wie eine Welle über die Mauer heranrollte: «Sie haben sie ins Kastorstift zurückgetrieben!»

Es war wie ein Dammbruch. Wir schrien unseren Triumph heraus und brüllten den abrückenden Dänen höhnische Beleidigungen, unflätige Verwünschungen und Tiervergleiche aller Art hinterher. Einige zogen die Hosen herunter und richteten ihre nackten Hinterteile nach Süden.

Während die anderen schrien und jubelten, dachte ich schon wieder an Judith. Was bedeutete dieser Sieg für sie? Wenn die Dänen keinen zweiten Angriff wagen wollten, dann würden sie bald abziehen, wahrscheinlich rheinabwärts. Und natürlich würde Ivar Judith auch weiter mitschleppen, nachdem er sie schon den ganzen Weg hierher mitgeschleppt hatte. Wenn er noch am Leben war. War er noch am Leben? Wie viele Männer hatten sie an der Ostmauer verloren? Waren sie vielleicht schon dabei, das Kastorstift zu räumen und die Schiffe zu beladen?

Auf der Mauer tanzte alles, jeder fiel jedem in die Arme. Im Gewühl war ich ein paar Schritte zur Seite gedrängt worden, sodass ich Gauzbert kurz aus den Augen verloren hatte. Jetzt sah ich ihn. Er lehnte ein paar Schritte entfernt an der Mauer und schien keinen Anteil am Geschehen zu nehmen. Ich arbeitete mich zu ihm vor.

«Ich muss schauen, was an der Ostmauer passiert ist», sagte ich.

Gauzbert blickte mich an. Er war bleich und hatte Schweißperlen auf der Stirn.

«Mich hat's erwischt», sagte er leise. Dann sackte er zusammen.

Und da sah ich es: Einer der dänischen Bogenschützen, die den Rückzug gedeckt hatten, musste ihn getroffen haben. In Gauzberts Bauch, knapp oberhalb der Hüfte, steckte ein Pfeil.

14

Während die letzten Angreifer zwischen den Bäumen verschwanden und die brennenden Öllachen auf der Böschung erloschen, versuchte ich verzweifelt, jemanden zu finden, der mir dabei half, Gauzbert vom Wehrgang zu tragen und irgendwohin zu bringen, wo ich ihn versorgen konnte, ohne dass mich ständig jemand anrempelte oder über uns hinwegstieg. Niemand achtete auf uns, alle sangen und tanzten und lagen sich in den Armen, einige fielen auf die Knie und beteten. Von den Kirchtürmen setzte wieder das Geläut ein, und obwohl es dieselben Glocken waren, die kurz zuvor noch unseren drohenden Untergang angekündigt hatten, klangen sie nun jubilierend.

Gauzbert lehnte kraftlos wie ein halb leerer Wasserschlauch an der Brüstung, hatte die Augen geschlossen und atmete schnell und flach. Der Pfeil hatte das Kettenhemd durchschlagen. Ich konnte nicht sehen, wie tief er in Gauzberts Körper steckte, aber die Blutung schien nicht allzu stark zu sein, jedenfalls sickerte nichts unter seiner Kleidung hervor. Das musste nicht unbedingt ein gutes Zeichen sein: Gut möglich, dass der Pfeilschaft die Wunde verstopfte, sodass der Körper auslaufen würde wie ein Fass, sobald man den Pfeil herauszog. Ich hatte das vor Jahren in Prüm bei einem Mitbruder erlebt, den wir eines Morgens mit einem angespitzten

Holzpflock im Hintern im Stall gefunden hatten. Nachdem wir den Pflock herausgezogen hatten, war ihm gerade noch genügend Zeit geblieben, um zu beteuern, dass es sich um einen Unfall gehandelt habe: Er sei gestolpert und in der Stallgasse irgendwie auf den Pflock gefallen. Anschließend war der Bruder in einer Blutlache verstorben, ohne Gelegenheit gehabt zu haben, wenigstens dem Beichtvater eine plausiblere Fassung des Hergangs zu erzählen.

Als einer dieser feiernden Tölpel dem stöhnenden Gauzbert im Vorbeilaufen versehentlich einen Tritt verpasste, sprang ich auf, packte den Kerl am Kragen, schrie ihn zusammen und befahl ihm, die Füße des Verletzten zu nehmen. Er murmelte eine Entschuldigung und gehorchte. Ich fasste Gauzbert unter den Achseln, und gemeinsam bugsierten wir ihn die Treppe hinunter, um ihn zur Schmiede zu schleppen. An einer Ecke kam uns Sigibert entgegen, der aufgeregt keuchend in Richtung Mauer eilte, flink wie ein Mastschwein. Er trug wieder das Wollgewand mit den Fettflecken, seine Haare waren in Unordnung, doch er erfasste mit einem Blick, was geschehen war.

«Ein Pfeil? Wann ist das passiert?» Es war das erste Mal, dass ich Sigibert nicht mit vollem Mund sprechen hörte.

«Gerade eben», sagte ich.

«Steckt er tief drin?»

«Ich weiß es nicht», antwortete ich außer Atem. Der Schweiß lief mir in den Nacken. Jubelnde Menschen strömten an uns vorbei, aber ich nahm sie kaum wahr.

«Wo bringt ihr ihn hin? Zur Schmiede? Soll ich mir das mal anschauen?»

Ohne eine Antwort abzuwarten, folgte er uns. Wir brachten

Gauzbert, der immer bleicher wurde und keinen Laut mehr von sich gab, in die Schmiede und betteten ihn auf ein Fell. Der Kerl, den ich zum Tragen verdonnert hatte, stand eine Weile unschlüssig herum und zog sich dann ohne ein Wort zurück.

Sigibert ging zu einem Wasserfass und wusch sich die Hände. Wahrscheinlich hatte er gegessen, während draußen der Kampf getobt hatte, und wollte sich jetzt das Fett von den Fingern spülen, bevor er sich an Gauzberts Wunde zu schaffen machte. Immerhin schien er zu wissen, was er tat.

Er kam zurück und kniete ächzend neben dem Verletzten nieder.

«Wie heißt er noch mal?», fragte er.

«Gauzbert», sagte ich.

«Bertram», murmelte Gauzbert fast gleichzeitig.

Ich starrte ihn an. Ich hatte völlig vergessen, dass ich seinen richtigen Namen gar nicht wusste. Als ich ihn kennengelernt hatte, hatte er im Sarg des heiligen Gauzbert gelegen. Seitdem hatte eine unausgesprochene Vereinbarung zwischen uns bestanden, dass ich ihn so nannte; auch in den Tavernen und unter den Soldaten hatte er sich immer als Gauzbert vorgestellt. Dass er nun das Spiel nicht mehr weiterspielte, löste regelrechtes Entsetzen in mir aus. Es war, als wollte er an der Schwelle zum Tod etwas richtigstellen, mit einer Lüge aufräumen, bevor er diese Welt verließ.

«Wie denn nun?», fragte Sigibert irritiert.

Diesmal antwortete keiner von uns, und Sigibert fragte nicht mehr nach, sondern machte sich an die Arbeit. Er packte den Schaft des Pfeils mit der linken Faust dicht über der Stelle, an der er eingedrungen war. Dann brach er ihn mit einer entschlossenen Bewegung der rechten Hand ab, als würde er einer Taube das Genick brechen. Es knackte laut. Gauzbert stöhnte auf, und Sigibert legte ihm beruhigend eine Hand auf die Stirn.

«Die Pfeilspitze muss raus», sagte er. «Wer weiß, in wie vielen Kadavern die schon gesteckt hat.»

Er blickte sich suchend um und zeigte dann auf die Werkbank. «Reich mir mal die Blechschere dahinten», sagte er zu mir. «Und dann fachst du die Glut an und machst ein Messer heiß. Das schärfste, das du findest.»

Zum Glück befanden wir uns in einer Schmiede, sodass an Werkzeugen aller Art kein Mangel herrschte. Während Sigibert mit der Blechschere das Lederwams auftrennte, das Gauzbert unter dem Kettenhemd trug, führte ich seine weiteren Anweisungen aus.

Sigibert besah sich die Wunde eine Weile und sagte dann: «Wir werden ein bisschen schneiden müssen. Vierkantspitzen kann man so rausziehen, Flügelspitzen mit Widerhaken nicht.»

«Warum kennst du dich so gut damit aus?», fragte ich, während ich mit dem Blasebalg die Esse anheizte.

«Ich hab das schon hundertmal gemacht», sagte er beiläufig, während er vorsichtig an dem abgebrochenen Pfeilschaft zog. Gauzbert schien inzwischen bewusstlos geworden zu sein. Er atmete immer noch schnell und flach, gab aber keinen Ton von sich.

«Du hast Verletzte versorgt?», fragte ich beeindruckt.

«Nein, Wild zerwirkt. Böcke, Schweine, Mufflons, alles. Das kann man nicht dem Koch überlassen. Meinem jedenfalls nicht. Der reißt die Pfeile einfach raus und ruiniert die besten Stücke.»

Ich wusste nicht, ob diese Auskunft beruhigend oder beängstigend war. Doch vielleicht war die Sorgfalt, mit der dieser Feinschmecker sein Wild zu zerwirken wusste, die beste Garantie dafür, dass er Gauzbert ebenso schonend behandeln würde.

«Böcke, Schweine, Mufflons», wiederholte ich kopfschüttelnd.

«Bei Rehwild muss man besonders aufpassen», belehrte Sigibert mich ungerührt. «Sonst ist gleich die halbe Keule zum Herrn.»

Das Messer war inzwischen so heiß, dass es glühte. Ich reichte es ihm.

«Halt seine Arme fest», sagte Sigibert.

Es widerstrebte mir, Gauzbert gewaltsam festzuhalten, aber ich überwand mich und umklammerte die Handgelenke meines Freundes, während Sigibert sich auf Gauzberts Beine hockte und sich dann wieder dessen Bauch widmete. Was genau er dort unten machte, sah ich nicht, denn kaum dass er begonnen hatte, bäumte Gauzbert sich mit einem fürchterlichen Schrei auf und warf sich hin und her. Ich bat Gauzbert in Gedanken um Verzeihung und hielt seine Arme im eisernen Griff. Sigibert drückte ihn mit seinem ganzen Gewicht zu Boden. Zum Glück ging es schnell: Es zischte kurz, Gauzbert schrie erneut auf, dann erschlaffte er, und Sigibert hielt triumphierend den abgebrochenen Pfeil mit der blutverschmierten Metallspitze in die Höhe.

«Eine Vierkantspitze», stellte er fest. «Hatte ich mir fast gedacht. Die hätten wir auch so rausgekriegt, aber man weiß es vorher nicht.» Stöhnend richtete er sich auf. «Dein Freund hat wirklich Glück gehabt. Wahrscheinlich ist die Spitze irgendwie zwischen den Darmschlingen durchgeschlüpft und stecken geblieben, ohne eine der großen Arterien zu verletzen, die da unten durchlaufen.»

Ich war überrascht über Sigiberts Kenntnisse. Besaß er ein anatomisches Werk, von dem ich nichts wusste? Die paar Schriften über den menschlichen Körper, die ich im Lauf der Jahre in die Hände bekommen hatte, waren wenig brauchbar gewesen.

Er bemerkte meinen fragenden Blick. «Böcke, Schweine, Mufflons, Menschen», sagte er. «Von innen hat Gott uns alle mehr oder weniger gleich geschaffen.»

«Sagt wer?»

«Galen.»

Ich konnte es nicht glauben. Das Werk dieses größten Arztes des Altertums war weitgehend verschollen. «Du hast ...»

«Nur ein paar schlecht übersetzte Auszüge», wiegelte er ab.

Ich hätte Sigibert gern weitere Auskünfte entlockt, aber als ich Gauzbert sah, der wie niedergestreckt auf seinem Fell lag, schämte ich mich, dass ich ausgerechnet in diesem Augenblick an so etwas dachte.

«Wird er durchkommen?», fragte ich bange.

«Wenn sich das nicht entzündet.» Ächzend stemmte Sigibert sich auf die Füße. «Warte kurz bei ihm. Ich besorge was zum Verbinden.»

Er wusch sich erneut die Hände in dem großen Wasserfass, dann verschwand er und ließ mich allein mit Gauzbert zurück. Ich kniete mich neben den reglos Daliegenden und betrachtete besorgt das blutige Loch in seinem Bauch. Und als ich schon fürchtete, er habe zu atmen aufgehört, hob er plötzlich die Hände und faltete sie auf der Brust. Ein schwaches Lächeln schlich sich in seine Züge.

«Das war mein bester Trick», flüsterte er.

Ich begriff nicht.

«Als Toter», erklärte er mit geschlossenen Augen. «Die Idee kam mir bei meinem ersten Auftritt im Sarg. Die Gemeinde stimmte das Vaterunser an, und ich faltete spontan die Hände. Hat verdammt großen Eindruck gemacht. Man sollte denken, dass die Leute den Schwindel durchschauten, aber stattdessen war es für sie nur ein weiterer Beleg für die wundertätige Kraft des Leichnams. Noch als Toter war Gauzbert so gottesfürchtig, dass er mitbeten wollte.»

Sein Lächeln wurde breiter, und ich spürte, dass der Gauzbert in ihm über den Bertram gesiegt hatte. Vor lauter Dankbarkeit sprach ich zum ersten Mal seit Wochen selbst ein Gebet.

Nach kurzer Zeit kam Sigibert mit einem Bündel Werg und einem Salbentiegel zurück und versorgte die Wunde.

«Fleischbrühe», sagte er. «Flöß ihm Fleischbrühe ein und sorg dafür, dass er genug trinkt. Wenn er Fieber bekommt, rufst du mich sofort. Verstanden?»

«Verstanden.»

Ich betrachtete die Pfeilspitze. Wäre sie einen Fingerbreit weiter oben, unten, rechts oder links eingedrungen, hätte sie Gauzbert möglicherweise getötet.

«Das kriegen sie zurück», murmelte Gauzbert. Dann schlief er ein.

Es gefiel mir nicht, ihn allein dort liegen zu lassen, aber ich musste nun endlich wissen, was an der Ostmauer passiert war. Es war ja immerhin möglich, dass meine Hoffnung sich erfüllt hatte und Ivar beim Sturm ums Leben gekommen war. Wenn er aber noch lebte, würde ich ihn und seine Leute erst recht im Auge behalten müssen.

Also verließ ich die Schmiede und bahnte mir meinen Weg zwischen den Menschen hindurch, die in den Straßen feierten und in der kurzen Zeit, in der wir Gauzbert versorgt hatten, schon ein ganzes Stück betrunkener geworden zu sein schienen. Eine Glocke rief zur Messe; diesmal klang das Geläut hilflos. Niemand machte sich auf den Weg zur Kirche.

Vor Emmas Taverne ging es hoch her. Tische, Bänke und Hocker waren auf die Gasse geschleppt worden. Mindestens vierzig Männer saßen und standen dort herum, lachten, stießen an, kippten Bier in sich hinein, riefen nach Nachschub und übertrumpften sich gegenseitig mit ihren Berichten, wer an diesem Tag wie viele Dänen von der Leiter gestoßen hatte. Emma beugte sich aus einem der Fenster und reichte neue Humpen heraus. Ihr Ausschnitt gewährte noch ein bisschen mehr Einblick als sonst.

An einem der Tische wurde besonders laut gelacht.

«Erzähl den mal den anderen!», rief einer und gab seinem Nachbarn, einem rotgesichtigen Kerl mit praller Wampe, den man sich gut als Metzger vorstellen konnte, einen aufmunternden Schlag in den Nacken. Das ließ der Metzger sich nicht zweimal sagen. Er sprang auf den Tisch und rief mit donnernder Stimme in die Runde: «Hört mal zu!»

Die anderen Gespräche verstummten. Alle Gesichter waren auf ihn gerichtet, einige irritiert, andere in amüsierter Erwartung.

«Warum lagern die Dänen so gerne am Flussufer?»

«Sag schon!», rief einer.

«Damit sie nicht so weit laufen müssen, um ihre vollgeschissenen Hosen durchzuspülen!», schrie der Metzger.

Alles brüllte und johlte. Humpen knallten, Fäuste hieben auf Tische.

«Hast du noch so einen, Alfred?»

Metzger Alfred, der seinen Erfolg sichtlich genoss, nickte selbstgefällig. Er wartete, bis alle wieder ruhig waren, dann fragte er: «Warum wollen alle Dänen nach Walhalla?»

Fragende Blicke.

«Weil es da immer was zu saufen gibt?», fragte einer in die Stille hinein.

Alfred schüttelte den Kopf, dann rief er: «Weil das der einzige Ort ist, an dem sie von uns nichts auf die Schnauze kriegen!»

Erneut großes Gebrüll und Gejohle.

«Aller guten Dinge sind drei!»

«Alfred! Alfred! Alfred!»

Die Männer schlugen ihre Humpen im Takt auf die Tische, bis Alfred erneut Ruhe gebot.

«Warum haben die Dänen keine Katapulte?»

Diesmal verzichteten die anderen aufs Raten. Erwartungsvolle Blicke ruhten auf Alfred. Er beugte sich vor, machte eine Kunstpause und rief: «Damit sie die beim Wegrennen nicht auch noch schleppen müssen!»

Vierzig Männer grölten wie vierhundert, und aus den Seitengassen gesellten sich jetzt weitere dazu. Ich unterdrückte meinen Durst auf Bier und mein Bedürfnis nach Zerstreuung und entfernte mich. Dänenwitze würde ich in der nächsten Zeit wohl noch genügend zu hören bekommen.

Nicht alle feierten: Die Mauer war immer noch dicht mit

Wachen besetzt, um den Dänen keine Gelegenheit zu geben, unseren Siegestaumel für einen Überraschungsangriff zu nutzen.

Ich stieg auf die Ostmauer und spähte hinüber zum Kastorstift.

Die Schiffe lagen unbewacht auf dem Strand. Nichts deutete darauf hin, dass Ivars Leute sich zur Abfahrt bereit machten oder für einen neuerlichen Angriff sammelten. Die Wolken hatten sich inzwischen ganz verzogen; die Sonne stand im Westen, und im warmen Licht des winterlichen Nachmittags sah man dem Gemäuer endlich wieder den friedlichen Zweck an, für den es gebaut worden war. Vereinzelte Gestalten liefen herum, geschäftig, aber nicht hektisch. Wahrscheinlich zählte Ivar jetzt seine Leute durch und wartete auf Nachrichten von den anderen.

Judith. Sie war immer noch da drin.

Ich wusste, dass ich nichts würde tun können, solange die Lage so blieb, wie sie war. Ein weiterer nächtlicher Besuch war nicht ratsam. Wahrscheinlich war Ivar noch wachsamer und noch gefährlicher als zuvor, gereizt wie ein angeschossener Keiler. Ich sah ihn vor mir, wie er durch die Gänge stapfte, Möbel zertrümmerte und jeden niederschlug, der ihm in die Quere kam. Sie war immer noch in seiner Gewalt, und ich konnte nur hinüberschauen wie ein Sternenbeobachter, der das Ziel seiner Sehnsüchte nicht erreichen kann.

Am Fuß der Mauer lagen etwa drei Dutzend Körper zwischen zerbrochenen Leitern, fallen gelassenen Waffen und Schilden, die voller Pfeile steckten. Weitere, die unsere Bogenschützen wahrscheinlich auf dem Rückzug erlegt hatten, lagen weiter hinten auf dem Feld.

Ein Eselskarren bog um die zur Mosel hin gelegene nördliche Ecke der Mauer, begleitet von ein paar Männern, die Ratwin wohl losgeschickt hatte, um Waffen einzusammeln und Verwundete entweder gefangen zu nehmen oder zu massakrieren. Klirrend und polternd flogen Schwerter, Speere, Bögen und Schilde auf die Ladefläche. Die Leichen sollten offenbar liegen bleiben, um die Angreifer im Fall eines zweiten Versuchs zu entmutigen. Wenn es nicht wieder kräftig fror, würde bald ein infernalischer Gestank durch die Stadt wehen. Den einen oder anderen Toten drehten die Männer mit einem Fußtritt auf den Rücken; einem, der sich noch rührte, rammten sie einen Speer in den Bauch und ließen ihn stecken. Einen anderen untersuchten sie näher, hoben ihn hoch und luden ihn auf den Karren. Als er den Kopf hob, schlugen sie ihn mit dem Schwertknauf bewusstlos. Nach einiger Zeit hatten sie ihre Runde beendet und verschwanden wieder hinter der Ecke.

Was würde geschehen? Wir steckten in einer Pattsituation: Die Dänen hatten sich eine blutige Nase geholt und würden es sich gut überlegen, ob sie einen neuen Sturm wagen sollten. Wir dagegen waren nach wie vor nicht stark genug, um sie im Kastorstift anzugreifen. Damit wären wir ohnehin schlecht beraten gewesen, denn vielleicht wartete die andere Gruppe im Wald nur darauf, dass wir im Siegestaumel einen Ausfall unternahmen, sodass sie uns in den Rücken fallen konnten. Vielleicht würden sie sich nach ihrer Niederlage doch noch auf Verhandlungen einlassen, aber ich bezweifelte, dass Ratwin ihnen irgendetwas anbieten würde, nachdem das Blatt sich zu unseren Gunsten gewendet hatte, zumal die Zeit für uns arbeitete, weil wir besser mit Vorräten versorgt waren als sie. Ich begann zu ahnen, dass meine Verfolgungsjagd nicht vor den Mauern von Koblenz enden würde.

Unten in der Stadt ging das Fest weiter. Zwei Frauen, vier Krüge in jeder Hand, kamen auf die Mauer und verteilten Bier. Einer der Wächter, der mich schon eine ganze Zeit lang beobachtet hatte, trat auf mich zu und reichte mir einen Krug. Er war jung und bewegte sich mit katzenhaften Bewegungen, und auch sein Gesicht mit den leicht schräg stehenden Augen und dem schmalen Kinn erinnerte an das einer Katze. Er war vollständig in Schwarz gekleidet, und sein Lederpanzer war mit Nieten gespickt, die in der Sonne glitzerten. Es war deutlich zu sehen, dass er sich in dieser Montur gefiel. Sie machte seine schmale Statur ein bisschen kriegerischer.

Wir tranken. Er stellte sich als Lupus vor. Es tat gut, ein bisschen Gesellschaft zu haben. Meine Gedanken drehten sich ohnehin nur im Kreis.

«Deine Schwester ist da drüben, oder?»

Eigentlich war es kein Wunder, dass die Geschichte sich herumgesprochen hatte. Dennoch überraschte es mich, dass dieser wildfremde junge Mann sofort wusste, dass ich derjenige war, um den es dabei ging. Ein bisschen befremdete es mich auch: Offenbar zeigte man hinter meinem Rücken mit dem Finger auf mich.

«Ja», sagte ich.

Er folgte meinem Blick zum Kastorstift. Seine Miene war finster.

«Wenn man sie da irgendwie rausholen könnte ...», sagte er.

«Sie ist angekettet und wird scharf bewacht», unterbrach ich ihn etwas schroff. Ich wollte keine unausgegorenen Ideen hören, so gut sie auch gemeint sein mochten. Es gab nichts, was ich nicht längst schon bedacht und verworfen hatte. Jedenfalls glaubte ich das.

«Ich habe auch eine kleine Schwester», sagte er, als sei er mir eine Erklärung für sein Mitgefühl schuldig.

«Ist sie in Sicherheit? Wie alt ist sie?», fragte ich und musste unwillkürlich grinsen. Offenbar hatte Sigiberts Angewohnheit, mehrere Fragen auf einmal zu stellen, schon auf mich abgefärbt.

Er erzählte ein bisschen von seiner Familie. Seine Schwester war sieben Jahre alt und lebte bei ihren Eltern in Trier, und auch Lupus wollte so schnell wie möglich wieder dorthin zurück, sobald er in Koblenz nicht mehr gebraucht würde. Er redete noch ein bisschen weiter, aber ich hörte kaum noch hin. Trier. Es war wie ein Fingerzeig auf Fidis. Ich fragte Lupus nach ihr, aber der Name sagte ihm nichts, und auch meine Beschreibung, die sich ja nur auf zwölf Jahre alte Erinnerungen stützen konnte, half ihm nicht auf die Sprünge: braunes Haar, meistens zum Zopf gebunden, volle Lippen, Grübchen in den Wangen – genauso gut hätte ich beschreiben können, wie ich mir die Muttergottes vorstellte.

Ein Stöhnen drang von der Böschung herauf. Einer der Dänen, die dort lagen, begann, sich zu regen, schlug die Augen auf und versuchte, sich auf die Seite zu wälzen. Ohne ein Wort griff Lupus nach einem an der Brüstung lehnenden Speer, beugte sich vor, holte aus und nagelte den Verletzten am Boden fest. Ohne einen Laut sackte der Däne wieder auf den Rücken.

«Gute Reise nach Walhalla», sagte ich.

Lupus lachte gehässig. «Eben nicht. Nach Walhalla kommen sie nur, wenn sie mit der Waffe in der Hand sterben. Der da ist jetzt unterwegs nach Niflheim. So nennen sie die Hölle. Hat mir dieser Erik mal beim Bier erzählt.»

«Ach ja?»

«Ja. Aber es ist eine andere Hölle als unsere. Sie brennen dort nicht, sie frieren.» Er formte mit beiden Händen einen Hohlraum und hauchte hinein. «Und ehrlich gesagt, erscheint mir das für einen Ort des ewigen Leidens auch irgendwie einleuchtender. Wenn man stundenlang im kalten Wind hier auf der Mauer steht, dann sehnt man sich ja förmlich nach wabernder Glut und ein paar Teufeln, die sie ordentlich anfachen. Wer behauptet eigentlich, dass die Hölle heiß ist?»

«Augustinus», sagte ich. «Im einundzwanzigsten Buch des *Gottesstaates*.»

Er sah mich überrascht an. «Woher weißt du denn so was?»

«Ich bin Bibliothekar», antwortete ich, und als ich den Worten nachhorchte, klangen sie auf merkwürdige Weise befremdlich, als hätte ich von jemand anderem gesprochen.

Lupus zog die Augenbrauen hoch. «Ach was? Und da liest man dann den ganzen Tag diese Lexikons, oder was?»

«Ich würde den *Gottesstaat* nicht unbedingt als Lexikon bezeichnen.»

«Sondern?»

Ich erklärte ihm den Unterschied zwischen einer Kirchenväterschrift und einem Wörterbuch, dann verabschiedete ich mich, um nach Gauzbert zu sehen. Falls er in der Zwischenzeit Fieber bekommen hatte, würde ich Sigibert holen müssen, der ja offenbar wusste, was in so einem Fall zu tun war.

Alfred stand immer noch oder schon wieder auf dem

Tisch, als ich an der Taverne vorbeikam, und widmete sich inzwischen der angeblichen Vorliebe der Dänen für die Begattung ihrer Nutztiere. Die Menge der Zuhörer war weiter angeschwollen, die Männer drängelten sich in der Gasse, sodass man kaum durchkam. Auch einige andere waren auf die Tische gestiegen. Emma waren offenbar die Humpen ausgegangen, aber nicht das Bier, das jetzt mit Hörnern und Holzbechern aus Eimern geschöpft wurde.

«Was denkt ein Schaf, wenn es von einem Dänen gemolken wird?»

Es folgte eine kurze, fragende Stille.

«Gott sei Dank will er heute nur grapschen!»

Während die Zuhörer einmal mehr in ohrenbetäubendes Grölen ausbrachen, entdeckte Emma mich am Rand der Versammlung und bahnte sich ihren Weg durch die Menge zu mir. Im Gehen sammelte sie Krüge ein, schlug ein paar vorwitzigen Gästen auf die Finger und klatschte einem, der sie auf seinen Schoß zu ziehen versuchte, einen nassen Lappen ins Gesicht. Sie sah hinreißend aus, und sie wusste es genau: Keine Farbe hätte besser zu ihren kupferroten Haaren gepasst als das Dunkelgrün ihres Kleides; die Brauen hatte sie sich sorgfältig gezupft und so nachgezogen, dass sie wie Brückenjoche über dem Wasser ihrer tiefblauen Augen lagen.

«Wie geht's deinem Freund?», fragte sie besorgt.

Vielleicht hatte sich zwischen ihr und Gauzbert doch schon etwas mehr abgespielt, als ich mitbekommen hatte, jedenfalls schien er kein beliebiger Gast zu sein, nach dessen Befinden sie sich im Vorübergehen erkundigte. Sie hatte Angst um ihn.

«Er schläft. Sigibert hat die Pfeilspitze rausgeholt.»

«Der? Ich dachte, der könnte nur essen.»

Wir wechselten noch ein paar Worte, und sie versprach, nach Gauzbert zu sehen, sobald sie in der Taverne abkömmlich wäre. Dann verabschiedete ich mich und machte mich auf den Weg zur Schmiede. Auf dem Weg dachte ich darüber nach, was seine Verletzung für mich bedeutete. Wenn die Dänen abzogen, bevor er sich erholt hatte, würde ich die Jagd nach Ivar allein fortsetzen müssen.

Gauzbert lag noch immer so auf dem Rücken, wie ich ihn zurückgelassen hatte. Ich fühlte an seiner Stirn, aber er schien kein Fieber zu haben.

Im Gegenteil: Er fühlte sich fast kühl an.

Und er atmete nicht.

Mein Herz setzte einen Schlag aus. Doch als ich gerade panisch nach seinem Puls tasten wollte, faltete er wieder die Hände auf der Brust und grinste zufrieden, ohne die Augen zu öffnen.

«Schon wieder reingefallen», murmelte er, fast ohne die Lippen zu bewegen. In diesem kurzen Moment wurde mir klar, wie viel er mir inzwischen bedeutete.

Sigibert musste in meiner Abwesenheit noch einmal da gewesen sein, jedenfalls stand ein großer Topf mit Fleischbrühe auf dem Herd. Während ich Gauzbert half, sich ein wenig aufzurichten, und ihm die Brühe einflößte, berichtete ich ihm, was ich von der Mauer aus beobachtet hatte.

«Vielleicht hast du Glück, und Ivar ist umgekommen», sagte er. Aber er schien es genauso wenig zu glauben wie ich. Schließlich war Ivar nicht unter den Toten auf der Böschung gewesen.

Wir schwiegen eine Weile.

«Emma macht sich Sorgen um dich», sagte ich. «Sie will nachher vorbeischauen.»

Er grinste wieder. «Dann kann sie sich ja gleich mal den anderen Pfeil anschauen.»

«Iss deine Fleischbrühe, sonst schicke ich dir Sigibert vorbei.»

Nachdem Gauzbert gegessen hatte, schlief er umstandslos wieder ein.

Ich begann, in der Schmiede auf und ab zu wandern wie ein Tier im Käfig. Meine Gedanken drehten sich im Kreis. Immer wieder spielte ich die Möglichkeiten einer handstreichartigen Befreiung meiner Schwester durch. Nach dem, was Lupus mir erzählt hatte, verhieß die Vorstellung, Ivar im Schlaf zu erstechen, zusätzliche Genugtuung: Sein letzter Gedanke wäre die demütigende Gewissheit, nicht in Walhalla zu landen, sondern in dieser eiskalten Dänenhölle namens Niflheim. Aber es war nicht klug. Immer wieder sagte ich es mir.

Ein paar Betrunkene zogen singend in der Gasse vorbei. Es war nicht klug.

Draußen wurde es dunkel. Es war nicht klug.

Irgendwann klopfte es, und ohne eine Antwort abzuwarten, trat Emma ein. Als sie Gauzbert auf seinem Fell erblickte, trat eine Mischung aus Wiedersehensfreude und Fürsorglichkeit in ihr Gesicht. Es war offensichtlich, dass Gauzbert mir etwas verschwiegen hatte. War es ihm unangenehm gewesen? Weil er etwas hatte, was ich nicht hatte?

«Schon abkömmlich?», fragte ich.

«Ratwin hat den Ausschank nach Sonnenuntergang verboten», antwortete Emma. «Er will nicht, dass die Leute zu betrunken sind. Falls die Nordmänner noch mal wiederkommen.»

Sie kniete sich neben Gauzbert und ergriff seine Hand. Er hatte die Augen immer noch geschlossen, aber ich sah genau, dass er nicht mehr schlief.

Emma drehte sich zu mir um. «Die Gäste sind weg, aber meine Schwester ist noch da und räumt auf. Wenn du dich reinschleichst, gibt sie dir ein Bier. Oder auch zwei.»

Es war offensichtlich, dass sie mich loswerden wollte. Aber ihr Vorschlag klang verlockend und kam mir gelegen.

Erst auf dem Weg zur Taverne wurde mir klar, dass das nicht nur an der Aussicht auf das Bier lag. Ich versuchte, mir Emmas Schwester vorzustellen. In der Taverne hatte ich sie noch nicht gesehen, aber ich malte sie mir äußerst anziehend aus, allein weil sie Emmas Schwester war.

Ich begegnete ein paar Nachzüglern, die über Ratwins Anordnung motzten und beratschlagten, wo wohl unter der Hand noch etwas zu trinken zu bekommen sein würde.

Die Tische, Bänke und Hocker vor der Taverne waren schon abgeräumt worden. Drinnen brannte schwaches Licht. Gedämpftes Klappern und Klirren war zu hören. Ich betrat die Schankstube.

Emma hätte nicht darauf hinweisen müssen, dass es ihre Schwester war, die da die Humpen in einem Wasserfass durchspülte, selbst im Schummerlicht der wenigen Kerzen war das deutlich zu erkennen: die gleichen roten Haare, die gleichen blauen Augen, die gleiche Statur, die in ihrem weiten Wollkleid allerdings weniger zur Geltung kam als bei Emma.

Sie machte keine Anstalten, mich unter Verweis auf die Sperrstunde gleich wieder hinauszuwerfen, im Gegenteil. Sie wusste offenbar, wer ich war, und meine Ankunft schien sie nicht zu überraschen. Mir kam der Verdacht, dass hier etwas abgesprochen worden war.

«Darf ich mich setzen?», fragte ich dennoch.

«Wenn du keine Dänenwitze erzählst», antwortete sie.

Als hätten die Eltern der beiden es darauf abgesehen gehabt, die Ähnlichkeit auch in ihren Namen zum Ausdruck zu bringen, hatten sie sie Ella getauft. So stellte sie sich vor, nachdem sie mit zwei Holzkrügen zum Tisch gekommen war und mit der größten Selbstverständlichkeit mir gegenüber Platz genommen hatte. Meinen Namen kannte sie bereits. Sie sah mir in die Augen, als wäre ich nun am Zug.

Hier war auf jeden Fall etwas abgesprochen worden.

Und mit dieser Erkenntnis regte sich mit einem Mal etwas, was ich schon lange nicht mehr gespürt hatte: ein Gefühl erregender Verheißung.

Nicht dass die Begierde einem im Kloster fremd würde. Im Gegenteil: Sie ist eine Hydra, der für jeden abgehackten Kopf zwei neue wachsen; sie ist eine Pflanze, die kein Licht braucht und ihre Schösslinge durch kleinste Ritzen treibt. Jeder Versuch ihrer Abtötung bewirkt eher das Gegenteil; je leidenschaftlicher Prediger und Beichtväter gegen die Unzucht wettern, desto deutlicher werden die Bilder davon. In meiner ganzen Zeit in Prüm habe ich keinen einzigen Bruder getroffen, der das Keuschheitsgelübde über die Jahre eingehalten hätte. Man behalf sich selbst oder untereinander; man zweigte Butter, Fleisch oder Kerzenwachs ab, die gegen Zuwendungen anderer Art auf dem Heuboden an die Bauerntöchter aus den umliegenden Dörfern übergeben wurden. Doch all das hatte unter Abt Ansbald mehr oder weniger im

Verborgenen stattgefunden. Nun aber saß ich in einer Taverne einer jungen Frau gegenüber, die ein Spiel eröffnet hatte, das sie gut beherrschte und nur mit jemandem spielen würde, der die Regeln auch begriff.

Natürlich merkte sie, dass ich aus der Übung war, doch ich spürte, dass ich ihr gefiel, und das machte mich sicherer. Sie fragte mich über den Kampf auf der Mauer aus. Nach meiner Herkunft und nach den Gründen für meine Anwesenheit in Koblenz fragte sie nicht, obwohl oder vielleicht gerade weil sie aus den Gesprächen in der Taverne wahrscheinlich so einiges wusste. Es war wie bei einem Schachspiel: Wir schoben die Bauern vor, holten die Läufer aus der Deckung und ließen die Pferde über erste Hürden springen, ohne sie wirklich zu gefährden.

«Hattest du Angst?», fragte sie.

«Nein», antwortete ich.

Sie lächelte. «Angeber.» Aber ich wusste, dass sie mir glaubte.

Zwischendurch füllte Ella unsere Krüge nach. Die Anspannung lockerte sich. Als ich meine Hand auf ihre legte, zog sie sie nicht zurück. Es war, als wäre ich mit meinem Turm durch ihre Verteidigungslinie gebrochen, doch anstatt ihre Dame in Sicherheit zu bringen, griff sie damit an und schlug meinen König, indem sie sich vorbeugte, meinen Nacken umfasste, meinen Kopf über den Tisch zog und mich küsste. Und zum ersten Mal seit Wochen dachte ich eine ganze Zeit lang nichts mehr. Es war, als hätte sie nach diesem letzten Zug die Figuren vom Brett gefegt.

Ich weiß nicht, wie lange wir uns so küssten, jedenfalls wurde es irgendwann unbequem. Die Tischkante drückte gegen die Rippen, vor allem aber war sie im Weg. Ella löste sich von mir, stand auf und blies die Kerzen aus. In völliger Dunkelheit kam sie zu mir zurück, griff nach meiner Hand und führte mich zu einer Treppe im hinteren Bereich des Schankraums, dann Stufe für Stufe nach oben, über knarrende Holzdielen und durch eine Tür. Spielerisch wie bei einem Tanz drehte sie mich um und gab mir einen Schubs, sodass ich rückwärts auf ein Bett fiel. Es raschelte, dann spürte ich ihr Gewicht auf mir. Meine Hände fassten keinen Stoff mehr, nur noch Haut.

Ich schreckte hoch, als draußen ein wildes Geläut einsetzte. Überall klappten Fensterläden und Türen, in den Straßen erhob sich Geschrei. Natürlich war mein erster Gedanke, dass die Dänen wieder angriffen. Ein nächtlicher Sturmangriff war eigentlich undenkbar, aber vielleicht hatten sie im Schutz der Dunkelheit ein Tor aufgebrochen.

Ich wusste nicht, wie lange ich geschlafen hatte, aber hinter den Ritzen der Fensterläden zeigte sich noch keine Spur von Morgendämmerung. Auch Ella war hochgeschreckt.

«Bleib im Haus», sagte ich, küsste sie zum Abschied, suchte meine Sachen zusammen und zog mich in aller Eile an.

Draußen rannten Menschen mit Fackeln umher. Alle sahen aus, als wären sie aus dem Schlaf gerissen worden, verwirrte und benommene Gesichter flogen vorbei. Einige wenige hatten sich in aller Eile ihre Waffen gegriffen.

Die Glocken läuteten weiter. Es herrschte die nackte Panik. Gehetzte Stimmen schrien durcheinander.

«Was ist los?»

«Greifen sie an?»

«Von wo kommen sie?»

Alles strebte zur Ostmauer, ohne dass irgendjemand wusste, warum. Es war, als folgten wir einem Sog.

Das Geschrei wurde lauter. Als die Mauer in Sicht kam, sah ich das dichte Gedränge auf dem Wehrgang, dahinter einen orangefarbenen Schimmer, den ich zuerst für das erste Leuchten des Tagesanbruchs hielt.

Ich hastete die Treppe hinauf.

Der Schimmer war nicht das Leuchten des Tagesanbruchs. Es war ein gewaltiges Feuer.

Das Kastorstift brannte, als hätte man es mit ölgetränktem Stroh vollgestopft. Aus allen Fenstern und aus dem Dach schlugen Flammen, hinter den Fenstern der Kirche loderte es, und auch die Nebengebäude brannten lichterloh.

Judith, war mein erster Gedanke. Sie war angekettet und verbrannte jetzt da drin, weil ihre Bewacher vor dem Feuer geflohen waren und sie nicht losgemacht hatten. Diese Vorstellung und das Gefühl der Ohnmacht waren für einen kurzen Moment unerträglich, doch dann sah ich, dass die Schiffe nicht mehr da waren. Während um mich herum alle durcheinanderschrien, starrte ich auf den Rhein, der matt glänzend dahinzog.

Und da waren sie. Gerade noch rechtzeitig, bevor die Dunkelheit sie schluckte, entdeckte ich das Ende der Kolonne. Am äußersten Rand des Feuerscheins glitten sie in der Mitte des Flusses zügig stromabwärts und waren nach wenigen Augenblicken verschwunden.

15

Niemand verließ die Mauer. Alle starrten gebannt in die Flammen, deren Prasseln und Brausen über die freie Fläche zwischen der Stadt und dem Stift heranbrandete. Ab und zu krachte es, wenn Balken nachgaben und Decken einstürzten, und irgendwann brach das Dach des Stiftsbaus in sich zusammen und schickte einen Funkenregen in den Himmel, als hätte sich unter dem Gebäude ein Schacht zur Hölle geöffnet. Kurz darauf gab das Dach der Kirche nach, doch es stürzte nicht gleich ein, sondern sank zwischen den Mauern nach unten und gab dabei ein lang gezogenes Ächzen von sich, das schließlich in ein Krachen und Poltern überging, gefolgt von einem neuerlichen Funkenschauer.

Kaum jemand sprach. In den Gesichtern sah ich eine merkwürdige Mischung aus Ehrfurcht, Entsetzen und Erleichterung: Ehrfurcht vor dem infernalischen Spektakel, Entsetzen darüber, dass Gott den Heiden die Zerstörung dieses Gotteshauses gestattet hatte, und Erleichterung wegen der Gewissheit, dass die Dänen so schnell nicht wiederkommen würden. Das Feuer war ihr wütender Abschiedsgruß. Indem sie das Kastorstift angesteckt hatten wie ein nicht mehr benötigtes Basislager, hatten sie ihre Niederlage eingeräumt und gleichzeitig ihrem Ärger darüber Luft gemacht, wie eine Horde Betrunkener, die nach einer verlorenen Kneipenschlägerei auf dem Heimweg die Fenster einwirft. Wir hatten gewonnen, doch die Freude über unseren Sieg sollte nicht ungetrübt sein.

Mehr als alles andere trieb mich die Sorge um meine Schwester um. Was, wenn Ivar tatsächlich glaubte, dass Judith mit göttlichen Mächten in Verbindung stand? Konnte er auf die Idee gekommen sein, dass sie seine Niederlage heraufbeschworen hatte und dass er den Fluch durch ein Brandopfer irgendwie bannen konnte?

«Willst du es dem Dicken beibringen?», fragte jemand hinter mir.

Es war Ratwin. Er lächelte. Für ihn zählte der Sieg, denn den würde man ihm zuschreiben. Den Preis würde die Kirche bezahlen müssen. Ratwin sah mein sorgenvolles Gesicht und begriff sofort.

«Sie war nicht mehr da drin», sagte er und legte mir den Arm um die Schultern.

«Was für eine beruhigende Nachricht», murmelte ich. Ratwin hatte mich trösten wollen, aber die Gewissheit, dass die Jagd immer noch nicht zu Ende war, war alles andere als tröstlich. Ich fühlte mich niedergeschlagen und müde.

Als das Feuer sich endlich satt gefressen hatte, zog schon der wolkenverhangene Morgen herauf. Die Ruinen rauchten vor sich hin. Von den aus Holz errichteten Nebengebäuden waren nur noch die Schornsteine und die steinernen Fundamente übrig, auf denen sich grauschwarze Ascheberge türmten. Kirche und Stiftsgebäude waren zu Steingerippen ausgebrannt; über den klaffenden Fensterhöhlen saßen zapfenförmige

Rußfahnen an der Mauer, als hätten die Fenster schwarze Zipfelmützen aufgesetzt. Die Bäume im Obstgarten waren von der Hitze verkohlt.

Irgendwann kam Wind auf, und ein heftiger Wolkenbruch setzte ein. In Schleiern fiel das Wasser in die verglühende Asche. Das Zischen war bis auf die Mauer zu hören. Hellgrauer Dampf wallte in üppigen Wolken zum Himmel.

Nach einer halben Stunde ließ das Unwetter nach. Während des Regenschauers hatte Ratwin wie die meisten anderen den Wehrgang verlassen. Es gab nichts mehr zu sehen.

Schließlich stieg auch ich hinunter, ging zum Osttor und zwängte mich zwischen den Steinkarren hindurch. Vier Wächter mussten anpacken, um das Fallgitter hochzuziehen und das Tor zu entriegeln. Sie stießen die Torflügel weit auf, als wollten sie die ganze Stadt durchlüften. Die Leichen lagen immer noch vor der Böschung, hatten aber noch nicht zu riechen begonnen.

Mit einem bangen Gefühl näherte ich mich der Ruine. Was, wenn ich dort eine verkohlte Leiche finden würde?

Der Regen hatte den Boden aufgeweicht, sodass ich bis zu den Knöcheln einsank, aber ich achtete nicht darauf. Der penetrante Geruch von feuchter Asche hing in der Luft und wurde mit jedem Schritt stärker. Wie eine klebrige Schicht legte er sich auf meine Zunge, sodass ich ihn nicht nur roch, sondern auch schmeckte.

Als ich durch das Tor trat, spürte ich schon die Hitze, die das ausgebrannte Gemäuer trotz des Regengusses immer noch abstrahlte. Die Bäume im Garten waren schwarz verfärbt, und je näher sie dem Stift standen, desto weniger Zweige hatten sie.

Aus der Kirche kam ein Poltern. Irgendein Balken, der halb verkohlt in seiner Verankerung gelegen hatte, war hinabgestürzt.

Die Türen des Stiftsgebäudes waren vollständig verbrannt, nur die metallenen Scharniere hingen noch in den Angeln wie Finger, die nach den Eintretenden greifen wollten. Schon auf der Schwelle war es kaum noch auszuhalten. Die Hitze waberte über den Resten von Zwischendecken, Treppen und Dachgebälk, dazwischen lagen schwarz gebrannte Ziegel verstreut.

Und dann sah ich das, was von Judiths Gefängnis übrig geblieben war.

Da fast alle Zwischenwände und die Decken zwischen dem Erdgeschoss und dem oberen Stockwerk eingestürzt waren, konnte man von unten in alle Zimmer blicken. Unter dem rechten Fenster der Südwand war ein Ring in die Wand eingelassen. Und an diesem Ring hing eine Kette mit einer geöffneten Fußfessel.

Judith lebte. Ivar hatte sie mitgenommen. Die Jagd würde weitergehen.

Gauzbert war wach, als ich die Schmiede betrat. Emma lag neben ihm auf dem Fell, sie trug immer noch das grüne Kleid und hatte im Schlaf eine Hand auf seine Brust gelegt.

Er legte den Finger an den Mund, als wäre sie es, die dringend den Genesungsschlaf benötigte.

«Hast du's schon gehört?», flüsterte ich.

«Ja. Das Stift ist abgebrannt.» Er wies mit einer Kopfbewegung auf Emma, um zu erklären, woher er die Information hatte. Offenbar war auch sie von dem Getöse geweckt worden und hatte sich draußen umgehört. Vielleicht war sie sogar oben auf der Mauer gewesen, ohne dass ich sie im Gedränge entdeckt hatte. Dass sie danach gleich wieder zu Gauzbert gegangen war, um an seiner Seite zu bleiben, rührte mich.

«Geht's dir besser?», fragte ich.

Gauzbert schob behutsam Emmas Hand weg und wälzte sich ächzend auf die Seite.

«Die Schmerzen sind erträglich.»

Ich legte ihm eine Hand auf die Stirn. Er schien kein Fieber zu haben.

«Und?», fragte er mit einem anzüglichen Grinsen.

«Und was?», fragte ich zurück.

Sein Grinsen wurde breiter. «Wie viel hat sie dir abgeknöpft?»

«Ging aufs Haus.»

«Ich meinte nicht das Bier.»

«Ich auch nicht», sagte ich, ohne eine Miene zu verziehen.

«Oh.» Er zog in gespielter Anerkennung die Augenbrauen hoch. «Wer hätte das gedacht?»

Bevor er mich weiter über Einzelheiten ausfragen konnte, gab Emma einen Seufzer von sich und begann, sich zu rekeln, sodass ich von weiteren Fragen verschont blieb.

«Was ist mit Judith?», fragte Gauzbert vorsichtig. «Haben sie sie mitgenommen?»

Während ich ihm von der Kette berichtete, die im ausgebrannten Stiftsgebäude an der Wand gehangen hatte, spürte ich noch einmal, wie seltsam mich der Anblick der verwaisten Fessel berührt hatte: Sie bewies nicht nur, dass meine Schwester noch lebte, sondern auch, dass ich in der Nacht meines heimlichen Besuchs nichts hätte tun können, um sie zu befreien, denn den dicken Ring hätte ich unmöglich aus der Wand reißen können.

«Was willst du jetzt tun?», fragte er.

«Ich reite ihnen hinterher, und zwar sofort», antwortete ich. «Was bleibt mir anderes übrig? Flussabwärts sind sie so schnell, dass ich keine Zeit verlieren darf. Ich melde mich bei Ratwin ab, und dann breche ich auf.»

«Was glaubst du, wo sie hinwollen?»

«Ich weiß es nicht. Vielleicht zu ihrem Lager nach Asselt. Aber wahrscheinlich machen sie unterwegs irgendwo halt, um am Fluss oder im Hinterland zu plündern.»

Gauzbert richtete sich auf und verzog dabei das Gesicht. «Ich komme nach, sobald ich wieder reiten kann.»

Die Selbstverständlichkeit, mit der Gauzbert erklärte, die Jagd bis zum Ende mit mir durchstehen zu wollen, berührte mich zutiefst. Aber natürlich wusste ich, dass er so schnell nicht wieder würde reiten können. Er war schwer verletzt und würde von Glück sagen können, wenn die Wunde sich nicht doch noch entzündete.

Erst in diesem Augenblick wurde mir klar, dass unsere Wege sich hier und jetzt trennen würden. Während ich ihn vorsichtig in die Arme nahm, musste ich an den Ausspruch von Cicero über die Freundschaft denken: Sie verdoppelt unsere Freude und halbiert unseren Schmerz.

Ratwin empfing mich auch diesmal in dem Raum mit den langweiligen Wandteppichen. Erik war bei ihm, aber er schien in Gedanken versunken zu sein. Er nickte mir kurz zu, dann blickte er weiter aus dem Fenster.

Auf dem Tisch standen mehrere Karaffen, ein riesiger Brotkorb, eine Platte mit Wurst und Schinken und Schüsseln voller Obst. Im Kamin brannte ein großes Feuer. Es war, als wollte Ratwin das Ende der Belagerung auch dadurch verkünden, dass er die Vorräte nicht mehr schonte.

Ratwin wies auf die Köstlichkeiten auf dem Tisch, schenkte mir Wein ein und trank mir zu.

«Auf unseren Sieg, Tankred», sagte er. «Und darauf, dass du deine Schwester bald befreist.»

Es rührte mich, dass er mein Anliegen in einem Atemzug mit der Rettung seiner Stadt nannte. Ich säbelte ein paar Scheiben von dem Schinken ab. Es tat gut, endlich etwas in den Magen zu bekommen.

Während ich aß, schilderte ich Ratwin mein Vorhaben. Obwohl nicht nur ich, sondern auch einige andere die Schiffe im Feuerschein flussabwärts hatten verschwinden sehen, zweifelte Ratwin daran, dass das Lager in Asselt Ivars nächstes Ziel war. Nachdenklich drehte er sein Glas vor dem Kaminfeuer und ließ den Wein darin funkeln.

«Ich glaube nicht, dass Ivar nach der Schlappe von Koblenz Lust hat, sich in Asselt blicken zu lassen», sagte er. «Er hat seinen Männern fette Beute versprochen, stattdessen muss er jetzt mit eingekniffenem Schwanz abziehen. Das ist nicht gerade die Geschichte, die man nach einer Plünderungsfahrt gern am Lagerfeuer erzählt.» Ratwin kniff die Augen zusammen. «Wie hieß dieser andere Jarl in Aachen noch mal?»

«Gorm», sagte ich.

«Gorm», wiederholte Ratwin. «Korrigier mich, wenn ich das falsch in Erinnerung habe, aber hat dieser Sven Knurhår dir nicht erzählt, dass es in Aachen Streit gab? Gorm ist zurück nach Asselt gezogen, aber Ivar wollte unbedingt Koblenz angreifen. War doch so, oder?»

«Ja», bestätigte ich. Ich sah Sven Knurhår wieder vor mir, wie er auf dem Kaiserthron mit der Elefantenrippe herumgefuchtelt hatte, während er von der Aufteilung der Gefangenen und dem Abzug der beiden Gruppen aus Aachen berichtet hatte.

«Gut», sagte Ratwin. «Gorm und Ivar sind sich also nicht grün. Gorm ist schon in Asselt, und sobald dort die Nachricht von Ivars Niederlage angekommen ist, wird er die Gelegenheit nutzen, um Stimmung gegen Ivar zu machen. Er wird den anderen erzählen, dass er von dem Zug nach Koblenz abgeraten hat. Er wird sagen, dass Ivar den Angriff schlecht geplant und ausgeführt hat. Und es ist ja nicht nur die Niederlage selbst, sondern auch die Wirkung, die davon ausgeht. Ivar hat ihren Ruf geschädigt. Die unbesiegbaren Nordmänner! Mit sechsfacher Übermacht sind sie angetreten, und statt Silber und Sklaven kriegen sie einen Tritt in den Hintern. Schönen Dank, Ivar! Wer weiß, vielleicht laufen ihm jetzt schon die Männer davon. Vielleicht suchen sie sich einen anderen Anführer.» Ratwin lachte schadenfroh, dann wurde er wieder ernst und beugte sich vor. «Und könnten einige von ihnen nicht vielleicht sogar auf die Idee kommen, dass die Niederlage etwas mit seiner Besessenheit für deine Schwester zu tun hat? Denk an das, was in der Kirche passiert ist! Wie Ivar getobt hat, als der Dolmetscher vorschlug, sie uns zu verkaufen! Vielleicht glauben die, dass sie Ivar verhext hat! Schaut ihn euch an! Seit die Zauberin mit dem grünen und dem braunen Auge dabei ist, ist er nicht mehr zurechnungsfähig!»

In diese Richtung hatte ich auch schon gedacht. Die Frage war nur, was das für Judith bedeuten würde.

Ratwin wandte sich an Erik. «Was ist, Erik? Ist das denkbar? Glaubt ihr an so was? Zauberinnen?»

«Ich glaube an den Vater, den Sohn und den Heiligen Geist», sagte Erik leicht gereizt.

«Amen», sagte Ratwin und verdrehte die Augen. «Aber du weißt, was ich meine. Könnte Ivar sich einbilden, dass das Mädchen mit seinen Göttern in Verbindung steht?»

Erik sträubte sich sichtlich, als fürchtete er, sich mit seinen Kenntnissen über die heidnische Glaubenswelt verdächtig zu machen. Ohne besonders überzeugt zu klingen, sagte er schließlich: «Ja, warum nicht? Ein Auge für Midgard, eins für Asgard.»

Er blickte wieder aus dem Fenster, als wollte er von diesem Thema nichts mehr hören.

Aber Ratwin wollte es genauer wissen. «Midgard, Asgard. Geht's auch für Laien?»

«Menschenwelt und Götterwelt.»

«Du meinst, sie könnte mit einem Auge das sehen, was auf der Erde passiert, und mit dem anderen in den Himmel blicken?»

«Ich meine das auf keinen Fall», sagte Erik bockig. «Aber Ivar könnte es glauben.»

Ratwin nickte. «Und angenommen, die anderen kommen zu dem Schluss, dass sie Ivar schlecht beraten oder verzaubert hat. Oder dass sie gar keine Zauberin ist, sondern nur ein hübsches Mädchen, das ihm den Kopf verdreht hat. Was würden sie mit ihr machen, wenn Ivar sie nicht mehr beschützen könnte?»

Erik warf einen ängstlichen Blick in meine Richtung, dann sagte er: «Vielleicht würden sie sie verkaufen oder gegen Lösegeld freilassen», sagte er. «Ohne göttliche Gaben wäre sie eine ganz gewöhnliche Geisel.»

Unter anderen Umständen hätte ich ihn zu seiner ausgezeichneten Alliteration beglückwünscht, aber ich versuchte, einen klaren Gedanken zu fassen. Denn eine Ahnung sagte mir, dass Erik auch noch eine andere Möglichkeit in Betracht zog, sich aber nicht traute, sie in meiner Anwesenheit auszusprechen: dass sie Judith opfern würden, um ihre Götter zu besänftigen.

Ratwin unterbrach meine Überlegungen. «So oder so braucht Ivar jetzt dringend einen Erfolg, und es ist durchaus möglich, dass er den noch bekommt. Wenn die andere Gruppe wieder zu ihm stößt, hat er immer noch tausend Männer. Ich könnte mir vorstellen, dass sie ein paar Tage lang Atem schöpfen und dann wieder nach Süden aufbrechen. Entweder sie fahren rheinaufwärts und stellen ihr Glück in Mainz auf die Probe, oder sie versuchen, trotz der Katapulte in die Mosel einzulaufen. Das ist es nämlich, was sie nach dem Angriff auf Koblenz eigentlich vorhatten. Sie wollten weiter nach Trier.»

Ich blickte überrascht auf. «Woher weißt du das?»

Ratwin lächelte selbstzufrieden. «Wir waren heute Nacht nicht untätig. Einer der Verletzten, die wir vor der Mauer geborgen haben, hat geredet.»

«Ich dachte, man müsste sie fünf Tage lang nicht schlafen lassen, bevor sie den Mund aufmachen», sagte ich erstaunt.

Ratwin winkte ab. «Dazu erschien mir die Sache diesmal zu dringlich, also habe ich's noch mal mit der klassischen Methode versucht: Schultern auskugeln, Fingernägel rausreißen, flüssiges Blei in die Ohren. Hat auch geklappt.»

Erik verzog angeekelt das Gesicht. Wahrscheinlich war er

auch zu dieser Befragung als Dolmetscher hinzugezogen worden, und die Folterung war zu viel für sein schwaches Gemüt gewesen.

«Hast du sonst noch was aus dem Gefangenen herausbekommen?», fragte ich.

«Nicht viel», sagte Ratwin. «Sie hatten keine anderen Pläne, weil sie sich gar nicht vorstellen konnten, dass sie sich an Koblenz die Zähne ausbeißen.» Ratwin überlegte kurz, ob er etwas vergessen hatte, und tatsächlich fiel ihm noch etwas ein. Grinsend verkündete er: «Der Führer der anderen Gruppe heißt übrigens Knut, genannt Blodknut, was so viel heißt wie blutige Knute. Und deinen Freund Ivar nennen sie Forstyrret, den Irren.» Ratwin lachte spöttisch auf. «Knut Blutknute und der irre Ivar. Das sind die Leute, mit denen wir uns herumschlagen. Hört sich an wie aus einer Gespenstergeschichte, oder?»

Mir war nicht nach Wortspielen zumute. «Ich wüsste gern, was Ivars Leute eigentlich über ihn denken», sagte ich nachdenklich. «Ob sie mit ihm als Anführer noch zufrieden sind. Danach sollte man den Gefangenen mal fragen.»

«Den kann man nichts mehr fragen», sagt Ratwin kalt. «Das ist der Nachteil der klassischen Methode. Wenn sie schon angeschlagen sind, sterben sie einem gleich weg, wenn man sie mal ein bisschen härter anfasst.»

Damit schien dieses Thema für ihn erledigt zu sein. Ratwin sah mit kämpferischem Blick aus dem Fenster in Richtung der Stadtmauer. «Sollen sie ruhig noch mal versuchen, in die Mosel einzulaufen. Das Fährseil haben sie einfach durchgehauen, aber wenn ich zwischen den Pfeilerstümpfen eine Kette spannen lasse, stauen sich die Schiffe davor, und wir nehmen sie unter Beschuss. Die Katapulte bleiben Tag und Nacht geladen und gespannt. Das wird ein Spaß.»

«Warum sollten sie es darauf ankommen lassen?», fragte ich.

Ratwin blickte mich an. «Warst du mal in Trier?»

«Nein.»

«Die Römermauer ist vier Meilen lang und in einem schlechten Zustand. Man bräuchte mindestens zweitausend Mann, um das zu verteidigen. Trier ist keine Stadt, sondern ein riesiger Weinberg mit ein paar Dörfern drin, und jedes davon hat seine eigene Kirche. Am Moselufer steht ein Kloster neben dem anderen. Um die auseinanderzunehmen, müssen sie noch nicht mal über die Stadtmauer steigen. Wenn die Dänen nicht schon ihr Walhalla hätten, dann sähe ihr Paradies wahrscheinlich aus wie Trier: ein Wald von unbefestigten Kirchen und Klöstern mit vollen Weinkellern und Vorratskammern! Ich kann mir nicht vorstellen, dass sie den Gedanken aufgegeben haben, es dort zu probieren.»

Er redete noch ein bisschen weiter über Trier, aber ich hörte kaum noch zu. Denn selbst wenn Ratwin recht hatte: Solange ich keine Gewissheit darüber hatte, was Ivar als Nächstes tun würde, vergrößerte sich sein Vorsprung mit jeder Stunde, die ich in Koblenz blieb.

Ratwin spürte meine Ungeduld und beendete seine Ausführungen. Er stand auf, ging zu einer Truhe unter dem Fenster, entnahm ihr einen Lederbeutel und reichte ihn mir.

«Damit du unterwegs nicht auch noch plündern musst», sagte er lächelnd.

Ich bedankte mich und steckte den Beutel ein, ohne hineinzusehen. Vom Gewicht her waren es mindestens hundert

Denare, genug, um mehrere Monate über die Runden zu kommen.

«Was hast du vor, wenn das alles vorbei ist?», fragte Ratwin, während ich mich erhob. «Zurück nach Prüm?»

Ich blickte ihn erstaunt an, nicht weil er das Kloster erwähnte, sondern weil er sich offenbar Gedanken über meine Zukunft machte, wie man das für einen Freund tun würde.

«Ich weiß es noch nicht», sagte ich vorsichtig.

Ein Lächeln erschien auf seinem Gesicht. «Tu mal nicht so, als hättest du in der ganzen Zeit nicht darüber nachgedacht. Ich weiß, dass du nicht freiwillig ins Kloster gegangen bist. Und ich weiß auch sonst noch allerhand über dich.»

Dieser Vorstoß überraschte mich. Ich hatte mir schon gedacht, dass Sigibert ihm meine Geschichte erzählt hatte, aber Ratwin hatte sie nie auch nur mit einem Wort erwähnt, als ob er mir die Gelegenheit hatte geben wollen, selbst zu berichten.

Anstatt meine Antwort abzuwarten, fuhr Ratwin fort: «Solange im Land alles drunter und drüber geht, interessiert sich niemand für dich. Du bist vor den Dänen aus dem Kloster geflohen wie alle anderen auch. Das Land ist voll von heimatlosen Mönchen. Aber wenn du gar nicht zurückkehrst, wird man sich nach dir erkundigen. Man wird dich für flüchtig erklären. Es gibt immer noch Leute, denen es nicht passen dürfte, dass du frei herumläufst. Du wirst dich um deine Begnadigung kümmern müssen. Das Urteil wurde damals im Namen des Königs von Westfranken gefällt, richtig?»

«Richtig», bestätigte ich.

«Maastricht gehört seit zwei Jahren zu Ostfranken. Der Kaiser wird bald aus Italien zurück sein, um seinen Bruder zu beerben, und dann ist der ostfränkische Thron wieder besetzt. Ich könnte mich für dich einsetzen.»

«Danke», sagte ich gerührt.

Ratwin fasste mich beinahe feierlich bei den Schultern. «Gute Reise und viel Erfolg», sagte er. «Und denk daran, dass du in Koblenz immer willkommen bist.»

Erik winkte mir von seinem Platz aus müde zu.

Als ich mich gerade zum Gehen wenden wollte, schlug Ratwin sich gegen die Stirn und eilte mir hinterher. «Sigibert hat mir das hier für dich gegeben», sagte er. «Zur Erinnerung an euer Kennenlernen.»

Ich traute meinen Augen kaum, als er mir ein Buch reichte. Ich schlug es auf und las den ersten Satz.

Waffentat künde ich und den Mann, der als erster von Troja, schicksalsgesandt, auf der Flucht nach Italien kam.

Es war eine Abschrift der *Aeneis* von Vergil.

Waffen. Schicksal. Flucht. Es war, als wäre das meine Geschichte.

Ich verließ die Stadt durch das Nordtor. Meine Taschen waren vollgepackt mit Vorräten. Zwei Decken und ein Bärenfell waren aufgerollt an den Sattel geschnallt, und Gauzbert hatte mir seinen Bogen mitgegeben, falls ich unterwegs ein paar Rebhühner oder einen Wikinger schießen wolle.

«Wikinger?», hatte ich gefragt.

«So nennen sie die Nordmänner in England», hatte er geantwortet.

Auch die Mosel führte viel Wasser, und der Fährmann verlangte inzwischen den doppelten Preis, aber ich hatte keine

Lust, mich deswegen zu streiten, also zahlte ich und half ihm noch dabei, das schwerfällige Gefährt durch die Strudel zu bugsieren, während die Strömung am Halteseil zerrte. Mein Pferd wurde immer unruhiger, schlug mit dem Schweif, tänzelte mit aufgerissenen Augen hin und her, die Fähre begann, dadurch stärker und stärker zu schwanken, Wasser schwappte herein, und plötzlich schien das Tier selbst einen Entschluss zu fassen und sprang ins Wasser. Die Fähre schaukelte wie verrückt und wäre um ein Haar gekentert. Der Fährmann blickte mich böse an und schien zu überlegen, ob er einen weiteren Aufschlag für die Unannehmlichkeiten verlangen sollte, unterließ es aber nach einem Blick auf mein Schwert.

Während wir weiterstakten, schwamm das Pferd zielstrebig mit aufgerissenen Augen und geblähten Nüstern auf das Nordufer zu, wobei es von der Strömung seitlich abgetrieben wurde. Nur der Kopf schaute aus dem Wasser.

Gleichzeitig erreichten wir das Ufer. Im Kahn schwappte eine blasige Brühe hin und her. Ich ignorierte den wütenden Blick des Fährmanns und sprang auf den Strand.

Das Pferd schüttelte sich und kam zu mir getrottet. Sattel und Gepäck waren klatschnass und eiskalt. Ich stieg auf. Die Kälte aus dem nassen Sattel saugte sich in meine Hose. Doch anstatt mich über seinen Sprung ins Wasser zu ärgern, mochte ich den temperamentvollen kleinen Hengst noch ein bisschen lieber. Er hatte die Sache selbst in die Hand genommen, so wie ich es auch getan hätte.

Und erst jetzt fiel mir auf, dass ich ihm noch gar keinen Namen gegeben hatte. «Sleipnir», flüsterte ich ihm ins Ohr. «Das achtbeinige Pferd von Odin. So heißt du ab jetzt, mein Freund.»

Meile um Meile legten wir zurück. Das Leder gab bei jedem Schritt ein leises Quietschen von sich. Ein Baumstamm, der in der Mitte des Flusses trieb, hielt sich hartnäckig auf unserer Höhe, als wollte er uns begleiten. Wir waren genauso schnell wie der Strom. Was bedeutete, dass die Dänen noch ein ganzes Stück schneller sein würden. Ich ließ Sleipnir antraben, um den Baumstamm hinter mir zu lassen.

Nacheinander passierte ich einen Händler mit seinem Ochsenkarren, einen wandernden Mönch und einen Bauern, der ein paar Ziegen vor sich hertrieb. Keiner von ihnen hatte irgendwelche Schiffe gesehen.

Nach zwei Stunden erreichte ich Andernach. Die Stadt war vollständig verwüstet. Obwohl die Plünderung schon Wochen zurücklag, stank es in den Straßen immer noch nach kaltem Rauch. Die königliche Pfalz war vollständig ausgebrannt, die Kirche ebenfalls. In den Straßen reihte sich eine Ruine an die andere. Gestalten mit stumpfem Blick wühlten in den Trümmern herum. Schiffe hatte niemand gesichtet.

Gegen Mittag kam ich nach Sinzig, wo sich das gleiche Bild bot: Schornsteine, die zwischen verkohlten Balken aufragten, vom Regen zu grauem Matsch verkleisterte Aschehaufen, Tierkadaver und ein paar Verwirrte auf der Suche nach Nahrung. Schiffe? Nein.

Zwei Stunden später in Remagen: keine Schiffe. Und auch kein Bedürfnis, jemals wieder welche zu sehen.

Gegen Abend in Bonn: Kopfschütteln.

Während ich vom Pferderücken aus auf den einsamen Fluss blickte, erkannte ich, dass Ratwin recht gehabt hatte: Sie waren nicht rheinabwärts gefahren. Es war einfach undenkbar, dass niemand ihre Schiffe gesehen hatte. Irgendwann in der Nacht mussten sie kehrtgemacht haben und unbemerkt an Koblenz vorbeigerudert sein. Sosehr ich mir auch den Kopf zermarterte, ob es vielleicht eine andere Erklärung für das Verschwinden der Schiffe gab, mir fiel keine ein. Meine ergebnislose Suche hatte also auch etwas Gutes: Anstatt nach Asselt zu entkommen, wo ich kaum noch an Ivar hätte herankommen können, trieben sich die Dänen irgendwo südlich von Koblenz auf dem Rhein herum.

Dass es noch eine andere Möglichkeit für das Verschwinden der Schiffe gab, kam mir nicht in den Sinn. Während die Dämmerung über den Ruinen von Bonn heraufzog, ergriff eine bleierne Müdigkeit von mir Besitz. Der Kampf um Koblenz, eine fast schlaflose Nacht und der ganztägige Ritt forderten ihren Tribut. In einer verlassenen Fährstation am Ufer rollte ich mich in mein Fell und schlief sofort ein.

Ein vielstimmiges Schnattern weckte mich am nächsten Morgen. Ich schälte mich aus dem Fell und trat auf den Steg, der zur Fährstation gehörte. Hoch über mir zog eine große Formation Wildgänse nach Norden, ein unstet wabernder Keil aus Körpern, als hätte Gott einen Pfeil über den Himmel geschickt. Unten schob sich der Rhein als schwere Masse durch sein Bett.

Mein Körper war immer noch wie gerädert von den Anstrengungen der beiden vergangenen Tage, aber mein Geist war hellwach. Ich band das Pferd los, stieg auf und machte mich auf den Weg. Das mitgebrachte Brot aß ich im Sattel.

Ich hatte noch nicht die Hälfte des Rückwegs geschafft, da begann es zu regnen. Dicke Tropfen klatschten mir ins Gesicht, vereinzelt zuerst, dann in immer dichterem Geprassel, bis die ganze Flusslandschaft unter den Schauern verschwamm und der schnell dahinströmende Rhein aussah, als hätte er eine Gänsehaut. Der Boden wurde so glitschig, dass ich nur noch langsam vorankam. Irgendwann brach die Dämmerung herein.

Der mühselige Ritt durch den kalten Regen ließ mich jedes Zeitgefühl verlieren. Zitternd rezitierte ich halblaut aus den *Metamorphosen* von Ovid, und der Rhythmus der Hexameter fiel wie von selbst mit dem Takt der Pferdehufe auf der aufgeweichten Straße zusammen.

Über die Ufer stürzen die Flüsse ins weite Gefilde, Pflanzungen raffen sie fort und Saaten, Männer und Herden, auch die Häuser dazu mit der Götter geheiligten Kammern; wo noch irgendein Bau, der solchem großen Verderben aufrecht widerstand, dem spülten noch höhere Wogen über den First, und vom Strudel bedrängt, verschwinden die Türme.

Kurz vor Koblenz kam ich an einem überdachten Unterstand vorbei, der zu einer verlassenen Fährstation gehörte. Unter dem Dach kauerte jemand.

Ich weiß nicht, warum ich Sleipnir anhielt, absaß und mich neben ihn setzte; vielleicht war es eine Eingebung, die mich hoffen ließ, doch noch etwas zu erfahren.

Ich sollte mich nicht täuschen.

Es war ein alter Bauer, der sich offenbar vor dem Schauer geflüchtet hatte. In der Dunkelheit sah ich undeutlich sein zerfurchtes Gesicht.

«Scheißwetter.»

«Allerdings», sagte ich. Eine bessere Antwort fiel mir nicht ein, und ich konnte ja schlecht in Hexametern antworten, deren aufdringlicher Rhythmus immer noch in meinem Kopf trommelte: Weichet zurück, ihr schaurigen Fluten, auf dass der Landmann trockenen Fußes die Berge erklimme, sein borstiges Weib zu begatten, das seiner in brünst'ger Erwartung dort harret im Stalle. Oder so ähnlich.

«Wohin unterwegs?», fragte er.

«Koblenz.»

«Na, da hast du's ja nicht mehr weit. Ich muss rauf in die Hügel. Hoffentlich hört's bald auf zu schiffen.»

«Was machst du überhaupt hier?», fragte ich. Im Nachhinein sagt sich das leicht, aber ich glaube, bereits in diesem Moment ahnte ich, dass mich etwas erwartete.

«Ich war angeln. Von irgendwas muss man ja leben.» Er betrachtete mich von oben bis unten. «Im ersten Augenblick dachte ich, du wärst einer von denen. Ein Nachzügler oder so, was weiß ich.»

Ich spürte, wie eine Gänsehaut über meinen Rücken kroch. «Einer von denen?»

Er blickte auf den Fluss. «Das glaubt einem ja keiner. Die würden alle denken, der Alte sieht Gespenster. Und die sahen auch aus wie Gespenster. Gespenster mit Gespensterschiffen.»

Ich packte ihn an der Schulter. «Was für Schiffe?»

Er wandte mir den Kopf zu. «Riesendinger. Vorgestern Nacht. Tauchten auf wie aus dem Nichts. Das hörte gar nicht mehr auf, der ganze Strand war auf einmal voll. Ich saß hier stocksteif und dachte, wenn die mich erwischen, dann schneiden sie mir die Gurgel durch.»

Mein Herz begann, schneller zu schlagen. «Und dann?»

«Das glaubt einem keiner.»

Ich hätte ihn am liebsten geschüttelt. «Was?», fragte ich mit mühsam zurückgehaltener Ungeduld.

«Zuerst haben sie da eine ganze Zeit lang rumgewerkelt. Ich konnte nicht genau sehen, was sie machten. War ja stockdunkel, und ich hab mich kaum getraut, mich zu rühren.»

«Und dann?»

«Dann haben sie die Schiffe aufgebuckelt. Eins, zwei, drei, hopp. Drei Dutzend Leute an jeder Seite, so schnell konnte man gar nicht gucken.» Er schüttelte den Kopf, als könnte er es immer noch nicht glauben. «Diese Riesenschiffe. Aufgehoben und weggetragen, wie so einen Schrein bei der Osterprozession. Zwanzig Schritte vor meiner Nase. Ohne mich zu sehen. Ich dachte, bin ich jetzt das Gespenst oder die?»

Ich konnte meine Erregung kaum bändigen. «Wie viele Schiffe waren es?», bedrängte ich ihn.

«Hab sie nicht gezählt, aber bestimmt zwei Dutzend.»

Das waren sie gewesen. Ivar und Knut. Sie hatten das Gepäck ausgeladen, die Masten abmontiert, die Ruder herausgezogen und die Schiffe über Land getragen.

«In welche Richtung sind sie verschwunden?», bohrte ich weiter.

Er zeigte wortlos vom Fluss weg, in Richtung Südwesten. Ich versuchte, mir die Landschaft von oben vorzustellen. Koblenz lag südlich dieser Fährstation und wurde von einer weiten Schleife des Rheins verborgen. Westlich der Stadt wölbte die Mosel sich zu einer Biegung nach Norden, bevor sie nach Süden abknickte. Wenn man von der Fährstation aus in gerader Linie nach Südwesten marschierte, traf man genau auf diese Stelle. Die beiden Flüsse kamen sich dort ziemlich nah. Wenn die Dänen die Schiffe also an der Fährstation aus dem Wasser gehoben und an der Moselbiegung wieder eingesetzt hatten, dann hatten sie sie über eine Strecke von höchstens eineinhalb Meilen tragen müssen, ohne dabei in Sichtweite der Stadt zu kommen. Eine Kraftanstrengung, aber nicht unmöglich zu bewältigen. Und vor allem ein schlauer Plan, um unbemerkt und unbehelligt auf die Mosel zu gelangen.

Ivar und Knut hatten nach Trier gewollt. Und genau dahin waren sie jetzt unterwegs.

16

Als ich an der Moselmündung ankam, war die Fähre nicht mehr da. Der Fährmann hatte sie am Südufer auf den Strand gezogen und war verschwunden. Fast hatte ich so etwas befürchtet.

Ich verbrachte eine weitere Nacht im Freien. Zum Glück befand sich gegenüber dem Anleger, halb versteckt zwischen ein paar Fichten, ein überdachter Holzschober. Während der Regen auf das Dach prasselte, schlief ich ein.

Als ich erwachte, hatte die Fähre den Betrieb schon wieder aufgenommen. Ich überlegte kurz, auf welcher Seite ich an der Mosel entlangreiten sollte. Trier lag am rechten Ufer, und wenn ich auf der Nordseite blieb, würde ich den Fluss mindestens noch einmal überqueren müssen, ohne zu wissen, ob und wo das überhaupt möglich war. Also zahlte ich dem schlecht gelaunten Fährmann, was er verlangte, und ließ mich mitsamt dem Pferd übersetzen.

Die Regenwolken hatten sich verzogen, und die Mauern von Koblenz lagen friedlich in der Morgensonne da. Ich musste daran denken, wie Gauzbert und ich im Schneegestöber hier angekommen waren, und es kam mir vor, als hätte ich mein halbes Leben in dieser Stadt verbracht. Doch in diesem Augenblick gab es nichts, was mich hielt.

Der Boden war vom nächtlichen Regen noch aufgeweicht,

sodass ich langsamer vorankam, als mir lieb war. Endlich kam die erste Flussschleife in Sicht. Ich suchte den gegenüberliegenden Strand mit meinen Blicken ab. Wenn sie an dieser Stelle zwei Dutzend Schiffe herangeschleppt und zu Wasser gelassen hatten, dann mussten sie Spuren hinterlassen haben: abgeknickte Zweige im Gebüsch, zertrampeltes Unterholz, Schleifspuren der schweren Kiele im Sand. Doch das Ufer war nur spärlich bewachsen, und Regen und Hochwasser hatten den Strand in einen schlammigen Streifen verwandelt, von dem alle Hinweise weggewaschen worden waren. Trotzdem war ich sicher, auf der richtigen Fährte zu sein. Wie lange würde es dauern, bis ich sie eingeholt hatte? Würden sie vor mir in Trier sein? Sie hatten zwei Tage Vorsprung, aber gegen die Strömung würden sie langsamer vorankommen als ich. Ich bereute es, dass ich Ratwin nicht danach gefragt hatte, wie viele Tagesreisen Trier von Koblenz entfernt lag. Immerhin wusste ich, dass die Mosel viele Schleifen hatte, die ich vielleicht würde abschneiden können.

Trier. Wieder musste ich an Fidis denken. War es möglich, dass ich sie dort wiedersehen würde? Konnte Trier der Ort sein, an dem mein Leben vor der Verbannung und mein Leben nach der Flucht zusammentreffen und sich wieder verbinden würden?

Das Gelände wurde hügeliger. An beiden Ufern der Mosel bedeckten Weinberge die Hänge. Der Fluss strömte blaugrün dahin, durchsetzt von wandernden Strudeln. Wieder fiel mir Ausonius ein. *Hügel, mit grünenden Reben bekränzt, und die lieblichen Fluten, wie die Mosella sie drunten in leisem Gemurmel dahinführt.*

Es war der wärmste Tag seit meinem Aufbruch, und ich bekam zum ersten Mal wieder eine Ahnung davon, dass es Jahreszeiten gab, in denen man sich nicht nach dem abendlichen Feuer sehnte. Als ich das letzte Mal eine solche Wärme gespürt hatte, war ich noch ein Mönch in der Einsamkeit eines Eifelklosters gewesen, der von der Welt nichts mehr gewusst hatte.

Die Ereignisse der vergangenen Zeit gingen mir noch einmal durch den Kopf. Wochen hatten sich zu Jahren gedehnt. Über zwei Monate war es her, dass die Dänen in Prüm aufgetaucht waren. Die Zeit davor erschien mir unwirklicher denn je. Waren Ansbald und Richard mit den anderen Brüdern zurückgekehrt? Hatten sie begonnen, das Kloster wieder aufzubauen? Mit einem merkwürdigen Befremden stellte ich fest, dass mir das eigentlich schon lange gleichgültig war. Ich war sicher, dass ich nicht dorthin zurückkehren würde, egal was jetzt noch passierte. Das Einzige, was mich an Prüm noch interessierte, war die Frage, was aus den Büchern geworden war. Waren sie gefunden und gerettet worden, oder hatten die Dänen am Ende auch noch den Glockenturm angezündet? Und Wolfhelm? Hatte er die Strapazen der Flucht überlebt? Hatte man ihn zurückgebracht, damit er sein langes Leben friedlich in seiner Kammer über der Kirche beschließen konnte? Würde ich ihn noch einmal wiedersehen?

Ein Falke stand im Rüttelflug über den Weinbergen und schoss plötzlich herab. Du machst es richtig, dachte ich. Beobachten und herunterstoßen, bevor der Gegner gemerkt hat, was los ist.

Ich ließ Sleipnir in Trab fallen. Verlassene Dörfer zogen vorbei. Hier und da wies eine Brandruine darauf hin, dass schnelle Überfälle zur Beschaffung von Verpflegung stattgefunden hatten. Ich fragte mich, warum die Dänen sogar die Bauernhöfe ansteckten, nachdem sie sie durchsucht hatten. War das eine Taktik zur Entmutigung ihrer Gegner? Routine, weil sie es nie anders gemacht hatten? Raserei?

So verging der Tag. Als die Dunkelheit hereinbrach, suchte ich mir einen Platz in einem Wäldchen am Ufer, sammelte Totholz zusammen und entzündete ein Feuer. Es qualmte und stank zum Gotterbarmen, aber frieren würde ich nicht. Ich breitete das Fell aus, rollte mich in meine Decken ein und legte mich hin.

Der zweite Tag verlief wie der erste: strahlende Sonne, kreisende Bussarde im weiten Blau, aber keine Menschen, obwohl ich manchmal das unbestimmte Gefühl hatte, beobachtet zu werden. Ab und zu durchquerte ich Bäche, die sich plätschernd in die Mosel ergossen. Alles wirkte friedlich.

Gegen Mittag entdeckte ich auf dem gegenüberliegenden Ufer die erste frische Spur von Ivars und Knuts Mannschaft: Auf einer Länge von mehreren Hundert Schritten war das Gras zu einem graugrünen Brei zertrampelt worden. Die Aschehaufen vieler großer Feuer waren auf dem Strand zu sehen, umgeben von Abfällen und Essensresten. Ich fühlte mich wie ein Luchs, der Witterung aufgenommen hat.

Die zweite Nacht verbrachte ich in einem verlassenen Bauernhof. Auch hier waren sie gewesen, hatten das Gebäude aber nicht angesteckt; nur ausgekippte Truhen, Scherben und Essensreste zeugten von ihrer Anwesenheit.

Am dritten Tag wurde das Gelände immer bergiger und der Lauf der Mosel immer gewundener. Hier und da ragten schartige Felsen aus den Hängen. Hinter jeder Biegung reckte ich den Hals. Doch erst am Nachmittag sah ich zum ersten Mal Rauch. Auf der anderen Flussseite war ein Bauernhof abgebrannt, doch das Feuer konnte höchstens ein paar Stunden her sein. Brandgeruch wehte über den Fluss. Dass ihre Nähe sich durch eine weitere Sinneswahrnehmung offenbarte, stachelte meinen Jagdtrieb weiter an. Es war, als folgte ich einer Blutspur.

Zwei Stunden später verschwand die Sonne hinter einem Hügelkamm im Westen. Ich hatte die Hoffnung schon fast begraben, sie an diesem Tag noch einzuholen, da erblickte ich hinter einer weiteren Flussschleife, in deren Mitte sich ein steiler Felsen erhob, das erste Schiff.

Oder besser gesagt das letzte, denn sie fuhren in einer langen Kette hintereinander. Mein Herz begann, gegen meine Rippen zu hämmern.

Ich hielt Sleipnir an und beobachtete sie. Sie ruderten schnell und kraftvoll; aus der Ferne sah ich, wie das Wasser im Takt der eintauchenden Ruder aufschäumte. Die Bugwellen schnitten keilförmige Kerben in die Wasseroberfläche. Alles vollzog sich völlig lautlos.

Die Flussschleife, die ich gerade umrundet hatte, war in bewaldete Hänge eingebettet gewesen, doch an dieser Stelle endete der Wald, und ein ausgedehnter Weinberg breitete sich vor mir aus. Ich bog von der Uferstraße ab und folgte einem Pfad, der sich zwischen den Rebstöcken nach oben wand, bis ich eine Höhe erreicht hatte, von der aus ich die Mosel auf einer Länge von einer knappen Meile überblicken konnte. Ich zählte die Schiffe wie ein Priester seine Schäfchen. Und siehe, keines fehlte: Es waren fünfundzwanzig.

Sie würden sich bald einen Lagerplatz suchen. Die Mosel war schmaler und gewundener als der Rhein, sodass es riskant gewesen wäre, sie im Dunkeln zu befahren, ganz abgesehen davon, dass das stetige Rudern gegen die Strömung ermüdend sein musste. Sie brauchten eine Rast.

Und tatsächlich verlangsamten die ersten Schiffe ihre Fahrt und verharrten kurz auf der Stelle. Einen Augenblick lang hielt ich den Atem an. Zu welcher Seite würden sie sich wenden?

Ich hatte Glück. Sie begannen beizudrehen, bis sie mit nach links gewendetem Bug schräg im Fluss lagen. Strömung und Ruderschlag schoben sie immer näher ans Ufer, und auf dem letzten Stück stellten sie sich plötzlich quer. Männer sprangen ins Wasser und schoben die Schiffe im Laufschritt auf den Strand. Die Bewegung setzte sich durch die ganze Kette fort, ein elegantes Manöver, das sie lange geübt haben mussten. Nach wenigen Minuten lagen zwei Dutzend Schiffe nebeneinander am Ufer.

Allerdings würde es schwierig sein, sich dem Lager aus der Richtung zu nähern, aus der ich gekommen war, denn zwischen Strand und Weinberg lag eine breite Brachfläche, die keine Deckung bot. Hinter den Schiffen wurde das Ufer dagegen von einem Waldstreifen gesäumt. Dort musste ich hin.

Kaum waren die Schiffe angelandet, da verwandelte sich der Strand auch schon in einen großen Ameisenhaufen: Gepäck wurde ausgeladen, Zelte wurden aufgebaut; Männer schwärmten aus, wahrscheinlich um Feuerholz zu suchen und Ausschau nach Bauernhöfen oder Weingütern zu halten, in denen noch etwas zu holen war.

Während ich die Landestelle in einem großen Bogen umrundete, um zu dem Waldstreifen zu gelangen, hörte ich, wie weiter unten mehrere Trupps mit großem Getöse die Stützpfähle der Reben herausrissen. Unten leuchteten inzwischen die ersten Feuer auf.

Ich erreichte den Waldstreifen und schlich im Schutz der Bäume zum Flussufer. Es war inzwischen völlig dunkel geworden. Jetzt waren auch ihre Stimmen und das Knacken und Prasseln der Feuer zu hören, obwohl das Lager meiner Schätzung nach etwa fünfhundert Schritte entfernt war und hinter einer Biegung lag. Es war, als strömten die Geräusche wie Wasser durch das Flusstal zu mir her.

Ich wusste, dass es klüger gewesen wäre, abzuwarten, bis das ganze Lager schlief. Doch die Versuchung, mich sofort an sie heranzuschleichen, um mir einen Überblick zu verschaffen, war einfach zu groß.

Mir war nicht wohl dabei, Sleipnir am Ufer zurückzulassen, doch zum Anschleichen war er natürlich nicht zu gebrauchen. Also führte ich ihn ein paar Schritte in den Wald, band ihn an einen Baum und pirschte los.

Zuerst hielt ich mich am Strand, doch die Kiesel knirschten so laut unter meinen Füßen, dass ich bald ein Stück in den Wald auswich, wo kaum noch die Hand vor Augen zu sehen war. Ab und zu stolperte ich über Wurzeln und verfing mich im Unterholz. Der kühle Hauch vom Flussufer her war die einzige Orientierungshilfe, denn das Stimmengewirr schien von überall zu kommen. Es war ein beklemmendes Gefühl, sie in der Stille der Nacht so deutlich zu hören, ohne sie zu sehen. Irgendwo dort vorn lagerten tausend Männer und gaben sich keine Mühe, ihre Anwesenheit zu verbergen.

Endlich tauchte der erste Feuerschein zwischen den Stämmen auf, vielleicht dreihundert Schritte entfernt. Dann der zweite, ein Stück weiter hinten. Dahinter weitere.

Ich schlich weiter. Zweihundert Schritte noch. Gestalten liefen herum und warfen neue Äste ins Feuer. Funken stoben auf. Der Lichtkreis breitete sich aus und fiel auf Zelte.

Hundert Schritte. Ich duckte mich ins Unterholz und beobachtete sie. Eine große Gruppe saß um das Feuer herum, alle redeten durcheinander. Auch die weiter hinten liegenden Feuer waren dicht umlagert. Was da stattfand, war kein lärmendes Gelage. Sie wirkten wie müde Wandergesellen bei der Rast, nicht wie kraftstrotzende Nordmänner auf Eroberungsfahrt.

Ich ging auf alle viere und kroch näher heran. Fünfzig Schritte. Gesichter wurden erkennbar, Gesichter, in denen Hunger und Erschöpfung ihre Spuren hinterlassen hatten. Trotz der Wildheit ihres Äußeren, trotz der geflochtenen Bärte, der Tätowierungen und der silbernen Armringe wirkten sie plötzlich wie gewöhnliche Männer mit gewöhnlichen Sorgen, Männer, deren Tagewerk nicht genug abwarf, um ihr Auskommen zu sichern, und dabei spielte es keine Rolle, dass dieses Tagewerk darin bestand, Klöster auszuplündern, Dörfer niederzubrennen und Menschen zu verschleppen. Ich verstand sehr gut, was Ratwin gesagt hatte: Ivar brauchte einen Erfolg. Er und Knut mussten tausend Männer versorgen und bei Laune halten. Den Rhein hatten sie abgegrast, vor Koblenz waren sie leer ausgegangen, und an der Mosel mussten sie sich mit dem zufriedengeben, was die geflohenen Bauern zurückgelassen hatten. Die Truppe war viel zu groß, um das noch lange durchzuhalten.

Ich blickte mich um. Das Feuer warf einen schwachen Widerschein auf die Baumstämme, und ich fürchtete, dass sie mein Gesicht im Unterholz würden sehen können, wenn ich noch näher herankroch. Doch die Versuchung war groß.

Also scharrte ich ein bisschen feuchte Erde zusammen und schmierte sie mir ins Gesicht. Dann legte ich mich auf den Bauch und robbte weiter.

Vierzig Schritte.

Dreißig Schritte.

Zwanzig Schritte.

Das Schiff am Ende der Reihe war von einem großen Zelt verdeckt gewesen, doch weil ich mich von der Seite näherte, wurde es jetzt sichtbar.

Und noch etwas wurde sichtbar. Der Elefantenschädel.

Zum ersten Mal sah ich ihn aus der Nähe. Er war so unförmig, dass er an einen Teigklumpen erinnerte, in den ein wütender Bäcker ein paar Beulen hineingeknetet hatte. Er hatte die Größe eines kauernden Mannes und wirkte damit für das Schiff viel zu groß, doch gerade deshalb machte es wahrscheinlich Eindruck, wenn Ivar mit dieser Trophäe auf dem Steven an den Strand rauschte. Die gedrechselten Zähne ragten vor wie zwei Rammsporne, mit denen man Gegner aufspießen und vielleicht sogar Blitze verschießen konnte.

Wo dieses Schiff war, da konnte Ivar nicht weit sein. Und wo Ivar war, da war Judith.

Ganz langsam, um kein Geräusch zu machen, zog ich mich in den Wald zurück, schlug einen Bogen und schlich mich von der anderen Seite erneut an das Lager heran. Immer mehr Zelte wurden sichtbar, sie säumten den Strand und bildeten eine Barriere zum Wald hin. Das war gut, denn sie fingen das meiste Licht von den Feuern ab und würden mir Deckung geben. Ich kroch so nah heran, dass ich die Gruppe am äußersten Feuer im Blick hatte.

Aus diesem Winkel war auch der Eingang des großen

Zeltes zu sehen. Zwei Fackeln steckten davor im Boden, daneben war eine Stange mit einem quadratischen schwarzen Banner eingerammt. Ich traute meinen Augen kaum: Auf das schwarze Tuch war ein dicker weißer Vierbeiner mit Rüssel und Stoßzähnen aufgemalt. Ivar war von dem in Aachen ausgegrabenen Skelett offenbar so beeindruckt gewesen, dass er nicht nur den Schädel von Abul Abbas auf sein Schiff gesteckt, sondern den Elefanten auch gleich zu seinem Bannertier gemacht hatte. Wahrscheinlich hatte er einfach die Darstellung auf dem Grabstein kopiert.

Und damit war auch klar: Dieses Zelt war Ivars Zelt. Das Zelt, von dem Björn gesprochen hatte. Das gut beheizte Zelt, in dem er Judith gefangen hielt.

Sie war da drin.

Ich ließ meinen Blick über die etwa zwanzigköpfige Gruppe am Feuer wandern, aber Ivar war nicht unter den Männern. Vielleicht machte er einen Kontrollgang über den Strand oder besprach sich mit Knut an irgendeinem anderen Feuer.

Oder er war in seinem Zelt. Redete er mit meiner Schwester? Hatte er ihr Brocken von seiner Sprache beigebracht? Die Vorstellung, dass sie sich nach so vielen Wochen mit der Gefangenschaft abgefunden und vielleicht sogar an die Gesellschaft dieses Ungeheuers gewöhnt hatte, ließ die Wut in mir hochkochen.

Ich wartete noch eine Weile in der Hoffnung, dass Ivar auftauchen würde, aber er kam nicht. Die Kälte des Waldbodens war durch meine Kleider gekrochen, und ich zitterte. Also beschloss ich, mich vorerst zurückzuziehen und zu warten, bis die Dänen sich schlafen gelegt hatten, um dann zurückzukehren und mir Zutritt zu diesem Zelt zu verschaffen.

Mein Pferd stand immer noch geduldig zwischen den Bäumen in der Dunkelheit. Die Stimmen kamen mir nun leiser vor, aber sie waren nach wie vor deutlich zu hören. Ich fror so sehr, dass ich meine Bedenken beiseitewischte und ein kleines Feuer entzündete. Es gab keinen Grund für sie, sich jetzt noch vom Lager zu entfernen und durch den Wald zu streifen.

Ich weiß nicht, wie lange ich an meinem kleinen Feuer hockte und wartete. Es müssen Stunden gewesen sein. Der Mond ging über der Mosel auf, die im fahlen Licht glitzerte wie geschmolzenes Silber. Dann und wann raschelte es irgendwo im Wald, und jedes Mal schreckte ich hoch und lauschte in die Schwärze. Doch es waren keine Stimmen oder Schritte zu vernehmen.

Ich spielte wieder und wieder die Möglichkeiten durch. Die Zeltplane reichte nicht ganz bis zum Boden, sodass ich mich von hinten nähern und darunter durchschlüpfen konnte. Und wenn ich Glück hatte, dann hatte Ivar sogar darauf verzichtet, Judith zu fesseln, weil er nicht damit rechnete, dass sie mitten in der Nacht in den eiskalten Wald laufen würde. Und selbst wenn sie gefesselt war: Es gab hier keine Wände mit Eisenringen. Vielleicht war sie an einen Pflock gebunden, den man herausreißen konnte. Wichtig war nur, dass ich Ivar unschädlich machte, bevor er Gegenwehr leisten konnte. Wenn es zu einem lauten Kampf kam, würde ich innerhalb von Sekunden seine ganze Schiffsbesatzung auf dem Hals haben.

Der Lärm aus dem Lager hatte nachgelassen. Einzelne Stimmen wehten noch herüber. Offenbar hatten die meisten von ihnen sich schlafen gelegt, und nur ein paar Wachen saßen an den Feuern.

Schließlich beschloss ich, dass es Zeit war.

Der Mond leuchtete durch die Baumwipfel und machte das Vorankommen leichter. Die Feuer waren heruntergebrannt. Hier und da wurde noch geredet.

Ich erreichte die Stelle hinter dem Zelt, bis zu der ich bei meinem ersten Vorstoß einige Stunden zuvor gekommen war. Mehrere in Felle eingewickelte Körper lagen um die Feuerstelle herum und schnarchten. Die anderen schienen sich in ihre eigenen Zelte zurückgezogen zu haben. Der Elefantenschädel sah im schwachen Schein der Glut noch gespenstischer aus. Er schien in der Luft zu schweben, als würde er das ganze Lager bewachen.

Ich schlich noch ein Stück näher heran und zog den Dolch, den Ratwin mir für genau diese Gelegenheit gegeben hatte. Mir war klar, dass ich Ivar im Schlaf erwischen musste, damit er keinen Laut von sich geben konnte. Aber schlief er wirklich? Im Kastorstift hatte er geschnarcht. Hier schnarchten nur die Wachen am Feuer.

Quälende Minuten verstrichen. Da hörte ich plötzlich eine leise Männerstimme aus dem Zelt. Er war wach.

Und dann eine höhere Stimme. Leise, nur wenige Worte, gemurmelt wie im Schlaf. Mein Herz blieb fast stehen.

Wieder die Männerstimme. Es raschelte. Jemand bewegte sich. Der Vorhang am Zelteingang wurde zurückgeschlagen. Schritte stapften über den Kies zum Wasser.

Jetzt, sagte eine Stimme in mir. Jetzt, jetzt, jetzt.

Am Ufer begann es zu plätschern.

Ich steckte den Dolch in den Gürtel, robbte vor bis zum Zelt, hob die Plane an und rollte mich darunter durch. Im Zelt war es warm, in einem Metallbecken glühte ein Rest von Kohlen. Das schwache Licht genügte, um mit einem Blick alles zu erfassen, ein paar Kisten, ein Klappstuhl, ein Lager aus Pelzen. Und da lag sie: blonde Haare, ausgebreitet auf dunklem Fell, den Körper in eine Decke gerollt. Sie schien nicht gefesselt zu sein.

Und dann ging alles ganz schnell.

Sie schreckte hoch. Mit einem Satz war ich bei ihr und presste ihr die Hand auf den Mund, mit der anderen umklammerte ich ihren Körper mitsamt der Decke und drückte ihn an mich. Ich wuchtete sie vom Lager hoch, mit zwei Schritten war ich wieder bei der Zeltplane, ging auf die Knie und rollte mit ihr unter dem Stoff durch. Draußen sprang ich auf die Füße, warf sie mir über die Schulter und rannte, ohne die Hand von ihrem Mund zu nehmen.

Zum Glück stand das Zelt so nah am Waldrand, dass der Boden mit Moos bedeckt war. Hinter mir hörte ich Ivars Schritte. Er kam zurück, hatte aber wohl noch nichts bemerkt, denn er hatte es nicht eilig.

Ich rannte, sie strampelte.

«Ich bin's, Tankred», zischte ich ihr zu. Sie hörte auf, sich zu wehren.

Hinter mir begann Ivar zu brüllen. Andere Stimmen fielen ein. Es polterte.

Ich rannte weiter und presste sie dabei an mich. Das letzte Mal, als ich ihren Körper so dicht an meinem gespürt hatte, war sie zwei Jahre alt gewesen, und ich hatte sie nach Aachen gebracht, um sie vor ihrer Mutter zu retten.

Wir erreichten das kleine Feuer. Sleipnir schnaubte.

Ich setzte sie ab und streifte die Zügel von dem Ast, um die ich sie geschlungen hatte. Mein Herz galoppierte. Ein wilder Triumph raste in meiner Brust. Ich hätte am liebsten geschrien, aber zwischen den Bäumen erschien jetzt der Schein mehrerer Fackeln, und das Gebrüll kam näher. Sie suchten uns, und das Feuer würde sie anlocken.

Bevor ich das Mädchen in den Sattel hob, betrachtete ich ihr Gesicht im schwachen Feuerschein. Sie war eine Schönheit, wie schon als Kleinkind. Sie jetzt als junge Frau zu sehen, war irritierend. Sie wirkte um einiges älter als vierzehn.

Ihr Gesichtsausdruck verriet nichts von Erleichterung. Nur Entsetzen.

Als ich in ihre Augen sah, überkam das Entsetzen auch mich.

Sie waren blau. Beide.

17

Ich hatte keine Zeit, irgendeinen Gedanken zu fassen, denn das Geschrei wurde lauter, und der Fackelschein geisterte im Zickzack auf uns zu. Einem Instinkt folgend, packte ich das Mädchen, das keine Gegenwehr leistete, und wuchtete sie in den Sattel, dann sprang ich hinter ihr aufs Pferd, lenkte es auf den Strand und trieb es an. Wir galoppierten über den Kies, dass die Steine in alle Richtungen flogen. Zum Glück warf der Mond etwas Licht auf den Strand. Ab und zu setzte Sleipnir über Stämme und Wurzeln; einem umgestürzten Baum wich er aus, indem er ein Stück durch das Wasser sprengte.

Was in aller Welt hatte das zu bedeuten? Wer war dieses Mädchen? Wo war Judith? Die Fragen hämmerten im Takt der Hufe in meinem Kopf und trampelten sich gegenseitig nieder.

Nach einer Weile hielt ich das Pferd an und lauschte. Wir hatten die Flussschleife so weit umrundet, dass der Weinberg zwischen uns und dem Lager lag. Immer noch waren aufgebrachte Stimmen zu hören, aber sie waren leiser als zuvor, und das hügelige Gelände verdeckte den Fackelschein. Wir waren für sie unsichtbar, und weil sie selbst keine Pferde hatten, würden sie uns nicht einholen können.

Wir ritten im Trab weiter. Das Mädchen konnte offenbar nicht reiten, jedenfalls ging sie bei den Bewegungen des

Pferdes nicht mit, sondern wurde durchgeschüttelt wie eine Puppe. Doch sie ließ es geschehen, ohne einen Laut von sich zu geben.

Nach einer Weile endete der Waldstreifen. Auf der dem Strand abgewandten Seite wurde die Uferstraße erkennbar, hangaufwärts lagen die Weinstöcke im Mondlicht. Ich lenkte das Pferd auf die Straße, und wir trabten weiter, bis eine weitere Flussschleife in Sicht kam, deren Ufer wiederum von Bäumen gesäumt war. Spätestens dort würde sich unsere Spur verlieren.

Als wir den Schutz der Bäume erreicht hatten, hielt ich das Pferd an, saß ab und hob sie aus dem Sattel. Dann trat ich einen Schritt zurück, um ihr keine Angst zu machen. Der Mond beleuchtete ihr schmales Gesicht. Sie sah sich um, dann blickte sie mich unschlüssig mit großen Augen an. Sie war auf der Hut, aber nicht verängstigt.

«Wer bist du?», fragte ich.

«Alva», sagte sie. Schon an der Art, wie sie es aussprach, begriff ich, dass sie Dänin war. Das konnte ja heiter werden. Auf einmal war ich der Entführer.

«Verstehst du mich?», fragte ich überdeutlich, ohne den Abstand zwischen uns zu verringern.

«Bisschen», antwortete sie und zeigte mit Daumen und Zeigefinger an, dass es mit ihren Fränkischkenntnissen nicht weit her war. Dabei lächelte sie fast zutraulich. Vielleicht war sie dermaßen an die Gesellschaft von Männern gewöhnt, die Frauen einfach verschleppten, misshandelten, vergewaltigten und verschacherten, dass sie einen, der freundliche Fragen stellte, nicht für gefährlich hielt.

«Ich suche ein Mädchen», sagte ich, zeigte auf mein rechts

Auge und fügte hinzu: «Grün.» Dann zeigte ich auf mein linkes Auge und sagte: «Braun.»

Ihr Gesicht hellte sich auf. «Judith», sagte sie.

Es berührte mich seltsam, den Namen meiner Schwester aus diesem fremden Mund zu hören. Hatten sie Zeit miteinander verbracht? Hatte Alva ihre paar fränkischen Brocken von Judith gelernt?

«Wo ist sie?», fragte ich.

«Ivar», antwortete sie.

«Im Zelt?», hakte ich nach.

Sie schüttelte den Kopf. «Nein. Nicht im Zelt. Alva rein, Judith raus.»

Ich verstand. Ivar schleppte Judith immer noch mit sich herum, aber er hatte sie aus dem Zelt schaffen lassen, um sich ungestört mit Alva zu vergnügen. Offenbar übergab er meine Schwester für solche Gelegenheiten vorübergehend zur Bewachung an seine Männer. Wahrscheinlich lag sie jetzt in einem der anderen Zelte.

Die Verständigung mit Alva war mühsam. Ich stellte meine Fragen in möglichst einfachen Worten und kurzen Sätzen, von denen sie einige verstand und andere nicht. Alva antwortete in einer Mischung aus Dänisch und Fränkisch, manchmal ging ein ganzer dänischer Wortschwall auf mich nieder, in dem ich einzelne Wörter verstand; Ivars und auch Knuts Name fiel, ich hakte nach, nahm die Hände zu Hilfe, formte Schiffe, Zelte und Waffen, wies auf Körperteile und schnitt Grimassen. Sie war erstaunlich auskunftsbereit.

Auf diese Weise erfuhr ich Folgendes: Alva war die Gespielin von Ivar – was sie mit eindeutigen Gesten unterstrich –, aber irgendwie auch die von Knut. Offenbar gab es Reibereien zwischen den beiden – Alva schlug ihre Fäuste gegeneinander –, wobei es wohl nicht nur um die Planung der gemeinsamen Raubzüge ging, sondern auch um sie, jedenfalls hatte sie mich zunächst für einen von Knuts Männern gehalten, der sie Ivar entreißen wollte. Judith wurde gut versorgt, aber streng bewacht – Alva deutete eine Fußfessel an –, doch was Ivar genau mit ihr vorhatte, das wusste Alva entweder nicht, oder sie konnte es nicht zum Ausdruck bringen.

Und nun?

Sie lächelte und gab keine Antwort. War sie so etwas wie eine Sklavin und hielt mich jetzt für ihren neuen Besitzer, dem sie nach irgendwelchen dänischen Gesetzen zu Willen sein musste? Oder wollte sie zurück? Ich hätte sie einfach stehen lassen können, schließlich musste sie nur am Strand entlanglaufen, um das Lager zu erreichen. Aber was würden sie mit ihr machen? Würde Ivar sie bestrafen, weil er dachte, dass sie weggelaufen war? Oder würde er Knut beschuldigen, sie entführt zu haben? So oder so würde sie ihm wahrscheinlich erzählen, dass jemand es auf Judith abgesehen hatte. Und dann würde er meine Schwester erst recht nicht mehr aus den Augen lassen.

Ich weiß nicht, was ich getan hätte, wenn sie zu fliehen versucht hätte. Ich hätte sie einfangen, fesseln und mitschleppen müssen, und das hätte mir das schale Gefühl gegeben, nicht besser zu sein als Ivar. Doch sie floh nicht, sondern sah mich erwartungsvoll an, so als wäre es an mir, ihr ein Angebot zu machen. Schließlich setzte ich sie wieder aufs Pferd, und wir ritten weiter.

Alva sagte nichts und gab auch nicht auf andere Weise zu verstehen, ob sie mit der Behandlung einverstanden war oder nicht. Das Mädchen war mir ein Rätsel. Sie fügte sich meinem Willen ohne Widerspruch, ohne dabei eingeschüchtert zu wirken. Im Gegenteil: Obwohl ich ihr Gesicht von hinten nicht sehen konnte, hatte ich das Gefühl, dass die Sache ihr Spaß machte. War das bodenlose Schicksalsergebenheit? Glaubte sie, dass die Götter sie mir in die Hände gespielt hatten? Oder war sie durchtriebener, als ich dachte, und wartete nur auf den richtigen Moment, mir den Dolch zwischen die Rippen zu stoßen?

Der Dolch. Wo war der überhaupt? Ich hatte ihn mir unter den Gürtel gesteckt, bevor ich in Ivars Zelt eingedrungen war. Jetzt war er nicht mehr da. Ich musste ihn im Wald verloren haben.

Oder auch nicht. Hatte sie ihn?

Es widerstrebte mir zutiefst, ihr gegenüber gewalttätig zu werden, aber wenn sie wirklich etwas im Schilde führte, dann konnte ich ja kaum in umständlicher Gebärdensprache fragen, ob sie die Waffe hatte. Also packte ich sie, drehte ihr die Arme auf den Rücken, hielt mit einer Hand ihre Handgelenke fest und begann, sie abzutasten. Sie wand sich, schrie, versuchte, mein Gesicht mit einem Kopfstoß zu treffen, verfehlte mich aber, und im nächsten Augenblick hatte ich den Dolch in der Hand und hielt ihn ihr vor die Nase, ohne ihre Hände loszulassen.

«Was ist das?», schnauzte ich sie an.

«Dølch», sagte sie aufsässig.

Ich hätte fast gelacht. Doch wer wusste schon, was sie noch alles anstellen würde? Wenn sie mich schon nicht im Schlaf erstach und mir den Kopf abschnitt, um ihn Ivar zu bringen, dann würde sie vielleicht bei der ersten Gelegenheit mit dem

Pferd verschwinden. Also setzte ich sie auf den Boden, ließ mich aus dem Sattel gleiten und packte sie an den Schultern.

«Was sollte das?», versuchte ich es wieder.

Sie antwortete etwas auf Dänisch. Es klang trotzig, aber nicht hasserfüllt. Vielleicht hatte sie den Dolch nur an sich genommen, um sich zu wehren, falls ich zudringlich geworden wäre. Ich ließ es dabei bewenden und gab ihr zu verstehen, dass es Zeit war, das Nachtlager aufzuschlagen. Sie verstand.

Während ich das Fell am Rand des Weinbergs ausbreitete, beobachtete sie mich aufmerksam. Als ich ihr mit der Sehne von Gauzberts Bogen die Handgelenke zusammenband, ließ sie es über sich ergehen. Ich zog die Fessel nicht besonders fest, damit sie nicht einschnitt. Ich wollte ihr nur zeigen, dass ich auf der Hut war.

Ich überließ ihr das Fell, gab ihr eine der beiden Decken und rollte mich in die andere ein. Das Schwert ließ ich umgeschnallt, auch wenn es unbequem war. Den Dolch legte ich in eine Erdmulde unter meinem Lager, und die Zügel des Pferdes schlang ich um meinen Fuß. Sollte dieses Früchtchen es ruhig versuchen.

Lange fand ich keinen Schlaf. Ich fragte mich, wo dieses Mädchen herkam, wie sie an Ivar und Knut geraten war und was sie auf den Plünderungszügen erlebt hatte. Und ich dachte an Judith. Sie lag jetzt immer noch in einem der Zelte dort am Ufer. Hoffentlich lässt Ivar seine Wut nicht an ihr aus, dachte ich. Und trotz der Enttäuschung über die missglückte Befreiung fand ich es tröstlich, dass sie in der Nähe war.

Als ich gerade weggedämmert war, raschelte es neben mir. Ich fuhr hoch. Alva saß aufrecht auf ihrem Fell und sah mich an. Das Mondlicht ließ ihr Gesicht bläulich aussehen, als wäre sie ein Wesen der Nacht. Sie rückte an mich heran. Griff nach meiner Hand. Streichelte sie.

Ganz kurz war ich in Versuchung, dann zog ich meine Hand zurück.

«Schlaf», sagte ich.

Gerade hatte sie noch mit Ivar das Bett geteilt. Das fehlte noch, dachte ich, dass ich meine Schwester verhöhnte, indem ich auf diese Weise das Erbe ihres Peinigers antrat.

Ich erwachte vollständig durchgefroren in der Morgendämmerung. Es hätte mich nicht gewundert, wenn Alva nicht mehr da gewesen wäre, aber sie lag auf dem Bärenfell und schlief. Ihre hellblonden Haare waren zerzaust. Ihre Schönheit war beeindruckend, und noch im Schlaf hatte sie einen wunderbar spöttischen Ausdruck im Gesicht. Ich konnte mir gut vorstellen, dass sie einen Wüterich wie Ivar in den Wahnsinn treiben konnte, indem sie ihm jeden Tag aufs Neue zeigte, dass sie nicht sein Eigentum war.

Sie schlug die Augen auf. Die Iris war von dunklen Rändern umgeben, die ihre hellblauen Augen wie Eiswasser leuchten ließen.

Kurz darauf saßen wir wieder im Sattel. Ich muss zugeben, dass es mich nicht kaltließ, ihren Körper so dicht an meinem zu spüren. Ich versuchte, es mir nicht anmerken zu lassen. Aber genau das merkte sie wahrscheinlich, denn wann immer sie sich zu mir umwandte, hatte sie dieses halb spöttische, halb aufreizende Lächeln im Gesicht.

Wir erreichten ein Dorf, und zum ersten Mal seit Tagen sah ich wieder Menschen, die wussten, wo sie hingehörten. Die

Kunde vom Herannahen der Gefahr war schon angekommen: Alles bereitete sich hektisch auf die Flucht vor oder war bereits unterwegs.

Die misstrauischen Blicke der Bewohner folgten uns, während ihre Hände unermüdlich Gepäck auf Karren festzurrten und Maultiere anschirrten. Als sie sahen, dass von uns keine Gefahr ausging, begannen sie, mich mit Fragen zu bestürmen. Ihr eigenartiger romanischer Dialekt war mir von einigen Brüdern aus Prüm noch vertraut, die aus dieser Gegend stammten. Ich gab Auskunft, so gut ich konnte.

Ob ich die Nordmänner gesehen hätte? Ja, sie hätten flussabwärts ein Lager errichtet.

Wie lange sie wohl bis hierher brauchen würden? Höchstens einen halben Tag.

Ob es viele seien? Ja, leider. Zwei Dutzend Schiffe und fast tausend Mann.

Meine Informationen gingen durch das Dorf wie eine Flutwelle. In einer halben Stunde würden sie da sein! Tausend Schiffe! Zwei Dutzend Dörfer hätten sie heute schon niedergebrannt!

So ging es den ganzen Tag vom Fluss hinauf in die Weinberge, an Hängen entlang und über Hügelkuppen wieder hinunter zum Fluss.

Am späten Nachmittag kamen wir erstmals durch Dörfer, bei denen die Gerüchte noch nicht angekommen waren. Auch dort griff sofort Panik um sich, nachdem ich ihnen vom Pferderücken aus zugerufen hatte, was bevorstand.

Gegen Abend sah ich immer mehr Ruinen römischer Villen in den Hügeln. Kurz darauf tauchte ein Wald von Kirchtürmen am Horizont auf. Als wir uns näherten, kamen weitere Gebäude in Sicht: Klöster und Wirtschaftsgebäude, umgeben von Mauern, vor denen sich kleine Siedlungen drängten. Weiter hinten erhob sich eine Stadtmauer aus großen Quadersteinen, dahinter noch mehr Türme. Das konnte nur Trier sein. Es war, als hätte die Stadt Tentakel aus Sakralbauten ausgetrieben, die sich nun ungeschützt den Angreifern darboten. Ratwin hatte recht gehabt. Trier war ein Paradies für Plünderer, die es auf Kirchenschätze abgesehen hatten.

Der Weg, inzwischen gepflastert, führte mitten durch einen riesigen Friedhof mit verfallenen Grabbauten aus römischer Zeit. Am Ende der Straße erhob sich ein gewaltiges Tor: größer als die Klosterkirche von Prüm, mit zwei überwölbten Durchfahrten, die rechts und links von vorspringenden Türmen flankiert wurden, darüber zwei Reihen von Rundbogenfenstern, dicht an dicht wie die Einflugöffnungen in einem Taubenschlag. Es war beeindruckend, aber ich fragte mich, wie man so etwas wirksam verteidigen wollte. Hätte ich hier das Kommando gehabt, wären als Erstes die Fenster zugemauert worden.

Auch die Mauer, die rechts und links an das Tor anstieß, musste Angreifer eher einladen als abschrecken: Breschen bis hinunter auf Kopfhöhe, Buschwerk, das aus den Ritzen spross, notdürftig ausgebesserte Stellen, unter denen der Ziegelbruch zu fächerförmigen Halden heruntergebröckelt war.

Als wir uns dem Tor bis auf Rufweite genähert hatten, saß ich ab. Auch Alva ließ sich aus dem Sattel gleiten. Sie sah sich neugierig um, aber es war unmöglich zu sagen, was sie dachte. Ich fragte mich, ob sie sich in der Gesellschaft von Ivar und Knut deren Plündererblick angewöhnt hatte. Staunte sie über das gewaltige Stadttor, oder überlegte sie, wie man es am besten auframmen konnte? Beeindruckten die Kirchen sie, oder malte sie sich aus, was darin zu holen war?

Von den Türmen blickten zwar Wachen herunter, aber in den Durchfahrten war niemand postiert, der uns aufhielt. Es war befremdlich, mit welcher Nachlässigkeit einer der ältesten Metropolitansitze des ganzen Reiches bewacht wurde. Wer hatte hier eigentlich das Kommando?

Die Huftritte hallten vom Gewölbe zurück. Hinter dem Tor öffnete sich kein dicht bebauter Stadtraum wie in Koblenz, sondern eine weite Fläche, die von Ruinen beherrscht wurde. Gleich links von uns erhob sich ein riesiger quadratischer Bau aus einem verfallenen Komplex, halb Palast, halb Kirche, umgeben von Trümmern. Säulen lagen herum wie gefällte Bäume. Dahinter ragten weitere Bauten auf, planlos überbaut mit Türmen und Wohngebäuden, die wie Parasiten auf ihren Wirtstieren klebten. Aus den Spalten im Mauerwerk wucherten Kolonien von Sträuchern hervor.

Aus irgendeinem Grund mussten die Nachrichten von der herannahenden dänischen Flotte die letzten Siedlungen am Fluss übersprungen haben, denn hier waren sie schon angekommen: Es wurde geräumt, geschleppt und gepackt. Anders als in den Moseldörfern trugen viele Menschen teure Kleidung. Statt Maultieren und Ochsenkarren wurden Pferde beladen.

Eine angespannte Stimmung lag in der Luft, keine kopflose Panik, sondern eher eine Art konzentrierter Geschäftigkeit. Es wirkte, als teilten die Einwohner eine gemeinsame Erinnerung an Kriege und Verwüstungen, die jahrhundertelang immer wieder über ihre Stadt hinweggespült waren und sie doch nicht hatten auslöschen können; als wären auch die Dänen nur eine weitere lästige Plage, die man überstand, indem man bewährte Maßnahmen traf und ihr dann auswich wie einer Flutwelle, um anschließend zurückzukehren und da weiterzumachen, wo man aufgehört hatte.

«Hast du noch ein Seil?»

«Fang schon mal die Hühner ein!»

«Ist bei euch auf dem Wagen noch Platz für zwei Säcke?»

Solche Sätze flogen von allen Seiten heran.

Ein Mann mit Lederschürze und einem breiten Gürtel, an dem einige Werkzeuge hingen, war damit beschäftigt, eine Tür auszuhängen. Vor dem Haus stand ein Wagen, auf dem schon ein halbes Dutzend Fensterläden lagen. Er hatte die Tür gerade aus den Angeln gehoben, als sie ihm wegkippte. Mit einem Satz war ich bei ihm und fing sie auf. Gemeinsam wuchteten wir sie auf den Wagen. Wir wechselten ein paar Worte, wobei sein Blick mehrmals an Alva haften blieb, dann fragte ich ihn nach dem Amtssitz des Grafen.

«Palastaula», antwortete er und wies auf eine der Ruinen, die ich schon beim Betreten der Stadt gesehen hatte: ein hohes Ziegelgebäude ohne Dach, dessen Apsis zu einem Wehrturm umgebaut worden war.

Wir saßen wieder auf und ritten durch eine Straße, in der sich Fachwerkbauten und steinerne Wohntürme mit von Gras überwachsenen Trümmerhaufen und Gärten abwechselten, in denen Frauen Kräuter ernteten und Kinder auf hölzernen Steckenpferden herumtobten.

Trier war ein Zerrbild vergangener Größe. Die Bebauung drängte sich inselartig um die Kirchen. Das Material für Häuser und Türme hatte man zum guten Teil aus den verfallenen Monumentalbauten entnommen; immer wieder sah ich in den Mauern Fragmente von Inschriften oder gemeißelte Schmuckelemente, die vor Jahrhunderten einmal die Giebel, Gesimse und Bögen kaiserlicher Prachtgebäude geschmückt hatten. Wenn Steine Worte wären, dann wäre Trier ein unzusammenhängendes Gestammel aus den auseinandergerissenen Versen eines Epos, dessen Größe man nur noch erahnen konnte.

Die Palastaula wuchs vor uns empor wie ein Gebirge. Zugemauerte Rundbogenfenster zogen sich an den Seiten entlang. Auch hier spross Grünzeug aus den Ritzen.

Als wir vor dem Gebäude ankamen, schien gerade eine Versammlung zu Ende gegangen zu sein, jedenfalls quoll eine Schar von Bewaffneten heraus, als hätten sie dort einer sonntäglichen Messe beigewohnt. Sie redeten in ihrem merkwürdigen Dialekt. Ein paar Blicke trafen Alva.

Ich überlegte kurz, ob ich es riskieren sollte, ihr das Pferd zu überlassen, und kam zu dem Schluss, dass sie hier auf mich angewiesen war, also saß ich ab und übergab ihr die Zügel. Sie hatte genügend Gelegenheiten zur Flucht gehabt, als die Dänen noch in der Nähe gewesen waren.

In der Aula war es kühl und düster. Draußen dämmerte es bereits, und über dem offenen Dach war der dunkelblaue Himmel zu sehen. Entlang der Seitenwände waren kleine Häuser errichtet worden, die die freie Fläche in der Mitte umgaben wie einen Dorfplatz. Doch weil die Außenmauern der Aula diese kümmerlichen Einbauten so unendlich hoch überragten, kam ich mir vor wie in einer Spielzeugwelt, die ein Riesenkind in einer Schachtel eingerichtet hatte.

Ein paar Nachzügler standen in Gruppen herum und berieten sich.

Bei den vielen Anlässen, zu denen ich meinen Vater in jungen Jahren begleitet habe, habe ich einen Instinkt für die Macht entwickelt. Selbst in einer Gruppe von scheinbar Gleichrangigen gibt es immer einen, dem die anderen gefallen wollen, an dessen Lippen sie hängen, vor dessen Blick sie sich zu profilieren bestrebt sind, über dessen Scherze sie lachen, auch wenn sie nicht lustig sind. Und darum wusste ich sofort, dass der dickliche Mann mit den auf die Stirnglatze gekämmten dunkelbraunen Haaren und der spitzen Nase im teigigen Gesicht hier das Sagen hatte. Er stand mit fünf oder sechs Männern in der Mitte der Halle. Wie die anderen trug er ein Kettenhemd, sein Schwertgriff war mit Almadineinlagen verziert, die Schmuckplatten am Schwertgurt ebenfalls. Als er mich sah, beugte er sich zur Seite und blickte mir durch das Spalier seiner Leute entgegen.

«Seid Ihr der Graf?», fragte ich und trat näher.

Sein Mund verzog sich zu einem freudlosen Lachen, wobei er kurz aufschnaubte, die Oberlippe hochzog und eine Reihe von zu groß geratenen Schneidezähnen freilegte. Seine Begleiter lachten pflichtschuldig mit. Was war so witzig daran?

«Fragt wer?»

Seine weiche und hohe Stimme passte zu seinem herablassenden Gebaren. Ich war versucht, den Titel meines Vaters zu nennen, aber das hätte nur für Gerede gesorgt, also beließ ich es dabei, mich als Tankred aus dem Maasgau vorzustellen.

Wieder das freudlose Lachen.

«Der Graf lässt sich entschuldigen, er ist zu Schiff nach Metz. Du musst wohl mit mir vorliebnehmen.»

Die Bemerkung löste bei den Umstehenden erhebliche Heiterkeit aus. Einer zückte eine kleine Wachstafel und kritzelte etwas darauf, als müsste er das Gesagte für die Nachwelt festhalten. Alle blickten nun mich erwartungsvoll an, als wäre es meine Pflicht, eine geistreiche Antwort zu geben.

Stattdessen fuhr der, den ich für den Grafen gehalten hatte, nach einem Blick in die Runde fort: «Soll ich das Pallium vielleicht über dem Kettenhemd tragen? Wie würde das denn aussehen?»

Diesmal lachten alle los, und auch aus den anderen Gruppen drehten sich uns ein paar Gesichter zu.

Wie hätte ich ahnen können, dass ich Erzbischof Bertolf persönlich vor mir hatte? Er hatte das Amt kurz vor meiner Verurteilung angetreten. Über irgendwelche fernen Vorfahren war ich sogar mit ihm verwandt, aber es wäre unklug gewesen, diese Karte auszuspielen, bevor ich wusste, wie er zu meiner Familie stand. Also beugte ich das Knie, wie es von mir erwartet wurde. Und während ich wartete, dass er mir das Aufstehen gestattete, stellte ich fest, dass ich unwillkürlich an meine Zukunft gedacht hatte.

Mit einer huldvollen Handbewegung bedeutete er mir, dass ich mich erheben durfte. Inzwischen hatten sich uns noch mehr neugierige Gesichter zugewandt. Einige der Männer traten näher.

«Was führt dich zu uns?», fragte Bertolf. Seine Stimme klang gelangweilt, als müsste er seine Spottlust mit Mühe unterdrücken, um mir eine unverdiente Gelegenheit zu geben, mich als brauchbar zu erweisen.

«Die Dänen sind auf der Mosel», sagte ich.

Wieder lachten einige der Umstehenden.

«Hört, hört», sagte Bertolf. «Du wirst es kaum glauben, aber seit heute Mittag kommt jede halbe Stunde einer, der uns diese Neuigkeit bringt.» Er wandte sich an einen breitschultrigen Kerl, der die anderen um einen Kopf überragte. «Nordbert, wie viele waren es ohne den da? Elf? Zwölf?»

«Bei zehn habe ich aufgehört zu zählen», brummte der Riese.

«Klar, du hast ja auch bloß zehn Finger», sagte Bertolf nachsichtig. «Sonst noch was? Oder nur die üblichen Gerüchte? Schiffe, die mit Elefantenköpfen geschmückt sind und über Land fahren?»

Ich schluckte meinen Ärger über seine Arroganz herunter und beschloss, sachlich zu bleiben.

«Es sind knapp tausend Männer auf zwei Dutzend Schiffen. Sie haben etwa zwei Drittel der Strecke von der Moselmündung zurückgelegt und werden in zwei Tagen hier sein. In Koblenz hatten sie Rammböcke und Leitern, aber sie konnten die Stadt nicht einnehmen. Die Mauern dort sind in gutem Zustand und werden sorgfältig bewacht.»

Natürlich verstand er die Spitze. Zum ersten Mal schien er geneigt, mich ernst zu nehmen.

«Wir hörten davon. In der Tat eine beachtliche Leistung. Aber uns wurde gemeldet, sie wären rheinaufwärts weitergefahren. Das war unser Stand bis heute Morgen.»

«Das dachten wir zuerst auch. Aber sie haben in der Nacht kehrtgemacht und die Schiffe auf die Mosel gebracht. Über Land.»

Bertolf zog die Augenbrauen hoch. «Also stimmt es. Hast du sie selbst gesehen?»

«Ja. Leider ist es mir nicht gelungen, sie aufzuhalten.»

Diesmal hatte ich die Lacher auf meiner Seite.

Er fragte mich noch eine Weile über die Details aus, diesmal ohne Witzeleien. Meine Beteiligung an der Verteidigung von Koblenz ließ mich sichtlich in seiner Achtung steigen. Inzwischen hatte sich ein dichter Kreis um uns gebildet. Auf meine Frage, was mich veranlasst habe, die Dänen auf eigene Faust zu verfolgen, erklärte ich, meine Schwester sei von ihnen entführt worden.

Dann ließ Bertolf sich dazu herab, mich über die Lage an der Mosel zu informieren. Bischof Wala von Metz und die südlotharingischen Grafen sammelten flussaufwärts Truppen, um die Dänen zu stellen. Trier würde am nächsten Tag geräumt werden. Die gesamte Einwohnerschaft sollte über die Mosel geführt und in den Hügeln westlich der Stadt auf die Dörfer verteilt werden, während Bertolf mit seinen Männern den dänischen Plündererbanden das Ausschwärmen so unbequem wie möglich zu machen gedachte. Angesichts der Unmöglichkeit, Trier zu verteidigen, war das die einzige Möglichkeit, ein Gemetzel zu verhüten. Mehr als hundertfünfzig Männer konnte er nicht aufbieten, und meine Angaben über die Stärke der Flotte bestätigten ihn in der Ansicht, dass es klüger war, zunächst zurückzuweichen.

Bertolfs Umsicht und seine Entschlossenheit beeindruckten mich. Meinen anfänglichen Eindruck, einen verwöhnten und unfähigen Schwätzer vor mir zu haben, musste ich korrigieren. Erzbischof Bertolf war nicht dumm. Es war wohl eher die Dummheit seiner Umgebung, die ihn zum Spötter gemacht hatte.

«Was ist mit dir, Tankred?», fragte er, als er mit seinen Ausführungen fertig war. «Willst du dich uns anschließen?»

Ich zögerte. Ich war Ivar und seinen Leuten gefolgt, um meine Schwester zu befreien, nicht um mich schon wieder an einem Krieg zu beteiligen. Es behagte mir nicht, mich Bertolf zu verpflichten und dann unter Umständen mit Aufgaben betraut zu werden, die mich von meinem eigentlichen Vorhaben wegführen würden. Andererseits würde sich vielleicht gerade im Aufgebot des Erzbischofs die Gelegenheit bieten, an Ivar heranzukommen, schließlich wollte auch Bertolf den Dänen auf den Fersen bleiben und so schnell wie möglich eine Entscheidung herbeiführen. Damit war sein Krieg eben doch auch mein Krieg.

Diese Erwägungen schossen mir blitzartig durch den Kopf; und dann war da noch ein Gedanke: Das Wohlwollen eines so mächtigen Mannes würde mir später sicherlich von Nutzen sein.

«Ich bin dabei», sagte ich.

Blieb die Frage, was mit Alva passieren sollte. Ich fühlte mich für sie verantwortlich, aber es behagte mir nicht, sie noch tagelang weiter durch das Land zu schleppen. Ich erklärte ihm mein Problem. Und auch dafür wusste der Erzbischof eine Lösung.

«Wir geben sie zu den Schwestern nach Sankt Symphorian», sagte er. «Sie werden sie im Glauben unterweisen und ein folgsames Lamm in der Herde des Herrn aus ihr machen.»

Sein Tonfall verriet, dass er das selbst nicht glaubte. Aber ein besserer Vorschlag wäre mir auch nicht eingefallen, also willigte ich ein.

Inzwischen war die Dämmerung draußen so weit vorangeschritten, dass wir im Halbdunkel in der Aula standen. Während unseres Gesprächs hatten die meisten anderen grüppchenweise die Halle verlassen. Bertolf trug dem großen Nordbert auf, mich und Alva zum besagten Kloster zu begleiten und mir anschließend eine Unterkunft in der Festung zu bereiten.

«Festung?», fragte ich. Eine solche Anlage hatte ich nirgendwo gesehen.

Wieder schenkte Bertolf mir sein spöttisches Lachen. «Wir nennen es so, aber stell dir nicht zu viel vor. Wirst schon sehen, was ich meine.»

Nordbert führte uns mit einer Fackel in der Hand durch die Straßen. Wir nahmen den Weg, den wir gekommen waren, passierten das große Stadttor und hielten schließlich vor einem der Klöster am Moselufer. Nordbert schaffte es tatsächlich, den ganzen Weg über kein einziges Wort zu reden, während ich Alva begreiflich zu machen versuchte, dass sie in guten Händen sein würde. Dabei klangen meine Worte in meinen eigenen Ohren umso abgeschmackter, als sie kein bisschen protestierte, wie ich es eigentlich erwartet hatte. Meine umständlichen Erklärungen quittierte sie mit gelegentlichem Nicken. Sie wirkte plötzlich kraftlos, als wäre ihr Wille gebrochen worden. Es wäre mir lieber gewesen, wenn sie die Krallen ausgefahren hätte. Dass sie die Gleichgültige nur spielte, um mich in Sicherheit zu wiegen und bei der ersten Gelegenheit zu fliehen, um sich zu Ivar und Knut durchzuschlagen, erschien mir unwahrscheinlich, aber ich wusste zu wenig über sie, als dass ich hätte einschätzen können, ob sie überhaupt an so etwas dachte. Vielleicht war sie so schlecht behandelt worden, dass ihr alles lieber war, als sich erneut in die Hände der beiden zu begeben. Und vielleicht hatte sie mir den Dolch tatsächlich nur abgenommen, um sich gegen mich zu wehren, weil sie von bewaffneten Männern nichts anderes kannte als Misshandlungen.

Der Dolch. Unwillkürlich tastete ich danach. Er war noch da.

Auch als wir vor der Klosterpforte standen und eine alte Benediktinerin auf mein Klopfen den Kopf durch das Tor in der Umfriedungsmauer steckte, sträubte Alva sich nicht. Ich erklärte der Schwester die Situation, bat sie, Alva im Glauben zu unterweisen, und versprach, dass es keinen Ärger geben würde.

Die Schwester betrachtete das Mädchen eine Weile voller Mitgefühl im Fackelschein, nahm ihre Hand und streichelte sie. Dann wanderte ihr Blick zu mir, und ihr Gesichtsausdruck wurde streng.

«Keinen Ärger», sagte sie mit einem missbilligenden Kopfschütteln. «Ist das alles, was dir zu ihr einfällt? Siehst du nicht, was diesem Kind angetan wurde?» Sie winkte verächtlich ab. «Natürlich siehst du es nicht. Was du siehst, ist eine hübsche kleine Puppe für deine Gelüste. Ihr seid wirklich alle gleich. Ich hoffe für dich, dass du dich nicht auch an ihr vergriffen hast!»

Ich war so überrumpelt, dass ich gar nicht wusste, was ich antworten sollte. Aber sie erwartete auch gar keine Antwort.

«Keinen Ärger», wiederholte sie verächtlich. «Wir reiten hier doch keine Pferde zu! Sie wird von allein den Weg zu Gott finden. Was sie braucht, ist Zuwendung und nicht Unterweisung.»

Sie lächelte Alva an und bugsierte sie ins Innere der Anlage.

«Männer sind wirklich zu nichts zu gebrauchen», sagte sie, dann fiel das Tor ins Schloss, und ich hörte sie noch murmeln: «Keinen Ärger. Wer macht uns denn den ganzen Tag Ärger?»

Ich stand mit Nordbert allein in der Dunkelheit und schämte mich. Hatte Alva deshalb in der Nacht am Weinberg die Hand nach mir ausgestreckt? Weil sie Zuwendung brauchte?

«Die hätte ich auch gerne zugeritten», sagte Nordbert, als ich, das Pferd am Zügel, wieder mit ihm durch das Stadttor schritt.

«Halt dein dämliches Maul», antwortete ich.

Das tat er auch, halb beleidigt und halb eingeschüchtert, was bei seiner Statur einigermaßen komisch wirkte.

Inzwischen war es vollständig dunkel geworden. Nordbert führte mich zu einem gewaltigen halbrunden Erdwall, der hinter der Palastaula aufragte und vom Mondlicht schwach beschienen wurde. Auf der Krone verlief eine niedrige Mauer mit ein paar Türmen. Der gepflasterte Weg führte zu einem Portal, das ähnlich wie das Stadttor von mehreren Stockwerken mit Bögen überkrönt wurde. Rechts und links davon standen Sockel mit Statuen, denen Köpfe und Hände fehlten.

Wir passierten einen Durchgang und traten in einen von Gras überwucherten eiförmigen Trichter. Erst jetzt begriff ich, in was für einer Art von Gebäude wir uns befanden: Die Festung war nichts anderes als ein altes Amphitheater. An den Hängen klebte ein unübersichtliches Gewirr von Einbauten. Hinter einigen Fenstern war schwacher Lichtschein zu sehen.

Nordbert führte mich zu einem der Häuschen, öffnete die Tür und leuchtete mit der Fackel hinein: ein Raum, ein Strohsack, ein Schemel, sonst nichts.

Ich war sicher, dass es hier komfortablere Unterkünfte gab. Nachdem Bertolf seine Arroganz abgelegt hatte, war sein Verhalten mir gegenüber zu respektvoll gewesen, als dass er mich wissentlich in eine so miserable Behausung hätte stecken lassen. Diese Kammer war Nordberts Rache dafür, dass ich ihm über den Mund gefahren war. Aber ich war zu erschöpft, um mich mit ihm darüber zu streiten. Er ging ohne ein Wort.

Sleipnir begann zu grasen. Ich band ihn nicht fest.

Die Kammer war stockfinster, und das einzige Fenster schnitt ein Rechteck von kaltem Dunkelblau aus der Wand. Als ich mich auf den nach Schimmel stinkenden Strohsack sinken ließ, überkam mich eine maßlose Traurigkeit.

Ich war allein. Meine Schwester war immer noch die Gefangene eines unberechenbaren und gewalttätigen Unholds, der selbst von seinen eigenen Leuten für irre gehalten wurde; zwei Befreiungsversuche waren gescheitert, und ich wusste nicht, ob sich überhaupt die Gelegenheit für einen dritten ergeben würde. Ich befand mich in einer lausigen Kammer in einer Stadt, in der ich nicht willkommen war und die höchstwahrscheinlich in ein paar Tagen dem Erdboden gleichgemacht werden würde. Ich hatte keine Heimat und keine Familie mehr und zumindest hier auch keine Freunde. Wie sollte ich da nicht verzweifeln? Das Böse schien die Macht über die Welt übernommen zu haben.

Wie hätte ich in dieser Lage nicht an Fidis denken können? Sie war in den dunkelsten Monaten meines früheren Lebens an meiner Seite gewesen, sie hatte mich verstanden, aufgerichtet und zum Lachen gebracht, als es wenig zu lachen gegeben hatte. Und in der Stille erinnerte ich mich plötzlich ganz deutlich an ihre Stimme. Graf Neunmalklug, so hatte sie mich genannt.

Und genau in diesem Augenblick war sie vielleicht ganz in der Nähe. Am liebsten wäre ich losgestapft und hätte an sämtliche Türen gehämmert, bis ich sie gefunden hätte. Und dann? Wahrscheinlich hätte sie mich verständnislos oder unangenehm berührt angestarrt, bis ein fremder Kerl neben ihr aufgetaucht wäre. Sie war kein Teil meines Lebens mehr. Überhaupt: welches Leben denn?

Da ich noch kein bisschen müde war und dem Selbstmitleid nicht die Macht über meine Gedanken überlassen wollte, erhob ich mich wieder und beschloss, mir noch ein wenig Bewegung zu verschaffen. Nach mehreren Tagen auf dem Pferderücken tat es gut, die eigenen Beine zu benutzen.

Ich passierte das Tor und die Statuen. Mit jedem Schritt fiel ein Stück der Niedergeschlagenheit von mir ab. Alles war besser als Stillstand.

Die Straßen waren wie leer gefegt, aber die Stadt war dennoch nicht ausgestorben. Hinter vielen Fenstern waren schwache Lichter zu sehen, und ich musste der Versuchung widerstehen, durch die Fensterläden zu spähen. Meine Schritte hallten von den Hauswänden zurück. Schon bald wusste ich nicht mehr, wie ich zurückfinden sollte.

Hinter einer Ecke war Stimmengewirr zu vernehmen. Und tatsächlich befand sich dort eine geöffnete und erleuchtete Schenke. Drinnen schien es hoch herzugehen, es wurde laut durcheinandergeredet, und zwischendurch brandete Gesang auf. Es gab offenbar so einige, die den letzten Abend nicht allein zu Hause verbringen wollten.

Vor dem Eingang standen Dutzende von Männern herum. Ich schob mich zwischen ihnen hindurch und trat ein.

Anders als in Koblenz war in Trier kein Ausschankverbot verhängt worden, und die Gäste tranken, was das Zeug hielt. Über einem Kohlengrill drehten sich Schweinshaxen, Stücke von Rindfleisch und ganze Hühner. Das Fett tropfte zischend in die Glut, und der Rauch war so dicht, dass man kaum von einem Ende des Raums zum anderen blicken konnte.

Eine merkwürdige Untergangsstimmung lag in der Luft. Im Bestreben, ihre Unsicherheit zu überschreien, steigerten sich die Männer in eine trotzige Feierlaune hinein.

«Fresst und sauft!», brüllte der Wirt über das Stimmengewirr hinweg. «Schleppt die Vorräte in euren Bäuchen weg, damit die Nordmänner sie nicht kriegen! Ich will hier nachher kein volles Fass mehr sehen!»

Ich sah mir das Treiben eine Weile an, leistete meinen Beitrag zur Vernichtung der Vorräte und ließ mich in oberflächliche Gespräche verwickeln. Da Bertolf seine auswärtigen Gefolgsleute in die Stadt gerufen hatte, wunderte sich niemand über die Anwesenheit von Fremden. Fragen über den Grund meines Hierseins wich ich weitgehend aus. Wenn es sich ergab, fragte ich nach Fidis, aber niemand schien sie zu kennen.

Plötzlich legte sich eine Hand auf meine Schulter. «Na, du Bibliothekar?», fragte eine Stimme, die mir bekannt vorkam. «Wie viele Lexikons hast du in der Zwischenzeit schon wieder gelesen?»

Lupus.

An ihn hatte ich gar nicht mehr gedacht. Und dennoch wäre ich ihm in diesem Augenblick am liebsten um den Hals gefallen. Wir hatten in Koblenz auf der Mauer kaum eine halbe Stunde miteinander geredet, aber beim Anblick seines Katzengesichts durchströmte mich eine Freude, als wäre ein verschollener Freund aus lange vergangenen Tagen wieder aufgetaucht.

Ich erzählte ihm, was sich seit unserer Begegnung ereignet hatte. Wie schon in Koblenz nahm er großen Anteil an meiner Geschichte. Er verzog das Gesicht, kniff die Lippen zusammen und hieb sich mit der Faust in die Hand, während ich von meiner Jagd nach Ivar berichtete. Als ich den missglückten Befreiungsversuch am Moselufer schilderte, raufte er sich die Haare und verdrehte kopfschüttelnd die Augen zum Himmel.

Lupus war seit zwei Tagen wieder in Trier. Seiner Familie ging es gut, und am nächsten Tag wollte er sie aus der Stadt begleiten und anschließend mit Bertolfs Aufgebot in den Kampf ziehen.

«Was ist mit deiner Freundin aus Trier?», fragte er schließlich. «Wie hieß sie noch? Fidis?»

Ich war überrascht, dass er sich an den Namen erinnerte. «Nichts», sagte ich traurig. «Hier scheint sie keiner zu kennen.»

«Die finden wir schon», sagte er.

In dieser Nacht betranken wir uns fürchterlich.

Am nächsten Morgen erwachte ich von einem Geläut, das sich anfühlte, als schlüge der Schwengel nicht gegen eine Glocke, sondern gegen meinen Schädel. Meine Zunge war trocken wie ein Lappen aus Schafwolle. Ich lag nicht in der Kammer im Amphitheater, sondern in einer leer geräumten Werkstatt auf ein paar Decken. Was hatte das zu bedeuten? Ich versuchte, mich zu erinnern, was in der Nacht geschehen war, aber ich kam nur bis zur Taverne.

Als ich mich umblickte, sah ich ein kleines Mädchen, das neben der Tür hinter einer Kiste hockte und mich beobachtete. Als ich mich aufrichtete, tauchte sie so weit ab, dass nur noch die großen blauen Augen und der blonde Haarschopf zu sehen waren.

«Lupus!», quiekte sie. «Der ist gar nicht tot!»

«Doch, doch, der ist tot!», erklang die Stimme von Lupus.

«Nein!», schrie das Mädchen. «Der hat sich gerade aufgesetzt!»

«Dann hau noch mal drauf!»

Lupus erschien in der Tür. «Feste!», sagte er und tätschelte ihr aufmunternd die Wange. «Auf den Kopf! Das schadet dem nicht, der weiß sowieso mehr, als ihm guttut.»

Ein teuflisches kleines Grinsen breitete sich auf dem Gesicht des Mädchens aus. Sie richtete sich auf, ballte ihre Fäuste und kam auf mich zu. Wenn Lupus sie nicht zurückgehalten hätte, dann hätte sie mich wahrscheinlich wirklich niedergestreckt.

«Wie bin ich hierhergekommen?», fragte ich matt.

«Hauptsächlich auf meinen Schultern», antwortete Lupus.

Ich schreckte hoch. «Das Pferd!»

«Steht im Hof», sagte Lupus. «Nachdem der Wirt uns rausgeschmissen hatte, hast du gelallt, wir müssten den Schlappner mitnehmen. Es hat eine Zeit gedauert, bis ich begriffen hatte, dass das der Name von dem Gaul ist. Wir sind zum Amphitheater getorkelt und haben ihn abgeholt. Du bist auf dem Weg dreimal runtergefallen.»

Auch daran erinnerte ich mich nicht. Allerdings spürte ich neben dem Kopfschmerz noch verschiedene Prellungen an Armen und Beinen. Ich richtete mich stöhnend auf, wankte zu einem Kübel, der in einer Ecke stand und klatschte mir daraus kaltes Wasser ins Gesicht.

«Du hast heute Nacht einen solchen Mist geredet», sagte Lupus kopfschüttelnd.

«Was denn?», fragte ich.

«Mal sehen, ob ich das noch zusammenkriege.» Er kratzte sich am Kopf. «Also. Du wolltest noch was trinken, und der Wirt hat gesagt, es gäbe nichts mehr. Darauf hast du gesagt, dass es nichts nicht gibt. Das wollte er nicht begreifen. Also hast du ihm Folgendes erklärt: Weil Gott die Welt aus dem Nichts geschaffen habe und Aristoteles lehre, dass nichts aus nichts entstehen könne, könne das Nichts nichts Nichtseiendes sein. So etwa.»

«Na und?», sagte ich. «Stimmt doch auch.»

«Sagt wer?»

«Fredegisus von Tours.»

«Der Wirt hat dir aber trotzdem nichts mehr gegeben. Und dann sind wir rausgeflogen.»

«Aber nicht, weil es nichts mehr gab», sagte ich.

«Hau noch mal drauf, Bertrada», sagte Lupus zu seiner Schwester.

18

Eine halbe Stunde später waren wir bereit zum Aufbruch. Meine Kopfschmerzen waren eher schlimmer als besser geworden, aber die frische Luft sorgte wenigstens dafür, dass das Schwindelgefühl verflog.

Der Vater von Lupus war Schuhmacher, es war seine Werkstatt gewesen, in der ich aufgewacht war. Die Werkzeuge und der gesamte Hausrat waren auf einen Wagen geladen worden, der vor dem Haus wartete.

In den Straßen herrschte jetzt eine beklommene Stimmung. Die rege Geschäftigkeit des Vortages war erlahmt, und von den großmäuligen Reden aus der Taverne war nichts mehr zu hören. Die letzten Bündel wurden schweigend auf die Wagen geschnallt. Männer blickten finster vor sich hin. Frauen beteten. Kinder weinten. Es war, als wäre den Leuten erst jetzt bewusst geworden, dass sie ihre Häuser verlassen und vielleicht nie wiedersehen würden.

Die Eltern von Lupus waren ein zurückhaltendes Paar und angesichts der Situation ziemlich eingeschüchtert – ganz anders als Lupus mit seinem entschlossenen und selbstsicheren Auftreten und ganz anders auch als die wirbelnde Bertrada, die sich von der Angst ihrer Eltern kein bisschen anstecken ließ. Die Mutter war so jung, dass ich mich fragte, ob Lupus vielleicht aus einer früheren Ehe des Vaters stammte. Ich suchte nach Ähnlichkeiten in den Gesichtern, fand aber keine bis auf die schlanke Statur, die in der Familie zu liegen schien. Die Mutter betete ohne Unterlass den Rosenkranz. Der Vater, ein fahriger grauhaariger Mann, dem sämtliche Schneidezähne fehlten, gab sich geschäftig und machte sich am Gepäck zu schaffen.

Als die Pferde angeschirrt und die letzten Bündel verzurrt waren, machten wir uns auf den Weg. Wir zogen zwischen Ruinen und blühenden Bäumen durch eine Marktsiedlung am Flussufer zu einer steinernen Brücke, neben der ein verwaister Anleger mit mehreren Holzstegen lag. Von rechts und links gesellten sich weitere Fuhrwerke und Menschen zu Pferd, auf Maultieren und Eseln dazu. Die meisten aber gingen zu Fuß oder saßen auf den Wagen. Verängstigte Gesichter blickten von den Böcken herunter; Kinder hockten zwischen Käfigen mit Geflügel auf turmhohen Bündeln.

An der Auffahrt zur Brücke standen Bewaffnete und versuchten, Ordnung in das Durcheinander zu bringen. Am anderen Ufer sah ich den Erzbischof in voller Rüstung auf einem prachtvoll aufgezäumten Schimmel, gefolgt von einer Schar Geistlicher. Vier von ihnen trugen einen Reliquienschrein auf den Schultern. Dünne Gesänge wehten herüber.

«Der heilige Rock», sagte Lupus, der meinem Blick gefolgt war. «Das Gewand des Erlösers. Es wird uns beschützen.»

Es war nicht zu erkennen, ob er tatsächlich an die Wundertätigkeit der Reliquie glaubte oder nicht. Ich musste an die Sandalen des Herrn denken, die die Brüder in Prüm um ein Haar vergessen hätten. Sie hatten die Dänen nicht davon abgehalten, das Kloster zu überfallen, genauso wenig wie sein Lendentuch sie von Aachen ferngehalten hatte.

Wie eine riesige Prozession wälzten wir uns über die Brücke. Dasselbe Wasser, das dort unten grün und gluckernd dahinfloss, würde in wenigen Stunden die Schiffe der Dänen erreicht haben, die uns unaufhaltsam entgegenruderten und möglicherweise schon am nächsten Tag eintreffen würden. Es würde gleichgültig unter Ivars Kiel hindurchströmen und bald darauf die Moselmündung erreichen, um sich in den Rhein zu ergießen und wenige Tage später in den Weiten des Meeres aufzugehen.

Unwillkürlich musste ich an den biblischen Auszug aus Ägypten denken. Doch während die Israeliten in der Hoffnung auf das Gelobte Land nach vorn geblickt hatten, blickten die Trierer voller Ungewissheit zurück auf ihre Heimat. Es war, als würde die Stadt ausbluten. Nachzügler sickerten aus den Seitenstraßen. Was zurückblieb, waren Gemäuer ohne Seele. Kaum jemand sagte ein Wort.

Die ganze Zeit über hielt ich Ausschau, in der Hoffnung, wie durch ein Wunder das Gesicht von Fidis in der Menge zu entdecken. Mehrmals glaubte ich, sie erkannt zu haben, aber beim näheren Hinschauen erwies sich, dass sie es nicht war. Würde ich sie nach all den Jahren überhaupt wiedererkennen?

Am westlichen Moselufer erhob sich eine steile Hügelkette. Die Hänge waren dicht bewaldet; an einer Stelle ragte eine Kapelle zwischen den Bäumen hervor, die schon kräftig ausgeschlagen hatten und im Sonnenlicht hellgrün leuchteten.

Wir nahmen einen Pfad, der sich in vielen Windungen an der Bergflanke hinaufschlängelte, aber trotzdem noch steil genug war, um die Zugtiere ins Schwitzen zu bringen. Einige besonders schwer beladene Wagen fielen zurück und wurden von den anderen überholt.

Die frische Luft vertrieb nach und nach das Hämmern in meinem Kopf, aber meine Prellungen schmerzten. Lupus saß mit Bertrada auf dem Pferd, das den Wagen ihrer Eltern zog, und brachte ihr das Pfeifen bei. Für eine Siebenjährige machte sie es ziemlich gut.

«Warum geht's dir eigentlich so gut?», fragte ich ihn.

«Weil ich heute Nacht nicht dreimal vom Pferd gefallen bin», sagte er.

Bertrada blickte mich neugierig an. «Warum bist du vom Pferd gefallen?», fragte sie.

«Weil er gestern Abend dreißig Humpen Bier getrunken hat», antwortete Lupus.

Das Mädchen kicherte. «So viel kann man doch gar nicht trinken!»

«Der schon», sagte Lupus. «Der war zwölf Jahre lang im Kloster.»

«Was hast du im Kloster gemacht?», fragte sie neugierig.

«Saufen geübt», antwortete Lupus.

«Lexikons gelesen», sagte ich. Lupus grinste.

«Was ist denn ein Lexikon?», fragte sie.

So ging es eine Weile weiter, während wir uns über lang gestreckte Steigungen und durch enge Kurven hocharbeiteten. Bertrada fragte mir Löcher in den Bauch, und ich erzählte ihr von der Bibliothek, von Wolfhelm und Folchar, vom Mond und von den Sternen, von Elefanten und Einhörnern.

«Hast du keine Familie?», fragte sie plötzlich.

«Doch», sagte ich. «Eine Schwester.»

«Wo ist sie?»

Sie blickte mich erwartungsvoll mit ihren blauen Augen an. Und in diesem Augenblick war es, als würde in meinem Kopf ein Wehr bersten, hinter dem sich eine Flut aus Verzweiflung angestaut hatte. Sie liegt gefesselt im Schiff eines Wahnsinnigen, der sie verschleppt hat, dachte ich, aber natürlich sagte ich es nicht; stattdessen begann ich zu weinen und konnte gar nichts dagegen tun. Ich barg das Gesicht in den Händen und konnte nicht mehr aufhören. Vor lauter Schreck weinte Bertrada gleich mit. Lupus nahm ihren Kopf zwischen seine Hände und redete leise auf sie ein. Ivars Name fiel.

«Den schlage ich nieder», sagte sie und ballte die kleinen Fäuste. Und ich konnte nicht anders, ich musste lachen.

Wir brauchten drei Stunden bis zu der Kapelle knapp unterhalb der Hügelkuppe, die ich von der Brücke aus gesehen hatte. Der Zug hatte zwischendurch immer wieder angehalten, weil irgendwo eine Achse gebrochen oder Ladung heruntergefallen war. Ich fühlte mich leichter, es war, als hätten die Tränen alle Verzweiflung aus mir herausgespült.

Rund um die kleine Kapelle war eine Fläche gerodet worden, auf der sich nun die Flüchtlinge sammelten. Proviant wurde verteilt. Irgendwo sang jemand. Ein paar Kranke lagen auf gepolsterten Pritschen; weiter hinten lagerte eine Gruppe von Mönchen. Irgendwo mussten auch die Schwestern von Sankt Symphorian sein. Ich fragte mich, ob Alva noch bei ihnen war.

Die Kapelle lag so hoch am Hang, dass man einen weiten Blick über die Mosel hatte. Trier lag unter uns im Flusstal wie das abgenagte Skelett eines riesigen Tieres. Es war eine merkwürdige Vorstellung, dass sich dort unten kein menschliches Wesen mehr aufhielt. Was würde passieren, wenn die Einwohner niemals zurückkehrten? Wie lange würde es dauern, bis Wald und wilder Wein alles überwuchert haben würden?

Laute Rufe rissen mich aus meinen Gedanken. Soldaten gingen herum und gaben Anweisungen. Bertolf hatte schon am Vortag verkündet, die Menschen auf die Besitzungen zu verteilen, die seiner Bischofskirche und den Trierer Klöstern und Stiften gehörten, und zwar nach Pfarreien sortiert, damit es keine Unordnung gab. Die einzelnen Gruppen sollten von Bewaffneten begleitet werden; eine kleine Mannschaft würde bei der Kapelle zurückbleiben, um die Stadt zu beobachten und die Bewegungen der Dänen zu melden – vor allem für den Fall, dass sie am linken Moselufer an Land gehen sollten. Wenn nötig, würde man sich weiter ins Hinterland zurückziehen.

Wir waren einer Gruppe zugeteilt worden, die zu einem Ort namens Kordel geschickt wurde. Kurz darauf setzte sich der Zug in Bewegung, erklomm die letzte Steigung vor der Kuppe, wälzte sich auf der anderen Seite wieder hinab und teilte sich an Weggabelungen in mehrere Kolonnen auf.

Vor uns breitete sich eine hügelige und dicht bewaldete Landschaft aus. Ich begriff, warum der Erzbischof uns in diese Gegend geführt hatte: Es war leicht, sich hier zu verstecken. Solange uns keine dänischen Streifscharen entdeckten, waren wir halbwegs in Sicherheit. Sie kannten die Wege nicht und würden sich nicht allzu weit von ihren Schiffen entfernen.

Als wir Kordel erreichten, hatte es schon zu dämmern begonnen. Die ummauerte Anlage war ein Musterbeispiel für einen Villikationshof: großzügige Ställe und Scheunen, tadellos in Schuss gehaltene Wirtschaftsgebäude, eine Kellerei mit einer riesigen Presse, eigene Werkstätten für die Herstellung von Fässern und Werkzeugen und eine stattliche Kapelle. Sie lag im Tal eines nördlich von Trier in die Mosel mündenden

Flüsschens. Das Wasser war rotbraun verfärbt wie die Felsen, die an vielen Stellen aus den Hängen ragten, als sei der Waldboden nur eine dünne und rissige Haut.

Wir fanden mit etwa zwanzig anderen eine Unterkunft in dem Raum mit der Weinpresse, der von ein paar Kerzen spärlich erleuchtet wurde. An den Wänden war Stroh ausgeschüttet worden. Es roch nach feuchtem Holz und vergorenen Trauben. Brote wurden verteilt. Am späten Abend kam der Erzbischof höchstpersönlich vorbei und segnete uns etwas lustlos. Er trug immer noch das Kettenhemd und das kostbare Schwertgehänge.

Die Nacht war unruhig. Es wurde geseufzt und geflüstert; ständig raschelte es im Stroh, weil irgendjemand sich hin und her wälzte. Ein Kind hatte sich den Magen verdorben und übergab sich mehrmals, und aus einem der anderen Gebäude war fast ununterbrochen Säuglingsgeschrei zu hören.

Beim ersten Anzeichen der Dämmerung stand ich auf, holte mein Pferd aus dem Stall und ritt den Weg zurück, den wir am Vortag gekommen waren. Wenn die Dänen heute kamen, dann wollte ich sichergehen, dass Ivars Schiff auch wirklich dabei war.

Der Morgen war wunderbar frisch und klar. Als ich auf der Hügelkuppe oberhalb des Moseltals ankam, ging gerade die Sonne auf und goss einen Schwall aus orangefarbenem Licht über die Dächer von Trier. In der Kälte des Morgens wirkte die Stadt noch verlassener als am Vortag. Über dem Fluss lag eine Decke aus Nebel. Genau so ein Nebel hatte an dem furchtbaren Tag vor mehr als zwölf Jahren über der Maas gehangen, an dem Uta versucht hatte, Judith zu ertränken.

Bei der Kapelle fand ich zwei Wachen vor, die Bertolf dort

postiert hatte. Sie hatten keine Vorkommnisse zu melden und verzogen sich in die Kapelle, kaum dass ich abgesessen war.

Ich setzte mich auf einen Baumstumpf, von dem aus ich den weiten, von Norden nach Osten verlaufenden Bogen im Blick hatte, den die Mosel flussabwärts der Stadt beschrieb. Von dort mussten sie kommen.

Um mir die Zeit zu vertreiben, versuchte ich, mir die *Metamorphosen* von Ovid wieder ins Gedächtnis zu rufen.

Vor dem Meer, dem Land und dem alles deckenden Himmel ...

Ein Tier raschelte im Unterholz.

Bot der gesamte Kreis der Natur einen einzigen Anblick.

Die Sonne stieg langsam höher.

Chaos ward es benannt: eine rohe, gestaltlose Masse.

Der Nebel löste sich auf.

Ein Habicht zog seine Kreise.

Und auf einmal tauchten sie hinter der Biegung auf. Hatten sie tatsächlich geglaubt, dass sie schneller sein würden als die Nachrichten von ihrer bevorstehenden Ankunft?

Der erneute Anblick der Schiffe ließ eine Mischung aus Wut und Entschlossenheit in mir hochkochen: Wut darüber, dass Ivar sich nach wie vor so ungeniert vor meiner Nase bewegen konnte, und Entschlossenheit, ihn diesmal endgültig zur Strecke zu bringen.

Ein Schiff nach dem anderen erschien. Die Ruder schlugen einen schnelleren Takt als vor ein paar Tagen. Kein Wunder: Sie waren ausgeruht und mit dem Ziel so dicht vor der Nase verdoppelte die Gier nach Beute ihre Kräfte. Auch diesmal waren es genau fünfundzwanzig Schiffe. Keins war verloren gegangen, keins war dazugekommen.

Sie landeten auf der Höhe der Klöster, die nördlich der Stadt am Ufer lagen. Wegen der großen Entfernung war es unmöglich zu erkennen, welches der Schiffe das von Ivar war; es hätte auch nichts genützt, das zu wissen. Sie waren unerreichbar.

Es wiederholte sich das Schauspiel, das ich schon vor Koblenz beobachtet hatte: Die Schiffe wurden in Windeseile auf den Strand gezogen, wo sofort ein großes Gewimmel entstand. Männer sprangen heraus, Schilde und Waffen wurden ausgeladen, mehrere Pulks formierten sich und begannen, auf die Klöster zuzurücken. Mauern wurden überstiegen, Tore geöffnet, dann verschwanden die meisten im Inneren der Gebäude und waren nicht mehr zu sehen. Es war klar, was dort nun passierte: Sie würden alles durchsuchen, Altäre zertrümmern, Bodenplatten heraushebeln, Schränke aufbrechen und feststellen, dass alle Schätze abtransportiert worden waren. Wahrscheinlich würden sie sich vor dem Angriff auf die große Stadtmauer noch einmal beraten; vielleicht trauten sie der Ruhe nicht und vermuteten, dass wir ihnen eine Falle gestellt hatten. Im Lauf des Tages würden sie sich dann aller Wahrscheinlichkeit über die Stadt hermachen, ein paar Tage lang dort wüten, anschließend alles in Brand stecken und weiterfahren, entweder moselaufwärts in Richtung Metz oder moselabwärts auf Koblenz und die Rheinmündung zu. Trier war verloren. Jetzt kam es nur noch darauf an, die geretteten Kirchenschätze, die geflohenen Bewohner und ihren Besitz im Hinterland dem Zugriff der Plünderer zu entziehen.

Ich hatte genug gesehen. Ich meldete den beiden Wachen, die sich in der Kapelle schlafen gelegt hatten, die Ankunft der Dänen und machte mich auf den Rückweg nach Kordel.

Dort war inzwischen alles auf den Beinen. Menschen standen in Gruppen herum und berieten oder machten sich am

Gepäck zu schaffen. Einige blickten mich fragend an, als ich durch das Tor ritt, doch um keine Panik zu verbreiten, ließ ich mich nicht auf Gespräche ein.

Ich fand den Erzbischof in der Kapelle, an deren Wänden zahllose Kisten in mannshohen Stapeln aufeinandergetürmt waren. Der Raum wurde von kleinen Rundbogenfenstern erhellt und hatte sogar eine Gewölbedecke.

Bertolf war allein. Mit dem Rücken zum Eingang stand er vor dem Altar, auf dem ein Kruzifix thronte.

«Na, mein Freund?», murmelte er, als hätte er Augen im Hinterkopf.

«Sie sind da», sagte ich und trat neben ihn. «Alle fünfundzwanzig Schiffe.»

«Sind sie schon in der Stadt?», fragte er.

«Nein», antwortete ich. «Sie plündern die Klöster am Moselufer.»

«Da gibt's nicht mehr viel zu plündern. Und in der Stadt auch nicht.»

«Dann werden sie es in den Dörfern versuchen.»

«Ja, aber das werden wir rechtzeitig erfahren», sagte Bertolf. «Sobald die Dänen auf die andere Flussseite wechseln, bekommen wir Meldung und ziehen uns in die Wälder zurück. Wenn sie weiterfahren, sammle ich meine Männer und folge ihnen. Wala und die Grafen erwarten sie flussaufwärts. Wir schließen uns mit ihnen zusammen und jagen diese verfluchten Heiden zum Teufel.»

Den Rest des Tages verbrachte ich damit, zwischen Kordel und der Kapelle oberhalb von Trier hin und her zu reiten. Gegen Mittag drangen die Dänen in die Stadt ein. Bald sah man sie zwischen den Gebäuden herumlaufen. Auch hier rissen sie die Stützpfähle der Weinreben heraus, und auf den freien Flächen wurden Feuer entzündet. Ein paar Schornsteine begannen zu rauchen. Einige der größeren Langschiffe wurden zum Anleger neben der Brücke gerudert und dort vertäut. Ivars Schiff war nicht dabei, es musste weiter flussabwärts bei den Klöstern liegen. Zumindest die Zahl der Schiffe stimmte noch. Ich war Ivar auf den Fersen, und er würde mich nicht abschütteln können. Ich war zweimal bis an sein Nachtlager vorgedrungen. Der Tag, an dem ich ihn zu fassen bekommen würde, rückte näher, das spürte ich.

Der nächste Tag war Karfreitag, und er begann stürmisch. Der Wind jagte Wolkenberge über den Himmel; ab und zu kam kurz die Sonne durch, verschwand aber sofort wieder. Das Wechselspiel aus Licht und Schatten wirkte wie ein Spiegel der Unwägbarkeiten, denen wir ausgesetzt waren.

Weil die vielen in Kordel untergebrachten Flüchtlinge nicht in die Kapelle passten, zelebrierte Bertolf die Messe an einem im Hof aufgestellten Tragaltar. Mir war nicht entgangen, dass er Wagen hatte beladen lassen, die zwischen den Gebäuden standen. Die Pferde waren angeschirrt. Bertolf hatte in aller Stille die Abreise vorbereiten lassen, damit es kein Durcheinander gab, falls es schnell gehen musste.

Der Rest des Tages verlief wie auch der folgende Samstag ohne Vorkommnisse. Mehrmals ritt ich zur Kapelle, um in die Stadt hinabzuspähen, ohne dass sich dort irgendetwas tat. Ich lieferte mir mit Lupus ein paar Probekämpfe, übersetzte für seine Schwester einige Passagen aus Sigiberts *Aeneis* und brachte ihr die wichtigsten Buchstaben bei, die sie mit einem Stock in den Sand malte. Es war, als holte ich mit Bertrada nach, was ich mit Judith unter dem Zwang der Umstände verpasst hatte. Es war schön und schmerzlich zugleich.

Der Ostersonntag brach an. Bertolf war unterwegs, um die Unterbringung der Flüchtlinge zu inspizieren und seine Männer für den bevorstehenden Zug zu sammeln. Er schickte einen Priester, der für ihn die Ostermesse las. Ich hatte kein Bedürfnis danach, begab mich wieder auf den Beobachtungsposten bei der Kapelle und blickte auf die Stadt hinab.

Etwas war anders.

Zuerst kam ich nicht darauf, was es war. Auf den ersten Blick sah alles aus wie immer: Die Schiffe lagen am Strand, die winzigen Gestalten liefen hin und her.

Dann begriff ich: Die Feuer waren aus.

Und sie liefen nicht ziellos hin und her. Sie schleppten Sachen aus den Häusern und Kirchen und brachten sie zu den Schiffen. Sie bereiteten den Abzug vor.

In der Hoffnung, irgendeinen Hinweis auf den Verbleib meiner Schwester zu erhalten, starrte ich auf die Klöster am Moselufer, bis mir die Augen brannten. Wie würde Ivar sie abtransportieren? Würde er sie gefesselt zum Schiff schleifen? Vor sich hertreiben? Tragen?

Das Gewimmel verlagerte sich jetzt immer mehr zum Strand. Sie beluden die Schiffe. Steckten die Ruder ein. Legten die Masten um, um unter der Brücke durchfahren zu können.

Als die ersten Rauchsäulen aufstiegen, wurde mir klar, dass unsere schlimmsten Befürchtungen jetzt vor meinen Augen wahr wurden: Sie steckten alles in Brand. Während sich die Männer am Strand zu dichten Trauben ballten, brachen in der Stadt an immer mehr Stellen kleine Feuer aus. Zuerst war nur der Rauch zu sehen, aber nach einiger Zeit brachen die Flammen durch die Dächer und aus den Fenstern hervor. Ein leichter Wind wehte und erleichterte ihnen ihr zerstörerisches Werk. Ich konnte meinen Blick nicht abwenden.

Einzelne Brandherde fanden zusammen. Ganze Häuserzeilen wurden erfasst; aus der Entfernung sahen die Flammen aus wie ein winziges Geflimmer aus Rot, Orange und Gelb, aber sie mussten riesig sein, denn die Luft über der Stadt hatte zu wabern begonnen wie über einem Ofen. Bald erreichte ein schwacher Brandgeruch meine Nase, und das Brausen und Krachen wehte als leises Rauschen zu mir herauf. Auch über den Klöstern am Moselufer standen Rauchwolken. Morgen würde von Trier nichts mehr übrig sein.

Die Schiffe wurden bestiegen und legten eins nach dem anderen ab. Diesmal bildeten sie keine Kolonne, sondern Gruppen von vier oder fünf. Die Langschiffe vom Anleger bei der Brücke ruderten voraus, gefolgt von den anderen, die bei den Klöstern gelegen hatten. Jetzt erkannte ich Ivars Schiff. Es fuhr als eins der letzten unter der Brücke hindurch. Der Elefantenschädel war deutlich zu sehen. In der Mitte des Rumpfes war ein großes Zeltdach aufgespannt. Ich sprang auf mein Pferd und ritt zurück.

In Kordel war schon alles abreisebereit. Der Erzbischof hatte über einen Boten den Befehl geschickt, die Flüchtlinge weiter ins Hinterland zu verlegen, für den Fall, dass die Dänen überraschend irgendwo an Land gehen würden, um in den Tälern der Nebenflüsse ihr Unwesen zu treiben.

Wir sollten zu einem anderen Villikationshof namens Newel ziehen. Dort würde Bertolf uns erwarten und sein Aufgebot sammeln, um sich mit Bischof Wala und den Grafen zusammenzuschließen, die am Vortag in Metz aufgebrochen waren. Wenn alles so lief wie erwartet, würden wir den Dänen in einigen Tagen gegenübertreten.

Die Vorräte waren verladen und die Wagen angeschirrt. Männer trieben das Vieh aus den Ställen. Hunde bellten. In den Gesichtern las ich große Niedergeschlagenheit und Wut. Wahrscheinlich hatten die Leute insgeheim gehofft, dass ihre Stadt durch ein Osterwunder verschont und am dritten Tag nach der Plünderung wiederauferstehen würde. Jetzt mussten sie sich damit abfinden, dass sie ihre Häuser und die zurückgelassenen Habseligkeiten verloren hatten. Sie besaßen nur noch das, was sie mit sich führten. Das Beten hatte nicht geholfen. Trotzdem beteten sie weiter. Rosenkränze flogen durch die Finger. Angst hatten sie nicht. Die Strapazen der letzten Zeit und die trostlosen Aussichten hatten sie abgestumpft.

Der Zug setzte sich in Bewegung, Wagen folgte auf Wagen, dazwischen Herden von Rindern, Schafen, Ziegen und Schweinen, die von Hütehunden zusammengehalten wurden.

Ich fand Lupus und seine Familie im Gewühl und schloss mich ihnen an. Bertrada wollte unbedingt auf Sleipnir reiten, also hob ich sie vor mich in den Sattel, wo sie sofort wieder unverdrossen zu plappern begann. Einige, die neben uns ritten, verdrehten die Augen, trauten sich aber nicht, sie zurechtzuweisen. Ich war ihr Beschützer. Sie spürte das und war stolz.

Insgeheim nahm ich mir vor, dass der nächste Mensch, den ich auf dieses Pferd setzen würde, meine Schwester sein würde.

Als wir ankamen, war es bereits dunkel. Newel gehörte nicht dem Erzbischof, sondern einem Trierer Stift, ansonsten war der Hof von Kordel kaum zu unterscheiden: Ställe, Scheunen, Wirtschaftsgebäude und eine Kapelle, umgeben von einer Mauer, um die im Lauf der Zeit eine Bauernsiedlung herum gewachsen war.

Da Bertolf hier mehrere Gruppen von Flüchtlingen zusammengelegt hatte, herrschte ein unbeschreibliches Gedränge. Im Hof war kein Platz mehr für die Wagen, sodass sie auf das ganze Dorf verteilt wurden. Es wimmelte von Bewaffneten, die im Fackelschein versuchten, etwas Ordnung in das Durcheinander zu bringen. Ständig wurden Namen gerufen, weil Leute ihre Angehörigen aus den Augen verloren hatten oder nach Bekannten aus anderen Orten suchten, die sie im Gedränge vermuteten. Irgendwann war auch Lupus verschwunden. Bertrada schmiegte sich an mich und beobachtete das Treiben mit großen Augen. Ich konnte mir vorstellen, dass ihre ängstlichen Eltern vor Sorge gerade fast umkamen.

Ich verspürte keine Lust, kopflos zwischen Menschen und Tieren hin und her zu reiten und nach einem jungen Mann und einem Paar mit einem Wagen zu fragen. Von einem der Soldaten erfuhr ich immerhin Folgendes: Die Kundschafter hatten die abziehenden Dänen in der Dämmerung auf der Mosel kurz hinter der Mündung der Saar aus den Augen verloren, waren aber sicher, dass sie sich wegen der hereinbrechenden Nacht nicht ins Hinterland wagen würden, schon gar nicht bis nach Newel, das weit abseits des Flusses lag. Es wurde vermutet, dass sie irgendwo am Ufer lagerten. Bertolfs Aufgebot sollte am nächsten Tag abrücken und sie moselaufwärts überholen, um sich mit Wala und den Grafen irgendwo vor Metz zusammenzuschließen. Es gab strikte Anweisung, sich bis dahin auf kein Gefecht einzulassen.

«Wir können nicht verlieren», sagte der Soldat, ein dicklicher Simpel mit Halbglatze. «Wir nehmen den heiligen Rock mit in die Schlacht.»

«Das wird auf die Heiden sicherlich mächtig Eindruck machen», gab ich zurück.

Er nickte eifrig und wandte sich wieder seiner Aufgabe zu, mit wichtigtuerischen Gesten die Wagen, Reiter und Fußgänger bald hierhin, bald dorthin zu scheuchen, ohne dass dadurch mehr Ordnung entstand.

«Der war aber dumm», sagte Bertrada.

Wir bahnten uns unseren Weg durch die Menschenmassen und schafften es schließlich, durch das verstopfte Tor in den Hof zu gelangen. Dort waren mehrere Feuer entzündet worden, und das aufgeregte Geschrei hatte sich gelegt. Der größte Teil der Flüchtlinge hatte sich in die Gebäude zurückgezogen. Auch hier stand alles voll mit Wagen. Pferde fraßen Hafer aus Eimern, Kübeln, Bottichen und Zubern, sogar ein Marmorsarkophag mit Reliefverzierung war zur Futterkrippe umfunktioniert worden. Bertrada gähnte. Ich hätte uns eine Unterkunft suchen können, aber mir war nicht wohl bei dem Gedanken, ihre armen Eltern im Unklaren über ihren Verbleib zu lassen.

«Da ist Lupus», sagte sie plötzlich.

Tatsächlich, da stand er. Er blickte sich suchend um, entdeckte uns und strahlte. Hinter ihm stand eine Frau.

Ich saß ab. Sleipnir zerrte am Zügel und strebte zu den Futtertrögen, sodass ich ihn unsanft hinter mir herziehen musste.

Lupus kam auf mich zu. Die Frau folgte ihm.

Lupus strahlte immer noch. «Hab ich dir nicht gesagt, dass wir sie finden?»

Mein Blick fiel auf die Frau. Unsere Augen trafen sich.

Ich hatte das Gefühl, dass mein Herz stehen blieb. Die Erde unter meinen Füßen, die Menschen an den Feuern, der Geruch des Rauchs, das Stimmengewirr, die Sphären der Planeten und der Fixsterne bis hinauf zum obersten Gewölbe, das laut Dionysius Areopagita die Heimat der Engelschöre ist – all das drehte sich um ein Zentrum, in dem diese Augen standen, dieser Blick, dieser Moment des Wiedererkennens.

Fidis.

19

Fidis.

In der Einsamkeit des Klosters hatte ich mir unser Wiedersehen oft ausgemalt, aber mit den Jahren war diese Vorstellung immer mehr zu einem Traumbild ohne Gesicht geworden, und am Ende war es mir schwergefallen, mir ihr Aussehen überhaupt ins Gedächtnis zu rufen. Wenn ich nach meinem Aufbruch aus Prüm an sie gedacht hatte, dann mit einer Mischung aus Wehmut und von Zweifeln vergifteter Hoffnung. Menschen verändern sich, Lebenswege verzweigen sich und führen oft nie wieder zusammen. Ich hatte geglaubt, ein anderer geworden zu sein, und war überzeugt, dass auch sie eine andere geworden sein musste. Die vielen Enttäuschungen hatten mich vorsichtig gemacht, und ich hatte mich daran gewöhnt, meine Erwartungen zerbröseln zu sehen, also hatte ich mir verboten, überhaupt irgendetwas zu erwarten. Als Boethius in der Verzweiflung seiner Kerkerhaft seinen Sturz beklagt, belehrt ihn die Philosophie darüber, dass mit Fortuna keine Rechnung zu machen ist: Angesichts eines widerwärtigen Schicksals sei es die schlimmste Art des Unglücks, einmal glücklich gewesen zu sein. In den zuversichtlichen Momenten auf meiner Reise hatte ich mich davon zu überzeugen versucht, dass das genauso gut umgekehrt gelten konnte: In der tiefsten Verzweiflung konnte die Erinnerung an vergangenes Glück die Gewissheit stärken, dass auch das Unglück endlich war.

Nun aber stand Fidis vor mir und wischte mit einem Lachen alle Zweifel weg.

Ihr Gesicht leuchtete. Sie lachte so unbefangen, dass es fast schon beängstigend war: als hätte es die zwischen uns liegenden zwölf Jahre nicht gegeben, als hätte sie diese Begegnung voller Vorfreude und Gewissheit erwartet, als wären wir jetzt und hier verabredet gewesen.

«Seid ihr verliebt?», fragte Bertrada.

«Sei still», fuhr Lupus sie an. «Davon verstehst du nichts.»

Aber vielleicht verstand dieses kleine Mädchen mehr davon, als er ahnte.

Fidis war schmaler geworden, schlank, aber nicht dürr, und ihr Gesicht hatte schärfere Konturen bekommen, wirkte dabei jedoch kein bisschen verhärmt, sondern energisch und selbstbewusst. Doch all das bemerkte ich in diesem ersten Augenblick kaum, denn ihr Lachen überstrahlte alles, und als sie meine Verwirrung bemerkte, lachte sie noch lauter, als amüsierte es sie köstlich, mich endlich einmal sprachlos zu erleben. Es war eine unbändige Lebensfreude in diesem Lachen. Was immer ihr in all den Jahren widerfahren war – es hatte sie nicht zu einem anderen Menschen gemacht. Trotz der furchtbaren Umstände war sie imstande, den Augenblick unseres Wiedersehens wie ein Geschenk zu betrachten. Kein Zweifel, vor mir stand dieselbe Fidis, mit der ich für eine Weile mein Leben geteilt hatte, bevor sie mir entrissen worden war.

«Graf Neunmalklug! Hast du im Kloster ein Schweigegelübde abgelegt, oder was?», fragte sie übermütig. Auch ihre

Stimme war dieselbe wie früher. Es war, als hätte ich sie gestern zuletzt gehört.

Dann fielen wir uns in die Arme. Es fühlte sich an, als würden zwei Hälften eines zerbrochenen Tellers zusammengesetzt. Sie lachte immer noch. Ich lachte mit, während mir die Tränen in die Augen stiegen.

Als wir uns voneinander lösten, waren Lupus und Bertrada verschwunden. Um uns herum lagerten Hunderte von Menschen, doch es war, als wären wir allein auf der Welt.

«Wie hat Lupus dich gefunden?»

Das war keineswegs die wichtigste aller Fragen, aber immerhin auch keine, die völlig idiotisch war.

«Er hat mich angesprochen. Du hast ihm in dieser Taverne in Trier scheinbar eine ziemlich treffende Beschreibung gegeben, obwohl du so besoffen warst.»

Sie fasste mich an den Schultern und schob mich ein Stück von sich weg, um mich zu betrachten.

«Ich wusste, dass sie dich nicht kleinkriegen würden», sagte sie.

Ich brachte immer noch kein Wort heraus. In meinem Kopf schwirrten so viele Fragen herum, dass ich keinen Anfang zu machen wusste.

Sie nahm meine Hand. «Lass uns irgendwohin gehen, wo wir ungestört sind», sagte sie. Darin schwang eine Verheißung mit, die mein Herz schneller schlagen ließ. Das Begehren begann, meine Verwirrung zurückzudrängen.

Wir entfernten uns vom Lichtkreis der Feuer. Weiter hinten, direkt an der Mauer, stand ein einsames kleines Gebäude: das Backhaus des Villikationshofes, das man wegen der Brandgefahr etwas abseits errichtet hatte.

«Früher hast du ja mehr geredet», sagte sie, während sie übermütig meine Hand hin und her schlenkerte.

«Es ist allerhand passiert», sagte ich, und das stimmte ja auch, aber das war natürlich nicht der Grund für meine Sprachlosigkeit. Kaum hatte ich die nichtssagende Feststellung ausgesprochen, da merkte ich schon, wie lächerlich sie war. Fidis musste mich für vollständig vergreist halten.

Als ich nicht weitersprach, hörte sie auf zu schlenkern und blickte mich an. Kurz wich die Fröhlichkeit in ihrem Gesicht einem ernsteren Ausdruck.

«Ich weiß nicht, was dir passiert ist. Ich weiß nur, dass du zwölf Jahre im Kloster gehockt hast, während ich in Trier die trauernde Witwe gespielt habe. Dieser Lupus hat mir nicht verraten, warum du hier bist. Er hat gesagt, das würdest du mir selbst erzählen.»

Ich musste mich zusammenreißen, um mich nicht gleich allzu forsch auf das Wort zu stürzen, das mich hellhörig gemacht hatte, das Wort, das für die Zukunft vielleicht alles änderte: Witwe.

Wir waren vor dem Backhaus angekommen. Der Ofen strahlte immer noch Wärme ab, offenbar war im Lauf des Tages darin gebacken worden. Fidis öffnete die Klappe und streckte ihre Hand hinein.

«Könnte gemütlich sein da drin», sagte sie. Ihr Lächeln war auf einmal ziemlich frech. Sie küsste mich, und ich stürzte mich in diesen Kuss hinein, bis alle Fragen in meinem Kopf verstummten.

Wir krabbelten in den Ofen wie zwei Kinder beim Versteckspiel. Es herrschte eine Temperatur wie in einem gut beheizten Raum, und es roch noch nach Brot.

Eine Weile lagen wir nebeneinander und küssten uns weiter. Ihre Hand wanderte über meinen Bauch. In diesem Augenblick sah ich durch die Klappe, wie dicht über dem Horizont eine Sternschnuppe über den Himmel schoss.

«Hrabanus Maurus behauptet, dass Sternschnuppen durch unkeusche Seelenbegegnungen ausgelöst werden», sagte ich und konnte mir ein Grinsen nicht ganz verkneifen. «Das hat er irgendwo abgeschrieben, wie alles, was er je verfasst hat, aber nicht bei Plinius. Der nämlich ...»

Sie hielt mir den Mund zu und verdrehte die Augen. «Gott sei Dank. Du bist noch der Alte.»

Damit schlug sie die Ofenklappe zu, und wir lagen im Dunklen.

Danach fiel für lange Zeit kein Wort mehr. In der völligen Finsternis des Ofens verschlangen wir uns gegenseitig mit Haut und Haaren, als hätten wir nie damit aufgehört.

Ich weiß nicht, ob eine, zwei oder drei Stunden vergangen waren, bis wir die Klappe wieder öffneten. Draußen war es still. Über uns leuchteten die Sterne. Ich fühlte mich gelöst und befreit, und meine Gedanken waren wieder klar. Der Moment zum Reden war gekommen.

«Du zuerst», sagte sie.

Also erzählte ich von Utas Mordversuch, von Judiths Rettung, von meinem Prozess und von der Verbannung. Die Geschichte hatte sich bis nach Trier herumgesprochen, deshalb wusste sie davon. Danach aber hatte sie nichts mehr über mich gehört. Ich fasste die Zeit im Kloster so knapp wie möglich zusammen und berichtete dann vom Überfall der Dänen, von meiner Flucht, von der Entführung meiner Schwester und von der Jagd nach Ivar. Die Geschichte mit Judith nahm Fidis mit großer Betroffenheit auf. Sie hatte die Kleine sehr geliebt. Abgesehen davon hatte Judith uns damals zusammengeführt, und wenn man es genau nahm, dann hatte sie das nun ein zweites Mal getan.

«Jetzt du», sagte ich.

Uta hatte Fidis von einem Tag auf den anderen vom Hof gejagt und zu ihren Eltern nach Amiken zurückgeschickt. Ihr Vater hatte sie mit seinem Gesellen Ansgar verheiratet, und mit dem war sie kurz darauf nach Trier gezogen. Bis dahin kannte ich ihre Geschichte. Ansgar hatte in Trier eine Werkstatt eröffnet und war drei Jahre später an einer Lungenentzündung gestorben. Fidis war geblieben. Wohin hätte sie auch gehen sollen? Ihre Eltern waren gestorben, in Maastricht konnte sie sich nicht mehr blicken lassen, und ich saß enterbt und geschoren in Prüm.

«Warum hast du nicht wieder geheiratet?», fragte ich.

«Weil ich keinen wie dich gefunden habe», antwortete sie. Sie sagte es leichthin wie einen kleinen Scherz, aber etwas in ihrer Stimme verriet, dass ein Kern von Wahrheit darin lag.

«Hast du keine Kinder bekommen?», fragte ich vorsichtig. Ich wusste, dass sie schon einmal schwanger gewesen war, bevor wir uns kennengelernt hatten.

Lange schwieg sie. Schließlich sagte sie: «Doch, eins. Es ist gestorben.» Und nach einer Pause fügte sie mit belegter Stimme hinzu: «Es war von dir.»

Die Nachricht traf mich wie ein Schlag. Sie ahnte meine Frage voraus und sagte: «Ich konnte es dir nicht sagen. Uta wusste von meiner Schwangerschaft, bevor ich davon wusste. Ich habe keine Ahnung, warum, aber sie sah es mir an.» Fidis lachte freudlos auf. «Und sie war überzeugt, dass es von ihrem

Mann war. Sie glaubte tatsächlich, dass dein Vater mich vor seinem Aufbruch nach Italien noch schnell geschwängert hätte. Damit ich keine Gelegenheit bekam, es herumzuerzählen, ließ sie mich sofort von einem ihrer Leute zu meinem Vater schaffen, der mich zuerst verprügelte und dann einschloss. Drei Tage später war ich verheiratet. Mein Vater fürchtete die Schande für die Familie, dieser Heuchler.» Ihr Ton drückte tiefste Verachtung aus. «Mein Vater. Derselbe Vater, der mich als Fünfzehnjährige für eine Nacht an einen Aachener Priester ausgeliehen hatte, um einen Auftrag für seine beschissene Werkstatt zu bekommen. So war mein Vater.»

Von ihrem Vater hatte sie wenig gesprochen; ich kannte nur die Geschichte mit dem Priester. Jetzt wurde mir einiges klar.

«Und dein Mann?», fragte ich.

«Ansgar war ein guter Mensch. Er hat sich bemüht, mich glücklich zu machen. Dass ihm das nicht gelungen ist, war nicht seine Schuld, also tat er mir leid, was es noch schlimmer gemacht hat. Je mehr Mühe er sich gab, desto aussichtsloser waren seine Versuche, meine Liebe zu gewinnen.»

Wir betrachteten eine Weile die Sterne. Tief im Osten ging das Sommerdreieck auf. Ein schmaler Streifen dunkelblaue Dämmerung tränkte den Horizont.

Wir schlossen die Klappe, um noch etwas zu schlafen.

«Es war übrigens ein Mädchen», sagte Fidis in die Dunkelheit hinein. «Und es hat drei Tage gelebt.»

Ich erwachte nass geschwitzt. Zuerst begriff ich überhaupt nicht, wo ich war, dann fielen mir die Ereignisse der Nacht wieder ein. Wir befanden uns in einem Backofen. Und der wurde gerade von unten angeheizt.

Ich versuchte, die Klappe aufzustoßen, aber sie war von außen verriegelt. Die Luft war stickig und wurde immer heißer.

Neben mir war Fidis gerade aufgewacht. «Was ist los?», fragte sie schlaftrunken.

«Wir sind in der Hölle», sagte ich und hämmerte mit der Faust gegen die Klappe. «Das ist die Strafe für unkeusche Seelenbegegnungen.»

Trotz der bedrohlichen Situation konnte ich mir ein Grinsen nicht verkneifen. In Koblenz hatte Lupus mich über die kalte Hölle der Dänen belehrt. Während ich weiter schwitzend und keuchend auf das massive Eisen einschlug, wünschte ich mich genau dorthin. Eine Hölle, in der man sich abkühlen konnte, kurz bevor man in Flammen aufging, musste das Paradies sein.

Als ich kurz davor war, in Panik zu geraten, wurde die Klappe aufgerissen, und ein rotes Gesicht erschien. Die Nase war mit Mehl überpudert.

«Das ist ja wohl die Höhe! Raus da!»

Ich ließ Fidis den Vortritt. Von hinten sah ich, wie ihre Schultern vor Lachen bebten. Als ich ins Freie kletterte, konnte ich selbst schon kaum noch an mich halten. Von den Flüchen des Bäckers verfolgt, rannten wir über die Wiese davon wie zwei Kinder nach einem gelungenen Streich. Außerhalb der Reichweite seiner Schimpftiraden fielen wir ins feuchte Gras und schütteten uns aus vor Lachen. Fidis rollte sich auf mich, ihre Haare kitzelten meine Wangen. Es war das erste Mal seit zwölf Jahren, dass ich ihr Gesicht bei Tageslicht sah. Sie war noch schöner geworden.

Sie betrachtete mich, als würde sie meine Gedanken lesen.

«Wenn ihr heute losreitet, werde ich mitkommen», sagte sie ernst.

Ich nahm ihr Gesicht in meine Hände und küsste sie. «Mach das.»

Sie legte ihren Kopf auf meine Brust. «Mach das», äffte sie mich nach. «Du hast dich wirklich kein bisschen verändert. Fehlt nur noch, dass du einen von deinen verdammten Dichtern zitierst, Graf Neunmalklug.»

«Begleite mich also, Geliebte, auf dass der Mut zum Kampfe mir schwillt», improvisierte ich.

Sie rollte von mir herunter und ließ sich neben mir auf den Rücken fallen. «Wär's nur der Mut, der dir schwölle, Geliebter, und nicht das Gemächte», antwortete sie.

Wir lagen eine Weile nebeneinander und blickten in die Wolken, die vom Licht der aufgehenden Sonne beschienen wurden. Wie feurige Inseln trieben sie im blauen Meer des Himmels.

«Jeder andere hätte versucht, mir das auszureden», sagte sie. «Du nicht. Schon darum hat es sich gelohnt, zwölf Jahre lang auf dich zu warten.»

«Warum sollte ich es dir ausreden?», fragte ich. «Ich bin froh, dass du mitkommst.»

«Froh wirst du erst wieder sein, wenn wir deine Schwester befreit haben.»

Wir. Dieses eine Wort war es, das mich begreifen ließ, warum es sich auch für mich gelohnt hatte, zwölf Jahre lang zu warten. Und in diesem Augenblick war mir endgültig klar, dass ich nie mehr nach Prüm zurückkehren würde.

Gegen Mittag ließ Bertolf uns antreten. In den letzten Tagen waren noch ein paar Gefolgsleute mit ihren Männern zu ihm gestoßen, dafür ließ er zwei Dutzend Bewaffnete bei den Flüchtlingen zurück, um für Ordnung zu sorgen.

Ich ließ meinen Blick über die Versammelten schweifen. Es war ein kleines Heer, insgesamt vielleicht hundertfünfzig Männer, aber sie waren gut ausgerüstet, ähnlich wie Ratwins Streitmacht in Koblenz. Der Erzbischof hielt es offenbar nicht für ratsam, seine Bauern zu verheizen, sondern setzte auf Männer, auf die er sich verlassen konnte. Ich hätte es genauso gemacht, und das umso mehr, als wir uns mit den Dänen höchstwahrscheinlich eine Schlacht liefern würden, anstatt sie von einer Mauer aus mit Steinen zu bewerfen. Die Mauer würden wir sein. Es kam darauf an, dass niemand zurückwich.

Die Leute standen wie für einen Schildwall in drei Reihen hintereinander. Die Flanken wurden von Berittenen gebildet, dahinter stand ein Dutzend Bogenschützen. Bertolf saß in voller Rüstung auf seinem Schimmel, ritt vor den Reihen auf und ab und hielt eine Ansprache. Er verwies auf die lange Geschichte seiner Stadt und der ganzen Gegend, die Kaiser und Kirchenväter schon zu einer Zeit hervorgebracht habe, als die Dänen noch in Erdlöchern gelebt hätten; er erinnerte an Konstantin und Karl und beschwor die Unüberwindlichkeit christlicher Streiter, wann immer sie mit Gottes Hilfe gegen die Heiden zögen. Ich dachte daran, dass die christlichen Streiter in den vergangenen Jahren dann doch recht oft ohne Gottes Hilfe gegen die Heiden gezogen sein mussten, doch ein Blick in die Runde zeigte mir, dass die Männer dem Erzbischof glauben wollten, als er ihnen zurief, dass sie die Dänen gemeinsam zur Hölle schicken würden.

Unter großem Jubel beendete Bertolf seine Ansprache, und wir brachen in einer langen Kolonne auf: Bertolf voran, dahinter die Reiter, dann der Rest, dazwischen eine ganze Reihe von Packwagen mit Proviant, Waffen und Zelten. Die Nachhut wurde wieder von Reitern gebildet.

Da Lupus kein Pferd hatte, marschierte ich neben ihm her, während Fidis auf Sleipnir saß.

Ich dachte an das, was ich mir erst am Vortag vorgenommen hatte: Der nächste Mensch, den ich auf dieses Pferd setzen würde, hätte Judith sein sollen. Zum Glück hatte ich es mir nur vorgenommen und nicht geschworen.

«Mit tut jetzt schon der Hintern weh», sagte Fidis.

«Wahrscheinlich bist du einfach nicht zum Reiten geboren.»

Ein Tritt gegen die Schulter war die Antwort.

Immer wieder trafen uns missbilligende Blicke. Dass ich eine Frau in den Kampf mitschleppte, gefiel den meisten anderen nicht. Doch niemand sagte es laut.

Metz lag ein paar Tagesreisen moselaufwärts. Da die Streitmacht, die von dort aus heranrückte, die Straße am rechten Flussufer genommen hatte, waren wir gezwungen, den Fluss in Trier zu überqueren, was einen Umweg bedeutete, dem Erzbischof aber wahrscheinlich ganz recht war, weil der Anblick der verwüsteten Stadt die Wut seiner Männer anstacheln und ihre Kampfbereitschaft stärken würde.

Und so war es. Noch ehe wir die Mosel erreichten, stieg uns der Brandgeruch schon in die Nase. Über der Stadt verwehten ein paar letzte Rauchsäulen.

Die Brücke fanden wir unversehrt vor, doch durch das offene Stadttor am anderen Ufer konnte man das Ausmaß der

Verwüstung erahnen: geschwärzte Mauern, ausgebrannte Dächer, Schutt. Nachdem wir die Brücke passiert hatten, scherten einige der Reiter aus und sprengten ein Stück in die Stadt. Als sie wieder aufschlossen, glühte der Hass in ihren Augen.

«Da steht kein Haus mehr.»

«Alle Weinberge verwüstet.»

«Dafür werden sie bezahlen.»

Bertolfs Rechnung war aufgegangen. Wenn sie diese Wut in den Kampf trugen, würden sie sich doppelt so gut schlagen.

Wir ritten den ganzen Nachmittag. Das Übersetzen über die Saar dauerte lange, weil nur zwei Flöße für die vielen Wagen zur Verfügung standen. Den Pferden reichte das Wasser bis zum Bauch und den Männern bis zur Brust, aber sie banden sich mit Seilen aneinander, sodass niemand weggespült wurde.

Auch aus dieser Gegend waren alle Bewohner geflohen, doch wir sahen keine Spuren von Plünderung oder Brandstiftung. Die Dänen hatten es offenbar eilig gehabt. Spekulationen gingen von Mund zu Mund, wie viel Vorsprung sie wohl hätten. Wussten sie, dass wir ihnen folgten? Hatten sie unsere Späher am Ufer bemerkt? Setzten Sie ab und zu Kundschafter an Land, die die Gegend beobachteten?

Am Abend schlugen wir unser Lager auf einer Wiese am Ufer auf. Zelte wurden aufgebaut und Feuer entzündet. Bertolf schickte Späher den Fluss hinab und stellte gestaffelte Wachen auf. Stunden später kamen die Späher zurück: Sie hatten sie gefunden, etwa acht Meilen flussaufwärts.

Fidis und ich schliefen im Freien an einem der Feuer. Innerhalb eines Tages war ihre Nähe zur Selbstverständlichkeit geworden.

«Na, keinen Backofen gefunden?», witzelte Lupus am nächsten Morgen.

Die Geschichte hatte sich also herumgesprochen. Vielleicht war das auch ein Grund für die scheelen Blicke.

Es folgte ein weiterer Tag auf dem Pferderücken, wo Fidis und ich uns abwechselten. Die Anstrengung setzte ihr zu, und wir redeten wenig. Der Vertrautheit tat das keinen Abbruch. Gegen Abend meldeten unsere Späher, dass wir sie fast erreicht hatten. Doch es hatte keinen Sinn, ihnen kurz vor der Dämmerung zu nah zu kommen, denn sie hatten fünfmal so viele Männer wie wir, und ein Überfall auf unser Lager hätte wahrscheinlich ein Blutbad zur Folge gehabt.

Wieder lagerten wir auf einer Wiese. Wieder wurden die Zelte aufgebaut. Wieder legten Fidis und ich uns ans Feuer.

Gegen Mittag des dritten Tages hatten wir sie eingeholt. Die Reiter, die wir vorausgeschickt hatten, berichteten, dass sie die Schiffe gegenüber einem Dorf namens Remich auf den Strand gezogen hatten. Es konnte nur zwei Gründe dafür geben, dass sie mitten am Tag nicht weitergefahren waren: Entweder sie wollten uns zu einem angesichts der Zahlenverhältnisse wahnwitzigen Angriff verleiten, oder Wala und die Grafen waren in der Nähe und verlegten ihnen mit einer größeren Streitmacht den Weg. So oder so war es offensichtlich, dass sie uns die Schlacht anboten. Wenn sie hätten entkommen wollen, dann hätten sie auch am linken Ufer an Land gehen oder kehrtmachen und flussabwärts verschwinden können. Stattdessen waren sie gelandet und warteten. Allen war klar, dass an diesem Tag die Entscheidung fallen würde.

Es kam jetzt nur darauf an, dass wir genug Zeit bekamen, um uns mit den anderen zusammenzuschließen und abzustimmen, bevor die Dänen angriffen.

Ich kann nicht sagen, dass ich mich auf die Schlacht freute, wie ich das vor meiner Verbannung gewiss getan hätte. Der Kampf war kein Selbstzweck. Er war nötig, um die Mauer aus Männern einzureißen, die mich von meiner Schwester trennte, und ich war entschlossen, meinen Beitrag dazu zu leisten.

Es war klar, dass ich zu Fuß würde kämpfen müssen, weil ich kein ausgebildetes Pferd hatte. Ich war von meinem Vater vor allem auf den berittenen Kampf vorbereitet worden, schließlich entsprach das unserem Rang. Eigentlich passte es mir nicht, dass ich mich in den Schildwall würde einreihen müssen. Immerhin: Ich hatte Lupus an meiner Seite. Ich hatte ihn zwar noch nie kämpfen sehen, aber bei unseren Übungen hatte er sich gut geschlagen. Er war weniger kräftig als ich, dafür aber flinker, und er war durch nichts aus der Ruhe zu bringen. Wir würden aufeinander achtgeben.

Wir wandten uns vom Ufer ab, um den Dänen nicht in die Arme zu laufen, und zogen etwa eine Meile nach Süden. Die Gesichter waren ernst und angespannt, geredet wurde kaum noch. Jeder schien mit sich selbst beschäftigt. Das gedämpfte Prasseln von Stiefelsohlen und Pferdehufen war fast das einzige Geräusch.

Während wir eine kleine bewaldete Anhöhe nahmen, pflanzte sich ein erleichterter Ruf von der Vorhut aus durch die Reihen nach hinten fort: «Die anderen sind da!»

Fäuste wurden geballt, Schwerter gezogen und in die Luft gereckt. Einige fielen sich in die Arme und schlugen sich überschwänglich auf die Schultern, als wäre der Sieg schon errungen. Auf mich wirkte es ein wenig bemüht, als wollten sie sich gegenseitig beweisen, dass sie keine Angst hatten.

Ich ritt bis zum Kamm der Anhöhe. Die Bäume lichteten sich und gaben eine weite Fläche frei, die sich westlich und südlich von mir ausbreitete. Ich begriff, dass das unser Schlachtfeld sein würde.

Im Westen verlief die Mosel als dunkelgrünes Band. Am Ufer lagen die Schiffe, davor hatten die Dänen Aufstellung genommen. Einzelheiten waren aus der Entfernung noch nicht zu erkennen, aber sie hatten eine lockere Reihe gebildet, die sich innerhalb von wenigen Augenblicken zu einem Schildwall verdichten würde. Sie warteten.

Wenn sie gehofft hatten, uns getrennt schlagen zu können, dann wurde diese Hoffnung jetzt zunichtegemacht. Unaufhaltsam kroch unser Aufgebot den Hügel hinab nach Süden, wo sich neben der Ruine einer römischen Villa das Lager unserer Verbündeten befand: weiße, braune und graue Zelte in der Mittagssonne, grasende Pferde und Menschen, die wie Ameisen umeinanderwimmelten. Ich schätzte ihre Zahl auf knapp tausend. Damit waren wir etwa genauso stark wie die Dänen.

Reiter galoppierten uns entgegen, um uns in Empfang zu nehmen. Überall wurde gejubelt. Unser Zug kam am Rand des Lagers zum Stehen. Bertolf ritt mit einer Gruppe von Leibwächtern zu einem großen Zelt, gefolgt von einem Wagen, der ebenfalls streng bewacht wurde und nur eine einzige Kiste geladen hatte: den Schrein mit dem heiligen Rock, der uns anspornen und uns den Sieg schenken sollte. Allerdings vermutete ich, dass Bertolf ihn vor allem deshalb mitgenommen hatte, um seinen Beitrag im bevorstehenden Kampf von vornherein aufzuwerten. Es ging nicht nur um den Sieg, sondern auch darum, wer sich hinterher den größten Anteil daran würde zuschreiben können. Schon in Prüm hatte ich mitbekommen, dass das Verhältnis zwischen Wala und Bertolf nicht das beste war, denn Wala strebte seit Jahren danach, Metz zum Erzbistum zu machen und damit aus dem Trierer Metropolitanverbund herauszulösen. Er war Bertolf untergeordnet, trat ihm aber gegenüber, als wären sie gleichrangig. Gegen die Dänen waren sie zwar verbündet, aber dennoch traten sie auch gegeneinander an.

Unsere Reiter saßen ab und ließen die Pferde grasen. Ein Wagen mit Waffen rollte heran; zwei Männer sprangen auf und reichten Schilde und Speere herunter. Kleine Gruppen bildeten sich, aus dem Lager strömten Neugierige heran. Sie fragten uns über die Ereignisse in Trier aus, berichteten, aus welchen Aufgeboten das Heer bestand, und erörterten mit wichtigen Mienen mögliche Schlachtpläne.

So erfuhren wir, dass der größte Teil des Heeres aus dem Metzgau, dem Saargau und dem Wavergau kam und von den jeweiligen Grafen angeführt wurde. Außerdem gab es noch einige kleinere Gruppen, die als willkommene Verstärkung aus den Ardennen und aus dem Maasgau dazugestoßen waren.

Als ich das hörte, war ich sofort alarmiert. Im Maasgau hatte mein Vater das Sagen, und wenn hier Gefolgsleute von ihm herumliefen, dann war es nicht unwahrscheinlich, dass einer von ihnen mich erkennen würde oder dass jemand hellhörig würde, falls Bertolf im Kriegsrat meinen Namen fallen ließ. Ich nahm mir vor, auf der Hut zu sein, setzte instinktiv meinen Helm auf und schnallte den Kinnriemen fest.

Schließlich erfuhren wir, dass auch Wala eine bedeutende Reliquie mitführte: den Stab des heiligen Petrus, den der

Apostel einst Eucharius, dem ersten Bischof von Trier, übergeben hatte, und der später auf unbekannten Wegen nach Metz gelangt war. Wahrscheinlich bereitete es Wala erhebliche Genugtuung, Bertolf diese Reliquie unter die Nase zu halten, denn natürlich reklamierte der sie für Trier.

Während ich mich ein bisschen umhörte und dabei unauffällig nach bekannten Gesichtern Ausschau hielt, stand Fidis mit dem Pferd am Zügel neben einem der Zelte und blickte gedankenverloren in Richtung des Flusses. Vom Hügel aus hatte man einen besseren Überblick gehabt, von hier unten sah man nur eine lang gezogene Reihe von Männern.

«Man kann sich gar nicht vorstellen, dass sie dahinten irgendwo ist», sagte Fidis.

«Wahrscheinlich hält er sie im Schiff gefangen», sagte ich. «Sie haben keine Zelte aufgebaut, und in den Kampf wird er sie ja wohl kaum mitnehmen. Wir müssen verhindern, dass sie mit den Schiffen entkommen, nachdem wir sie geschlagen haben.»

«Und wenn ihr sie nicht schlagt?»

Wir werden sie schlagen, hätte ich gern gesagt. Doch ich war mir nicht sicher. Die Heere waren sich ebenbürtig, und es konnte auch schiefgehen. Was das für Judith bedeuten würde, mochte ich mir gar nicht ausmalen.

«Ich will nicht, dass du umkommst», sagte Fidis leise.

«Das werde ich nicht», sagte ich.

Das hatte ich nicht einfach so dahergesagt, um sie zu beruhigen. Ich glaubte es wirklich. Für den Ausgang der Schlacht hätte ich meine Hand nicht ins Feuer gelegt, aber dass ich selbst darin ums Leben kommen könnte, erschien mir unmöglich. Warum war ich mir da eigentlich so sicher? Der einundneunzigste Psalm ging mir durch den Kopf: *Fallen auch tausend zu deiner Seite, dir zur Rechten zehnmal tausend, so wird es doch dich nicht treffen.* Aber das war es nicht. Ich glaubte nicht, dass Gott ein besonderes Auge auf mich haben würde. Heute würden viele Christen sterben, die alle ihr Leben in seine Hände befohlen hatten, und niemand konnte sicher sein, dass er verschont würde. Und dennoch war ich fest davon überzeugt, diesen Tag zu überleben. Hatte der Schicksalsglaube eine Hintertür zu meinem Verstand gefunden? Oder war das der eitle Unbesiegbarkeitswahn, der mir zwölf Jahre Klosterhaft eingebracht hatte?

«Sobald es losgeht, reitest du auf den Hügel da drüben», sagte ich zu Fidis und wies auf die kleine Anhöhe, über die wir gekommen waren. «Wenn wir gewinnen, wartest du dort auf mich. Wenn es schiefgeht, warte nicht, denn falls sie Pferde erbeuten, werden sie das Lager stürmen und Jagd auf alles machen, was nicht schnell genug fliehen kann. Reite am Fluss entlang nach Trier und schließ dich wieder mit den anderen zusammen.»

«Nimmst du nicht das Pferd?», fragte sie.

«Das ist ein Ackergaul aus der Eifel», sagte ich. «Der steigt, sobald der erste Speer fliegt.»

Im Lager tat sich etwas. Stimmen erhoben sich, und alle wandten sich dem großen Zelt zu.

Bertolf trat ins Freie, gefolgt von vier weiteren Männern in voller Rüstung, die ihre Helme unter dem Arm trugen. Sie wechselten noch ein paar Worte, dann gingen sie in verschiedene Richtungen davon. Bertolf bestieg seinen Schimmel und trabte in unsere Mitte.

«Zum Gebet!», rief er.

Alle knieten nieder, wo sie gerade standen.

Bertolf stieß sein schnaubendes Lachen aus. «Geht's vielleicht ein bisschen geordneter?»

Wir formierten uns zu mehreren Reihen und knieten erneut nieder.

«Na also! Vater unser im Himmel!», rief Berthold.

«Geheiligt werde dein Name», murmelten alle.

Nach dem Vaterunser erklärte Bertolf uns den Schlachtplan, der im Kriegsrat beschlossen worden war. Wir würden so schnell wie möglich frontal angreifen. Die Dänen hatten keine Reiter, dafür mehr Bogenschützen, sodass es für uns von Vorteil sein würde, das Tempo zu bestimmen und sofort in den Nahkampf zu gehen. Wenn die Schildwälle aufeinanderprallten, sollten unsere Reiter sie umgehen und von den Seiten zu packen versuchen. Da sie den Fluss im Rücken hatten, würden sie nicht fliehen können, und dass es ihnen im Getümmel gelingen würde, die Schiffe aufs Wasser zu bringen, war unwahrscheinlich. Das Aufgebot aus Trier sollte die rechte Flanke des Schildwalls bilden. Links von uns würden die Männer von Wala sich anschließen.

Als Bertolf geendet hatte, brandete erneut Jubel auf. Alle waren zuversichtlich, dass wir die Dänen, deren bewegungslose Schlachtreihe sich in mehr als einer Meile Entfernung vor dem Fluss abzeichnete, vollständig vernichten würden.

Ich holte das Kettenhemd aus der Satteltasche und streifte es über. Jemand reichte mir einen Schild.

Ich war bereit. Und obwohl ich nicht um mein Leben fürchtete, war ich aufgeregt. Meine Sinne waren geschärft, trotz der halb durchwachten Nacht.

Fidis nahm mich in die Arme. Sie hatte Mühe, ihre Tränen

zu unterdrücken, und sagte kein einziges Wort. Auch mir fiel in diesem Augenblick nichts ein, was nicht abgeschmackt oder unaufrichtig geklungen hätte. In Gedanken stand ich schon in der Schlachtreihe.

Lupus trat neben mich. Wir marschierten los. Wie von selbst fanden wir mit Bertolfs anderen Leuten zu einer Reihe zusammen; hinter uns bildeten sich zwei weitere. Rechts schlossen sich die Reiter an.

Während wir langsam vorrückten, kamen links von uns die Männer der anderen Aufgebote aus dem Lager und bildeten ebenfalls drei Reihen, die sich mit jedem Schritt glätteten und streckten, als würden sie an einem riesigen Lineal ausgerichtet. Bald verschmolzen ihre Reihen mit unseren zu drei langen Linien, hinter denen blockweise die Bogenschützen und die Speerwerfer folgten, dazu kleinere Gruppen von schlechter ausgerüsteten Kämpfern als Reserve.

Links vom Erzbischof ritt ein Hüne in einer prachtvollen Rüstung, die aussah, als sei sie noch nie getragen worden. Das konnte nur Bischof Wala sein. Sein leuchtend roter Helmbusch verriet ein exzentrisches Wesen. Gut vorstellbar, dass er, der aus einer alten Grafenfamilie stammte und sich während seiner geistlichen Laufbahn nicht im Mindesten die weltliche Lebensweise abgewöhnt hatte, Bertolf auch durch diese Zurschaustellung seiner Besonderheit in den Schatten stellen wollte. Er zog sein Schwert aus der Scheide und reckte es in die Luft. Bertolf sah es und ärgerte sich, dass er das nicht als Erster getan hatte. Er wartete kurz, dann zog auch er sein Schwert, und kurz darauf ging das metallische Schleifen der gezogenen Waffen durch die Reihen.

Je weiter wir vorrückten, desto mehr wuchs das Heer zu einem Körper zusammen, dessen einzelne Gliedmaßen aufeinander eingestimmt waren, ohne sich groß über jede Bewegung verständigen zu müssen. Bertolf, Wala und die drei Grafen, die den Kontingenten an der linken Flanke voranritten, gaben das Tempo vor. Unsere Schritte fanden wie von selbst einen Gleichtakt, der wie ein Trommelschlag klang. Wir rückten zusammen und schlossen die Lücken. Die Reihen wurden kompakter. Die Regelmäßigkeit der Bewegungen machte mich ruhiger.

Die Dänen hatten sich inzwischen auch formiert. Ihre Reihe war genauso lang wie unsere, aber ihnen fehlten die Reiter an den Flanken. Sie waren noch dreihundert Schritte entfernt und rührten sich nicht von der Stelle.

Wir beschleunigten. Ich umklammerte den Schwertgriff. Es war, als müsste ich die Waffe davon abhalten, von allein durch die Luft zu sausen.

Unsere Anführer ließen sich zurückfallen; die Reihen öffneten sich kurz und ließen sie nach hinten durch, dann flossen sie wieder zusammen.

Als wir auf zweihundert Schritte herangekommen waren, ertönten gegenüber Hornsignale. Die Dänen rückten uns ein Stück entgegen, dann hielten sie wieder an. Die erste Reihe kniete sich hin und stellte die Schilde auf den Boden, und fast gleichzeitig senkten sich von oben zwei weitere Reihen von Schilden herab, sodass wir auf eine Wand aus bunten Scheiben zumarschierten. Hinter ihnen glitzerte friedlich der Fluss.

Bald waren wir auf Schussweite herangekommen. Unsere Bogenschützen gaben eine erste Salve ab, doch sie bewirkten nichts, sondern schlugen in die Schilde ein. Während wir weiter vorrückten, schossen die Dänen zurück. Die Pfeile kamen in zwei dichten Wolken hinter den Enden des Schildwalls hervor. Ich begriff, dass sie sie vor allem gegen die Reiter einzusetzen gedachten. Am Ende unserer Reihe waren ein paar Schreie zu hören. Offenbar hatten sie einige Treffer erzielt.

Ein lauter und lang gezogener Ton erklang hinter unseren Reihen als Haltesignal. Abrupt blieben alle stehen.

Die Dänen waren noch fünfzig Schritte entfernt, aber der Schildwall war so dicht, dass man kein einziges Gesicht erkennen konnte.

Einen Augenblick lang war es totenstill. Es war eine schreckliche, unnatürliche Ruhe, denn hier standen sich zweitausend Männer gegenüber, und die Nerven waren bis zum Zerreißen gespannt. Die Bogenschützen hatten das Schießen eingestellt, als wäre es eine unverzeihliche Lästerung, diesen bedeutungsschweren letzten Moment der Stille zu stören.

«Gleich kommt das Angriffssignal», sagte Lupus leise.

Wieder erklang das Horn.

Und dann brach die Schlacht los. Unter tausendstimmigem Gebrüll legten wir das letzte Stück bis zu ihrem Schildwall im Laufschritt zurück, dann prasselte unter ohrenbetäubendem Lärm Holz auf Holz und Metall auf Metall. Kaum war mein Schild gegen die bunte Wand gekracht, da kamen die zweite und die dritte Reihe unserer Leute von hinten und schlossen auch unseren Wall. Unter Schreien, Ächzen, Keuchen und Knurren stemmten wir uns gegen die Schilde, um den Wall der Gegenseite einzudrücken. Da wir auf trockenem Weideboden kämpften, fanden unsere Füße guten Halt, aber das galt natürlich auch für die Gegenseite. Wir pressten und pressten, doch sie wichen keinen Zoll zurück, sondern erhöhten den Druck sogar noch, sodass wir bald Mühe hatten, ihnen standzuhalten. Überall schossen Schwertklingen und

Lanzenspitzen zwischen den Ritzen in ihrem Wall hervor wie die Giftzähne zuschnappender Schlangen, trafen aber immer nur unsere Schilde, rutschten ab, zerspanten das Holz und schlugen scheppernd gegen die Schildbuckel. Eine besonders kräftig gestoßene Lanze blieb in meinem Schild stecken, und als sie mit einem Ruck wieder herausgezogen wurde, hätte es mir fast die Halteschlaufe vom Arm gerissen. Weiter rechts sah ich unsere Reiter in einen Schwarm von feindlichen Pfeilen und Speeren hineingaloppieren; mehrere wurden von den Pferden gerissen, aber ich konnte nicht weiter hinschauen, denn rechts neben mir wurde einer unserer Männer von den Füßen gerissen, und gegenüber nutzte ein Däne sofort diese kleine Schwäche unseres Walls für einen Einbruch. Mit einer riesigen Axt drosch er zwei Schilde beiseite, holte aus, um die Lücke zu erweitern, wurde aber von einem Speer aus der hinteren Reihe in die Brust getroffen und kippte hintenüber, woraufhin zwei unserer Leute das Loch mit ihren Schilden wieder stopften.

Minutenlang ging es so weiter. Unter Krachen und Gebrüll drängten die Schildwälle gegeneinander, mal wich die eine Seite ein Stück zurück, dann die andere. Auch ich begann, über den Rand meines Schildes hinweg mit dem Schwert auf die Ritzen zu zielen, mehrmals traf meine Klinge auf Widerstand, aber im Gewoge war nicht festzustellen, ob ich einen ernsthaften Treffer gelandet hatte oder nicht. Lupus, der keuchend und mit zu Schlitzen verengten Augen neben mir gewütet hatte, traf einen Dänen im Bauch, der ließ den Schild fallen, taumelte zurück und riss dabei zwei seiner Hintermänner um, doch auch diese Lücke wurde sofort geschlossen.

Als die Kräfte auf beiden Seiten nachließen, gelang den

Dänen ein Stück links von uns der Durchbruch. Zuerst war nur am panischen Geschrei zu erkennen, dass etwas passiert war, dann sah ich, wie unsere Männer neben Lupus zurückzuweichen begannen, während die Dänen unerbittlich nachdrückten. Ich konnte nicht viel tun, denn ich wurde selbst hart bedrängt: Direkt vor meiner Nase züngelte die ganze Zeit eine Schwertklinge vor und zurück und streifte mich mehrmals am Oberarm. Ich duckte mich hinter meinen Schild, in diesem Augenblick tat sich über dem Boden eine Lücke auf, ich sah einen Fuß in einem feinen, wahrscheinlich irgendwo erbeuteten Stiefel und rammte mein Schwert in den Spann. Ein Aufschrei folgte, und das Züngeln hörte auf. Eine Weile drückten wir nur noch gegeneinander, wie um uns aneinander anzulehnen und zu verschnaufen.

Links von mir hatte Bischof Wala sich jetzt persönlich ins Getümmel gestürzt. Aus dem Sattel heraus versuchte er, die durch die Lücke nachdrängenden Dänen zurückzutreiben, doch es waren zu viele, einige streckte er nieder, andere fluteten an ihm vorbei und drangen tiefer in unsere zurückweichende Reihe ein, dann bohrte sich ein Speer in den Hals seines Pferdes, das wiehernd stieg und dann zusammenbrach. Wala landete auf dem Boden, kam aber sofort wieder auf die Füße und kämpfte weiter. Er schlug um sich wie ein Wilder und brüllte dabei wüste Verwünschungen.

Unsere Reiter hatten es offenbar nicht geschafft, die Flanke der Dänen aufzurollen, denn auch rechts von mir stieg nun der Druck, sodass ich bald selbst zurückweichen musste, während der Schildwall an mehreren Stellen aufgebrochen wurde und die Kämpfenden in einem unübersichtlichen Gewimmel aufeinander einschlugen.

Lupus war im Getümmel ein paar Schritte von mir weggedrängt worden. Er hatte gerade einen Gegner mit einem Tritt zu Boden befördert, als eine Wurfaxt seinen Schild mit solcher Wucht traf, dass er ihm ins Gesicht geschleudert wurde und seine Nase zertrümmerte. Lupus ging bewusstlos zu Boden. Ich konnte nichts für ihn tun, denn mehrere Dänen stürmten über ihn hinweg, um tiefer in unsere Reihe einzubrechen.

Und dann sah ich, wer die Axt geworfen hatte.

Ivar.

Zwanzig Schritte von mir entfernt.

Gehetzt blickte er sich um, schien einen neuen Gegner zu suchen. Hatte er seinem Beinamen mit seinem Auftritt auf dem Altar im Kastorstift schon alle Ehre gemacht, so tat er es auch hier: Als hielte er sich für unverwundbar, trug er keinen Helm und kein Kettenhemd, sondern nur seinen wattierten Lederpanzer. Sein Gesicht war voll von halb getrocknetem Blut, mit dem er sich wahrscheinlich eingeschmiert hatte. Er brüllte wie am Spieß, aber nicht, weil er verletzt gewesen wäre, sondern aus reiner Raserei.

All das erfasste ich mit einem Blick, bevor ich die Augen instinktiv wieder nach vorn richtete und im letzten Moment den Schild hochreißen konnte, um einen von irgendwoher heranzischenden Wurfspeer abzufangen, dessen Wucht mich ein paar Schritte zurücktaumeln ließ. Als ich den Schild wieder senkte, stand ein Däne vor mir, Rechtshänder, kräftig, aber zu langsam. Er holte aus, doch ich war schneller und stieß ihm mit einem Ausfallschritt das Schwert in die Brust.

Inzwischen waren die Reste der Schildwälle in Auflösung, ein paar Pulks hielten noch zusammen, ansonsten suchte jeder sich seinen Gegner, wo er gerade stand. Es war unmöglich zu sagen, ob eine der beiden Seiten dabei war, die Oberhand zu gewinnen. Überall wurde zugestochen, pariert, verfehlt, getroffen, gekeucht und geschrien. Tote und Verletzte lagen auf dem Boden. Irgendwo im Gewühl hörte ich Wala immer noch brüllen.

Mein Blick hetzte umher und suchte Ivar, aber er war nicht mehr zu sehen, also stapfte ich durch das Chaos in die Richtung, in der ich ihn gesehen hatte.

Und da war er wieder, mitten im Gewühl. Immer noch brüllend, riss er einem seiner Männer eine Axt aus der Hand, sah sich um, suchte ein Ziel.

Sein Blick fiel auf mich.

Er holte aus.

Warf.

Ein guter Axtwerfer, hatte Amelung gesagt. Und das war Ivar in der Tat. Der Wurf war präzise und von sagenhafter Wucht. Es gelang mir, den Schild hochzureißen und die Klinge abzufangen, aber der Schild brach dabei in zwei Hälften und fiel auf den Boden. Mir blieb nur das Schwert.

Ein mittelmäßiger Schwertkämpfer, hatte Amelung gesagt. Ich wusste, dass ich das jetzt ausnutzen musste, also stürzte ich auf ihn zu, er sah es, sein Blick hetzte auf der Suche nach einer Axt hin und her, aber es war niemand in Reichweite, dem er eine hätte entreißen können, denn in diesem Augenblick sprengten vier von unseren Reitern direkt hinter ihm durch das Getümmel und zwangen seine Leute, sich ihrer Haut zu erwehren. Als ich ihn fast erreicht hatte, zog er endlich sein Schwert, gerade noch rechtzeitig, um meinen Stoß zu parieren. Ein paarmal ging es hin und her und vor und zurück. Zum Glück hatte ich in Koblenz geübt, gegen Linkshänder zu kämpfen, sodass es nicht ganz so ungewohnt war, seinen ersten Hieb zu parieren.

Hinter ihm schlugen sich unsere Reiter mit einem Dutzend Dänen. Alles war völlig unübersichtlich, und ich hatte auch gar keine Zeit, mir einen Überblick zu verschaffen, denn Ivar griff erneut an, ich wehrte ihn ab und ging zum Gegenangriff über. Sein Gesicht war wutverzerrt und so vollständig mit Blut beschmiert, dass seine Augen wie weiß glühendes Metall darin leuchteten.

An Schnelligkeit und Kraft fehlte es ihm nicht, aber an Konzentration. Er war ungeduldig und fahrig, und ich spürte, dass es ihm nicht passte, mich nicht beim ersten Versuch erledigt zu haben. Er wurde unvorsichtig, und das musste ich ausnutzen.

Hinter ihm ging einer der vier Reiter zu Boden, ein wildes Hauen und Stechen setzte ein, aber Ivar kümmerte sich nicht darum, sondern griff wieder an, unter Wutgebrüll hieb er das Schwert sinnlos von links nach rechts und von oben nach unten, holte dabei aber viel zu weit aus, sodass ich ihm leicht ausweichen konnte. Ich wusste, dass ich ihn gleich so weit haben würde.

Die drei verbliebenen Reiter gerieten immer mehr in Bedrängnis. Aus dem Augenwinkel sah ich, wie der zweite vom Pferd gezerrt und niedergemacht wurde.

Wieder ging Ivar auf mich los, führte einen Schlag von links nach rechts und kam plötzlich ins Straucheln, weil er mit dem rechten Fuß in ein Maulwurfsloch geraten war. Die Wucht seiner Körperdrehung riss ihn dabei so weit zur Seite, dass er mir kurz seine ungedeckte linke Körperseite zuwandte. Dieser Augenblick genügte. Ich stieß ihm mein Schwert in den Bauch, bevor er sein Gleichgewicht wiederfand. Er brüllte wieder auf, diesmal tatsächlich vor Schmerz, dann kippte er um.

Ich kann bis heute nicht sagen, warum mich die Wut erst in diesem Augenblick packte, wo er besiegt war. Aber es war so: Als würde ich erst jetzt begreifen, dass ich nicht irgendeinen Gegner vor mir hatte, sondern den Peiniger meiner kleinen Schwester, stach ich noch einmal zu und noch einmal und noch einmal. Ivar gab ein letztes Röcheln von sich. Ich stach noch einmal zu. Und noch einmal, wie im Rausch.

Es war mein Glück, dass in diesem Augenblick direkt neben mir ein Pferd zu Boden ging, dessen Reiter aus dem Sattel gerissen worden war. Der riesige weiße Körper, der auf das Gras krachte, und die durch die Luft wirbelnden Hufe holten mich in die Wirklichkeit zurück. Ich riss das Schwert aus Ivars Bauch und sah mich um.

Von einem Augenblick zum anderen verflog mein Rausch. Es sah schlecht für uns aus. Überall hatten die Dänen die Oberhand gewonnen. Immer noch wurde gekämpft, aber unsere Leute waren in kleine Gruppen aufgespalten und zusammengedrängt worden, die sich nur noch mühsam ihrer Haut erwehrten. Überall lagen Tote verstreut. Das allgegenwärtige Gebrüll war in ein verbissenes Keuchen übergegangen.

Fünfzehn Schritte von mir entfernt war der vierte Reiter jetzt vollständig von Gegnern umstellt. Noch hielten sie Abstand, denn sein Pferd, ein auffälliger Schecke mit einer schmetterlingsförmigen Zeichnung auf dem Hals, drehte sich auf der Stelle, stieg und schlug aus, während er mit seinem Schwert abwechselnd nach beiden Seiten drosch. Aber lange würde es nicht mehr gut gehen.

Wie durch ein Wunder war das weiße Pferd, das neben mir

gestürzt war, nicht verletzt. Es kam wieder auf die Hufe, und es gelang mir, das Tier am Zügel festzuhalten und aufzusitzen. Ich trieb es in den Haufen der Dänen, die den Reiter bedrängten. Sie hatten nicht damit gerechnet, dass jemand von hinten kam, und so gelang es mir, zwei von ihnen niederzustrecken, bevor sie sich mir zuwandten, was wiederum der andere nutzte, um zwei weitere zu Boden zu schicken. Leider kamen nun weitere Dänen angerannt, sodass sich der Ring um uns augenblicklich wieder schloss. Unsere Pferde wurden Flanke an Flanke aneinandergedrängt, und zwar seitenverkehrt, sodass wir uns gegenseitig den Rücken frei halten konnten. Eine Weile drehten wir uns wie gut eingespielte Tanzpartner. Er trug eine teure Rüstung und einen Brillenhelm. Sein Gesicht war voller Blut, aber er schien nicht verletzt zu sein, jedenfalls schlug er kraftvoll um sich, ohne zu erlahmen. Nacheinander gingen drei weitere Dänen durch Schwerthiebe und Huftritte zu Boden. Dann tat sich eine Lücke auf.

«Weg hier!», schrie ich, gab dem Pferd die Sporen und schoss zwischen den Gegnern durch. Er folgte mir.

Es war höchste Zeit. Um uns herum wimmelte es vor Dänen, denen kaum noch jemand Widerstand entgegensetzte. Zwei Speere und ein halbes Dutzend Pfeile verfehlten uns nur knapp.

Wer von unseren Leuten noch laufen oder reiten konnte, der floh. Das zum Lager hin leicht ansteigende Gelände war gesprenkelt von Flüchtenden zu Fuß und zu Pferd. Einige der Dänen hatten schon damit begonnen, das Schlachtfeld zu plündern, andere gingen herum und stachen Verwundete nieder, wieder andere verfolgten die Fliehenden, allerdings nur sehr halbherzig, denn der verbissene Kampf hatte auch sie erschöpft.

Fidis, war mein erster Gedanke, als wir außerhalb der Reichweite ihrer Geschosse waren. Anstatt zum Lager zu reiten, wo die Flüchtenden hinstrebten, wendete ich das Pferd nach links und sprengte zu der Anhöhe weiter nördlich davon. Der andere folgte mir immer noch.

Als ich sie entdeckte, fiel mir ein Stein vom Herzen. Natürlich hatte sie sich nicht in Sicherheit gebracht, wie ich ihr gesagt hatte. Sie saß im Sattel, starrte voller Entsetzen auf die freie Fläche zwischen der Anhöhe und dem Fluss und versuchte wohl, mich irgendwo unter den Fliehenden auszumachen.

Da ich auf einem fremden Pferd herangaloppiert kam und überdies völlig verdreckt war, erkannte sie mich erst, als ich direkt vor ihr aus dem Sattel sprang. Sie fiel mir vom Pferd aus in die Arme und begann, hemmungslos zu weinen.

Auch der andere Reiter war abgesessen, war aber ein paar Schritte abseits stehen geblieben, um uns nicht zu stören. Als wir uns voneinander lösten, trat er näher.

Er sah Fidis an. Machte noch einen Schritt auf sie zu. Kniff die Augen zusammen, als müsste er sich überzeugen, kein Trugbild vor sich zu haben.

«Du warst das Kindermädchen meiner kleinen Schwester», sagte er ungläubig. Es klang halb wie eine Frage, halb wie eine Feststellung.

Vielleicht war ich noch zu verwirrt vom Kampf, jedenfalls begriff ich zunächst gar nichts.

Er nahm den Helm ab, und sein Blick wanderte zu mir. Fassungslos.

«Tankred?», flüsterte er mit offenem Mund.

Und da erkannte ich ihn. Es war Gerold.

Utas Sohn. Judiths Bruder. Mein Halbbruder.

20

Lange standen wir da und starrten uns an. Das letzte Mal hatten wir uns am Tag meines Prozesses gesehen. Damals war er ein schlaksiger und ungelenker Junge mit zu langen Armen gewesen, und als ich ihn jetzt betrachtete, erkannte ich die Züge dieses Jungen auch unter der Kruste aus Blut und Dreck wieder, aber er war nicht mehr schlaksig und ungelenk, sondern muskulös und gewandt. In den zwölf Jahren, die seitdem vergangen waren, hatte mein Vater ihn offenbar zurechtgeschliffen. Gerold hatte sich allein gegen fast ein Dutzend Gegner gewehrt und dabei das Pferd gelenkt, als wäre es ein Teil seines Körpers. So etwas lernte man nur, wenn man früh damit anfing, die richtige Anleitung hatte und ohne Unterlass übte. Ich hatte mir nie vorstellen können, dass aus Gerold jemand hätte werden können, den man ernst nehmen musste. Aber genau das war passiert. Und warum auch nicht? Wir hatten den gleichen Vater und waren uns vielleicht ähnlicher, als ich es mir hätte eingestehen wollen.

Und nun, am Tag der verlorenen Schlacht von Remich, standen wir uns gegenüber und wussten nicht, was wir voneinander halten sollten: Er war der Nutznießer einer Intrige, die mich mein Erbe gekostet hatte. Seine Mutter hatte diese Intrige angezettelt, unsere Familie zerstört und meine Mutter ins Grab gebracht. Unser Vater hatte ihn mir vorgezogen und mich ihm geopfert. Ich war um mein halbes Leben betrogen worden, weil es ihn gab.

Und heute hatte ausgerechnet ich ihm das Leben gerettet. Nein, mehr als das: Für einen kurzen Augenblick waren wir tatsächlich Brüder gewesen, ohne es zu wissen, hatten uns blind verstanden, gegenseitig den Rücken freigehalten und aus einer fast ausweglosen Lage herausgekämpft. Wir waren einander ebenbürtig gewesen, ohne zu ahnen, auf welche Weise unsere Leben miteinander verbunden waren.

Gerold schienen ähnliche Gedanken durch den Kopf zu gehen. Lange sagte er nichts. War ihm klar, dass er seine Stellung einem Bündel von Lügen verdankte, das seine Mutter geschnürt hatte? Hatte er es damals schon begriffen? Ich sah ihn wieder vor mir, wie er dagestanden hatte, in der großen Halle der Maastrichter Pfalz, wie unwohl er sich in seiner Haut gefühlt hatte. War das nur die Unsicherheit des Halbwüchsigen gewesen, oder hatte er geahnt, dass er auf der falschen Seite stand? War es ihm gleichgültig, was Wahrheit und was Lüge war, solange er das Erbe unseres Vaters unangefochten würde antreten können? Konnte man überhaupt von ihm erwarten, dass er sich auf die Seite der Wahrheit stellte? Und was folgte hier und heute aus alldem? Wie sollten wir auseinandergehen?

Fidis blickte zwischen uns hin und her, sagte aber nichts. Ihre Anwesenheit musste für Gerold ein noch größeres Rätsel sein als meine. Er kannte sie als Kindermädchen seiner Schwester. Vielleicht hatte sie eine Zeit lang seine feuchten Träume bereichert, aber nachdem sie von seiner Mutter weggeschickt worden war, dürfte er sie schnell vergessen haben. Und jetzt traf er sie am Rand eines Schlachtfeldes wieder, als

Begleiterin und Gefährtin seines Halbbruders, der eigentlich im Kloster hätte schmoren müssen. Kam er darauf, dass die Verbindung zwischen uns schon damals zustande gekommen war?

Gerold war offensichtlich überfordert. Immer noch sagte er nichts, sondern blickte mit zusammengepressten Lippen über das von Toten übersäte Schlachtfeld. Die Fliehenden hatten inzwischen das Lager erreicht und sammelten sich dort; einige wenige Verfolger waren ihnen bis kurz vor die Zelte nachgerannt, von dort dann aber zurückgetrieben worden. Offenbar hatten die Dänen selbst zu hohe Verluste erlitten, um zielstrebig die Verfolgung der Geschlagenen aufzunehmen und gleichzeitig ihre Schiffe zu sichern. Wir hatten immer noch einige Hundert Bewaffnete, die den Rückzug decken und dafür sorgen konnten, dass wenigstens die Wagen in Sicherheit gebracht wurden.

Schließlich holte Gerold tief Luft und sagte: «Es hat sich inzwischen bis zu uns herumgesprochen, dass du nicht mehr in Prüm bist. In Maastricht haben sich alle gefragt, ob du wohl eines Tages wieder auftauchen würdest, um ...» Er schien nach einem Ausdruck zu suchen, der mein mögliches Vorhaben treffend beschrieb, ohne dass es sich allzu feindselig anhörte.

«Unruhe zu stiften?», fragte ich, bemüht, es nicht verbittert klingen zu lassen.

«So würde unser Vater es wohl ausdrücken», sagte er vorsichtig.

«Also lebt er noch.»

«Ja, aber es geht ihm nicht gut. Er ist nicht mehr bei Verstand.»

«Das war er vor zwölf Jahren auch schon nicht», sagte ich.

Gerold ging nicht darauf ein. Stattdessen sagte er: «Du wirst es vielleicht nicht glauben, aber in der letzten Zeit hat er gelegentlich von dir geredet. Du warst sein Liebling.»

«Bis du kamst», sagte ich trotzig.

«Ich habe mir das nicht ausgesucht.» Er klang trotzig, und es stimmte ja auch: Was konnte er für das, was Uta getan hatte? Aber sie war nun einmal seine Mutter, und es war nicht anzunehmen, dass er gegen sie Partei ergreifen würde, wenn es darauf ankam – schon gar nicht, wenn das bedeutete, dass man ihm sein Erbe streitig machen würde, ob mit Recht oder nicht. Denn das war es ja, was wir beide unter Unruhestiften verstanden, ohne es auszusprechen. Es war die logische Folge meines Entschlusses, nicht mehr nach Prüm zurückzukehren: Erst musste ich meine Begnadigung erwirken, dann das Urteil gegen meine Mutter aufheben lassen und schließlich Uta zur Strecke bringen, um mir zurückzuholen, was mir zustand. Und das bedeutete: es Gerold wegzunehmen. Ich konnte kaum davon ausgehen, dass er tatenlos zuschauen würde, wie ich ihm sein Erbe entriss. So waren wir beide nicht erzogen worden.

Er wandte sich ab und blickte wieder über das Schlachtfeld, wo die Dänen begonnen hatten, die Leichen zu rupfen. Ich musste an Lupus denken. Hatte er es geschafft, rechtzeitig zu entkommen?

«Weißt du, was ich in meinem eigenen Interesse jetzt eigentlich tun müsste?», fragte Gerold leise, ohne mich anzublicken. Eine Antwort schien er nicht zu erwarten, denn er sagte: «Ich müsste dich niederschlagen, fesseln und vor einen Richter schleppen. Du bist aus der Haft geflohen und hast damit ein im Namen des Königs gefälltes Urteil missachtet. Du wärst erledigt und würdest nie wieder Probleme machen.»

Während er sprach, hatte er mir den Rücken zugewandt. Wenn er wirklich vorgehabt hätte, was er da gerade gesagt hatte, dann hätte er es nicht angekündigt, schon gar nicht, ohne meine Reaktion sehen zu können. Und dennoch konnte ich es mir nicht verkneifen, zu sagen: «Einfacher wäre es, du würdest mich hier und jetzt niederstechen. Ein Toter mehr an diesem Tag würde niemanden interessieren.»

Fidis zog die Brauen zusammen und schickte mir einen beunruhigten Blick. Was soll das?, fragten ihre Augen. Warum provozierst du ihn?

Doch Gerold ließ sich nicht provozieren, und das hatte ich eigentlich auch nicht gewollt.

«Wir haben uns heute wahrscheinlich gegenseitig das Leben gerettet», sagte er. «Ich würde gern sagen, dass wir damit quitt sind, aber wir beide werden niemals quitt sein. Ich weiß das, und du weißt es auch.»

Jetzt erst drehte er sich wieder um. Sein Blick wanderte zu Fidis und zurück zu mir. Wie die Verbindung zwischen uns zustande gekommen war, das konnte er sich leicht ausrechnen, und jetzt fragte er sich, ob sie die ganze Zeit über bestanden hatte. Und damit kam Judith ins Spiel. Judith und der Prozess, in dem ich seine Mutter beschuldigt hatte, sie getötet zu haben. Ich sah genau, wie diese Gedanken durch sein Hirn wanderten. Und er wusste, dass ich es sah. Er konnte in meinen Kopf blicken und ich in seinen. Die Vertrautheit war befremdlich.

«Hast du damals die Wahrheit gesagt?», fragte er. «Hast du wirklich gesehen, wie sie es getan hat?»

«Ja», sagte ich.

Er blickte mich eine Weile an, als wollte er prüfen, ob ich log. Doch ich sah, dass er mir glaubte. Vielleicht hatte er das die ganze Zeit über getan. Aber er hatte sich gut genug unter Kontrolle, um es nicht hier und jetzt schon zuzugeben. Er musste die Konsequenzen überdenken. Ich hätte es genauso gemacht. Schließlich nickte er bedächtig, stieg ohne ein weiteres Wort auf sein Pferd, gab ihm die Sporen und galoppierte davon.

«Du hast es ihm nicht gesagt», stellte Fidis sachlich fest. «Dass sie da drüben ist.»

«Hätte ich das tun sollen?», fragte ich.

«Sie ist seine Schwester. Eure Schwester.»

Das stimmte, aber ich wusste immer noch nicht genau, wie ich Gerold einschätzen sollte. Judith war zwei Jahre alt gewesen, als sie verschwunden war, ein Kind, an das er sich kaum erinnerte. Bedeutete sie ihm überhaupt etwas? Gerold die ganze Wahrheit zu erzählen, hätte bedeutet, ihn zur Parteinahme zu zwingen. Und vor diesem Schritt scheute ich zurück, solange ich nicht wusste, wie es überhaupt mit mir weitergehen würde.

Während all diese Dinge mir durch den Kopf gingen, wurde drüben eilig das Lager abgebaut. Heringe wurden herausgerissen, Seile aufgerollt, Planen zusammengelegt und Bündel auf Wagen geworfen, während eine Postenreihe die Dänen beobachtete, für den Fall, dass diese sich für einen Überfall sammeln würden. Dafür, dass wir die Schlacht verloren hatten, vollzog sich die Vorbereitung für den Abmarsch immer noch erstaunlich geordnet.

Die Verluste der Dänen waren beträchtlich. Es war schwierig, auf die Entfernung ihre Zahl zu schätzen, aber es war offensichtlich, dass ihre Reihen stark ausgedünnt waren, und die Zahl der Toten auf dem Schlachtfeld war fast größer als die der Lebenden, die zwischen ihnen herumliefen, sich hier und da bückten, Gegenstände aufhoben und wieder wegwarfen. Vielleicht würde ihnen der Sieg gar nichts nützen. Soweit ich wusste, waren die Mauern von Metz in gutem Zustand. Gegen die Strömung würden die Dänen die Stadt auf keinen Fall erreichen, bevor die Reste von Walas Aufgebot sich dort wieder gesammelt hatten. Möglicherweise würde Knut angesichts dieser Aussichten entscheiden, die Unternehmung abzubrechen. Das aber würde bedeuten, dass sie flussabwärts abzogen, und in diesem Fall würden sie mit der Strömung fahren, sodass ich ihnen kaum noch würde folgen können. Doch was auch immer sie tun würden: Heute würden sie nicht mehr aufbrechen, dafür waren sie viel zu erschöpft. Am besten war es jetzt, in sicherer Entfernung die Nacht abzuwarten.

Da wir nun zwei Pferde hatten, hatten Fidis und ich den Zug, der sich vom Lager und vom Schlachtfeld wegwälzte, schnell eingeholt. Wir folgten einem Feldweg, der in ein Wäldchen führte, und überholten dabei das geschlagene Heer. Die meisten Männer sahen zu Boden. Verwundete wurden gestützt oder lagen auf Wagen.

Bald kam der Wagen mit dem heiligen Rock in Sicht, dem zwei Leibwächter von Bertolf voranritten, zwei weitere folgten hinterdrein. Der Erzbischof selbst ritt neben dem Schrein her. Sein Pferd lahmte.

Wir schlossen zu ihm auf. Er war unverletzt und wirkte überraschenderweise eher schlecht gelaunt als niedergeschlagen.

«Man könnte fast auf die Idee kommen, dass er nicht echt

ist», sagte Bertolf mit einem Nicken in Richtung des Schreins. «Vielleicht hat man Helena damals in Jerusalem einfach irgendein anderes Gewand angedreht. Oder es wurde unterwegs vertauscht. Heute hat es uns jedenfalls nicht geholfen. Aber wer bin ich schon, dass ich Gottes Ratschluss in Zweifel ziehe. Vielleicht haben wir alle einfach zu viel gesündigt. Vielleicht muss man reinen Herzens in die Schlacht ziehen, damit die Reliquie ihre Kraft entfalten kann. Was weiß ich.» Bertolf spuckte aus. «Wir hätten unsere Reiter als Stoßkeil in der Mitte einsetzen sollen», sinnierte er verdrossen weiter. «Aber hinterher ist man ja immer schlauer. Es war übrigens Walas Idee, sie über die Flanken zu schicken.»

Schau an, dachte ich. Du hast dir also schon deine Erklärung für die Niederlage zurechtgelegt. Ich dachte an Wala, der sich geschlagen hatte wie ein wütender Löwe. Bertolf dagegen sah nicht aus, als wäre er überhaupt in Reichweite einer dänischen Klinge gekommen. Vielleicht lahmte sein Pferd nur, weil es auf der Flucht in ein Erdloch getreten war.

«Wo ziehen wir hin?», fragte ich.

«Zwei Meilen von hier steht noch so eine römische Villa», antwortete er. «Die Umfriedungsmauer ist halbwegs intakt. Die Dänen werden es nicht wagen, uns dort zu überfallen, dafür haben wir ihnen zu schwer zugesetzt. Sie haben sich nach ihrem sogenannten Sieg ja noch nicht mal an unser Lager rangetraut. Also, wir sammeln uns in dieser Villa, zählen die Leute durch und versorgen die Verwundeten. Wenn unsere Späher melden, dass die Dänen vom Schlachtfeld verschwunden sind, bestatten wir die Toten und bergen Walas Leichnam. Ich hoffe nicht, dass die Dänen versuchen werden, ihn uns zu verkaufen.»

«Wala ist tot?», fragte ich. Ich hatte gesehen, wie der Bischof in Bedrängnis geraten war, aber dass der kraftstrotzende Riese tatsächlich umgekommen war, war schwer vorstellbar.

«Ja, der ist tot», sagte Bertolf ohne erkennbares Bedauern. «Noch nicht gehört? Und als hätte ich nichts anderes zu tun, muss ich mich jetzt auch noch um die Überführung nach Metz kümmern, damit er in seiner Kathedrale beigesetzt werden kann. Selbst als Toter macht er mir noch Scherereien.»

«Was haben die Dänen wohl vor?», fragte ich. «Weiterplündern oder abrücken?»

Bertolf schnaubte spöttisch. «Woher soll ich das wissen? Jetzt fleddern sie erst mal die Leichen. Vielleicht fragst du mal unseren Gefangenen.» Er beugte sich in übertriebener Vertraulichkeit zu mir herüber, seine Stimme troff vor Spott. «Wir haben in dieser glorreichen Schlacht nämlich einen Gefangenen gemacht.» Er hob den Daumen. «Einen. Er hat sich bei der Verfolgung der Fliehenden zu weit vorgewagt, und meine Leute haben ihn überwältigt. Und ob du es glaubst oder nicht: Er spricht unsere Sprache. Vielleicht verrät er uns, wer jetzt diesen Jarl Ivar beerbt.»

Ich tauschte einen Blick mit Fidis, die die ganze Zeit wortlos neben mir hergeritten war. Bertolf bemerkte es nicht, sondern reckte den Hals und blickte sich um, schien aber nicht zu entdecken, was er suchte. Er wandte sich an einen der Leibwächter, die hinter uns ritten.

«Sag denen dahinten, dass sie aufschließen sollen. Und hol mal diesen Dänen her.»

Der Reiter wendete sein Pferd und galoppierte an der Kolonne vorbei nach hinten.

Bertolf wandte sich wieder mir zu. «Man erzählt sich, dass du ihn getötet hast. Stimmt das?»

«Stimmt», sagte ich.

«Donnerschlag. Vielleicht hast du uns damit gerettet. Vielleicht verlieren sie ohne ihren Anführer die Lust, uns weiter auszuplündern.» Er dachte kurz nach. «Hatte der nicht deine Schwester verschleppt?»

«Ja. Er hat sie in Aachen entführt und seitdem nicht aus den Augen gelassen. Auf dem Weg nach Trier war sie noch bei ihm im Lager.»

«Woher weißt du das? Hat dir das die kleine Süße erzählt, die du bei den Schwestern abgeliefert hast?»

«Ja.»

«Und? Kann man ihr glauben?»

«Sie hätte keinen Grund gehabt, mich anzulügen.»

Bertolf nickte bedächtig. Schließlich sagte er: «Du hast uns heute hervorragende Dienste geleistet, Tankred. So heißt du doch, oder?»

Ich nickte.

«Also, Tankred, hör zu. Ich überlasse dir den Gefangenen. Frag ihn, ob sich die Sache mit Geld regeln lässt. Biete ihm von mir aus die Freiheit an, wenn er für dich verhandelt. Sie sollen ihre Forderung nennen. Ich werde das Lösegeld bezahlen.»

Ich konnte kaum glauben, was ich da hörte. Wieder tauschte ich einen Blick mit Fidis. Sie biss sich auf die Unterlippe. Ihr Blick war eine Mischung aus Unglauben und Jubel.

Wieder beugte Bertolf sich im Sattel zu mir herüber. Er hob mahnend den Zeigefinger, auf dem ein dicker Goldring saß. «Erzähl aber auf keinen Fall, dass sie deine Schwester ist. Das treibt nur den Preis hoch.»

Es war, als wäre nach einem langen Regenguss plötzlich die Sonne durchgebrochen. Sollte dieser für uns alle so düstere Tag wenigstens für mich noch ein gutes Ende nehmen? Würde es wirklich so einfach werden?

Kurz darauf hatten wir die Ruine der römischen Villa erreicht. Sie war tatsächlich in einem besseren Zustand als ihr Gegenstück in Sichtweite des Ufers. Zwar hatten die Gebäude auch hier keine Dächer mehr, aber wie Bertolf gesagt hatte, bot die Einfriedungsmauer einen gewissen Schutz gegen Überfälle.

Trotz der Niederlage funktionierten alle Abläufe zum Aufschlagen eines Lagers immer noch mit einer bewundernswerten Reibungslosigkeit: Wagen trafen nach und nach ein und wurden auf dem weitläufigen Areal verteilt, Gepäck wurde abgeladen und Zelte aufgebaut. Wachen bezogen Posten hinter der Mauer und spähten in das Wäldchen, das wir gerade durchquert hatten. Reiter schwirrten wie Hütehunde um die Kolonne herum, deren Ende immer noch nicht in Sicht war.

Plötzlich rief jemand: «Wo ist der, der mit dem Gefangenen sprechen will?»

Der Leibwächter, den Bertolf auf dem Weg losgeschickt hatte, näherte sich durch das Gewimmel. Er zog den Dänen an einem Strick hinter sich her. Weil dessen Hände auf dem Rücken gefesselt waren, musste er seitwärts laufen. Es war der Kerl mit den Kräusellocken, der in Koblenz für Ratwin und mich übersetzt und sich dabei einen Kopfstoß von Ivar eingefangen hatte.

Der Leibwächter bedeutete Fidis und mir, ihm in Bertolfs Zelt zu folgen, das in Windeseile an der rückwärtigen Wand der Anlage aufgebaut worden war. Wir traten ein, und er schubste den Gefangenen so grob auf einen Faltstuhl, dass er damit fast hintenüber gekippt wäre.

Ich fragte mich, ob er mich wohl wiedererkannte, aber letztlich war das nicht von Bedeutung. Ich beschloss, ohne Umschweife zur Sache zu kommen.

«Du weißt, dass Ivar tot ist?», fragte ich.

«Jå», antwortete er. Er hatte offenbar begriffen, dass es für ihn am besten war, wenn er keine Mätzchen machte.

«Das Mädchen», sagte ich. «Ist sie noch bei euch?»

«Die Sklåvin?», fragte er zurück.

Meine Schwester ist keine Sklavin, hätte ich ihm um ein Haar ins Gesicht geschrien. Fidis spürte es und berührte mich am Arm. Ich dachte an Bertolfs Worte und riss mich zusammen. Nicht nur wegen der Höhe des Lösegeldes war es besser, wenn sie nicht wussten, wie wichtig mir die Gefangene war.

«Ist sie noch bei euch?», wiederholte ich.

«Jå.»

«Ich will sie kaufen.» Die Worte gingen mir schwer über die Lippen.

«Das geht nicht.»

«Warum nicht?»

Er blickte zur Seite, schien nach den richtigen Worten zu suchen.

«Weil sie mit Ivar bestattet wird. Er wøllte es so.»

Die Worte fuhren in mich wie ein Blitz. Ich schlug die Hände vor das Gesicht.

«Wann?», flüsterte ich.

«Heute Nåcht.»

21

Es war, als hätte sich unter mir ein bodenloses Loch aufgetan. Doch sogleich traten Entsetzen, Wut und Angst in den Hintergrund, und mein Verstand übernahm die Kontrolle. Ich packte den Dänen am Kinn, zog ihn zu mir heran und erklärte ihm, dass er nur dann am Leben bleiben würde, wenn sich keine einzige der Antworten auf die Fragen, die ich ihm nun stellen würde, als falsch erweisen würde. Er nickte ängstlich.

Ob es nicht doch eine Möglichkeit gebe, das Mädchen freizukaufen, fragte ich. Egal für welche Summe?

Nein, war die Antwort. In diesem Fall nämlich werde Ivar als Wiedergänger zurückkehren und Rache an denen nehmen, die die Missachtung seines Wunsches zu verantworten hätten.

Wie Ivar denn bestattet werden solle, fragte ich.

Auf seinem Schiff, sagte er.

Wie genau?

Er werde mit dem Schiff auf dem Fluss verbrannt, während die anderen Toten am Ufer auf Scheiterhaufen eingeäschert würden. Man würde Odin dabei weitere Opfer bringen.

Was für Opfer?

Gefangene aus der Schlacht.

Ob das Mädchen also mit Ivar auf dem brennenden Schiff sein würde?

Ja.

Ob man sie vorher töten würde?

Bis heute kann ich die Abgebrühtheit kaum fassen, mit der ich diese Frage stellte. Der Däne zögerte kurz – nicht weil er sich bei der Antwort nicht sicher war, sondern weil er zu überlegen schien, ob eine nicht genehme Antwort seine Überlebenschancen verschlechtern könnte. Ich merkte es sofort und schlug ihm mit der flachen Hand ins Gesicht, um ihm keine Zeit zum Nachdenken zu geben.

Ob man sie vorher töten würde?

Nein. Sie sollte lebendig verbrennen.

Man würde also das Schiff in Brand stecken und auf den Fluss hinausschieben?

Ja.

Das Mädchen würde demnach gefesselt sein?

Natürlich.

Ob sonst noch jemand an Bord sein würde? Irgendwelche Priester, Druiden, Seher, wie auch immer man das bei ihnen nenne?

Nein, niemand.

Wann die Zeremonie stattfinden solle?

Was das sei, eine Zeremonie, fragte er zurück.

Wieder schlug ich ihn, und schon verstand er.

Um Mitternacht.

Ich blickte Fidis an. Nur noch ein paar Stunden.

Aufgewühlt ging ich vor dem Zelt auf und ab. Ich konnte keinen klaren Gedanken fassen. Menschen hasteten hin und her, weitere Zelte wurden aufgebaut, Fackeln entzündet, Proviant ausgegeben.

Fidis packte mich am Arm, um mein verstörtes Umherlaufen zu beenden. Es hätte wohl nicht viel gefehlt, und sie hätte mir eine Ohrfeige verpasst.

«Wir müssen sie vom Schiff holen, bevor alles in Flammen steht», sagte sie. Ihr Blick bohrte sich in meinen.

«Ich weiß», antwortete ich. Langsam kehrte mein Denkvermögen zurück.

«Aber wie kommen wir an Bord? Der ganze Strand wird hell erleuchtet sein, und sie werden alle am Ufer stehen, um zuzuschauen.»

«Von der anderen Seite», sagte ich. «Vom Wasser aus.»

«Ich kann nicht schwimmen», gab sie zu bedenken.

«Ich gehe allein. Du wartest mit den Pferden am Ufer.»

Fidis nickte. «Wie kommen wir auf die andere Seite?»

«Wir reiten durchs Wasser.»

Wieder nickte sie. Wir wussten beide, dass unser Vorhaben extrem riskant war. Aber uns war auch klar, dass es nur diese eine Möglichkeit gab.

So gingen wir den Plan Schritt für Schritt immer genauer durch: Ich schlug etwas vor, sie wandte ein, was schiefgehen konnte, ich machte einen neuen Vorschlag, bis es keinen Einwand mehr gab und wir zum nächsten Schritt kamen. Vorschlag, Einwand, Vorschlag: Es war, als wären wir zwei gut eingespielte Handwerker, die mit abwechselnden Hammerschlägen einen Pflock in den Boden trieben, ohne aus dem Takt zu kommen.

Am Ende sah der Plan folgendermaßen aus: Wir würden außerhalb der Sichtweite ihrer Wachen den Fluss durchqueren und in einem weiten Bogen ins Dorf reiten. Ich würde zum Schiff schwimmen, von der dem Ufer abgewandten Seite an Bord klettern, Judith losschneiden, mit ihr ins Wasser springen und zurückschwimmen. Und dann würden wir verschwinden.

Als wir alles durchgesprochen hatten, war die Dämmerung schon weit vorangeschritten. Unsere Männer hatten sich um ein paar große Feuer geschart oder waren in den Zelten verschwunden. Wieder dachte ich an Lupus. Lebte er noch? Ich wagte es kaum zu hoffen, und es blieb keine Zeit, nach ihm zu suchen.

Wir ritten im letzten Licht des Abends über den Waldweg zurück in Richtung des Schlachtfeldes. Als die Bäume sich lichteten, saßen wir ab, banden die Zügel an einem Baum fest und schlichen auf die Ebene zu. Der Fluss schimmerte schwach im dunklen Orange des Westhimmels, vor dem ein paar Wolkenschleier standen. Am Ufer wurden gerade Feuer entzündet, sonst war dort nichts zu sehen. Zu hören war dafür umso mehr: ein Poltern und Krachen von Holz, das ich zunächst überhaupt nicht einordnen konnte.

Ich hatte befürchtet, dass die Dänen Wachen am Waldrand postiert hatten, aber es waren keine auszumachen. Wir schlichen weiter, bis wir freie Sicht auf die Ebene hatten. Und jetzt erkannte ich auch, was die Geräusche zu bedeuten hatten: Sie waren dabei, mehrere Schiffe zu zerstören. Natürlich: Sie brauchten Holz für ihre Scheiterhaufen! Und weil sie so viele Männer verloren hatten, dass sie ohnehin nicht mehr alle ihre Schiffe manövrieren konnten, bereiteten sie einige davon jetzt zum Verfeuern vor.

Nachdem wir sie eine Weile beobachtet hatten, beschlich mich das Gefühl, dass etwas in der Nähe war, aber ich wusste nicht, warum. Ich blickte mich um. Nichts war zu sehen, nichts war zu hören, außer dem Krach, der vom Fluss herüberwehte, und ein paar vereinzelten Vogelstimmen irgendwo hinter uns im Wald.

Plötzlich fasste Fidis mich am Arm.

«Mein Gott», flüsterte sie. «Schau mal nach oben.»

Ich blickte auf, sah zuerst nur eine Art Verdichtung im Blätterdach. Als ich erkannte, dass da jemand hing, stellten sich alle meine Nackenhaare auf. Ein Mensch. Er baumelte ganz sachte hin und her.

Weiter rechts hing noch einer. Dicht daneben noch einer. Links auch. Mindestens ein Dutzend.

Das hatte der Däne gemeint, als er von der Opferung der Gefangenen gesprochen hatte. Sie hatten sie am Rand der Ebene unbemerkt von unseren Wachen in die Bäume gehängt. Zur Abschreckung unserer Männer, zur Besänftigung ihrer Götter, wozu auch immer. Fidis starrte wie gebannt hinauf. Ihre Hand suchte nach meiner.

Wir schlichen zurück, banden die Pferde los und wandten uns nach links. Ein schmaler Pfad führte parallel zum Ufer durch das Wäldchen und dann hinaus aufs freie Feld.

Als wir sicher waren, dass wir keinen Posten mehr begegnen würden, hielten wir wieder auf den Fluss zu. Wir waren jetzt mehr als eine Meile von den Schiffen und den Feuern entfernt. Die Mosel war an dieser Stelle so breit, dass die glitzernde Wasserfläche sich wie ein See vor uns ausbreitete. Das war ein gutes Zeichen: Der Fluss würde hier wahrscheinlich weniger tief und die Strömung weniger stark sein.

Die Pferde gingen nur widerwillig hinein. Wir mussten die ganze Zeit beruhigend auf sie einreden. Wir ritten in einem steilen Winkel mit der Strömung, um dem Wasser möglichst wenig Angriffsfläche zu bieten. Das verlängerte die Strecke erheblich, und es dauerte eine Ewigkeit, bis wir überhaupt die Mitte des Flusses erreicht hatten. Das Wasser reichte mir dort bis zu den Oberschenkeln, saugte sich hoch bis zum Bauchnabel und war eiskalt. Ich hängte mir die Satteltaschen über die Schultern, damit die Decken nicht nass wurden. Es war, als durchquerten wir ein Meer und keinen Fluss. Die Strömung schob uns voran. Am Ufer kamen nun wieder die Feuer in Sicht. Jetzt erst fiel mir auf, dass ich noch immer das Kettenhemd trug. Wenn das Pferd strauchelte und ich aus dem Sattel rutschte, würde ich ertrinken, aber ich konnte es nicht ausziehen, ohne den Schwertgurt zu lösen.

Endlich hatten wir es geschafft. Das Ufer war schlammig und gab unter den Hufen schmatzende Laute von sich, aber nach einer flachen Böschung schloss sich eine große Wiese an, die alle Geräusche schluckte.

Die Feuer machten es leicht, die Orientierung zu behalten. Wir ritten einen weiten Halbkreis landeinwärts, dann näherten wir uns wieder dem Ufer.

Die Konturen von Gebäuden zeichneten sich vor uns ab. Remich. Das Dorf, dem die Schlacht des heutigen Tages ihren Namen verdanken sollte.

Wie erwartet, waren in Remich weder Mensch noch Tier zurückgeblieben. Wie viele menschenleere Orte hatte ich im Lauf der letzten Monate gesehen! Verlassene Gemäuer bei Nacht hatten nichts Befremdliches mehr. Befremdlich waren eher die Geräusche, die vom anderen Ufer zusammen mit dem Feuerschein herüberwehten: ein grölender Gesang, der anschwoll, abflaute und wieder aufbrandete. Gehörte das zu ihrer Bestattungszeremonie, oder war es die Geräuschkulisse eines Besäufnisses? Oder war das bei den Dänen ein und dasselbe?

Wir saßen ab und führten die Pferde bis zu einem der letzten Gehöfte vor dem Flussufer, hängten die Zügel über einen Torpfosten und schlichen bis zu einer von Sträuchern überwucherten Mauer.

Die Schiffe waren im Widerschein der Feuer gut zu erkennen. Ich zählte zwanzig Rümpfe. Vier hatten sie also zu Brennholz verarbeitet. Da sie mit dem Bug voran auf den Strand gezogen worden waren, war der Elefantenschädel nicht zu sehen, dennoch war klar, dass eins der mittleren Schiffe das von Ivar sein musste, denn es war festlich beleuchtet: Mindestens ein Dutzend Fackeln waren rechts und links an den Bordwänden angebracht, um Ivar auf dem Weg nach Walhalla zu leuchten.

Auf dem Schiff schien niemand zu sein. Wenn sie die Leiche schon aufgebahrt hatten, dann wurde sie von der Bordwand verdeckt. Leider war auch nicht zu erkennen, ob Judith sich schon dort befand oder ob man sie erst im letzten Moment an Bord schaffen würde. Die Vorstellung, dass meine kleine Schwester in diesem Augenblick direkt neben dem Körper ihres Peinigers auf eine Art Totenbett gefesselt lag und Todesängste ausstand, war unerträglich.

Bis zu diesem Augenblick hatte ich funktioniert wie ein gut eingefahrenes Mahlwerk. Jetzt aber, beim Anblick des fackelgeschmückten Schiffes, stürzten die Zweifel über mir zusammen, und das Vorhaben erschien mir mit einem Mal völlig aussichtslos. Das größte Problem würde es sein, den richtigen Augenblick abzupassen. Es würde einige Minuten dauern, den Fluss zu überqueren, also konnte ich nicht erst losschwimmen, wenn das Schiff schon in Flammen stand. Kam ich aber zu früh und es trieb sich noch jemand an Bord herum, dann würde ich im eiskalten Wasser ausharren müssen. Wie hoch war die Wahrscheinlichkeit, dass ich es schaffen würde?

Fidis spürte meine Zweifel und ergriff meine Hand. Ich beruhigte mich etwas. Ein Zurück gab es ohnehin nicht.

Eine Weile spähten wir angestrengt hinüber. Immer noch brandeten die Gesänge heran. Dann, plötzlich, flogen am Ufer ein paar Fackeln durch die Luft. Sofort schlugen an vier Stellen die Flammen hoch. Sie hatten die Scheiterhaufen für ihre toten Krieger entzündet.

Ich begriff, dass keine Zeit mehr zu verlieren war. Während ich das Kettenhemd abstreifte und mich auszog, schätzte ich Entfernung und Strömungsgeschwindigkeit ab.

«Hol die Pferde und warte dreihundert Schritte flussabwärts», sagte ich zu Fidis.

«Viel Erfolg», antwortete sie. Sie schien keinerlei Zweifel zu haben, dass ich es schaffen würde.

Ich klemmte mir den Dolch zwischen die Zähne, sprang über die Mauer und rannte geduckt zum Ufer. Die vier Scheiterhaufen waren offenbar mit leicht brennbarem Material ausgestopft oder mit Öl getränkt, denn sie brannten sofort lichterloh. Dichte Rauchschwaden stiegen auf. Zum Glück hatten sie sie etwas abseits vom Ufer aufgeschichtet, sodass der Lichtschein nicht direkt auf den Fluss fiel.

Ich glitt ins Wasser. Es schnürte mir sofort die Brust ein, aber nach ein paar Atemzügen ging es. Ich musste viel Kraft aufwenden, um nicht zu weit abgetrieben zu werden, und der Dolch zwischen meinen Zähnen behinderte mich beim Atmen, weil ich den Mund nicht richtig öffnen konnte. Doch meine Verbissenheit wuchs mit jedem Schwimmstoß. Die Strömung war mal stärker, mal schwächer, gluckernde Strudel zogen vorüber, glitschige Wasserpflanzen strichen an meinen Beinen entlang, und zwischenzeitlich berührten meine Füße den kiesigen Grund, sodass ich wahrscheinlich auch ein Stück hätte waten können, aber ich zog es vor, weiter zu schwimmen, um nicht aus dem Takt zu kommen. Es war, als zöge ich an diesem Tag zum zweiten Mal in die Schlacht.

Es war mein Glück, dass die Schiffe so dicht nebeneinanderlagen, denn die Rümpfe gaben mir Deckung. Im Widerschein der Feuer hoben sich die Masten ab, aber die Wasseroberfläche war dunkel.

Das Gegröle ging in Jubelgeschrei über. Wahrscheinlich feierten sie den Einzug ihrer Toten in ihr dämliches Walhalla, und die Wasserfläche trug es überlaut bis an meine Ohren. Nichts deutete darauf hin, dass sie mich entdeckt hatten.

Als ich etwa drei Viertel der Strecke hinter mich gebracht hatte, geriet das Schiff mit den Fackeln in Bewegung. Es schaukelte leicht hin und her, dann war ein schabendes, kratzendes Geräusch zu hören. Es bewegte sich. Sie schoben es aufs Wasser hinaus. Mit aller Kraft schwamm ich weiter. Mein Herz hämmerte in meiner Brust, ich spürte die Kälte nicht mehr.

Das Schiff ruckte weiter in den Fluss und löste sich aus der Reihe der anderen. Das Schaukeln ging in ein sanftes Wiegen über. Es hatte Wasser unter dem Kiel. Zum Glück schoben sie nur vom Ufer aus; an den seitlichen Bordwänden war niemand zu sehen. Dafür war der Jubel jetzt ohrenbetäubend und ging in ein rhythmisches Anfeuerungsgeschrei über.

Meine Hände bekamen die Bordwand genau in dem Augenblick zu fassen, in dem das Schiff den Kontakt mit dem Strand verlor. Mit einem letzten kräftigen Ruck löste es sich vom Ufer, glitt auf den Fluss hinaus, wurde von der Strömung erfasst und zog mich mit. Das Wasser war an dieser Stelle nur hüfttief. Ich zog mich so weit hoch, dass ich über die Bordwand spähen konnte.

Tatsächlich hatten sie in der Mitte des Rumpfes eine Art Totenbett aufgebaut. Im Schein der Fackeln war Ivar zu erkennen. Sein Gesicht war im Tod noch hagerer und sah tatsächlich aus wie ein Totenschädel: die Wangen eingefallen, die Augenhöhlen wie Löcher, Kinn und Nase spitz und kantig wie Messerklingen. Rings um ihn war alles mit Stroh vollgestopft.

Und da war sie!

Judith lag neben dem Toten, angetan mit einem langen weißen Wollgewand, gefesselt und geknebelt, aber bei Bewusstsein, die Augen aufgerissen, die blonden Haare ausgebreitet wie ein Fächer am Kopfende dieses widerlichen Brautbettes. Sie wand sich, stemmte sich gegen die Seile, mit denen sie gefesselt war, warf den Kopf hin und her, während die Fackeln an der Bordwand Dutzende von Gestalten beleuchteten, die sich hinter dem Schiff schreiend und johlend am Ufer tummelten. Ich wusste nicht, ob sie mich gesehen hatten; instinktiv zog ich den Kopf ein, während die Strömung das Schiff weiterzog und ich den Boden unter den Füßen verlor. In diesem Augenblick kam die erste Fackel angeflogen, knallte gegen den Mast, prallte ab und fiel ins Wasser. Die zweite folgte und landete mitten im Stroh, das sofort Feuer fing.

Meine Füße berührten wieder den glitschigen Kies, ich stieß mich ab, zog mich mit aller Kraft über die Bordwand und landete mitten im Stroh auf dem Deck. Die Flammen breiteten sich rasend schnell aus, eine dritte Fackel flog heran, noch eine und noch eine, das Feuer loderte auf, die nächste Fackel landete auf der Leiche, rollte herunter und setzte das Stroh neben dem Bett in Brand.

Sie hatten mich entdeckt. Der Jubel schlug in Empörungsgeschrei um, der ganze Strand wimmelte von ihnen, die Ersten zwängten sich zwischen den Rümpfen durch und rannten in den Fluss, aber die Strömung hatte unser Schiff jetzt voll erfasst und trug uns zügig davon. Einige stolperten und landeten im Wasser, rappelten sich triefend auf, wurden von den Nachdrängenden umgerannt.

Judith sah mich mit riesigen Augen an. Mit einem Satz war ich bei ihr und begann, die Seile durchzutrennen, die ihren Körper an das Bett fesselten, während das Feuer meine Beine versengte. Am Kopfende und an der dem Strand zugewandten Seite waren die Flammen jetzt mannshoch, wie eine Wand standen sie zwischen uns und der Meute am Ufer.

Ich säbelte wie ein Besessener, bis ich es endlich geschafft hatte. Eine Axt flog dicht an meinem Kopf vorbei, zwei Pfeile folgten zischend, dann packte ich Judith, warf sie mir über die Schulter und stürzte mich mit ihr ins Wasser.

Das brennende Schiff gab uns Deckung, sodass sie nur noch aufs Geratewohl werfen konnten. Mehrere Äxte flogen über uns hinweg und landeten klatschend neben uns im Fluss. Wir mussten so schnell wie möglich außer Reichweite ihrer Würfe gelangen.

Das Wasser ging mir bis zum Bauch, sodass ich mich noch mit den Füßen abstoßen konnte; ich umfasste ihre Brust mit dem rechten Arm und riss ihr mit der linken Hand den Knebel aus dem Mund. Sie saugte pfeifend die Luft ein und begann, panisch zu keuchen. Ich drückte sie an mich, legte mich auf den Rücken, sodass sie auf mir lag wie auf einem Floß, und begann, uns mit Beinstößen quer zur Strömung in Richtung Flussmitte zu bringen. Ivars Schiff war inzwischen eine riesige schwimmende Fackel. Noch immer trieb es auf unserer Höhe. Es hatte die Reihe der anderen Schiffe auf dem Strand hinter sich gelassen und beleuchtete eine tobende und brüllende Masse von Männern, die auf dem Kies auf und ab rannten. Weiter hinten sah ich, wie einige von ihnen in die Schiffe sprangen, aber es war zu spät: Bis sie die Ruder eingelegt hatten, würden wir außer Sichtweite sein.

Wir hatten die Flussmitte erreicht. Die Strömung war hier schneller als in Ufernähe, sodass wir das brennende Schiff hinter uns ließen. Bald konnte ich sie nicht mehr sehen. Nur ihr Geschrei hallte unnatürlich laut über das Wasser. Ich konnte nicht fassen, dass ich es geschafft hatte. Die monatelange Jagd war jetzt und hier zu Ende. Judith zitterte furchtbar.

Ich hatte gerade wieder Boden unter den Füßen, da hörte ich, wie Fidis meinen Namen rief.

Judith schlotterte und klapperte mit den Zähnen, als ich sie an Land trug. Fidis kam mit einer Decke, ich riss Judith das nasse Kleid herunter, wickelte sie ein und drückte sie an mich.

«Tankred?», fragte sie. «Du bist es wirklich, oder?»

«Ja», bekam ich gerade noch heraus.

Weit links von uns streifte das brennende Schiff eine Kiesbank und begann, eine Drehung zu vollführen. Einen Augenblick lang zeigten die geschraubten Stoßzähne auf uns, als wollte der Elefantenschädel sie auf uns abfeuern, dann trieb das Schiff kreiselnd weiter. Das Geschrei vom anderen Ufer klang herüber wie aus einer anderen Welt.

Zwei Stunden später lagen wir an einem der Feuer im Hof der römischen Villa, in der das geschlagene Heer Zuflucht gefunden hatte. Ich hatte alles Brennholz herangeschleppt und auf die Glut geworfen, das ich hatte finden können. Im Schein des auflodernden Feuers hatten meine Schwester und ich uns zum ersten Mal seit über zwölf Jahren ins Gesicht blicken können. Sie hatte natürlich keinerlei Erinnerungen an mich, ich aber glaubte, das zweijährige Kind wiederzuerkennen, das in Folchars Schreibstube die Staubkörnchen durcheinandergepustet hatte. Vielleicht hatte ich das aber auch nur glauben wollen, weil mein Verstand anders nicht in der Lage gewesen wäre zu begreifen, dass jenes Kleinkind und diese junge Frau ein und dieselbe Person waren.

Und jetzt schlief sie. Sie war immer noch bis zum Hals in ihre Decke gewickelt, und um ihre Haare hatten wir ein Tuch gewunden. Ihr Gesicht glänzte im Feuerschein. So hatten Fidis und ich zuletzt vor über zwölf Jahren in Maastricht mit ihr dagelegen. Mich überkam ein Gefühl von maßlosem Glück. Während mein Körper sich mit der Wärme des Feuers vollsaugte, war mir, als gäbe es nur uns drei, kein geschlagenes Heer um uns herum, keine Toten auf dem Schlachtfeld, keine tobenden Dänen am Flussufer, die jetzt vielleicht schon die Schiffe beluden, um eine andere Gegend heimzusuchen. Keinen anderen Ort als dieses Feuer und keine andere Zeit als diese Nacht, in der Vergangenheit, Gegenwart und Zukunft zu einem Augenblick zusammengeschmolzen waren, zu einem Kokon aus Raum und Zeit, in dem ich mit den beiden Menschen eingeschlossen war, die ich am meisten auf der Welt liebte.

Der Himmel war sternenklar. Die Milchstraße leuchtete,

als hätte Gott mit einem breiten Pinselschwung weiße Farbe an den Himmel getüncht. An diesem Nachmittag hatte unser Heer eine Niederlage einstecken müssen, aber die Nacht hatte mir meinen größten Sieg beschert, einen Sieg, um den ich drei Monate lang gekämpft hatte.

Drei Monate, die mir vorkamen wie dreimal drei Jahre. Am Epiphaniastag waren die Dänen nach Prüm gekommen und hatten mich aus einem Leben gerissen, mit dem ich meinen Frieden gemacht zu haben geglaubt hatte. Das Schwert, das ich dem toten Dänen am Tag vor dem Überfall im Kräutergarten des Klosters abgenommen hatte, trug ich immer noch, und merkwürdigerweise war gerade dieses Schwert der einzige Gegenstand, der mich seit der Flucht aus Prüm die ganze Zeit über begleitet hatte. Zwölf Jahre lang war ich ein Gelehrter gewesen, und ich war es gern gewesen. Die Liebe zu den Büchern wird mich bis zu meinem letzten Atemzug begleiten, und doch hatte ich an diesem Epiphaniastag die Bücher gegen eine Waffe eingetauscht. Wer war ich nun? Was war mein Weg? Der Weg meiner Mutter, auf dem Folchar und Wolfhelm mich nach ihrem Tod weitergeführt hatten, oder der Weg meines Vaters, auf den ich an der Seite von Gauzbert und Lupus zurückgefunden hatte? Und musste ich mich überhaupt für einen von beiden entscheiden?

«Irgendwann musst du das aufschreiben», sagte Fidis, als hätte sie meine Gedanken gelesen.

Um uns herum war alles still. Aus den Zelten drang hier und da ein leises Schnarchen. Im Widerschein der Flammen sah ich die Wachen hinter der Mauer auf und ab gehen. Ab und zu stapfte jemand zwischen den Feuern herum.

«Was jetzt?», fragte Fidis.

«Wir reiten nach Aachen», sagte ich. «Und dann bringe ich Uta zur Strecke.»

Fidis antwortete nicht. Aber ich wusste, dass sie mitkommen würde.

Sie drehte sich auf den Rücken und blickte zum Himmel.

«Wie viele Sterne mögen das sein?», fragte sie schläfrig.

Hinter uns stapfte schon wieder jemand herum, aber ich war zu müde, um mich umzudrehen.

«Tausendsechshundert», sagte ich. «Steht bei Plinius.»

«Du hast echt zu viele Lexikons gelesen», sagte eine vertraute Stimme hinter mir.

Nachwort

Historische Romane sind erfundene Geschichten vor dem Hintergrund verbürgter historischer Ereignisse. Man könnte auch sagen: Die Fakten bilden ein Gerüst, das die Handlung stützt. Dementsprechend fragen sich Leserinnen und Leser nach der Lektüre oft, wo eigentlich die Grenze zwischen Fakten und Fiktion verläuft: Welche Figuren, Ereignisse und Umstände sind erfunden, und welche sind real? Hinter dieser Frage verbirgt sich letztlich das, was die Faszination des historischen Romans an sich ausmacht: die Vorstellung, dass die fiktive Geschichte sich tatsächlich so zugetragen haben könnte, dass Landschaften, Orte und Gemäuer, die man heute noch besuchen kann, der Schauplatz dieser Geschichte sein könnten. Wenn man den 1200 Jahre alten Aachener Dom besichtigt und auf der Empore vor dem Thron Karls des Großen steht, dann drängt sich die Frage auf: Kann es sein, dass im Januar 882 tatsächlich ein Wikingerführer hier gesessen hat? Und das Ulfberht-Schwert, das im benachbarten Centre Charlemagne in einer Vitrine zu sehen ist – könnte das nicht Tankreds Schwert gewesen sein, das Sven Knurhår als Gegenleistung für seine Auskünfte verlangt und das Gauzbert ihm später wieder stibitzt?

Immerhin entspricht der im Roman geschilderte zeitliche Ablauf der dänischen Überfälle in etwa den überlieferten Fakten: Im November 881 setzten sich die Nordmänner in Asselt bei Roermond an der Maas fest, plünderten von dort aus Maastricht und Lüttich und das Hinterland und verlagerten ihre Aktivitäten dann in Richtung Rheinland: Entlang des Flusses fielen ihnen Neuss, Köln und Bonn in die Hände, dann suchten sie Jülich, Zülpich und Aachen sowie die Klöster Kornelimünster, Malmedy, Stablo und – am Epiphaniastag – Prüm heim, wo ihnen tatsächlich eine kleine Streitmacht von Bauern entgegentrat, ohne sie aufhalten zu können. Da die schriftlichen Quellen – hauptsächlich Annalen und Chroniken aus der Feder von Geistlichen – sehr wortkarg und außerdem tendenziös sind, lässt sich der genaue Ablauf kaum noch rekonstruieren. Die miserable Quellenlage bietet einem als Autor natürlich auch mehr Freiraum: Wenn wir ohnehin nicht wissen, was die Dänen im Aachener Dom getrieben haben, dann kann man sie dort ja auch gleich Schlittschuh laufen lassen. Immerhin wurden bei Ausgrabungen mehrfach Kufen aus Rinderknochen gefunden, die sich in diese Zeit datieren lassen.

Auf ihren Raubzügen spalteten die Nordmänner sich wohl immer wieder in kleinere Gruppen auf, die dann getrennt loszogen und sich später wieder vereinigten. So kamen sie im Frühjahr 882 bis vor Koblenz, fuhren in die Mosel ein, brannten Trier nieder und schlugen bei Remich ein Aufgebot unter Bertolf von Trier und Wala von Metz, der dabei ums Leben kam. Die Gesamtzahl der auf diese Weise aktiven Nordmänner dürfte sehr niedrig vierstellig gewesen sein. Auf den ersten Blick ist es erstaunlich, dass es einer so kleinen Zahl von Männern gelang, diese vergleichsweise hoch entwickelte und urbanisierte Region, den Kernraum der alten karolingischen Herrschaft, so lange zu terrorisieren.

Dass es so wenig Gegenwehr gab, lag vor allem an zwei Faktoren. Erstens waren die Zentralgewalten (wenn man sie überhaupt so nennen kann) der Teilreiche des 843 endgültig zerstückelten Imperiums schwach und darüber hinaus damit beschäftigt, sich untereinander zu bekämpfen. Karl der Kahle, Karl der Dicke, Karl der Einfältige, Ludwig der Stammler: Schon die Beinamen der späten Karolinger zeigen, dass Zeitgenossen und Nachwelt nicht viel Glanzvolles mehr an ihnen fanden, schon gar nicht im Vergleich mit ihrem großen Vorfahren Karl, vor dem ganz Europa auf den Knien gelegen hatte und der vom Kalifen von Bagdad den weißen Elefanten Abul Abbas geschenkt bekommen hatte. (Die Geschichte von Abul Abbas und seiner abenteuerlichen Reise von Bagdad nach Aachen ist übrigens einen eigenen Roman wert; das Tier lebte mehrere Jahre lang in einem Park unweit der Aachener Pfalz und starb 810 auf einem Kriegszug bei Jülich. Vielleicht liegt sein Skelett wirklich noch irgendwo in der Erde.)

Zurück zur Politik. Besonders um 880 herrschte aufgrund einer Reihe von Todesfällen viel Unordnung auf dem Kontinent: Im westlichen und im östlichen Teilreich waren kurz zuvor die langjährigen Könige (Karl der Kahle und Ludwig der Deutsche) verstorben, was im Westen nach einem kurzen Intermezzo zwei Kinder auf den Thron gebracht hatte und im Osten einen König ohne überlebende Söhne – den Ludwig, von dessen Ableben Tankred und seine Mitstreiter in Koblenz erfahren und dessen Heer nach der Todesnachricht auseinanderfällt, anstatt die Dänen aus dem Land zu jagen.

Bei der Teilung von 843 war neben dem Westreich und dem Ostreich auch ein Mittelreich entstanden, dessen nördlicher Teil Lotharingien genannt wurde und sich an Rhein, Maas und Mosel von Friesland bis nach Burgund erstreckte. Sein Name geht auf die lateinische Bezeichnung *Lotharii regnum*, also Lothars Reich, zurück, und der namengebende Lothar – der ältere Bruder von Ludwig dem Deutschen und Karl dem Kahlen – hat in einer der Rückblenden des Romans seinen Auftritt, als der kleine Tankred bei einer Versammlung in Aachen auf seinen Schoß klettert. Nach Lothars Tod fiel es an seinen gleichnamigen Sohn. Danach wird die Sache kompliziert, und sie bekommt eine Parallele zu Tankreds Familiengeschichte, die noch von Bedeutung sein wird: Lothars Ehe mit der rechtmäßigen Königin Theutberga war kinderlos geblieben, während er mit seiner Konkubine Waldrada einen Sohn namens Hugo hatte. Rund ein Jahrzehnt lang bemühte Lothar sich, die Ehe mit Theutberga annullieren zu lassen, um Waldrada heiraten zu können, was Hugo zu seinem rechtmäßigen Erben gemacht hätte, doch als er 869 auf dem Rückweg von Italien starb, hatte er sein Ziel nicht erreicht. Sein Reich wurde zunächst geteilt, und 880 nutzte der erwähnte Ludwig die Schwäche der westfränkischen Kinderkönige aus, um es ganz an sich zu reißen, während Hugo in der Provence auf die Gelegenheit wartete, es ihm wieder wegzunehmen. Alle diese Kämpfe und Rivalitäten schwächten das Reich und sorgten dafür, dass die Nordmänner so wenig Gegenwehr fanden. Regionale Große, vor allem Grafen und Bischöfe, mussten die Verteidigung ihres Landes selbst organisieren.

Der zweite Grund für den anhaltenden Erfolg der Plünderer lag in deren Schnelligkeit und Flexibilität: Die Schiffe waren wendig und hatten wenig Tiefgang. Sie waren damit ideal geeignet, die Flüsse bis tief ins Binnenland zu befahren. Selbst gegen die Strömung waren sie mit Ruderkraft erstaunlich schnell zu bewegen, und wenn sie die Beute nach ihren überraschenden Überfällen mit der Strömung abtransportierten, waren sie praktisch uneinholbar. Immer wieder kam es vor, dass die zur Verteidigung des Landes aufgebotenen Kontingente erst am Ort des Geschehens eintrafen, wenn die Nordmänner schon über alle Berge waren, zumal sie über ein gutes Kundschafterwesen verfügten.

Obwohl die Flüsse und natürlich die küstennahen Gewässer ihr bevorzugtes Revier waren, wagten sie sich auch tiefer ins Binnenland, wenn dort Beute winkte. Bisweilen wurden die Schiffe auch über Land gezogen, um unpassierbare Stellen zu umgehen. Der im Roman geschilderte Landtransport der Flotte von Ivar und Knut vom Rhein in die Mosel ist denkbar, hätte den Männern aufgrund des hohen Gewichts dieser Schiffe allerdings schon erhebliche Anstrengungen abverlangt.

Bereits um die Mitte des Jahrhunderts gingen die Nordmänner dazu über, feste Lager im Land zu errichten, am liebsten auf Inseln nahe der Flussmündungen. Schließlich kam es vor, dass christliche Herrscher einzelne normannische Anführer durch die Vergabe von Siedlungsland zu zähmen und an sich zu binden versuchten; Harald Klak, Großvater des fiktiven Dolmetschers Erik, ist ein frühes Beispiel dafür. Die erste von einem getauften Dänen verfasste Geschichte dieses Volkes *(Die Gesta Danorum von Saxo Grammaticus)* ist zwar satte dreihundert Jahre jünger als Eriks entsprechendes Projekt, das er Tankred in Koblenz vorstellt, aber die absurde Umdeutung der nordischen Götter zu trojanischen Helden mithilfe der lautlichen Ähnlichkeit von Asen und Asien findet sich dort genau so, wie Tankred sie Erik vorschlägt.

Die Frage, wie ein Erzähler wie Tankred seine Gegner überhaupt bezeichnen soll, ist übrigens gar nicht so einfach zu beantworten, wie man meinen möchte. Denn der griffigste Name – Wikinger – war zu dieser Zeit im Frankenreich überhaupt nicht in Gebrauch; er kam in England auf (Gauzbert weist beim Abschied in Koblenz darauf hin) und setzte sich erst später auch anderswo durch.

Die fränkischen Chroniken sprechen fast ausschließlich von Nordmännern oder Dänen. Die geografischen, kulturellen und sprachlichen Grenzen zwischen den skandinavischen Völkern waren damals noch alles andere als klar gezogen. Allerdings ist die letztere Bezeichnung angesichts der Herkunftsregionen dieser Männer tatsächlich die passendste, allenfalls sind noch ein paar Norweger dabei, während die Schweden ihr Unwesen fast ausschließlich im Ostseeraum trieben. Die Männer, mit denen Tankred sich herumschlägt, sind zum Teil die gleichen, die in den Jahrzehnten vor den Ereignissen dieses Romans die Britischen Inseln heimgesucht hatten. Ethnisch homogen waren sie ohnehin nicht. Es gibt eine Reihe von Hinweisen darauf, dass auch Angehörige anderer Gruppen – vor allem Friesen – sich den Dänen in der Hoffnung auf Beute anschlossen. Amelung, den Tankred im Aachener Thermalbad über die Kugelgestalt der Erde aufklärt, ist also kein Exot. Apropos: Über die besagte Kugelgestalt der Erde herrschte im gesamten Mittelalter entgegen den verbreiteten Vorstellungen unter nahezu allen Gelehrten der damaligen Zeit Konsens.

Am schwierigsten ist es im Rahmen eines solchen Romans naturgemäß, eine Ahnung von der Mentalität vergangener Zeiten zu vermitteln. In vielen Bereichen des Lebens und des

Alltags – Rechtswesen, Ehrvorstellungen, Frömmigkeit, um nur einige Schlagworte zu nennen – hatten die damaligen Menschen Ansichten, die für uns heute überhaupt nicht mehr nachvollziehbar sind. Am deutlichsten kommt das im Rückblick auf Tankreds gerichtlichen Kampf gegen Uta zum Ausdruck: Anstatt Zeugen zu verhören und Beweise zu erheben, werden formale Eide verlangt und Gottesurteile bemüht; statt des Sachverhalts interessiert die Richter die formale Korrektheit absurder Rituale. Es ist immer eine Gratwanderung, solche Vorstellungen durch den Mund oder die Feder eines fiktiven Zeitgenossen zu vermitteln, zumal in der Sprache der Leserinnen und Leser von heute: Macht er sich deren Ansichten zu eigen, ist er als Zeitgenosse nicht mehr glaubwürdig, gebärdet er sich aber allzu sehr als Kind seiner Zeit, fällt die Identifikation mit ihm so schwer, dass man das Buch vielleicht weglegt. Tankred mit seiner Skepsis gegenüber den Ritualen des Klosterlebens und seiner an der Antike geschulten Rationalität steht als Figur seiner Zeit am Rand des Denkbaren. Und doch gab es solche Geister auch im 9. Jahrhundert.

Was die fränkische Seite angeht, herrscht aufgrund der schriftlichen Quellen zumindest etwas mehr Klarheit über die Zustände und Vorstellungswelten der Zeit; für die skandinavische Seite sind wir aufgrund der fehlenden Schriftlichkeit fast vollständig auf die archäologische Forschung angewiesen. Dem spärlichen gesicherten Wissen steht ein buntes Panorama an Vorstellungen gegenüber – von den für eine Wagner-Inszenierung vor über hundert Jahren erfundenen Hörnerhelmen bis hin zu den Furcht einflößenden Gesichtstätowierungen, die man aus Netflix-Serien kennt. Nichts davon ist wissenschaftlich nachzuweisen, aber die schillernden

Bilder sprechen nun einmal eine kraftvolle Sprache, auf die man ungern verzichtet. Die Fantasie hat ihr eigenes Recht, das Ausschmückungen und Zuspitzungen und bisweilen auch ironische Verzerrungen erlaubt. Ein Roman ist schließlich kein Historiengemälde, sondern ein gut komponiertes Wimmelbild voller Details und Überraschungen, die einen mitreißen und Appetit auf die Fortsetzung machen sollen. Denn Tankreds neues altes Leben hat gerade erst begonnen, und es gibt noch viel zu tun.